Amy Wallace

Der Tag, der alles veränderte

francke

Über die Autorin:
Amy Wallace ist Absolventin einer Polizeiakademie und als Betaterin eines Polizei-Departments tätig. Sie leitet einen Bibelstudienkreis, ist Rednerin bei Frauentreffen und widmet ihre Freizeit der Schriftstellerei. Mit ihrem Mann und ihren drei Töchtern lebt sie in Atlanta.

Bibliografische Information Der Deutschen Bibliothek
Die Deutsche Bibliothek verzeichnet diese Publikation in der Deutschen Nationalbibliografie; detaillierte bibliografische Daten sind im Internet über http://dnb.ddb.de abrufbar.

ISBN 978-3-86827-091-4

Originally published in English under the title:
Ransomed Dreams by Amy Wallace

Published by WaterBrook Press, an imprint of The Crown Publishing Group, a division of Random House, Inc. 12265 Oracle Boulevard, Suite 200 Colorado Springs, Colorado 80921 USA
All non-English language rights are contracted through:
Gospel Literature International
P. O. Box 4060, Ontario, California 91761-1003 USA
This translation published by arrangement with WaterBrook Press, an imprint of The Crown Publishing Group, a division of Random House, Inc.

Deutsch von Silvia Lutz
Umschlaggestaltung: Joy Fera © www.fotolia.de
Satz: Verlag der Francke-Buchhandlung GmbH
Druck: Bercker Graphischer Betrieb, Kevelaer

www.francke-buch.de

Fürchte dich nicht,

denn ich habe dich erlöst;

ich habe dich bei deinem Namen gerufen;

du bist mein!

Wenn du durch Wasser gehst,

will ich bei dir sein.

Jesaja 43,1-2

Prolog

Gracie freute sich auf einen vielversprechenden Abend.

Der für Georgia völlig untypische Schnee glitzerte im Garten vor dem Haus, und ein gemütliches Feuer im Kamin verbreitete eine angenehme Wärme im Wohnzimmer. Sie summte „Stille Nacht" vor sich hin, obwohl Weihnachten schon eine Woche zurücklag. Das Glas mit Apfelsaft in ihren Händen schwappte über, als sie dem zweijährigen Joshua auswich, um sich in ihre Ecke auf dem Sofa zu kuscheln.

„Mami, Feuerwehrauto." Joshua umkreiste mit Sirenengeheul den Wohnzimmertisch, während Jake, ihr Golden Retriever, sich hastig auf sein neues Bett in der Ecke flüchtete.

„Komm her, kleiner Mann." Mark legte sich auf den Boden und kitzelte Joshua, der vor Lachen das Spielzeugauto fallen ließ.

Gracie lächelte über die Szene zu ihren Füßen und fing Marks Blick auf, der sie liebevoll anschaute. Er zwinkerte. Bald würden sie ihren siebten Hochzeitstag feiern, mit Schokolade, einem Schaumbad und einer Massage, wenn die Kinder bei den Großeltern waren, die nicht weit entfernt wohnten.

Die Lichter am Weihnachtsbaum funkelten und Duftkerzen erfüllten den Raum mit Vanille- und Pfefferminzduft. Gracie wartete auf das Piepsen des Backofens, das ihr sagte, dass ihr berühmter Schokoladenkuchen fertig war.

Ihre Tochter Elizabeth kuschelte sich mit einem Buch und ihrer rosa Decke auf den Schaukelstuhl auf der anderen Seite des Zimmers. Gracie lächelte. „Kommst du zu uns, Schatz?"

Ihre blonden Locken hüpften, als sie schnell an der ausgestreckten Hand ihres Daddys vorbeilief. Elizabeth wollte lieber lesen als gekitzelt werden. „Ich lese das Buch, das ich bekommen habe." Sie hüpfte auf Gracies Schoß. „Siehst du die Prinzessin? Wenn ich groß bin, will ich auch eine werden."

„Du bist jetzt schon eine Prinzessin." Mark erhob sich und verbeugte sich grinsend vor ihr. Elizabeth belohnte ihn mit einem leisen Kichern, bevor sie wieder hinter ihrem Buch verschwand.

Gracie stellte ihre leere Tasse ab und berührte Marks lange, muskulöse Beine mit den Zehen. Sie konnte den Abend mit ihm kaum erwarten.

„Ein Penny für deine Gedanken, Schatz." Er glitt aufs Sofa und zog sie zu sich heran.

„Das kostet dich mehr."

„Wie wäre es mit einem Kuss oder zwei?"

Sie liebte es, wenn er sie küsste. Es war ein Wunder, dass sie erst zwei Kinder hatten. „Ich sage es dir, und dann müssen wir los. Küsse gibt es später." Ihre Wangen wurden warm bei der Erinnerung an die sieben Jahre ihrer Ehe. Wahrscheinlich wusste Gott, dass sie nicht mehr als zwei kleine Kinder verkraften würde, ohne den Verstand zu verlieren. „Ich will meine Eltern nicht warten lassen, aber danach können wir gern schnell wieder nach Hause fahren."

„Vorher gibt es keinen Kuss?" Mark schob die Unterlippe vor. Ihr Mann lehnte sich mit seinen ein Meter achtzig aufs Sofa zurück und verschränkte die Arme vor der Brust. Er sah mit seinem blonden Haar, seinen blauen Augen und seinem Schmollmund unglaublich verführerisch aus.

„Fang nicht so an. Ich hole mir meine Bezahlung später ab."

Seine Lausbubenmiene verwandelte sich in ein träges Grinsen. Er drückte ihr einen Kuss auf die Stirn. „Dann sollten wir jetzt lieber aufbrechen."

„Hast du den Schokoladenkuchen, Mami?" Joshua lenkte sein Feuerwehrauto wieder über den Tisch.

Der Kuchen.

Sie lief in die Küche. Der Ofen war kalt und dunkel. Kein Kuchenduft lag in der Luft. „Das darf doch nicht wahr sein! Ich habe vergessen, den Ofen einzuschalten."

„Kein Schokoladenkuchen?" Elizabeth legte die Arme um ihr Bein. „Nicht so schlimm."

„Elizabeth hat recht." Mark hob seine kleine Prinzessin hoch und kitzelte ihren Bauch. „Wir werden Silvester auch ohne den Kuchen überleben."

„Ich auch, Daddy." Als Joshua ihm die Hände entgegenstreckte, weil er auch auf den Arm genommen werden wollte, musste Gracie lächeln.

Sie schaute nach dem cremigen, braunen Teig und schaltete den Backofen an. „Ich will diese viele gute Schokolade nicht wegwerfen.

Außerdem ist es Tradition. Fahrt doch einfach schon einmal los, und ich komme mit dem Kuchen rechtzeitig zum Nachtisch nach.“ Sie streichelte Jakes Hals, der sich näher an sie herandrückte, weil er anscheinend hoffte, es gäbe etwas zu fressen.

„Lieber fahre ich ohne den Kuchen, als dass du das Essen verpasst.“

Elizabeth und Joshua nickten.

„Ich räume hier nur ein bisschen auf und komme nach, sobald der Ofen piept.“ Gracie kitzelte Elizabeth an der Seite. „Es dauert nicht lange.“

Mark setzte sich die beiden Kinder bequem auf die Hüften. „Können wir ein paar Minuten ohne Mami überleben, kleiner Mann und meine kleine Prinzessin?“

Sie kicherten.

„Ich sorge dafür, dass alles für später, wenn wir nach Hause kommen, fertig ist.“ Gracie zog vielversprechend die Brauen in die Höhe.

Das veranlasste Mark, die Kinder schwungvoll aus der Küche in die Garderobe zu befördern. Er steckte die zwei zappelnden, lachenden Kinder in ihre Jacken und setzte ihnen ihre Mützen auf, während Jake bellend um sie herumtanzte.

Sie rückte die Weihnachtsgirlande am Geländer zurecht. „Bis bald.“

Mark schob Elizabeth und Joshua wieder durch die Küche und durch die Hintertür zur Garage hinaus. Er drehte sich noch einmal zu ihr um. „Ich freue mich auf einen langen Abend mit dir vor dem Kamin.“

Sie schmiegte sich in seine Arme und zog an seinem Schal. „Du bist der wunderbarste Mann auf der Welt. Ich liebe dich. Unendlich und ewig.“

„Ich liebe dich auch.“ Er legte seine starken Arme um sie und zog sie zu sich heran. Als er ihre Hände küsste, zog eine Gänsehaut über ihren Rücken.

Gracie trat zurück. „Du solltest jetzt lieber fahren, bevor ich mich entscheide, dich nicht fortzulassen.“

„Dann komm mit. Schalt den Ofen aus und vergiss den Kuchen.“

„Daddy, bitte hilf mir!“, kam Joshuas Stimme durch die offene Tür.

Gracie legte den Kopf schief und stemmte die Hände in die Hüften.

Mark hob kapitulierend die Hände. „Ich weiß, ich weiß. Ich fahre ja schon, und ich bin vorsichtig. Beeil dich, okay? Ich liebe dich.“

Sie hob das Kinn und schloss die Augen. Sein Mund berührte ihre

Lippen und küsste sie zärtlich, während seine Arme sie vom Boden hochhoben.

Mit einem leichten Stoß in seine Rippen zog sie sich zurück. „Bald."

Er stellte sie wieder auf die Füße. Sein liebevolles Lächeln war ein stilles Versprechen, bei dem ihr ganz warm wurde.

Als er seinen Jackenkragen hochstellte und zwinkerte, konnte sie sich ein Kichern nicht verkneifen.

Sie warf ihm die Schlüssel zu und machte dann das Licht vor dem Haus an, während er die zwei Kinder in ihrem alten, blauen Minivan anschnallte und die Tür schloss. „Ein schönes Bild", flüsterte sie.

Mark fuhr rückwärts aus der Einfahrt und bog auf die schneebedeckte Straße.

Ein letztes Winken und er war fort.

* * *

Gracie schob Bücher und Spielsachen wieder unter den Weihnachtsbaum. Aufräumen könnten sie später. Heute Abend wollten sie es sich gemütlich machen und eine romantische Zeit miteinander genießen.

Da bemerkte sie eine kleine, rosafarbene Teddybärendecke, die über den Rand von Elizabeths Schaukelstuhl hing. Ohne die Decke würde Elizabeth nicht schlafen.

Die Großvateruhr im Flur zeigte, dass erst drei Minuten vergangen waren.

„So wie ich mein Mädchen kenne, fragt sie wahrscheinlich jetzt schon, wo die Decke ist." Gracie lächelte. Wenn sie sich beeilte, würde sie Mark bei seinem vorsichtigen Fahrstil bestimmt noch einholen. Ob mit Kuchen oder ohne, sie wollte lieber bei ihrer Familie sein.

Dann kam ihr eine Idee. Sie schaltete den Ofen aus, tat den immer noch kalten Kuchen in einen Korb und ließ Jake im Haus zurück, der sich zu einem gemütlichen Schläfchen in sein Körbchen gelegt hatte. Sie rutschte in Marks restaurierten Mustang – mitsamt rosa Bärendecke und dem leckeren Schokoladenkuchen.

Innerhalb von zehn Minuten erblickte sie den blauen Familienvan nicht weit hinter der Abbiegung vom Highway 316. Noch ein paar Kurven und sie müsste ihr Tempo verlangsamen. Die Dunkelheit und der Schnee ließen ein schnelleres Fahren nicht zu.

Plötzlich tauchte wie aus dem Nichts ein schwarzer Truck mit grellem Scheinwerferlicht und überhöhter Geschwindigkeit auf.

Dann war alles verschwommen. Reifen quietschten. Metall knirschte. Der Truck rammte den Minivan frontal und schleuderte ihn von der Straße.

Ein Schrei erfüllte den Mustang.

Sie trat voll auf die Bremse und kam ins Schleudern, als das schwarze Ungeheuer direkt auf sie zusteuerte. *Schau auf die Straße!* Ihr Verstand zwang sie, ihren Blick von der Stelle wegzudrehen, wo der Van verschwunden war. In dem kurzen Augenblick, als der Truck an ihr vorbeiraste, schaute sie direkt in die wilden Augen eines jungen Mannes.

Sie fuhr an den Straßenrand, stieß die Tür auf und lief zur Böschung. Ihr Puls hämmerte gegen ihre Schläfen. Der Motor des Vans, der am Fuß des langen, steilen Hügels lag, war das einzige Geräusch, das sie hörte.

„Mark! Meine Kinder!"

Polizei. Krankenwagen. Telefon.

Sie rannte zum Auto zurück und wühlte zitternd in ihrer Handtasche. Mit ihren kalten Händen konnte sie das Handy kaum halten, als sie die Notrufnummer wählte.

„Notrufzentrale. Um welchen Notfall handelt es sich?"

„Autounfall. Meine Familie liegt mit dem Auto am Fuß eines Hangs fest. Gleich nach dem Highway 316. Hinter der Harbins Road. Ich muss ihnen helfen."

„Madam, bleiben Sie bitte am Telefon …"

Sie ließ das Handy fallen und lief zu der Stelle, wo die Bremsspuren anzeigten, dass der Van von der Straße abgekommen war. „Oh, Herr, bitte lass sie schnell hier sein!"

Sie sank auf den Boden und rutschte die Böschung hinab. Kälte drang durch ihren Mantel, als sie schwere Zweige aus dem Weg schob, um schneller nach unten zu kommen.

Wenige Minuten später unterbrach Sirenengeheul ihre verzweifelten Gebete. Die vorher ruhige Landschaft war von roten und blauen Lichtern erfüllt. Stimmen riefen Befehle. Polizei- und Feuerwehrautos. Männer in Uniform zogen sie wieder auf die Straße zurück. Zurück zu Marks Auto. Weg von ihrer Familie.

„Madam."

Gracie fuhr herum, als jemand leicht ihren Ellbogen berührte.

„Haben Sie den Unfall gesehen?" Ein älterer Polizist stand mit seinem Notizblock und Stift hinter ihr und deutete zu dem steilen Abhang, auf dem es jetzt vor Feuerwehrleuten wimmelte.

„Ja, das ist meine ..."

„Können Sie so genau wie möglich beschreiben, was Sie gesehen haben?"

Gracie blinzelte und drehte sich wieder zu dem Hang herum. „Mein Mann und meine zwei Kinder sind da unten. Geht es ihnen gut? Bitte sagen Sie mir, dass es ihnen gut geht."

„Das ist Ihre Familie?" Der Polizist erstarrte. Er zog sich seinen schwarzen Mantel enger um den Hals. „Wir tun, was wir können, Madam. Wir werden bald etwas hören."

„Ich war im Auto hinter ihnen. Ein schwarzer Truck fuhr frontal in unseren Van und schleuderte ihn den Hang hinunter." Grelle, weiße Lichter und knirschendes Metall erfüllten ihre Sinne. Die Luft brannte in ihrer Lunge. Die kurzen, abgehackten Atemzüge waren nicht genug, und es war ihr unmöglich, noch mehr Worte über die Lippen zu bringen. Wenige Sekunden später legte eine Polizistin ihr eine Decke um die Schultern.

„Haben Sie den Fahrer gesehen?"

„Er war jung, hatte ein rundliches Gesicht. Ein Student vielleicht? Ich ... ich weiß es nicht genau."

Feuerwehrleute schleppten Tragen den Hang herauf. Zwei Tragen. Die Polizistin stellte sich ihr in den Weg.

Hinter der Frau kletterte ein untersetzter Sanitäter den Hang herauf zu einer Gruppe uniformierter Männer. „Das hat keiner überlebt, Mann. Ihr braucht euch nicht den Hals zu brechen, um dort hinunterzuklettern."

Ihre Knie gaben nach. „Oh nein! Bitte! Nein!"

Der ältere Polizist ergriff ihren Arm und stützte sie. „Madam, können wir jemanden für Sie anrufen? Jemand, der Sie abholt und ins Krankenhaus bringt?"

Tränen brannten in ihren Augen. Sie suchte den Boden nach ihrem Handy ab, bis die Polizistin es ihr in die Hand drückte. „Meine Eltern ... erwarten uns." Sie hielt sich die Hand vor den Mund und versuchte,

Luft zu bekommen. „Thompson. Mein Vater." Sie hielt ihr das Telefon hin. „Im Adressbuch."

Die letzte Trage kam den Hang herauf, und Gracie glaubte zu sehen, wie sich ein blutiger Fuß bewegte. Sie wehrte sich gegen die Polizistin, die sie bei Marks Mustang festhielt, während die Feuerwehrleute die Trage in einen zweiten Krankenwagen schoben. „Es ist am besten, wenn Sie hierbleiben, Madam."

„Mein Mann und meine Kinder …"

Die Minuten vergingen wie in einem Nebel, während andere Polizisten kamen und wieder fuhren. Dann trafen mitten in dem Chaos ihre Eltern ein. Ihr Vater nahm sie in die Arme und nickte den Polizisten zu.

„Daddy, du musst dich beeilen. Ich habe gesehen, wie Elizabeth sich bewegt hat. Ich muss zu ihnen."

Auf dem ganzen Weg zum Krankenhaus sprach keiner ein Wort.

Es geht ihnen gut. Es muss ihnen gut gehen. Die Worte rasten pausenlos durch Gracies Kopf. Ein anderer Teil ihres Verstandes hörte die Worte: *Das hat keiner überlebt.*

Sie sprang aus dem Auto, als ihr Vater vor der Tür zur Notaufnahme anhielt. Sie eilte auf die Frau am Empfang zu. „Bitte, meine Familie. Sie wurden hierhergebracht. Ein Autounfall. Ich muss sie sehen. Mein Name ist Gracie Lang."

Die Frau zwang sich zu einem Lächeln. „Einen Moment bitte."

Gleich hinter dem Schreibtisch waren mehrere Polizisten zu sehen. Einer von ihnen drehte sich zu ihr um. Der ältere Polizist vom Straßenrand. „Mrs Lang?"

„Ja."

Die Arme ihrer Mutter legten sich fest um sie.

Der Polizist bedeutete ihr, ihm zu folgen, während er durch die Türen der Notaufnahme ging. „Sie sind in Schockraum eins."

„Geht es meiner Familie gut? Bitte sagen Sie mir, dass sie …"

Er blieb unmittelbar vor der Tür stehen. Seine steife Haltung wurde weicher, und er trat von einem Fuß auf den anderen. „Es tut mir wirklich leid, Madam. Die Rettungssanitäter haben getan, was sie konnten."

„Nein! Das muss ein Irrtum sein. Ich habe gesehen, wie meine Tochter sich bewegt hat. Sie müssen am Leben sein." Sie schob die Arme ihrer Mutter weg. „Ich muss sie sehen!"

Der Polizist trat von der Tür weg.

„Gracie, ich gehe hinein." Die starken Hände ihres Vaters hielten sie zurück. „Du bleibst hier bei deiner Mutter."

„Nein. Ich muss sie selbst sehen." Sie zwang ihre Beine, durch die kalte Metalltür zu gehen. Ein beißender Geruch stieg ihr in die Nase, und sie richtete ihren Blick auf die Mitte des Raumes.

Drei weiße Laken.

Ich kann das nicht.

Jeder Gedanke, wie sie diesen Moment überleben sollte, gefror wie das Dezembereis draußen. Ihre Muskeln weigerten sich, sich zu bewegen. Widerstreitende Gefühle löschten den letzten Funken Hoffnung, der ihr Herz noch zusammengehalten hatte.

Sie hatte nichts mehr.

Gracie richtete ihren Blick auf die leblosen, zugedeckten Körper.

Ein Fehler. Das war alles ein Fehler. Ein anderes Auto. Nicht ihre Familie.

Die Schwester stand neben einer großen Gestalt, die mit einem sterilen weißen Tuch bedeckt war. Sie wartete geduldig und mit mitfühlenden Augen.

Wie ein Verräter an ihrer inneren Stimme, die sie aufforderte zu fliehen, trat sie vor. Die Schwester begann das Laken zurückzuziehen. Gracie schloss die Augen.

Vielleicht ist es nicht Mark. Das ist alles eine Verwechslung.

Sie atmete ein paarmal abgehackt ein und öffnete die Augen. Die blonden Haare und das ausgeprägte Kinn gehörten ihrem Mann. Keine Verwechslung.

Eine eisige Hand legte sich um ihr Herz, und es zerbrach.

Oh, Vater, warum kann das kein Irrtum sein?

Sie streckte zitternd die Finger aus und zuckte zusammen, als sie Marks kalte Wange fühlte. Unter den Blutergüssen und Schnittwunden war das Gesicht, das sie in den letzten sieben Jahren jeden Morgen geküsst hatte.

Die Schwester trat zurück, aber Gracie wusste, dass sie einige Meter hinter ihr bei dem Polizisten wartete. Wenn sie die Fragen des Polizisten überstünde, wenn das herzzerreißende Schluchzen ihrer Eltern nachließ, wenn sie nach Hause käme und die Tür hinter sich zumachte, dann würde sie den Schlüssel umdrehen und …

Gracie schaute zur Decke hinauf. „Bitte, Gott. Mach, dass das nur ein schlimmer Traum ist."

Als sie wieder nach unten schaute, hatte sich nichts geändert.

Die Schwester hatte das Laken so weit zurückgezogen, dass sie Marks Gesicht sehen konnte, aber Gracie musste seine Hände sehen. Sie zog das weiße Baumwolltuch von seiner Seite. Das Laken fühlte sich genauso kalt an wie seine starren Glieder. Sie würde alles dafür geben, wenn er sie noch einmal mit seinen zärtlichen Händen berühren und streicheln würde. Ihr Halt geben, ihr Mut machen würde.

Gracie zwang ihre Finger, sich zu bewegen. Ihre Knie zitterten, als wäre sie einen Marathon gelaufen, und sie konnte wegen der Tränenflut, die als graue Tropfen auf das blutverschmierte Laken fielen, kaum etwas sehen. Sie wandte sich ab, um nicht zusammenzusacken, wurde jedoch mit einem Anblick konfrontiert, den keine Mutter ertragen sollte.

Meine Kinder.

Bleierne Hände unterdrückten den Schrei, der über ihre Lippen kam. Gracie schloss die Augen vor den zwei kleinen, zugedeckten Körpern, die vor ihr lagen.

Ihre brennenden Augen hatten keine Tränen mehr. Sie wollte sich nicht bewegen. Sie wollte nicht atmen. Sie wollte sich an *nichts* von diesem Tag erinnern. Das einzige Leben, das sie wollte, gab es nicht mehr.

Die Freude, als Mark ihr einen Heiratsantrag gemacht hatte.

Das erste Mal, als sie Elizabeth und Joshua gesehen hatte, rot und lauthals schreiend.

Der süße Duft ihrer neugeborenen Babys oder die Berührung, wenn sie ihnen einen Kuss auf die Wange gab.

Eine junge Krankenschwester drückte Gracie zwei Gegenstände in die Hand. Der beißende Geruch nach Blut und Desinfektionsmitteln brannte ihr in den Augen und in der Nase. Die Frau sagte etwas davon, dass sie heimgegangen waren.

Heim. Gracie starrte die Sachen in ihren Händen an. Joshuas Feuerwehrauto und *Gute Nacht, Mond,* Elizabeths Lieblingsbuch, fühlten sich wie Schatten in ihren Armen an. Sie waren alles, was ihr geblieben war.

Gracie drehte sich ein letztes Mal zu ihnen um, bevor sie in die laute Welt hinaustrat, die sich ohne sie weiterdrehte.

Drei weiße Laken.

Kapitel 1

Heute wäre Elizabeths sechster Geburtstag.

Gracie schaute auf den Radiowecker auf ihrem Nachttisch. Draußen war es noch dunkel, erst in einer Stunde würde der Wecker klingeln. Jake hatte seine honigfarbenen Pfoten ausgestreckt und schlummerte tief und fest am Fußende ihres Bettes. Ihre weiche, dicke Decke mit Rosenmuster lag halb auf ihm.

„Wenn ich nur auch so schlafen könnte."

Sie rutschte unter der schweren Decke hervor und schwang ihre Beine über die Seite des Bettes. Ihr Golden Retriever rührte sich nicht. Noch eine Woche Schule, und sie hätte ihr erstes Jahr überlebt, das sie fort von zu Hause verbrachte.

Allein.

Ein Foto auf dem Nachttisch fesselte ihre Aufmerksamkeit. Von einer Sekunde auf die andere war sie wieder in Georgia, saß auf der Verandaschaukel vor ihrem Haus, stellte die Kamera ein und schaute Elizabeth und Joshua zu, wie sie im Garten spielten. Die Herbstblätter wirbelten vor dem Hintergrund des klaren, blauen Himmels im Wind. Aus seiner Bärenhöhle in der Garage marschierte ein knurrender „Papabär" in die Blätter hinein und schlich sich an die spielenden Kinder heran; die kreischten und drehten sich mit einem glücklichen Lachen zu ihm herum. Als er näher kam, streckten Elizabeth und Joshua die Arme aus, um sich an die muskulösen Arme ihres Daddys zu klammern. Gracie machte den Schnappschuss, als die drei sich zu ihr herumdrehten.

Es kam ihr vor, als wäre es erst gestern gewesen.

Sie schlüpfte wieder ins Bett und kuschelte sich unter die warme Decke. Als die schöne Erinnerung vor ihr auftauchte, musste sie lächeln.

Ich kann ihr Lachen hören.

Dann fielen ihr die drei weißen Laken ein.

Heiße Tränen liefen ihr über die Wangen. Jemand in einem schwarzen Truck hatte ihr die Familie weggenommen. Die Erinnerungen schmerzten immer noch sehr.

Das musste sich ändern.

Das Klingeln des Telefons ließ sie und Jake gleichzeitig hochfahren.

Sie nahm schnell den Hörer in die Hand, bevor der ohrenbetäubende Lärm ihr noch einmal durch Mark und Bein gehen konnte. „Hallo?"

„Gracie? Habe ich dich geweckt?"

Die Stimme ihrer besten Freundin ließ ihr Herz wieder normal schlagen. „Unter normalen Umständen kannst du darauf wetten, dass ich um vier Uhr morgens noch schlafe."

Leah raschelte mit irgendwelchen Zetteln. „Aber heute nicht."

„Nein."

„Schaffst du es?" Leah McDaniel klang wie eine Mutterhenne, aber sie verkniff sich ihre Verhörstimme, die sie als Strafverteidigerin gut beherrschte. Im Moment wenigstens.

„Elizabeth käme nächstes Jahr in meine Klasse."

Leah seufzte.

Gracie wusste, dass es nicht mehr zu sagen gab. Seit zwei Jahren suchten sie nach Hinweisen und weinten am Todestag ihrer Familie und an jedem Geburtstag ihrer Lieben. Sie war den ständigen Schmerz leid.

„Ich mache heute etwas anderes, Leah. Ich habe genug davon, an ihren Geburtstagen wie ein Zombie mit geschwollenen roten Augen herumzulaufen." Jake trottete wieder zum Bett. Die Hundemarke an seinem Halsband klirrte. Sie streichelte sein warmes Fell. „Dieses Mal werde ich herausfinden, was passiert ist. Meiner Familie muss Gerechtigkeit widerfahren."

„Aber du warst dort und hast das gemacht … das ganze erste Jahr nach dem Unfall."

„Es war kein Unfall! Dieser Kerl muss betrunken gewesen sein, und Trunkenheit am Steuer muss bestraft werden. Er gehört ins Gefängnis."

„Gracie, das wissen wir nicht. Die Polizei hat nicht viel Beweismaterial gefunden. Es gab keine brauchbaren Spuren. Obwohl wir alle der Polizei keine Ruhe ließen: du, deine Eltern und ich, deine aufdringliche Anwaltsfreundin hier oben in Washington, DC. Die Polizisten, die für die Aufklärung zuständig waren, haben getan, was sie konnten."

„Ich werde mehr tun."

„Wann?"

Ihre Zimmernachbarin aus Studentenzeiten war leiser geworden. Gracies Herz schlug schneller. Sie hatte Leah ihren Plan unterbreitet und hatte ihn ohne großen Widerstand durchgebracht.

„Ich rufe heute Abend meine Eltern an. Wenn ich die letzte Schulwoche hinter mir habe, fliege ich nächsten Montag oder Dienstag nach Georgia." Sie stand auf, ging zu ihrem Kleiderschrank und zog ein hellblau und gelb geblümtes Sommerkleid heraus. Elizabeths Lieblingsfarbe am Himmel und Joshuas Lieblingsfarbe, weil sie wie der Sonnenschein aussah.

Mark hätte es genossen, die Schleife hinten aufzuziehen. Sie schüttelte diesen Gedanken von sich ab. Über zwei Jahre als Witwe machten es ihr nicht leichter, mit den natürlichen Reaktionen ihres Körpers umzugehen. Sie musste solche Gedanken verdrängen.

„Du rufst mich an und hältst mich auf dem Laufenden? Und du weißt, dass Kevin und ich helfen, wenn wir irgendetwas tun können."

„Ich weiß, Leah. Und ich schätze dich dafür." Sie zog blaue Sandalen heraus, die zu dem Kleid passten, und trat an die Kommode, um Schmuck anzulegen.

„Ich werde auch beten."

„Bete dafür, dass Gott dieses Mal lieber zu früh als zu spät deine Gebete erhört."

„Sei vorsichtig, worum du bittest, Gracie."

Sie kannte Leah und wusste, wie sie es meinte. Aber die Mahnung zur Vorsicht konnte ihre Stimmung nicht trüben. Gracie hatte das Feuer neu entfacht, das ihr in ihrem ersten Jahr nach dem Unfall die Kraft gegeben hatte weiterzuleben. Zum ersten Mal würde ein Geburtstag sie nicht veranlassen, weinend zu ihren Fotoalben zu laufen. Sie würde kämpfen.

Sie beendete das Gespräch mit dem Versprechen, vorsichtig zu sein und sich keine allzu großen Hoffnungen zu machen. Aber sie hatte bereits große Hoffnungen. Dieses Mal *wäre* es anders.

Gracie berührte ihr altmodisches Goldmedaillon. In dem schweren Oval hatte sie Bilder von ihren Kindern, die gleich nach der Geburt aufgenommen worden waren.

Für ihre Familie. Dieses Mal würde sie Antworten finden. In der Tiefe ihres Seins war sie der Wahrheit ganz nahe. Aber dieses Mal würde sie sie finden, und das Leben würde wieder einen Sinn ergeben.

* * *

Die Hope Ridge Academy stand groß vor ihr.

Obwohl sie jetzt schon ein ganzes Jahr in der exklusiven Schule die Erstklässler unterrichtete, ließ das überwältigende Gefühl, sie besuche den Präsidenten, sie immer noch nicht los, wenn sie die Sicherheitskontrollen der Schule passierte.

Gracie steuerte ihr Auto auf ihren Parkplatz unter einer der riesigen Eichen, die das Hauptgebäude, einen Ziegelbau im Stil des achtzehnten Jahrhunderts, umgaben. Während sie aus ihrem immer noch neu riechenden roten Jeep Wrangler stieg – ein Geburtstagsgeschenk, das sie vor einem Monat von ihren Eltern und ihrer Schwester bekommen hatte –, erinnerte sie sich an ihren letzten Anruf von Beth.

„Nachdem du endlich eingewilligt hast, dass Mom den Mustang über eBay verkauft, habe ich den Jeep online mit der perfekten Ausstattung bestellt, und Mom und Dad haben ihn abgeholt. Es ist genau das richtige Auto für dich, ein Männermagnet."

Als ob Gracie das bräuchte. Aber es hatte auch keinen Sinn, wenn Marks Auto in der Garage ihrer Eltern Staub und Rost ansetzte. Das Auto ihres Mannes wegzugeben tat ihr im Herzen weh. Gleichzeitig fiel wieder eine Kette, die sie an die Vergangenheit fesselte, von ihr ab.

Jetzt müsste nur noch Beths ständiges Drängen aufhören. Ihre Schwester drängte sie, wieder mit Männern auszugehen. Bald. Weil sie nicht jünger würde. Kleine Schwestern konnten lästig sein, auch noch mit dreißig Jahren.

Als sie jetzt an den imposanten Säulen von Hope Ridge vorbeiging, erinnerte sie das an Old Philadelphia, und sie stellte sich vor, sie befände sich in den Tagen der amerikanischen Revolution. Aber nur so lange, bis sie das Gebäude betrat. Dort wurde sie von hochmodernen Überwachungskameras und Metalldetektoren mit lautem Piepen und elektronischem Blinken begrüßt.

„Guten Morgen, Mrs Lang. Freuen Sie sich schon auf die Ferien?"

Sie erwiderte das Lächeln des schon etwas älteren Wachmannes. Er war wie ein Ersatzgroßvater, ein echter Freund, mit dem sie im Laufe des letzten Jahres oft zu Mittag gegessen hatte. „Natürlich, Mr Jennings. Reisen Sie mit Ihrer Frau durch das Land, während wir Lehrer unseren Schlaf nachholen?"

Er winkte sie durch das große Metallportal. „Das können Sie glauben. Wir werden nicht jünger. Haben Sie noch andere große Pläne, außer dass Sie ausschlafen wollen?"

Im Mai war sie zweiunddreißig geworden und sie fühlte sich uralt. Mr Jennings mit seinen über sechzig Jahren wirkte jünger als sie und hatte mehr Schwung in seinem Gang und ein Zwinkern in den Augen.

Gracie stellte ihre weiche, lederne Aktentasche ab. Der Strom an Lehrern und Schülern zog an ihr vorbei. Einige in Begleitung von Geheimdienstleuten; andere schmollten, weil ihre Handys und iPods an der Sicherheitskontrolle nicht vorbeikamen. „Ich fahre nächste Woche nach Hause. Ich will die alten militärischen Geheimdienstmethoden meines Vaters anwenden."

Seine weisen, alten Augen wurden feucht. „Sie wollen die Polizei wegen Ihrer Familie löchern?"

Sie berührte seinen uniformierten Arm. „Ich brauche Antworten, Mr Jennings. Ich muss sicher sein, dass ich alles getan habe, was ich konnte."

„Wann lassen Sie die Sache los, Liebes? Sie müssen sie irgendwann loslassen."

„Das werde ich."

„Mrs Lang." Bei der unfreundlichen Stimme des dürren Mannes stellten sich ihre Nackenhaare auf. „Ist es nicht höchste Zeit für die Morgenversammlung der Vorschule und der untersten drei Klassen?"

„Nein, Mr Perkins, ich habe noch zehn Minuten."

Er zog eine Augenbraue in die Höhe und rieb seinen dichten braunen Bart. „Soviel ich weiß, bin ich immer noch der stellvertretende Rektor, und in der Schule geschieht, was ich sage."

Als Kind eines Offiziers hatte sie gelernt zu lächeln, zu nicken und weiterzugehen. Und vor allem die Worte, die sie ihrem aufgeblasenen Chef gern an den Kopf geworfen hätte, hinunterzuschlucken. Sie hatte sich nichts zuschulden kommen lassen. Und trotzdem fühlte sie sich wie ein Kind, das zum Rektor gerufen wurde.

Oder wie in diesem Fall zum stellvertretenden Rektor.

Gracie eilte in ihr Klassenzimmer und schloss ihre Handtasche und ihren Aktenkoffer in ihr Pult ein. Kinderstimmen waren vor der Tür auf dem Gang zu hören. Die Schlangen aus großen Lehrern und jeweils fünfzehn kleinen Kindern, die ihnen in sauberen Reihen folgten, entlockten ihr ein Lächeln.

Sie erinnerten sie daran, warum sie als Lehrerin arbeitete: Für Elizabeth und Joshua und die vielen anderen kleinen, wissenshungrigen Kinder, die geduldige Liebe und sanfte Führung bei ihren vielen Fragen brauchten.

Das gab ihr ein bisschen das schöne Gefühl, wieder eine Mami zu sein.

Wenigstens an den meisten Tagen.

Im Moment wartete eine Morgenversammlung auf sie, die sie leiten sollte. Oder Mr Perkins mit seinen gelockten braunen Haaren, die er perfekt gefönt hatte, würde wie ein Geier über ihr kreisen und auf sie einhacken, sobald sie eine Sekunde zu spät käme.

Es gab nichts Schlimmeres, als in der letzten Woche vor den Ferien ins Büro des stellvertretenden Rektors gerufen zu werden.

Bei der Erinnerung an die letzten Winterferien musste sie innerlich schmunzeln: Er hatte ihr einen Tag vor Ferienbeginn aufgetragen, ihr Unterrichtskonzept gründlich zu überarbeiten, damit es mehr seinen Vorstellungen von dem entsprach, was Vorschüler und Erstklässler an einer Eliteschule lernen sollten.

Mr Perkins hatte jedoch keine Ahnung, wen er da vor einem Jahr eingestellt hatte.

Sie lächelte. Leah und ihre perfekten Referate, die sie am Abend vor dem Abgabetermin herunterschrieb, waren nichts im Vergleich zu Gracie und ihren glatten Einsen. Als Pädagogik- und Literaturstudentin, die tonnenweise Muster für Lehrpläne auf ihrem Computer gespeichert hatte, konnte sie es in jeder Hinsicht mit ihrer Mitbewohnerin aufnehmen.

Mr Perkins hatte seine neuen Lehrpläne viel schneller bekommen, als er erwartet hatte.

Gracie packte ihre Liederliste und eine Tasche mit Musikinstrumenten ein und begab sich zur Morgenversammlung. Wenn sie den Eifer, mit dem sie heute Morgen aufgewacht war, in die richtigen Bahnen lenken würde, könnte ihre Suche nach Hinweisen in der nächsten Woche einige gute Ergebnisse bringen.

Ergebnisse, die hoffentlich das Feuer, das in ihr brannte, zügelten. Sie hatte die Magengeschwüre und schlaflosen Nächte des ersten Jahres nach dem Unfall satt.

Gerechtigkeit. Das war ihr Ziel. Für Mark und Elizabeth und Joshua. Ihr Mörder sollte wissen, wie es war, vor drei weißen Laken zu stehen.

* * *

Die warme Nachtluft bewegte sein Haar, während er hinter Gracies dunklem Garten lauerte.

„Jake! Jake!“, rief sie. „Komm schon, Junge. Es ist Zeit zu schlafen.“

Aber Gracies Hund ließ sich gern Zeit, um sein Gebiet zu erkunden. Nach zwei Jahren wusste ihr Beobachter fast alles über den Golden Retriever und die junge Witwe.

Nur nicht, wie er ihrer Suche nach Antworten ein Ende setzen konnte.

Er schlich näher an den Holzzaun heran, um sie besser beobachten zu können. Sie sah gut aus.

Im Vollmond konnte er sehen, wie Gracies langes goldbraunes Haar leicht im Wind wehte, während sie ihren Bademantel enger um ihren sportlichen Körper wickelte. Ihr riesiger Hund gehorchte ihrem Ruf und rannte durch den Garten.

Sie und dieser Hund waren nach dem Unfall monatelang in jeder größeren Zeitung gewesen. Da er ihr jeden Abend folgte, war er inzwischen den Vanilleduft ihres Parfüms gewohnt, der seine Sinne quälte.

Er trat näher, um besser sehen zu können.

Bevor sie sich umdrehte, um ins Haus zu gehen, blieb Jake abrupt stehen und stand völlig regungslos da und richtete den Kopf in seine Richtung. Das leise Knurren des Hundes drang durch die Nacht.

Jeder Muskel in seinem Körper zog sich zusammen, als er die Lippen fest zusammenkniff, um nicht laut zu fluchen.

„Komm schon, Jake. Da draußen ist niemand. Komm ins Haus.“ Ihre zittrigen Worte überzeugten Jake nicht. Aber er gehorchte ihr trotzdem und verschwand in dem kleinen Ziegelhaus.

Er atmete langsam und kontrolliert aus. Wenn man ihn erwischte, würde ihn das alles kosten, seine Karriere und seine Freiheit. Gerichte hatten kein Mitleid mit betrunkenen Autofahrern, die perfekte kleine Familien zerstörten.

Oder die die Wahrheit vor anständigen Staatsbürgern verheimlichten. Und schon gar nicht vor der Mutter von zwei toten Kindern.

Aber er würde sich nicht erlauben, noch einmal nachlässig zu sein.

Genauso wenig wie er es Gracie Ann Lang erlauben würde, längst vergrabene Antworten zu finden.

Kapitel 2

Steven Kesslers Tag konnte nicht mehr schlimmer werden.

Das J.-Edgar-Hoover-Gebäude wimmelte vor FBI-Agenten, die gedankenversunken zwischen den Schreibtischen hin und her liefen und ernste Gesichter machten. Eilig legte er die letzten Meter zu seinem Schreibtisch zurück.

Ein Fall, der sich schon eine ganze Woche hinzog, strapazierte seine Geduld aufs Äußerste. Ryan, ein achtjähriger Junge aus Stevens Heimatstadt in Kentucky, war nach Washington, DC, entführt worden. Jetzt war es seine Aufgabe, das Kind zu finden und es nach Hause zu bringen. Lebendig.

Und je früher er einen neuen Hinweis bekam, umso früher konnten er und Ryan wieder eine Nacht durchschlafen. In ihren eigenen Betten. Er sehnte sich nach einem freien Tag, aber erst wenn er seine Arbeit erledigt hätte. Bei seinem ersten Blick in das Gesicht seines neugeborenen Sohnes vor fast sechs Jahren hatte er sich geschworen, dass ihn nichts von seiner neuen Aufgabe als Koordinator der Abteilung *Gewaltverbrechen gegen Kinder* abhalten würde. Er würde entführte Kinder zu ihren Familien nach Hause bringen. Dieser eine Moment, in dem Eltern ihre Kinder wieder in die Arme schließen konnten, war die ganze mühsame Arbeit wert und ließ ihn die weniger glücklichen Ausgänge eher akzeptieren.

Steven schüttelte den Kopf, um wieder klar denken zu können. Er zog sein Jackett aus und lockerte seine Krawatte mit dem Logo der Basketballmannschaft der Universität von Louisville. Tausend andere Dinge würden ihn im Moment mehr reizen, aber die Papierstapel mussten abgearbeitet werden.

„Es wird auch Zeit, dass du endlich zur Arbeit kommst, Partner." Clint Rollins rutschte hinter die Trennwand zwischen ihnen und grinste. Andere Agents, die an ihnen vorbeigingen, warfen die Schultern zurück und zogen ihren Bauch ein. Jeder beneidete den Texaner um seine durchtrainierte Figur.

„Nach so vielen Dienstjahren hättest du doch inzwischen lernen müssen, dass nur die Frühaufsteher die schlechte Morgenlaune des Chefs abbekommen. Außerdem holen sich echte Agenten erst einen

Kaffee." Steven hielt seinen doppelten Espresso hoch und reichte seinem Partner auch einen.

Clint tippte zum Dank an seinen nicht vorhandenen Cowboyhut. „Der Chef war heute Morgen gut gelaunt. Er hat sogar ein lobendes Wort über das Verteidigungstraining verloren, das ich letzte Woche gemacht habe."

Steven schaute seinen Partner nicht an.

Clint richtete sich zu seinen vollen ein Meter fünfundneunzig auf und drehte den Kopf von einer Seite zur anderen. „Erinnerst du dich? Der Kurs, den du wegen deiner eingerosteten Gelenke hast ausfallen lassen?"

„Soweit ich mich erinnere, habe ich zu dem Zeitpunkt gerade den Kopf eines Pornorings hinter Gitter gebracht. Trotz meiner eingerosteten Gelenke."

Michael Parker, das neueste Mitglied ihrer Einheit, schaute von seinem Buch auf und blieb neben Clint stehen. „Irgendetwas Neues im Fall Ryan?"

Steven und Clint schüttelten beide den Kopf. Steven hätte lieber im Fitnessraum auf den Sandsack einboxt oder wäre bei dem Team draußen gewesen, das die Stelle absuchte, an der Ryan das letzte Mal gesehen worden war, aber er musste den Papierkram erledigen.

„Du hast ein gutes Training verpasst, Clint. Ich schlage deinen Rekord in Taktik und im Laufen."

Clint schlug dem achtundzwanzigjährigen Grünschnabel auf den Rücken. Die blonden Haare des Jungen passten zu seinem breiten Grinsen.

„Während du und der Cowboy hier gute Polizisten gespielt habt, habe ich gearbeitet. Etwas, das ihr beide jetzt auch tun könntet."

Clint schnalzte mit der Zunge. „Lass dir von seinem Knurren keine Angst einjagen, Junge. Nur sein Revolver ist schlimmer als sein Bellen."

Jan Bryant, der Verwaltungsbeamte, mit dem sie am liebsten zusammenarbeiteten, unterbrach sie. „Steven, wir haben gerade die Meldung bekommen, dass Ryan und der Entführer im Rock Creek Park gesehen wurden. Fahrt los und bringt Ryan noch heute nach Hause. Und erwischt diesen ..."

„Machen wir", fiel Steven ihm ins Wort, bevor sein Kollege zu einer Schimpftirade gegen den Entführer ansetzte, die er nicht hören wollte.

Ohne nachzudenken, nahm er seine Glock, steckte sie ins Pistolenhalfter und lief zur Treppe. Clint und Michael folgten ihm dicht auf den Fersen.

Wenn es sich vermeiden ließ, einen Menschen zu töten, war ihm das viel lieber.

Aber wenn nicht …

Im Moment zählte nur eines: Ryan nach Hause zu bringen. Während Clint am Steuer saß, spielte Steven mit dem ein Jahr alten Bild vom ersten Kindergartentag seines Sohnes. Das Bild, das er immer in seiner Jacke bei sich trug. Sein hellbraunes Haar, seine blauen Augen und sein breites Lächeln steckten voller Lebensfreude. Genauso wie das Foto von Ryan, das sie veröffentlicht hatten.

Beide Bilder waren, als schaue man in einen Spiegel aus der Vergangenheit.

Der eine Junge war an der Hope Ridge Academy sicher aufgehoben; den anderen wollte Steven seinen Eltern zurückbringen. Noch heute Abend.

* * *

Die Zweige klatschten Steven beim Laufen ins Gesicht und gegen die Schultern.

Tief im Waldgebiet des Rock Creek Parks nahm er sein Funkgerät und meldete seine Position. Vor ihm auf der kleinen Wiese hielt ein untersetzter Mann mit wilden Augen Ryan fest. Seine verschwitzten Arme klammerten sich um den Nacken des Jungen. Er brüllte sie an, dass sie nicht näher kommen sollten. Ryans Körper hing regungslos an ihm.

Steven blieb stehen, nahe genug, dass er durch Ryans zerrissene Kleidung die schweren Verletzungen des Jungen und seine Augen sehen konnte, die vor Angst riesengroß waren.

Die Stunden hatten sich zu Tagen hingezogen, an denen sie Ryan gesucht hatten, ohne große Hoffnung, ihn zu finden. Michael hatte gezweifelt, dass sie ihn noch lebend finden würden, aber jetzt hatten sie ihn gefunden, und es war Stevens Aufgabe, den Jungen aus den Händen seines Entführers zu befreien und ihn nach Hause zu bringen.

Blätter raschelten und Zweige knackten auf der anderen Seite der Lichtung.

Ein Schuss ging los.

Der kräftige Entführer erwiderte das Feuer. Steven hatte freie Schussbahn auf den Rücken des Mannes und musste jetzt handeln.

Er konzentrierte seinen Blick auf das Ziel und drückte ab. Ein lauter Schrei ertönte. Dann herrschte Stille.

FBI-Agenten stürmten auf die Lichtung.

Michael und Clint waren als Erste da und zogen den kleinen Jungen von dem Toten weg.

Ryans Körper fiel bewusstlos in Stevens Arme.

Wenn ich ihn nur ein paar Tage früher gefunden hätte!

„Ryan atmet nicht, Steven."

„Wurde er angeschossen?" Falls einer aus seinem Team danebengeschossen und Ryan getroffen hatte, wäre die Hölle los.

„Nein." Clint rief per Funk den Gerichtsmediziner und einen Krankenwagen.

Steven begann, den Jungen zu reanimieren.

Minuten vergingen, bevor die Sanitäter am Tatort eintrafen. Die Lichtung war zu klein für einen Hubschrauber. Mit geübten, schnellen Handgriffen lösten sie Steven ab und intubierten Ryan. Clint zog ihn zurück.

„Wir hätten früher hier sein sollen."

„Wir haben getan, was wir konnten, Steven", sagte Michael.

Michaels Schuss hatte Steven in die perfekte Ausgangsposition gebracht, die Arbeit zu Ende zu führen. Aber Ryan würde heute Abend nicht nach Hause kommen. Vielleicht würde er es nicht einmal lebend ins Krankenhaus schaffen.

„Nie wieder. Ich will nicht, dass noch ein Kind so leiden muss, für das wir zuständig sind."

Sein Partner nickte und schob langsam das Kinn vor. „Komm, wir fahren ins Krankenhaus. Und wir sollten beten."

Diese Einstellung half Clint, jeden Tag seine Arbeit zu machen und jeden Abend mit klarem Verstand nach Hause zu gehen.

Michael schnaubte bei Clints Bemerkung. Dann trotteten sie alle drei schweigend durch das Gebüsch.

Es war lange her, seit Steven das letzte Mal ein Kind in Ryans Verfassung in den Armen gehalten hatte. Aber nicht lange genug.

* * *

Ryans Eltern waren unterwegs.

Die Ärzte hatten immer noch keine guten Nachrichten, aber Ryan wurde künstlich beatmet, und die Ärzte taten, was in ihrer Macht stand, um ihn durchzubringen. Davon war Steven überzeugt.

Sie saßen im Wartezimmer für Privatpatienten. Jetzt ging er nervös auf und ab. Clint tippte etwas auf Stevens Laptop und trug die Fakten und Informationen zusammen, die er für den Bericht brauchte. Einen guten Freund wie Clint zu haben, der ihm den Rücken freihielt, half Steven, diese Arbeit Jahr für Jahr zu machen. Ohne zu trinken, um die schmerzenden Pfeile in seinem Bewusstsein erträglicher zu machen.

Es war nicht so, dass er nicht schon daran gedacht hätte. Er hatte daran gedacht. Aber der Alkohol hatte in seinem Leben schon genug zerstört. Und er hatte einen Sohn, den er schützen musste.

Sein Handy klingelte. Steven meldete sich.

„Agent Kessler, hier ist Thomas Perkins von der Hope Ridge Academy. Wir haben versucht, Ihre Eltern anzurufen, damit sie Ihren Sohn abholen, aber bei ihnen meldet sich niemand. Er ist einer der letzten Schüler in unserer Betreuung nach dem Unterricht. Wann kann ich mit Ihnen rechnen?"

Steven stöhnte. Er hatte vergessen, dass sein Vater und seine Stiefmutter für das Wochenende weggefahren waren. Es war wirklich schade, dass seine Schwester Hanna so weit weg wohnte. „Ich komme sofort."

Clint schaute auf, als er ihn leise fluchen hörte. „Fluchen macht es auch nicht besser. Was ist passiert?"

„Dad und Sue sind in Baltimore und eröffnen dort ein neues Café. James ist in der Schule und wartet auf mich."

„Ich kann versuchen, ob Sara noch einmal hinfährt und ihn abholt. Sie müsste inzwischen mit ihrer Nachmittagsvisite fertig sein." Clint wählte die Nummer seiner Frau, die zu den besten Onkologen der Stadt zählte.

Steven klappte das Handy seines Partners zu. „Nein. Ich kann hier sowieso nichts mehr tun. Und es ist James' letzter Kindergartentag. Ich sollte meinen Sohn wenigstens einmal im Jahr abholen."

„Dein Dad und Sue sind nach DC gezogen, um dir zu helfen, Steven.

Setz dich nicht so unter Druck. Als alleinerziehender Vater hast du es schon schwer genug. Versink nicht auch noch in Schuldgefühlen."

Clint hatte leicht reden. Bei ihm und Sara war alles so perfekt: die Ehe, die Kindererziehung und das Leben. Sie waren glücklich verheiratet. Steven schüttelte die Eifersucht von sich ab. „Wir sehen uns morgen Früh. Ruf mich an, falls sich an Ryans Zustand irgendetwas ändert."

Der Verkehr auf dem Stadtring verhinderte, dass er sein Ziel schnell erreichte, und die Gedanken an Ryan quälten ihn.

Als er schließlich seinen Wagen parkte, seinen Ausweis zeigte und die Sicherheitskontrolle passierte, saß sein Sohn allein mit einer Lehrerin in einem Aufenthaltsraum. Wenigstens weinte James nicht.

Steven lehnte sich an den Türrahmen und schaute zu, wie die Lehrerin James vorschlug, auf dem Boden ein Puzzle zu machen. Die leicht geöffnete Tür gab ihm die Möglichkeit, sie unbemerkt zu beobachten. Ihr rotbraunes Haar, das zu einem Pferdeschwanz zusammengebunden war, hüpfte, als sie mit seinem kleinen Liebling lachte.

Steven hatte noch nie gesehen, dass eine junge, attraktive Frau es genoss, mit James zusammen zu sein. Dieser Anblick rührte etwas in seinem Inneren an.

Etwas, das er seit Jahren nicht mehr gefühlt hatte.

Angela hatte ihn verlassen, als ihr Sohn noch ein Baby gewesen war. Seitdem kümmerten sich James' Großeltern oder ein älteres Kindermädchen um ihn. Eine junge Frau würde eh nur versuchen, James' Zuneigung zu gewinnen und über das Kind an seinen Vater heranzukommen. Doch Steven hatte nicht vor, mit Frauen auszugehen.

Vielleicht war das ein Fehler.

„Agent Kessler?"

Er drehte sich um und erblickte einen dürren Kerl in einem aufgeblasenen Anzug.

„Ich bin Thomas Perkins, der stellvertretende Rektor." Der Mann beugte sich vor und machte die Zimmertür zu. „Ich würde gern mit Ihnen über Ihre künftigen Pläne sprechen, was die Betreuung nach der Schule angeht. Natürlich nur, falls Sie die Absicht haben, dass Ihr Sohn hier an Hope Ridge bleibt."

Steven richtete sich zu seiner vollen Größe auf und überragte den jüngeren Mann um einen ganzen Kopf. „Es ist das erste Mal, dass James zu spät abgeholt wird. Es wird nicht wieder vorkommen."

„Bei Ihrem Beruf im FBI kann ich mir nicht vorstellen, dass die Abholzeiten für Sie machbar sind."

„Ich werde dafür sorgen, dass wir eine andere Lösung finden, bevor die Schule im September beginnt."

„Gut. Bitte sorgen Sie dafür und informieren Sie so bald wie möglich das Sekretariat über Ihre Pläne." Mr Perkins stolzierte den Gang hinab, als würde ihm die ganze Welt gehören. Dieser Beamte, nicht viel älter als dreißig, müsste dringend von seiner Arroganz kuriert werden. Aber das war nicht Stevens Aufgabe. Jemand anders musste diesen Kerl von seinem hohen Ross herunterholen.

Steven rückte seine rotschwarze Lieblingskrawatte zurecht. Er hoffte, die fünf Jahre, die er älter war als der stellvertretende Rektor, halfen ihm, weniger arrogant zu sein und sich nicht so schnell mit jemandem anzulegen. Vor zehn Jahren wäre das noch anders gewesen.

Bevor Clint ihn mit Bibelstellen bombardiert hatte, dass nur Toren unüberlegt im Zorn handeln.

Er richtete seine Aufmerksamkeit wieder auf das Klassenzimmer und die hübsche Lehrerin. Vielleicht war das Perkins' Problem. Er hatte Steven ertappt, wie er seine Freundin beobachtet hatte.

Höchst unwahrscheinlich.

Die Frau, die immer noch mit seinem Sohn ein Puzzle machte, hatte mehr Klasse, als sich mit diesem arroganten Kerl abzugeben. Nach ihrem Aussehen und ihrem geübten Umgang mit Kindern zu urteilen, hatte sie wahrscheinlich selbst einen Mann und Kinder zu Hause.

Bevor er die Tür zum Klassenzimmer öffnete, schaute er noch einmal auf sein Handy, um zu sehen, ob Clint ihm eine Nachricht wegen Ryan geschickt hatte.

Nichts.

Vielleicht war keine Nachricht in diesem Fall eine gute Nachricht.

* * *

„Ich bin hier, um James abzuholen."

Gracie hatte vorher einen kurzen Blick auf den gut aussehenden Fremden im Gang erhascht, bevor ihr Chef die Tür geschlossen hatte. Seitdem hatte sie auf ihn gewartet.

Nach einer längeren Pause erhob sie sich und streifte ihr weißes Sommerkleid glatt. „Tut mir leid; wir sind uns noch nicht begegnet. Ich muss Ihren Ausweis sehen, bevor ich Ihnen James mitgeben kann."

„Daddy! Da bist du ja!" James sprang in die Arme des Mannes. Hier war kein Irrtum möglich. Dieser Mann war James Kesslers Vater. Beide hatten hellbraune Haare und die attraktivsten blauen Augen, die sie je gesehen hatte.

„Hey, kleiner Mann, es tut so gut, dich zu sehen." Er stellte James wieder auf den Linoleumboden. Der Junge begann, in der Geschwindigkeit eines Rennwagens zu erzählen.

Kleiner Mann.

Marks Spitzname für ihren Sohn holte viele Erinnerungen an die Oberfläche.

Sie versuchte, die Schnappschüsse von ihrem lächelnden, kleinen Sohn mit seinem wunderbaren Daddy zu verdrängen. Vor einem Elternteil ihrer Schüler in Tränen auszubrechen würde ihr mit Sicherheit den Zorn ihres Chefs einhandeln. Ganz zu schweigen davon, dass James' Vater schnell die Flucht ergreifen würde. Dieser Daddy, der seinen Sohn genauso liebte, wie Mark Joshua geliebt hatte. Was würde sie nicht dafür geben, wieder Teil einer Familie zu sein.

Mr Kessler holte sie mit einem Lächeln, bei dem ihre Zehen zu kribbeln begannen, in die Gegenwart zurück. Dann zerzauste er James die Haare und konzentrierte sich auf das pausenlose Geplapper seines Sohnes.

„Übrigens, ich bin Steven Kessler", gelang es ihm einzuwerfen, als James Luft holte. Danach griff er in seine Jackentasche und reichte ihr, wie sie vermutete, seinen Personalausweis.

An seiner linken Hand war kein Ehering zu sehen. Gracies Gesicht errötete, als sie merkte, welche Richtung ihre Gedanken einschlugen. Vor Nervosität ließ sie seinen Ausweis fallen.

Steven schmunzelte.

Sie war im Umgang mit Männern normalerweise nicht so unbeholfen.

Sein belustigtes Grinsen, als er sich bückte, um seinen Ausweis aufzuheben, trug nicht dazu bei, ihre Wangen abzukühlen. Er gab ihr den Ausweis wieder, und sie warf einen Blick auf das Foto und den Ausweis, den sie jetzt fest in der Hand hielt. Der Mann sah in Wirklichkeit noch besser aus als auf dem Foto.

„Ich hole James' Sachen." Gracie ging um ihr Pult herum und hob seinen roten Rucksack auf.

„Mrs Lang wird nächstes Jahr meine Lehrerin." James zog seine Kindergartenurkunden heraus, die er ihr vorher gezeigt hatte. „Schau, Daddy!"

Als Steven die Urkunden nahm, die James ihm hinhielt, klingelte sein Handy. Er hielt einen Finger hoch, um seinen Sohn zum Schweigen aufzufordern. „Kessler."

Während die laute, aufgewühlte Stimme des Anrufers bis an Gracies Ohren drang, schloss der FBI-Agent die Augen und fuhr sich mit seiner freien Hand durch die Haare. Die Muskeln in seinem jetzt harten Kinn arbeiteten unaufhörlich.

Er klappte das Handy zu und räusperte sich. „Könnte ich bitte meinen Ausweis wiederhaben?"

Gracie warf einen letzten Blick auf den Ausweis und drückte ihn ihm in die Hand. Sie lächelte James an. „Es freut mich, dass ich im nächsten Jahr nicht nur James' Großeltern kennenlerne. Ich habe schon viele wunderbare Dinge über Sie alle gehört."

„Sie werden hauptsächlich James' Großeltern sehen."

Stevens blaue Augen hatten während des kurzen Telefongesprächs etwas von ihrem Schein verloren. Der Anruf hatte sein herzliches Verhalten in Eis verwandelt.

„Ist alles in Ordnung, Mr Kessler?"

„Ja, alles bestens, danke." Er schaute zu seinem Sohn hinunter. „Komm, kleiner Mann. Ich kann jetzt ein paar Stunden mit meinem Lieblingsfreund vertragen. Es war ein harter Tag." Steven schwang James auf seine Arme.

Mit einem kurzen Winken verschwanden die beiden Kesslermänner auf dem Gang.

Kapitel 3

Metall quietschte und knirschte auf Metall, als ein großer, blauer Minivan den Hang hinunterstürzte.

Alles geschah im Zeitlupentempo. Glas klirrte. Schreie durchschnitten die Luft. Gracie roch Benzin und Blut; der Boden der Schlucht schien meilenweit weg zu sein. Aber sie rutschte den kalten, glitschigen Schlamm hinunter, so schnell ihre Füße sich bewegten. Als sie bei dem Auto ankam, war alles still.

Blut war zu sehen.

Elizabeth und Joshua und Mark lagen auf dem kalten, verschneiten Boden.

Ihr Magen zog sich zusammen und sie wandte sich ab. Bei dem Anblick erstarrte sie bis ins Innerste.

Etwas lenkte ihre Aufmerksamkeit nach oben. Ein Mann, in Schwarz gehüllt, stand regungslos da. Gracie schrie um Hilfe und lief los, um ihn zu erwischen, als er sich umdrehte und aus ihrem Blickfeld verschwand. Sie rannte schneller, bis sie ihn fast eingeholt hatte.

Dann quietschten Reifen und er raste in einem schwarzen Truck davon. MVB. Sie wiederholte die Buchstaben auf dem Nummernschild immer wieder.

Ihr Herz raste, als würde es aus ihrem Brustkorb springen, aber sie musste zurück, um ihre Familie zu retten. Dieses Mal würden sie überleben.

Die Unfallstelle verschwand, und grelles, weißes Krankenhauslicht blendete sie. Sie stand im stillen Raum der Notaufnahme und war von drei Tischen umgeben, die mit weißen Laken bedeckt waren. Die Toten, die darunter lagen, machten ihr Angst. Sie konnte sie nicht anschauen.

„Nein!" Sie fuhr im Bett hoch und wachte von ihrem Alptraum auf. Ihre Bettdecke lag bleiern auf ihr. Sie warf sie zur Seite und rang nach Luft.

Jake sprang vom Bett und stellte sich an die Zimmertür. Nicht einmal ihr Hund konnte diese Gefühlsausbrüche verkraften.

Sie drückte sich ein Kissen auf die Brust, sank zurück und rollte sich zu einer Kugel zusammen. Die Trauer legte sich wie ein Schraubstock um ihr Herz.

Bilder von Mark, Elizabeth und Joshua verschwammen vor ihrem geistigen Auge. Gracie versuchte, klar zu sehen, aber es blieben nur verschwommene Schatten. Sie berührte ihren linken Ringfinger. Kein Ring.

„Oh, Gott, warum war ich nicht auch bei ihnen im Auto?"

Schweigen.

Sie trat zu der Truhe am Fußende ihres Bettes und öffnete das grüne Samtkästchen. Der kühle, weiche Stoff verhöhnte sie. Ganz anders als beim ersten Mal, als sie diese Schachtel gehalten hatte.

Nein. Alles war seitdem anders geworden.

Seit mehr als zwei Jahren war sie jetzt schon allein. Sie war eine dieser einsamen Frauen geworden, die sich versteckten, statt ihre Eheringe zu tragen. Sie war es müde, erklären zu müssen, wie sie Witwe geworden war, und die mitleidigen, traurigen Blicke zu ertragen, die ihrer Erklärung folgten.

Tränen hatten deutliche Spuren auf dem kleinen Samtkästchen hinterlassen. Sie öffnete den Deckel und berührte den Schmuck, der sieben Jahre lang so sehr ein Teil von ihr gewesen war. Jedes Mal, wenn sich das Licht in dem Diamanten fing, hatte sie gelächelt und angenehme Erinnerungen damit verbunden.

Das war vorbei.

Sie schloss den Deckel und legte das grüne Kästchen wieder zurück.

Die Begegnung mit Steven Kessler musste diesen Traum ausgelöst haben. Einen Traum, den sie seit Monaten nicht mehr gehabt hatte. Sie schüttelte den Kopf. Wahrscheinlich hatte der Traum eher mit ihrer bevorstehenden Reise und der Unruhe zu tun, die sich das ganze Wochenende schon in ihr aufstaute.

Trotzdem half es ihr nicht weiter, an Steven Kessler zu denken. Solche Gedanken verstärkten nur ihren Schmerz.

Die Vergangenheit hielt sie gefangen. Sie war noch nicht frei, um sich wieder zu verabreden. Auch wenn ihre Schwester und ihre Eltern meinten, es sei an der Zeit.

Noch nicht.

Als sie aufstand, pochte ihr Kopf. Sie massierte sich die Schläfen und den Nacken, während sie über den kalten Hartholzboden ging. Sie schob die bodenlangen Rosenvorhänge beiseite und spähte in die dichte Dunkelheit hinaus. Kein Mond, der die Finsternis erhellte. Keine Sterne schienen am Himmel. Nur Wolken und Nacht.

Sie drückte ihre Stirn an das kalte Glas. „Hilf mir, den Mann zu finden, der meine Familie getötet hat, Vater. Bitte hilf mir, ihn hinter Gitter zu bringen.“ Jake stieß mit der Schnauze an ihre Hand, und sie streichelte sein warmes Fell.

Nichts würde ihr die Familie zurückbringen. Aber Gerechtigkeit müsste doch einen gewissen Trost bringen, diesen ganzen Alptraum irgendwie beenden. Wenn dieser Mann hinter Gittern wäre, könnte er keine andere Familie mehr zerstören.

Das musste doch etwas wert sein.

Sie bewegte sich langsam zu ihrer Kommode hinüber. Ihr Blick fiel auf das lederne Buch, das sie gestern Abend dorthin gelegt hatte. Sie schaltete die Stehlampe an und drückte sich das Buch aufs Herz.

Die Uhr zeigte, dass es ein Uhr in der Früh war. Gracie setzte sich aufs Bett und machte es sich mit der Decke gemütlich. Jake legte sich wieder neben ihre Füße, um weiterzuschlafen. Sie berührte die abgegriffene Lederbibel, die Mark ihr zu ihrem fünften Hochzeitstag geschenkt hatte. Als sie die markierten Stellen durchblätterte, blieb ihr Blick bei Jeremia 31,3 hängen: „Ich habe dich je und je geliebt.“

Sie wollte beten. Wenn Gott sie liebte, würde er ihr bei ihrer Suche helfen. Aber in vielen Jahren Sonntagsschule und durch die Gespräche mit ihren Eltern über Gott wusste sie, dass ein solches Gebet keine Garantie dafür war, dass Gott so eingriff, wie sie sich das wünschte.

Trotzdem hatte sie ein klares Anliegen. Gerechtigkeit. Und morgen würde sie die Polizei dazu bringen, den Fall neu aufzurollen. Immerhin war ihr ein Teil des Nummernschildes eingefallen, und sie konnte sich ein wenig besser an das Gesicht des Mannes erinnern.

Auch wenn es nur ein Traum gewesen war, hatte ihre Therapeutin davon gesprochen, dass ihr Unterbewusstsein vielleicht mehr Informationen preisgeben würde, wenn sie sich nicht so verkrampft bemühen würde, sich zu erinnern. Und so war es gewesen. Jetzt konnte diese Information sie vielleicht den entscheidenden Schritt weiterbringen.

* * *

Der diensthabende Beamte der Polizeiwache von Gwinnett County war nicht gerade begeistert, als Gracie verlangte, mit einem Detective zu sprechen. Sie schaute sich in dem kleinen Wartezimmer um und setzte sich auf den harten blauen Plastikstuhl. Riesige Portraits von früheren Polizeichefs zierten die ansonsten kahle Wand. Menschen standen vor den großen Glasfenstern Schlange, um Beschwerden einzulegen, Geldstrafen zu bezahlen und Unfallberichte anzufordern.

Niemand schenkte ihr viel Beachtung.

„Mrs Lang?“ Ein Mann mit breiten Schultern und Oberarmen wie die eines Arnold Schwarzeneggers hielt eine schwere graue Tür auf. „Ich bin Detective Calhoun. Wenn Sie bitte mitkommen, können wir über Ihren Fall sprechen.“

Endlich.

Natürlich hätte sie auch viel länger gewartet, um mit ihm zu sprechen.

Sie setzte sich in ein Büro, in dem viele Leute arbeiteten und das mit Trennwänden in winzige Kabinen unterteilt war. Keine Privatsphäre. Viel Lärm. „Ich möchte, dass die Untersuchungen um den Tod meiner Familie neu aufgenommen werden.“

Detective Calhouns ausdrucksloser Blick stärkte nicht gerade ihr Selbstvertrauen, aber sie drängte weiter und erklärte die Details des Unfalls.

Gracie atmete tief ein. Sie würde vor diesem stoischen Polizisten nicht weinen. Sie musste sich zusammenreißen. Aber die Szene war genauso lebendig wie der Alptraum von gestern Nacht. Ungeweinte Tränen brannten ihr in den Augen.

„Mrs Lang, ich bin sicher, dass die Erinnerungen schwer für Sie sind. Aber vielleicht ist das nicht der beste Weg.“ Der Kriminalbeamte senkte die Stimme. „Haben Sie eine Therapie gemacht, Madam? Das würde Ihnen bestimmt helfen.“

Sie wusste nicht, ob sie lachen oder weinen sollte. Oder beides. Sie tat keines von beidem, sondern erwiderte nur seinen Blick und wartete. So leicht würde er sie nicht loswerden.

„Was ich damit sagen will: Wir können wirklich nicht viel tun mit den wenigen Anhaltspunkten, die wir vor zwei Jahren hatten. Die Beamten, die diese Untersuchungen leiteten, sind nicht mehr in der Unfallabteilung, und die Lackspuren und die Täterbeschreibung brachten nicht die erhofften Ergebnisse.“

„Dadurch, dass ich vorher angerufen habe, habe ich also verhindert, dass dieser Fall neu aufgerollt wird?“

Detective Calhoun schmunzelte. „Nein, Madam. Ich weiß nur gern, worum es geht, damit ich die Zeit so gut wie möglich nutzen kann."

„Ich habe eine Autonummer."

Die Augen des Polizisten zogen sich zusammen, und er beugte sich vor. „Das könnte uns weiterbringen."

„Sie lautet MVB. Und der Truck war ein älterer schwarzer Ford mit einer zweitürigen Fahrerkabine."

Der Kriminalbeamte hielt inne. „Das ist keine vollständige Autonummer, Mrs Lang. Sind Sie auf eine vergessene Notiz gestoßen, auf der Sie die Nummer vor zwei Jahren aufgeschrieben hatten?"

Ihr Gesicht begann zu glühen. „Nein. Ich habe mich erst neulich im Traum an die Nummer erinnert."

Sie musste dem Polizisten zugutehalten, dass er nicht in lautes Gelächter ausbrach. Sein Gesicht hätte jedoch den besten Pokerspielern als Vorbild dienen können. „Wir werden versuchen, mit dieser Information unser Möglichstes zu erreichen."

„Wie lange wird es dauern, bis ich mit einem Anruf von Ihnen rechnen kann?" Obwohl sie die Hände zu einer festen Faust ballte, konnte sie ihr Zittern nicht verhindern. Sie musste mit einem letzten Funken Würde aus diesem Gebäude marschieren. Selbst wenn sich ihre ganzen Pläne für diesen Sommer durch ein einziges fünfminütiges Gespräch mit diesem Mann zerschlugen.

„Ich werde der Nummer noch heute nachgehen und schauen, ob wir irgendetwas erreichen. Aber es könnte bis zu einer Woche dauern, bevor Sie etwas von mir hören. Beweisspuren nachzugehen kostet Zeit." Er schaute auf eine dicke Akte auf seinem Schreibtisch. „Kann ich Sie unter der Nummer Ihrer Eltern erreichen, oder haben Sie ein Handy?"

„Die Nummer meiner Eltern wäre am besten." Sie stand auf und reichte dem Mann die Hand. Dabei fiel ihr Blick auf ein Bild, das den Kriminalbeamten mit zwei kleinen Mädchen zeigte.

Seine braunen Augen wurden weicher, als er ihrem Blick folgte. „Mrs Lang, bitte sprechen Sie mit jemandem über Ihre Trauer. Sie hatten eine wunderbare Familie und haben bei diesem Unfall sehr viel verloren. Aber Sie leben noch. Werfen Sie das nicht weg."

Sie schluckte schwer und zwang sich zu einem Lächeln. „Danke für Ihr Mitgefühl, Detective Calhoun. Ich freue mich darauf, von Ihnen zu hören." Manchmal waren Südstaatenhöflichkeit und steife Selbstbeherrschung ganz nützlich.

Doch innerlich fühlte sie sich wie ein ausgewrungenes Geschirrtuch.

Sie blinzelte gegen die Spätnachmittagssonne und fand ihren roten Jeep auf dem Parkplatz. Als sie vom Parkplatz auf die Straße fuhr, kam sie am Gefängnis vorbei und folgte dem Autostrom auf dem Highway 316. Wenn man dreißig Jahre in Atlanta gelebt hatte, war es nicht schwer, automatisch und ohne viel nachzudenken den richtigen Weg zu fahren. Aber als sie in die Einfahrt vor dem Haus einbog, in dem sie mit Mark gewohnt hatte, schmolz alles in ihr dahin.

Detective Calhouns Worte wiederholten sich in ihrem Kopf. *Vielleicht sollte ich tatsächlich noch einmal eine Therapie machen.*

Nein. Das hatte sie ein ganzes Jahr lang gemacht, und es war gut gewesen, die lähmende Trauer zu überwinden. Die Therapie war kurz vor ihrem Umzug nach Washington abgeschlossen gewesen. Ein Umzug, den ihre Therapeutin als einen positiven Schritt betrachtet hatte. Aber es war mehr als das gewesen. Die Therapeutin war Christ gewesen und hatte das Thema Vergebung angesprochen, aber dazu war sie nicht bereit. Sie wollte den Kampf um Gerechtigkeit nicht aufgeben. Oder das Feuer, das stärker in ihr brannte als ihre Tränen.

Das Jahr in Washington hatte ihr geholfen, eine gewisse Perspektive und neue Kraft zu finden. Sie würde den freundlichen Kriminalbeamten, der nur seine Arbeit machte, nicht terrorisieren. Aber sie würde auch nicht aufgeben.

Sie musste einen Mörder finden.

„Äh, Madam, stimmt etwas nicht?" Ein großer Teenager mit Dreadlocks stand neben ihrem Jeep. Seine dunklen Augen schauten sie fragend und besorgt an.

Sie nahm ein Taschentuch und wischte sich die Tränen aus dem Gesicht. „Wohnst du hier?"

„Seit ungefähr einem Jahr. Meine Mama hat das Haus günstig von einem netten älteren Ehepaar gekauft." Er warf einen Football von seiner linken in seine rechte Hand und dann wieder zurück.

„Das waren meine Eltern."

Der Football flog nicht weiter. „Sie haben hier gewohnt?" Er schaute zur Haustür. „Wollen Sie, ähm, hereinkommen? Meine Mama hat bestimmt nichts dagegen."

Sie lächelte den höflichen Teenager an. „Nein. Aber danke. Ich fahre lieber wieder."

Mit einem leichten Achselzucken und einem Nicken verschwand er im Garten hinter dem Haus – hinter dem Rosenstrauch, den sie zu ihrem ersten Muttertag geschenkt bekommen hatte. In dem Garten hatten Elizabeth und Joshua laufen gelernt. Hier hatten sie sich die Knie aufgeschürft und stundenlang in einem Planschbecken gespielt.

Erinnerungen an früher tauchten vor ihrem geistigen Auge auf. Sie legte den Rückwärtsgang ihres Jeeps ein.

Ein Automotor erschreckte sie, als sie rückwärts in die ruhige Sackgasse stieß. Ihr waren keine Autos aufgefallen, als sie in die Straße gefahren war. Ein silberner Viertürer verschwand, bevor sie einen alten Nachbarn erkennen konnte. Vielleicht war es besser so.

Sie fuhr aus dem Wohnviertel und war wieder ganz allein.

Immer noch fand sie es seltsam, dass das einzige Auto, das sie gehört hatte, aufgetaucht und wieder verschwunden war, als sie gerade fahren wollte. Besonders weil es im Swimmingpool in der Nachbarschaft vor Kindern wimmelte und in keinem der Häuser irgendjemand zu sehen gewesen war.

„Ich habe eine zu rege Fantasie", redete sie sich ein. Mr Jennings fände ihren momentanen Verfolgungswahn und die Verschwörungstheorien, die sie aufgestellt hatte, interessant. In der Mittagspause sagte der alte Sicherheitsmann oft, sie sollte sich beim CIA bewerben.

Als ob sie dort eine Chance hätte. Sie konnte nicht einmal die örtliche Polizei dazu bringen, sie ernst zu nehmen.

Aber sie schaute während ihrer ganzen Fahrt nach Hause immer wieder in den Rückspiegel.

Nur für alle Fälle.

Kapitel 4

Wochen vergingen, ohne dass ein Anruf kam.

Genauso wie vor gut zwei Jahren.

Gracie schob ihr Lieblingskinderbuch, *Anne of Green Gables*, wieder ins Bücherregal und ging dann die Treppe hinunter. Obwohl die Klimaanlage auf Hochtouren lief, drangen die Temperaturen von über vierzig Grad in das Haus ihrer Eltern.

Aber die erdrückende Julihitze würde ihre Eltern nicht davon abhalten, den amerikanischen Nationalfeiertag zu begehen. Als Offizierstochter saß ihr der Sinn für Patriotismus tief im Blut. Genauso war es bei Mark gewesen. So viele Kleinigkeiten, die sie vermisste.

Zum Beispiel die hitzigen Diskussionen mit Mark über staatliche Reformen und die Innenpolitik. Er hatte sie und ihre Eltern gern mit Vorschlägen, die Militärausgaben sollten gekürzt werden, aufgezogen und hatte dann jedes Mal gelacht, wenn ihr Vater ihm mit hochrotem Kopf widersprochen hatte. Sieben Jahre lang war ihr Vater jedes Mal wieder auf Marks Scherze hereingefallen.

Vielleicht war es eine Sache unter Männern gewesen.

Als sie unten am Treppenabsatz ankam, folgte sie dem Duft nach Kaffee und Zimtbrötchen. Frisches Obst, Baguettes mit Käse und süße Teilchen lagen auf dem Tisch.

Im Haus ihrer Eltern erlebte man Gastfreundschaft in Perfektion, bis hin zu den hübschen Platzdeckchen und dem Porzellan in Sommerfarben. Und natürlich mit dazu passenden Stoffservietten.

Ihr Vater summte die Nationalhymne, während er seinen ein Meter achtzig großen, kräftigen Körper über die Spüle und die schmutzigen Töpfe und Bleche beugte. Seine grau durchzogenen Haare waren perfekt frisiert, während er das Geschirr spülte.

„Willst du, dass ich aufgehe wie ein Hefekuchen?" Sie brach sich ein Stück von einem Teilchen ab und leckte sich den Zucker von den Fingern. Dann lehnte sie sich an die Frühstückstheke und genoss den süßen Geschmack.

Die dunkelbraunen Augen ihres Vaters funkelten, als er sich lachend zu ihr umdrehte. „Nein, Prinzessin, das will ich nicht. Aber deine Mutter findet, du bist immer noch ein bisschen zu dünn."

„Wo ist Mom?“ Sie schaute sich in der großen Küche um und spähte ins angrenzende Wohnzimmer.

„Sie ist mit deinem faulen Schoßhündchen unterwegs.“

„Jake ist ein guter Freund. Und er bekommt bei mir genug Bewegung. Dreimal in der Woche am Morgen und jeden Samstag im Park.“

Ihr Vater trat von der Spüle weg und drückte sie in einer herzlichen Umarmung an sich. „Das sollte keine Kritik sein, Schatz.“

Sie entspannte sich in den starken Armen ihres Vaters. „Tut mir leid, Daddy. Ich dachte, Mr Perkins' faszinierendes Stellenangebot und dass Leah schon in DC wohnt, würden mir den Umzug leichter machen. Aber jetzt kritisiert mein Chef ständig alles, was ich mache, angefangen bei meiner Pünktlichkeit bis hin zu meinem Benotungsstil. Anscheinend habe ich vergessen, dass ich zu Hause bin.“

„Du könntest wieder hierher zurückziehen. Bei uns wohnen, bis du ein neues Haus findest. Deine Mutter wäre begeistert.“ Er trat zurück und schaute ihr ins Gesicht. „Und ich auch. Ich fände es herrlich, wenn ich meinen Lese- und Diskussionspartner wieder hier hätte.“

Ihre Augen wurden feucht. „Das kann ich nicht, Daddy. Alles, was ich sehe, erinnert mich an Mark und die Kinder. Die Vergangenheit ist hier zu lebendig.“

Ihre Mutter und ein erschöpfter Jake kamen in die Küche. Ihr täglicher acht Kilometer langer Dauerlauf reichte ihm für den Tag. Mom stellte sich auf die Zehenspitzen und küsste ihren Mann auf den Mund. Dann setzte sie sich zu Gracie an den Frühstückstisch.

„Ich wüsste gern, ob dieses Auto, das Männer angeblich wie ein Magnet anzieht und das deine Schwester dir unbedingt schenken wollte, irgendetwas damit zu tun hat, dass du oben im Norden bleibst.“

Ihr Vater grinste. „Wir sind doch nicht neugierig, Marianne.“

Mom brachte ihre silbernen Haare in Ordnung und rückte ihre rotweiße Laufkleidung zurecht. „Aber natürlich nicht.“ Sie hielt den Kopf übertrieben würdevoll hoch. „Hast du einen Freund, von dem du uns etwas erzählen möchtest?“

Gracie schmunzelte. „Nein.“

„Nein, du hast keinen Freund, oder nein, du willst uns nichts von ihm erzählen?“

Ihr Vater zwinkerte. „Sie klingt schon fast wie Beth, findest du nicht?“

Ihre Mutter schnaubte. „Ich werde Beth anrufen und ihr sagen, dass sie es dir aus der Nase ziehen soll."

Gracie umarmte ihre Mutter. „Ich liebe dich und bin dir dankbar, dass du dich für mein Leben interessierst. Aber in Bezug auf Männer gibt es wirklich nichts zu erzählen." Gracie trat zurück und zog den Gürtel ihres Bademantels enger. „Ich muss mich jetzt umziehen, bevor wir einkaufen und heute Abend zu der großen Feier gehen."

Der arme Jake schlief tief und fest auf seiner Decke und rührte sich nicht einmal, als sie die Treppe hinaufging. Ihre Stofftiere im Bücherregal lenkten ihre Gedanken wieder auf Hope Ridge. Sie vermisste die Kinder tatsächlich schon. Der Gedanke an den Unterricht mit dem kleinen James entlockte ihr ein Lächeln. Wenn schon alle dachten, sie sollte wieder mit einem Mann ausgehen, würde sein gut aussehender Vater vielleicht diesen Funken Interesse weiter verfolgen, den sie in seinen Augen zweifellos gesehen hatte.

Und der ihr das Gefühl gab, Schmetterlinge im Bauch zu haben.

Sie zog sich blitzschnell an und nahm dann das schnurlose Telefon. „Hey, kleine Schwester. Hast du eine Minute Zeit?" Gracie hielt den Atem an; sie hatten seit ihrem Geburtstag nicht mehr miteinander gesprochen.

Seit dem Unfall hatte die Beziehung zu Beth ziemlich gelitten. Nachdem die Therapie ihr geholfen hatte, die erste Trauerzeit zu überstehen, hatte Gracie sich für Gott entschieden und sich am Glauben ihrer Eltern orientiert. Aber Beth hatte den Tod ihrer Patenkinder nur schwer verkraftet und war vor Gott weggelaufen.

Sie war bis nach Kalifornien geflüchtet, und das mit einem Mann, den Gracie unausstehlich fand.

„Welchem Umstand verdanke ich diesen unerwarteten Anruf aus heiterem Himmel?"

Sarkasmus oder Überraschung? Gracie wusste es nicht. „Ich vermisse dich, Beth. Und ich habe Neuigkeiten, was Männer betrifft." Damit würde sie ihre hoffnungslos romantische Schwester zum Reden bringen.

Beth schluckte. „Du gehst wieder aus? Dass ich das erlebe! Junge, sind die Kühe alle heimgekommen? Ich dachte, darauf müsste ich bis zum Sankt Nimmerleinstag warten."

Gracie lächelte und legte sich auf ihr frisch gemachtes Bett. Ihre

Schwester wohnte zwar in Kalifornien, aber ihre Heimat war Georgia, dort war sie verwurzelt, selbst wenn keiner von ihnen einen „echten“ Südstaatenakzent hatte. Ein Umstand, der ihre Erstklässler enttäuscht hatte, als sie erfuhren, dass sie im „tiefen Süden“ geboren war, aber sprach wie ein Yankee. Sie konnte auch nicht mit einem Reifrock à la *Vom Winde verweht* dienen.

„Die Kühe auf dem alten Ames-Hof sind wirklich heimgekommen, ob du es glaubst oder nicht.“

„Wahnsinn. Dieser alte Mann ist verrückt, wenn er so tut, als würde er mit seiner Kuh, seinem Schwein und seinem dreibeinigen Hund immer noch auf dem Land leben.“

Sie lachten. Ein paar Eisschichten schmolzen dahin.

„Und wie heißt er?“ Beth schaltete die Hintergrundgeräusche von irgendeiner Sitcom aus. „Die Jungen schlafen und Dennis kommt erst viel später nach Hause.“

Dennis, der Mann, der nicht direkt ihr Schwager war und zu dessen politischen Zielen es gehörte, Marijuana gesetzlich zu erlauben. Aber erst nachdem er eine Million Dollar als Pharmavertreter verdient hätte. Wenigstens hatten er und Beth vom Heiraten gesprochen, nachdem Peter und Rob geboren waren. Gracie würde sich bei Mom heute Abend nach dem neuesten Stand erkundigen. Es würde zu nichts führen, Beth darauf anzusprechen.

„Er heißt Steven Kessler, aber wir gehen nicht miteinander aus.“

„Das ist ja langweilig. Warum nicht?“

„Er hat noch nicht gefragt.“

Beth lachte. „Warum fragst du ihn dann nicht? Wir leben nicht mehr in den 50er Jahren.“

Wie konnte sie erklären, dass sie eigentlich noch nicht so weit war, mit Männern auszugehen, dass sie aber gern so wie früher mit ihrer Schwester reden wollte, als sie sich über die Jungs austauschten, in die sie gerade verknallt waren. „Er ist groß. Hellbraune Haare und blaue Augen. Hat eine FBI-Marke.“

„Ohhh, cool.“ Diese letzte Information weckte Beths Neugier. „Es war der Jeep Wrangler, nicht wahr? Er hat dich darin fahren gesehen, hat dich an den Straßenrand gewunken und konnte den Blick nicht mehr von dir abwenden. Richtig? Bitte sag mir, dass es eine romantische Begegnung dieser Art war.“

„Du schaust dir zu viele Seifenopern an."

„Nein, ich inszeniere solche Szenen in meinem Kopf, während ich die wilden Zwei jage."

Gracie kannte ihre Neffen noch nicht, aber sie hatte Fotos von den beiden Krabbelkindern gesehen. Sie hatten die rotblonden Locken und braunen Augen ihrer Schwester. Sie sehnte sich danach, sie im Arm zu halten. Wieder ein Baby zu halten, mit dem sie blutsverwandt war.

Ob sie je wieder ein eigenes Baby haben würde? Sie war so gern Mutter gewesen, auch die Zeit der Schwangerschaft hatte sie genossen. Sie sehnte sich danach, ein zappeliges, kleines Baby festzuhalten, das sich mit seiner winzigen Hand an ihre Finger klammerte.

Eines Tages vielleicht.

„Hey. Ich habe eine Idee. Du könntest den FBI-Agenten doch bitten, dir bei der Suche nach dem Kerl, der deine Familie umgebracht hat, zu helfen."

Beth war wie immer sehr direkt. Vielleicht war das ein weiteres Friedensangebot – nach dem Auto –, aber Gracie wusste nicht, ob sie diesen Rat befolgen sollte. Andererseits, was konnte es schon schaden? „Das mache ich vielleicht. Besonders weil die Polizei hier zu beschäftigt ist, um viel Zeit in meinen Fall zu investieren."

„Du setzt die Polizei in Atlanta weiterhin unter Druck?"

Gracie seufzte. „Wahrscheinlich nicht. Ich will am Ende des Monats nach DC zurückkehren und bis dahin hier einfach Urlaub machen."

„Das wird Mom bestimmt gefallen."

Gracie schaute durch die blauweißen Vorhänge zum klaren Julihimmel hinauf. „Ich vermisse dich, Beth. Ich wünschte mir wirklich, wir würden näher zusammen wohnen."

„Das wünsche ich mir auch. Ich bin froh, dass du angerufen hast." Der laute Knall einer zugeschlagenen Tür drang durchs Telefon. „Ich muss jetzt aufhören. Die wilden Zwei sind aufgewacht und aus ihren Betten gekrabbelt."

„Ich ruf dich bald wieder an."

„Gut. Und ruf diesen gut aussehenden FBI-Mann an. Ich brauche ein wenig männliche Aufregung ohne Windeln und Rechnungen, die bezahlt werden müssen."

Als Gracie auflegte, nahm eine neue Idee in ihr Gestalt an. Sie erinnerte sich an Stevens traurige Augen, als er und sein Sohn im Juni

Hope Ridge verlassen hatten. Vielleicht brauchte er auch einen Freund. Und seine Arbeit als FBI-Agent könnte sich für ihre Suche wirklich als hilfreich erweisen.

Selbst wenn ein Gespräch mit ihm zu nichts führen würde, hatte ihr der sympathische FBI-Agent indirekt einen Weg zum Herzen ihrer Schwester gebahnt. Und das war ein Ort, wo sie gern war.

Mitten im Herzen ihrer Familie.

* * *

Er hatte einen ganzen Monat damit verbracht, die Stätten aus seiner Studentenzeit abzuklappern.

Die Georgia State Universität hatte sich in den zwei Jahren, die er in DC lebte, nicht viel verändert. Fünf lange Jahre hatte er an diesem Institut gebüffelt. Die liebe Mama war auf seinen Master in Betriebswirtschaft mit Auszeichnung und auf seine Berufung zum stellvertretenden Rektor an ihrer elitären Schule durch ihr eingebildetes Schulgremium stolz gewesen.

Sie wusste nicht, dass er trank.

Und auch nichts von den Verhaftungen wegen Alkohol- und Drogenmissbrauchs am Steuer, denen er und seine Trinkkumpane nur knapp entgangen waren.

Und auch nichts von dem Unfall.

Tom rieb seinen braunen Bart und schaute in den Rückspiegel. Die Vergangenheit sollte in der Vergangenheit bleiben.

Nicht einmal seine alte Freundin, die immer noch in der Krankenhausaufnahme arbeitete, hatte ihn erkannt. Sonst hätte sie ihm eine Ohrfeige verpasst. Eine kräftige. Wie beim letzten Mal, als sie miteinander gesprochen hatten. An dem Tag nach ihrem Termin beim Frauenarzt, als er sie gefragt hatte, ob ihr positiver Schwangerschaftstest seine Sorge sei.

Kimberly sah immer noch gut aus. Schlank und jung. Und nicht verheiratet.

Er trank einen Schluck von seinem Eiskaffee. Es hatte keinen Sinn, guten Kaffee zu vergeuden, während er auf der Straßenseite gegenüber der Polizei von Gwinnett County wartete. Gracie Lang dürfte nicht mehr lange dort drinnen sein.

Soweit er es beurteilen konnte, war ihre Suche im Sande verlaufen. Der heutige Besuch war also wahrscheinlich nur ein Abschiedsbesuch. Wenigstens hoffte Tom, dass sie deshalb mit einem Kuchen in das Gebäude gegangen war.

Er würde heute Abend ihre E-Mails lesen, um sicherzugehen. Eine Goldmine, die er in diesem Monat an der Universität von Georgia State ausgegraben hatte. Er hatte einen alten Trinkkumpan getroffen, der jetzt Computerspezialist war, und ihm eine rührselige Geschichte aufgetischt, die ihm die wertvollen Informationen verschafft hatte, um Gracies E-Mails anzuzapfen. Ein kurzer Besuch in einem Elektronikladen, und er war im Geschäft. Und da er bar bezahlt hatte, hatten sie ihn nicht einmal nach seinem Namen oder nach irgendetwas anderem gefragt.

Er liebte die Technik. Und die ganzen Informationen, die er sich mit Geld erkaufen konnte.

Gracie kam dieses Mal ohne nasse Wangen aus dem Polizeigebäude. Sein teures Fernglas ermöglichte ihm einen gestochen scharfen Blick auf ihr pfirsichfarbenes Gesicht.

Seinen Kaffee hatte er ausgetrunken. Nun würde er ihr wieder nach Hause folgen. Und dann nach DC zurückfahren. Auftrag erledigt.

Gracie hatte nichts gefunden. Und wenn sie erst wieder in ihrem Lehrerinnenalltag in DC steckte, könnte er sie bequem von seinem Chefsessel aus im Blick behalten. Weit weg von ihrem dummen, viel zu aufmerksamen Hund.

Er würde neue Arbeiten für sie erfinden, falls sie wieder neugierig werden sollte. Und wenn das nicht funktionierte, würde er sich etwas einfallen lassen, um ihr Angst einzujagen.

Oder noch etwas Schlimmeres.

Er hatte alle möglichen Ideen und viel Zeit, um sie zu perfektionieren. Aber das war nicht wichtig. Im Moment war die Vergangenheit sicher begraben.

Solange ihre Suche hier endete.

Kapitel 5

Ekelerregend, anders ließ sich die Szene in diesem Club nicht beschreiben.

Pulsierendes Diskolicht verzerrte die zwei kichernden Mädchen, die ausgelassen tanzten, und reizte Gordons pochende Schläfen. Genauso wie der Geruch nach Schweiß der Tanzenden, die sich zu amerikanischen „Oldies“ bewegten. Die Julihitze verstärkte sein Missfallen an diesem Auftrag, den er sich selbst erteilt hatte.

Olivia Kensington. Die Tochter des Mörders seines Bruders.

Ohne sie aus den Augen zu lassen, trank er sein Bitter. Genauso wie zu Hause.

Olivia und ihre siebzehnjährige amerikanische Freundin gingen nicht einmal zur Toilette, ohne sich gegenseitig unterzuhaken. Dieser Umstand könnte zu einer interessanten Wende führen.

Es war fast Zeit, Amerikaner zu spielen und seine Sprache zu verstellen. Etwas, das er an vielen Tagen hatte tun müssen, als er für das Regime gearbeitet hatte. Etwas, das seiner Schwester Charlotte die in diesem unkultivierten Land lebte, leichtfiel.

Er rief seine Schwester an, um sich zu erkundigen, dass alles nach Plan lief. „Voll getankt, meine Liebe?“

„Hör auf, Gordon. Und ja, alles ist so, wie du es verlangt hast.“

Ein lautes Weinen zerriss ihm fast das Trommelfell. „Der Kleine ist nicht glücklich in seinem Kinderwagen?“

„Er ist wie Harry und will sich immer bewegen.“ Charlottes Worte warnten ihn. „Wenn du nicht im Gefängnis landen willst, lieber Bruder, rate ich dir, deine Wortwahl und deinen Akzent zu ändern.“

Er sah aus wie ein Amerikaner; jetzt müsste er auch wie einer sprechen. Es wäre nicht gut, Verdacht zu erregen. Obwohl er bezweifelte, dass der ehrenwerte Sir Walter Kensington überhaupt seinen Namen kannte.

Oder den seines Bruders.

Geheimdienstbeamte waren für die englische Krone namenlose Untergebene. Das hatte Harry bei ihrem letzten Gespräch am Telefon gesagt. Nicht genügend Beweise, um Sir Walter Kensington ins Gefängnis zu bringen. Nicht genug Blut, um ihm seinen Bruder zurückzubringen.

Harry hatte für den korrupten Botschafter sein Leben gelassen. Jetzt würde Sir Kensington seine Tochter auf gleiche Weise zurückbekommen wie Gordon seinen Bruder.

„Sag mir noch einmal, warum die jungen Schönheitsköniginnen ohne Sicherheitsleute unterwegs sind.“ Gordon wartete darauf, dass die beiden zu müde wären, um sich zu wehren, und zu betrunken, um noch viel zu begreifen. Typische Amerikaner.

„Sie haben Bodyguards. Aber mit siebzehn dürfen sie allein ausgehen, solange es keine Bedrohung gibt.“

„Gut für uns.“

„Gut für dich. Ich lege keine Hand an diese Kinder. Ich mache meine Arbeit in der Botschaft“, zischte sie ihm ins Ohr. „Ich war mit deinen Methoden nie einverstanden, Gordon. Und das bin ich immer noch nicht. Aber Harry liegt in seinem frisch ausgehobenen Grab, und der Botschafter muss aufgehalten werden.“

„Du bist deinem Land immer loyal ergeben, was?“

„Für Amerikaner ist Loyalität sehr wichtig.“

„Sei mir gegenüber loyal, Charlotte. Du hast sonst nicht mehr viele Menschen und keine Mama, zu der du nach Hause laufen kannst.“

„Bring es bald hinter dich und fahr nach Hause, Gordon.“

Er klappte das Handy zu und überlegte, wie er vorgehen sollte. Sollte er anbieten, Olivia etwas zu trinken zu kaufen? Er schüttelte den Kopf und schaute zu, wie die zwei Mädchen ausgelassen tanzten. Sie waren bereits angetrunken, und Olivia und ihre Freundin Jordan waren für ihn mit seinen fast vierzig Jahren viel zu jung. Es wäre nicht richtig, auf sie zuzugehen, als wollte er etwas von ihnen. Er musste sich geschäftsmäßig geben.

Er rückte sein schwarzes Jackett und seine schwarze Krawatte zurecht. Ein normaler Geheimdienstmann. Er schüttelte den Kopf. Sogar seine Gedanken mussten amerikanisch sein.

Ein Secret-Service-Agent, wie er im Buche stand. Der Zapfenstreich für Sir Walter Kensingtons älteste Tochter war gekommen.

Er bahnte sich seinen Weg durch ein Meer aus sich windenden Körpern und erreichte sein Ziel am Rand der Masse. „Miss Kensington?“ Gordon nahm sie am Ellbogen und führte sie zur Hintertür. Jordan folgte ihr, wie er erwartet hatte. „Ihr Vater findet, Mitternacht sei spät genug für Ihre Party. Es ist Zeit, nach Hause zu fahren."

Beide Teenager, die schwarzweiße Miniröcke und Tops trugen, schmollten, als sie sich durch die Menge schlängelten, die um die Tanzfläche herumstand.

„Wann begreift dein Dad endlich, dass das Beste erst nach Mitternacht kommt?" Jordan schürzte ihre viel zu stark geschminkten roten Lippen und blies sich die Haare aus den Augen.

Er war erleichtert, dass er es mit keinen aufmüpfigen Kindern zu tun hatte. „Hier entlang, die Damen."

Jordan hielt ihre roten Wangen mit genauso rot manikürten Nägeln zu, als ihre Augen ganz groß wurden. „Livvie! Wie hat dein Vater herausgefunden, dass wir unsere Ausweise gefälscht haben? Er wird dich dafür umbringen. Und mich auch."

„Still, Jordie."

Sie verließen, ohne noch mehr zu reden, den berstend vollen Tanzclub und erregten nicht den geringsten Verdacht. Er hielt ihnen sogar die Tür auf.

In der Seitengasse, in der keine Autos und keine Menschen zu sehen waren, war es noch schwüler als im Tanzclub.

Olivia blinzelte, als die Geräusche und Gerüche des Nachtclubs durch die schwere Metalltür ausgesperrt wurden. „Sie sehen ... nicht aus ... wie ..." Die angetrunkene Jugendliche räusperte sich und erstarrte. „Sie gehören nicht ... zu unseren gewohnten Bodyguards. Wie heißen Sie? Ich meine, wer sind Sie?"

Gordon grinste. Welchen Ausweis sollte er wählen? Er musste den gefärbten Haaren und Angaben entsprechen. „Harry Smith. Wenn Sie jetzt bitte kommen würden. Unser Auto wartet."

Jordan stolperte über eine leere Glasflasche. „Wir gehen nicht mehr durch die Hintertür hinaus." Sie fuchtelte mit einer Hand vor ihrer Nase. „Außerdem stinkt es hier."

Gordon gab der kleinen Rotznase einen Stoß, als sie auf den Rücksitz seiner gemieteten Limousine fiel, die extrem leicht zu bekommen gewesen war. Er hatte sich nicht einmal ausweisen müssen.

Jordan beugte sich heraus und zog Olivia zu sich ins Auto.

Ein schlaksiger junger Mann stolperte aus der Hintertür des Clubs. „Hey, Mister, wohin bringen Sie meine Freundin?"

Gordon drückte Olivias Kopf nach unten, schubste sie neben Jordan ins Auto und drückte den Knopf, um die Tür zu verriegeln. Ihr Kichern verstummte, als sie durch die getönte Scheibe nach hinten schauten.

Der Junge kam unbeeindruckt auf ihn zu. Als sein Blick auf das Nummernschild fiel, wusste Gordon, dass seine Möglichkeiten begrenzt waren.

Er zog seine Glock 17 mit Schalldämpfer heraus und zielte genau.

Jordan kreischte. Er drehte sich wieder zum Auto. Olivias Augen schauten ihn entsetzt an.

Der junge Idiot würde nie erfahren, was ihn getroffen hatte.

Aber diese zwei Mädchen, wenn sie nicht kooperierten.

Gordon öffnete die Tür und verhinderte mit seinem Körper jeden Fluchtversuch. „Gebt mir eure Handtaschen. Sofort."

Die zwei Vögelchen reichten ihm mit zitternden Händen ihre glitzernden Schätze.

Gordon legte beiden Handschellen um die Handgelenke. Alles blieb ruhig, als er auf den Fahrersitz rutschte und das schwarze Auto zurück in den Verkehr steuerte. Bevor sie die Schnellstraße erreichten, warf er Jordans Handtasche aus dem Fenster. Hinweis Nummer eins würde das FBI wochenlang beschäftigen und ihm reichlich Zeit für Schritt zwei geben.

Aber Olivias Handtasche musste eine Botschaft überbringen.

Seine Visitenkarte sozusagen.

Direkt an der Tür der britischen Botschaft.

Kapitel 6

„Gibt es einen Grund, warum du nicht über Ryans Beerdigung sprechen willst?“

Clint Rollins lehnte sich an die Trennwand und sah, wie sein langjähriger Freund steif wie ein Holzklotz wurde. Davon ließ er sich nicht beirren. Steven musste reden, oder er benähme sich wieder so wie damals, als Angela ihn verlassen hatte. Clint hatte seinem Partner über einen Monat Zeit gelassen, um Ryans Tod auf seine Weise zu verarbeiten. Jetzt reichte es ihm.

„Es kostete mich meine ganze Kraft, Ryans Eltern in die Augen zu schauen.“ Steven tippte weiter auf seiner Tastatur. „Außerdem, was soll es schon nützen, es aufzuwärmen? Das ändert nichts.“

„Wenn du es in dich hineinfrisst, nützt das auch nichts.“

Steven schaute zu ihm hinauf. „Du bist wie eine alte Glucke.“

„Aber eine wirklich gut aussehende Glucke.“ Er zog seinen Schreibtischstuhl neben den von Steven und setzte sich. „Ich schätze, dich drängen zu wollen, könnte als Schuss nach hinten losgehen, aber es ist besser, als zuzuschauen, wie du dich abkapselst, so wie du es vor fünf Jahren gemacht hast.“

„Habe ich dir erzählt, dass ich Gracie Lang kennengelernt habe? Sie ist im nächsten Schuljahr James' Lehrerin.“

„Ist das ein schlaues Ablenkungsmanöver, oder willst du mir etwas anvertrauen?“

Steven hielt abwehrend die Hände hoch. „Ich spreche über Ryan, wenn das dein blutendes Herz tröstet.“

Er zuckte die Achseln. „Kommt darauf an, was du sagst.“

„Mich quälen immer noch Schuldgefühle, weil ich zu spät war, um ihn zu retten. Dein Beten hilft bei mir nicht, Partner. Es hat meine Ehe nicht gerettet, und es ändert nichts an der Tatsache, dass Kinder sterben, während ich Dienst habe.“

„Gott hat immer noch alles in der Hand, Steven.“ Clint zog eine Braue hoch. „Ich will dir keine Predigt halten, aber wenn du nicht so beten kannst wie ich, dann bete doch so, wie du es getan hast, als wir uns kennengelernt haben. Mit der Leidenschaft, die dich auf diesem Stuhl hält, wenn du viel lieber woanders wärst.“

„Es ist zu schwer, so zu leben. Das ist etwas für jüngere Männer." Steven rückte sein Lieblingsfoto zurecht. Eines von nur zwei Bildern auf seinem Schreibtisch. „Erinnerst du dich an unsere Abschlussfeier in Quantico? Vor zehn Jahren. Mann, wir werden alt."

„Du vielleicht. Über dein Alter entscheiden der Kopf und die Muskeln." Und bei ihm war beides in erstklassiger Form. Das sagte seine hübsche rothaarige Frau, die immer noch so gut aussah wie auf diesem Bild, das seinem Partner so gefiel.

„Du, ich und Sara sahen so aus, als könnten wir es mit der ganzen Welt aufnehmen."

„Das tun wir immer noch."

Steven schnaubte. „Ein paar Federn haben wir schon gelassen."

„Ich erinnere mich noch daran, dass meine irische Prinzessin damals Angela überreden wollte, sich mit uns fotografieren zu lassen. Sie hat jahrelang versucht, an sie heranzukommen und sie dazu zu bringen, sich uns gegenüber zu öffnen."

„Und du meinst, dieses Thema hilft mir?"

Clint lehnte sich auf seinem Stuhl zurück. „Entschuldige. Ich begreife es auch nach so vielen Jahren einfach nicht. Angela verpasst so viel in James' Leben."

„Ich auch." Steven drehte sich auf seinem Stuhl herum und schaute ihn direkt an. „Aber nachdem ich den Anruf bekam, dass Ryan tot ist und ich mich um James kümmern musste, ohne dass Dad oder Sue da waren, um mir zu helfen, wurde mir klar, dass mein kleiner Mann mir so wichtig ist, dass ich keine Zeit mehr mit ihm versäumen möchte."

„Es ist nicht so, als ob du nie für ihn da wärst, Steven."

„Du weißt genauso gut wie ich, dass ich ihm mehr hätte geben können." Er rückte seine Snoopy-Krawatte gerade.

Einige Eigenheiten legte man anscheinend nie ab. Clint wünschte, Steven würde Poker spielen, denn seine Art, die Krawatte zurechtzurücken, wäre das perfekte Signal für einen Mitspieler.

„Bleib nicht wieder an diesem Punkt hängen, Kessler. Denk an deine Ausbildungszeit. Wie du mit unserer Gruppe gebetet hast. Die jungen Agenten haben damals alle zu dir aufgesehen." Er nickte zu Michael Parkers Kabine hinüber. „Und das tun sie immer noch."

„Ich kehre jetzt den Vorgesetzten heraus, Agent Rollins. Ich denke, wir sollten wieder an die Arbeit gehen."

Er schob seinen Stuhl zu seinem Schreibtisch zurück. „Wenn ich meinen Cowboyhut aufhätte, würde ich ihn vor dir ziehen."

„Spar dir das für Sara. Sie wird schwach, wenn sie dich in Jeans und deinem Stetson sieht", grinste Steven.

„Ich wüsste gern, was die Lehrerin deines Sohnes sagen würde, wenn sie dich in deinen Trainingsklamotten sieht."

„Das werden wir nie erfahren, wenn wir unsere Arbeit nicht erledigen."

Clint wollte es für den Moment dabei bewenden lassen. Aber sie würden bald auf dieses Thema zurückkommen. Wirklich bald.

* * *

Agent Maxwells Gebrüll war im ganzen Raum zu hören.

Eine Ankündigung, dass gleich etwas passieren würde. Steven speicherte noch schnell und wartete.

„Kessler!" Der Abteilungsleiter marschierte auf seinen Schreibtisch zu. „Ich will, dass Sie als Koordinator der Abteilung *Gewaltverbrechen gegen Kinder* diese Untersuchung leiten und die nötigen Gespräche führen." Maxwell knallte eine Akte auf seinen Schreibtisch und ratterte die wichtigsten Fakten herunter. Sein Vorgesetzter roch nach Zigarrenrauch, was Stevens instinktive Abneigung gegen diese Aufgabe nur noch verstärkte.

„Dieser Fall hat höchste diplomatische Priorität. Botschaftertochter heute am frühen Morgen entführt. Stellen Sie Ihre Mannschaft gut überlegt zusammen, Kessler. Wenn alles gut läuft, können Sie mit diesem Fall glänzen." Mit einem Schulterklopfen verschwand Maxwell wieder um die Ecke.

Steven überflog die Papiere, die er vor sich liegen hatte. So viel zu einem ruhigen Samstagmorgen.

„Was habe ich dir gesagt? Du bist schon zu Lebzeiten eine Legende." Clint trat neben ihn.

Michael Parker gesellte sich zu ihnen. „Wer ist das Opfer?"

„Olivia Kensington, siebzehnjährige Tochter des britischen Botschafters in den USA. Kurz nach Mitternacht aus einem Tanzclub entführt. Die Spurensicherung arbeitet schon auf Hochtouren." Steven griff zum Telefon. „Ich spreche mit dem stellvertretenden Oberstaatsanwalt Kenneth Marks und Special Agent David Adams das Vorgehen in diesem Fall ab. David Adams befasst sich mit den Sicherheitsfragen der Kensingtons. Danach weisen wir unser Team kurz ein und fahren dann zur Botschaft." Er reichte Clint den Ordner. „Bitte Jan, das für eine Einführung vorzubereiten. Dann kannst du alle über den aktuellen Stand der Spurensicherung informieren."

„Und alle an die Arbeit schicken", ergänzte Clint.

Dreißig Minuten später fuhr Steven über den stahlblauen Potomac in Richtung Osten zur Massachusetts Avenue. Michael und Clint waren während der ganzen Fahrt damit beschäftigt, etwas in ihre Computer einzugeben, in Papieren zu wühlen und zu telefonieren. Sir Walter Kensingtons Zuhause mit seinen roten Ziegeln und Steinen wirkte in dieser Stadt wie ein großes englisches Landhaus.

Das Gelände wimmelte immer noch von Polizei und den Leuten von der Spurensicherung. Ein wütender britischer Botschafter stand im Mittelpunkt des eifrigen Geschehens. Clint und Michael sprangen aus dem Auto und begaben sich mitten ins Geschehen, um die Aktivitäten zu organisieren und die Leitung der Untersuchung zu übernehmen.

Steven suchte sich schnell einen Parkplatz inmitten der Polizeiautos und eilte dann den gepflasterten Gehweg hinauf. Sir Walter steuerte mit funkelnden Augen direkt auf ihn zu. Der etwas untersetzte Körperbau und die grauen Haare des Diplomaten konnten den Zorn, der in seinem Gesicht loderte, nicht verbergen.

„Meine Assistentin hat gesagt, dass Sie die Untersuchungen leiten." Sir Walter setzte ohne die typisch britische Förmlichkeit zu seinen gestochen scharfen Worten an. „Sie werden sich wünschen, der letzte Mensch zu sein, mit dem ich es heute zu tun habe. Ihr Präsident hat mir sein Wort gegeben, und ich erwarte, dass meine Tochter schleunigst in Sicherheit gebracht wird."

Steven hielt ihm die Hand hin, schob die Schultern zurück und das Kinn vor. Diesem besorgten Vater gegenüber musste er Selbstvertrauen ausstrahlen. Ihn interessierten nicht frühere Fälle – weder Erfolge noch Misserfolge. Ryans zerschundenes Gesicht tauchte trotzdem in Stevens Gedanken auf. Er verdrängte das Bild.

„Ich bin Agent Steven Kessler, FBI. Unser Einsatzteam geht bereits allen möglichen Spuren nach." Er deutete zum Botschaftsgebäude. „Können wir einen ruhigeren Ort finden, um miteinander zu sprechen?"

Sir Walter schlug mit einem festen Händedruck in seine Hand ein. Aber seine blutunterlaufenen Augen erzählten eine ganz andere Geschichte. Die Geschichte eines Vaters, dessen Tochter wer weiß wo war. „Hier hinein. Folgen Sie mir." Der Botschafter drehte sich auf dem Absatz um, betrat das Gebäude und schritt an Polizeibeamten und FBI-Mitarbeitern vorbei, ohne einen von ihnen anzuschauen.

Steven nickte ihnen im Vorbeigehen zu und folgte Sir Walter. Die hohen Zimmerdecken und kunstvollen Verzierungen speicherte er in seinem Gedächtnis, als sie an Privatzimmern und offiziellen Fluren vorbeigingen. Die Jugendliche nicht von zu Hause, sondern in einem Tanzclub zu entführen, war strategisch geplant gewesen. Eine Operation mit wenig Aufwand. Nur wenige Menschen waren dafür nötig gewesen.

Dass Olivias Handtasche am Zaun der Botschaft gefunden worden war, deutete auf ein persönliches Motiv hin. Ein Motiv, das er heute herausfinden wollte.

Beim Betreten der Botschaftsbibliothek knallte Sir Walter die äußere Tür zu. Er bedeutete Steven mit einer Handbewegung, sich zu setzen, trat an einen geschnitzten Schreibtisch aus Kirschholz und brüllte ins Telefon: „Ich will nicht gestört werden, Charlotte. Haben Sie verstanden?" Er knallte den Hörer auf die Gabel.

„Sir Walter, erzählen Sie mir von Olivia und ihrer Freundin Jordan." Steven hoffte, der ältere Mann, der unruhig auf und ab ging, würde sich bald hinsetzen. Während er auf die Antwort des Botschafters wartete, machte sich Steven Notizen: mit einem Stift und einem gelben Notizblock.

„Sie handeln unüberlegt und dumm, aber ich hätte nie gedacht, dass sie sich falsche Ausweise machen, um abends wegzugehen." Er fluchte leise. „Ich hätte ihnen nie erlauben sollen, ohne Bodyguards wegzugehen, um ihren Schulabschluss zu feiern. Auch wenn sie schon siebzehn sind, hätten sie einen Geheimdienstagenten bei sich haben sollen."

„Sie wussten von den gefälschten Ausweisen?"

„Erst als ein Schwarm Polizisten bei mir einfiel und mir alle möglichen Fakten vor die Füße warf." Sir Walter ließ sich auf einen Lederstuhl mit hoher Rückenlehne fallen. „Das ist alles meine Schuld."

„Sir Walter, ich bin mir sicher, dass es sehr schwierig ist, aber könnten wir uns auf mögliche Verdächtige konzentrieren. Das wird diese Untersuchung beschleunigen und uns helfen, Olivia und Jordan so schnell wie möglich nach Hause zu bringen." Emotionale Vatergespräche waren nicht seine Stärke, deshalb schaltete er auf den Bereich um, den er gut beherrschte: Fakten. „Fallen Ihnen irgendwelche Drohanrufe, Schwierigkeiten oder eifersüchtige Liebhaber ein?"

„Meine Tochter und ihre beste Freundin waren keine … Wie sagen Sie? ... leichte Mädchen."

„Ich wollte damit nicht andeuten …"

„Sie sind beide sehr intelligente junge Frauen, die sehr schnell ihren Schulabschluss gemacht haben und ihren Erfolg feiern wollten. Ich hatte keinen Grund anzunehmen, dass sie sich in Gefahr befinden könnten. Nicht den geringsten Grund."

„Ja, Sir, das verstehe ich. Aber Sie sind ein Mann mit politischem Einfluss, und alles, auch wenn es noch so unbedeutend erscheint, könnte bei unseren Untersuchungen eine große Hilfe sein."

Sir Walter legte die Fingerspitzen zusammen und setzte sich stocksteif hin. „Meine Assistentin wird Ihnen Kopien von allen Drohungen und etwaigen Sicherheitsbedenken geben. Sie arbeitet an diesen Informationen, seit die Polizei wie ein Heuschreckenschwarm in unser Haus eingefallen ist."

„Haben Sie eine Ahnung, warum Olivias Handtasche zurückgegeben wurde?"

Die Nackenmuskeln des Botschafters traten hervor und sein Gesicht wurde knallrot. „Ich habe keine Ahnung, Agent Kessler. Meines Wissens fällt das in Ihren Aufgabenbereich."

„Ja, Sir."

„Wie viele Leute sind über die Fakten in diesem Fall informiert?"

„Außer meinem Team, dem Team von der Spurensicherung, der schnellen Eingreiftruppe vom FBI und den örtlichen Behörden, die durch Ihren Notruf eingeschaltet wurden, noch der Geheimdienst."

Botschafter Kensington sprang auf die Beine. „Ich wollte nicht, dass Ihre Notrufzentrale eingeschaltet wird, und ich will keine weiteren Fragen durch die örtliche Polizei." Er begann wieder, auf und ab zu gehen. „Ich will, dass alle weiteren Informationen nur noch an Ihr Team gehen. Es fehlte gerade noch, dass die Presse eine undichte Stelle findet und meine Familie belästigt oder meine Arbeit in den Vereinigten Staaten behindert."

Stevens Verstand arbeitete auf Hochtouren. „Wer hat die Notrufzentrale verständigt?“

„Meine Assistentin, Charlotte Brown. Sie fand die Handtasche und wurde hysterisch. Sie dachte, Olivias Blut klebe daran.“

„Stand sie Olivia nahe?“

„Das bezweifle ich.“

Ein Klopfen an der Tür unterbrach das Auf- und Abgehen des Botschafters. „Ich wünsche, nicht gestört zu werden!“

Eine leise, schniefende Stimme rief durch die Bibliothekstür: „Aber, Papa, ich kann Mama nicht finden, und diese Männer, die mich ständig verfolgen, wollen mir nicht helfen.“

Steven musste schmunzeln, wie das kleine Mädchen das Verhalten des Geheimdienstes beschrieb. Er konzentrierte seine Aufmerksamkeit auf die Akten, die auf seinem Schoß lagen, und wartete.

Sir Walter durchquerte das Zimmer und riss die Tür auf. Ein kleines, blondes Mädchen in einem langen weißen, ärmellosen Kleid warf sich in seine Arme. Er streichelte die hellen Locken seiner Tochter und hielt sie fest. „Entschuldige, Victoria, Liebes. Ich schaue, ob wir sie über das Telefon finden können.“

Die blauen Augen des kleinen Mädchens füllten sich mit Tränen, während das Paar hinter den Schreibtisch des Botschafters rutschte und er das Telefon nahm. „Eileen, du musst dich um Victoria kümmern.“ Sir Walter setzte seine Tochter auf seinen Schreibtischstuhl und wandte sich von ihr ab. „Das ist mir völlig ... Ja, natürlich verstehe ich das. Sie braucht aber trotzdem ihre Mutter. Und zwar jetzt.“

Victoria verfolgte das angespannte Gespräch ihres Vaters mit großen Augen. Dann schaute sie Steven an. „Sind Sie der Mann, der meine Livvie wieder nach Hause bringt?“

Er vermutete, dass die Sechsjährige viel mehr gehört hatte, als ihre kleinen Ohren wissen sollten. „Ich werde alles tun, was ich kann.“

Das kleine Mädchen legte den Kopf schief. „Ich vermisse meine Schwester. Sie war meine einzige Freundin hier in Amerika, auch wenn sie viel zu oft fort war. Mama überlegt die ganze Zeit, wohin ich im September zur Schule gehen soll. Livvie soll mich zum Unterricht bringen, damit wir ein wenig Zeit miteinander verbringen können.“

Steven rückte seine Krawatte zurecht. Dieses kleine Mädchen hatte keinen Begriff von dem Sturm, der um sie herum wütete. Aber etwas an ihrem kindlichen Gesicht veranlasste seinen Magen, sich zu einem festen Knoten zusammenzuziehen. Es war wirklich schade, dass sie und sein Sohn nicht zur selben Schule gingen. James hätte sich bestimmt gern mit einem Kind in seinem Alter angefreundet, das im Umgang mit Erwachsenen genauso ungezwungen war wie er.

„Sind Sie ein Papa?"

Steven nickte. „Ich habe einen Sohn, der ungefähr in deinem Alter ist."

„Ich würde ihn gern kennenlernen." Victoria war auf dem besten Weg, eine charmante Gastgeberin zu werden.

Er warf einen Blick auf seine Armbanduhr und hoffte, der Botschafter würde nicht mehr allzu lange telefonieren. Jede Sekunde zählte. Gleichzeitig war es wichtig, Menschen in traumatischen Umständen Mitgefühl und Aufmerksamkeit zu schenken und ihnen gut zuzuhören. Auch ein Kind, besonders ein Kind, das so redegewandt war wie dieses kleine Mädchen, konnte hilfreiche Informationen liefern. Wenn er seine Worte mit Bedacht wählte.

„Wo geht ihr, du und Livvie, am liebsten zusammen hin?"

„In einen Park. Wir gehen spazieren, und diese großen Männer folgen uns, und wir flüstern, dass wir Prinzessinnen sind und einen Zauberteppich finden, der uns weit wegbringt. Wie Prinzessin Jasmin."

„Aus *Aladdin*?"

Victorias Gesicht verzog sich zu einem Grinsen. „Sie schauen auch Disneyfilme an? Ich dachte, alle Erwachsenen interessieren sich nur für langweilige Sport- oder Nachrichtensendungen."

Botschafter Kensington beendete sein Gespräch. „Ist das eine gemütliche Plauderstunde, oder verhören Sie hier meine jüngste Tochter? Keines von beidem bringt Olivia zurück."

Steven wurde steif. Er konnte seine Zeit besser nutzen, wenn er die Assistenten befragte, da Sir Walter ihm zwischen seinen Wutausbrüchen kaum brauchbare Informationen gab. Unkonkrete Antworten. Keine möglichen Verdächtigen. Viele Diplomaten hatten Listen mit potentiellen Feinden, die sie aus dem Stegreif herunterrattern konnten. Schuldzuweisungen und Politik gingen anscheinend Hand in Hand.

„Wenn Sie keine weiteren Fragen haben, würde ich unser Gespräch jetzt gern beenden." Sir Walter ging an seinem Stuhl vorbei und trat zur Bibliothekstür.

Stevens Handy summte. Mit einer stillen Bitte nickte er dem Botschafter zu. „Ich werde mich bei Ihnen melden, Sir."

„Guten Tag."

Steven schüttelte den Kopf, als die Bibliothekstür hinter ihm zufiel. Er klappte sein Handy auf und marschierte zu seinem Wagen zurück. „Kessler."

„Ich habe einige interessante Spuren für dich", verkündete Michael Parkers Stimme über sein Handy. „Und einen sehr aufgebrachten amerikanischen Vater in der Kommandozentrale, der deinen Kopf fordert. Willst du dich jetzt oder später darum kümmern, Boss?"

„Bin schon unterwegs." Steven steckte das Handy wieder an seinen Gürtel und schaute auf seine Uhr. Es waren noch keine zwölf Stunden vergangen. Sie brauchten eine heiße Spur. Bald. Vielleicht bekäme er von Jordans Vater mehr Informationen als von Sir Walter. Unwahrscheinlich. Aber hoffen durfte man.

Die Worte der kleinen Victoria verfolgten ihn auf Schritt und Tritt. „Wann bringen Sie meine Livvie nach Hause?" Tief in seinem Bauch glaubte er, dass die Teenager unversehrt waren. Bis jetzt. Die Beweisstücke, die sich zu einer Arbeitstheorie zusammenfügten, erhöhten sein Tempo, während er über das Gelände der englischen Botschaft lief.

Er würde nicht zu spät kommen.

Dieses Mal nicht.

Kapitel 7

Im Büro des stellvertretenden Oberstaatsanwalts herrschte am Montagmorgen ein hektisches Treiben.

Steven trommelte mit einem Stift auf den riesigen Besprechungstisch aus Mahagoni. Der bekannte Raum hatte sich seit dem letzten Mal, als sein Team mit Kenneth Marks zusammengesessen hatte, nicht verändert. Dunkelgrüne Pflanzen und teure, gerahmte Familienbilder lockerten die Sammlung von Nachschlagewerken in den eingebauten Bücherregalen auf, die den Raum von allen Seiten umgaben.

Sein Team und zwei Leute von Kensingtons Geheimdienst blätterten in ihren Notizen und fachsimpelten. Er hätte diese erste organisatorische Besprechung schon vor zehn Minuten zur Ordnung rufen sollen. Oder noch besser vor zwei Tagen. Wenn er Olivia am Samstag gefunden hätte, wäre diese Besprechung nicht nötig gewesen.

Aber sie hatten sie nicht gefunden.

Wenigstens war Clint klug genug, ihn heute nicht in ein oberflächliches Gespräch verwickeln zu wollen. Nachdem er zwei Tage kaum geschlafen und in einem Entführungsfall unbrauchbare Hinweise verfolgt hatte, war Steven nicht gerade zu freundlichen Plaudereien aufgelegt.

Und er hatte ganz bestimmt auch keine Zeit dafür.

Kenneth schritt ins Zimmer und baute sich an der Stirnseite des kunstvollen Tisches auf. Schlagartig wurde es still im Raum und alle Agentinnen und Agenten nahmen ihre Plätze am Tisch ein. „Meine Damen und Herren, danke, dass Sie heute alle gekommen sind. Es hat am Gericht länger gedauert als geplant. Aber ich nehme an, Sie alle haben Agent Kesslers ausführliche Notizen zu dem Fall gelesen. Wir können also sofort zum nächsten Schritt des Personenschutzes übergehen und Olivias Entführer verfolgen und gleichzeitig einen soliden Fall für die Strafverfolgung erstellen. Der Präsident verfolgt diesen Fall mit großem Interesse."

Steven hoffte, der weißhaarige Staatsanwalt würde nicht auf dem Mangel an brauchbaren Hinweisen herumreiten, denen die schnelle Einsatztruppe immer noch nachging. Ken hatte immer großen Respekt und viel Professionalität bei seiner Zusammenarbeit mit dem FBI bewiesen, auch wenn er vom Weißen Haus unter Druck gesetzt wurde. Aber jeder wusste, dass die Hoffnung auf Erfolg immer schwächer wurde.

Schnell.

Mit dem Stift in der Hand schaute Ken Steven direkt an. „Agent Kessler, Ihr Team hat eine Täterbeschreibung herausgegeben. Irgendetwas Neues dazu?"

Die Frage der Stunde. „Männer mit braunen Haaren und dunklen Augen in schwarzen Anzügen sind in DC Dutzendware. Viele im Baltimore-Club haben bemerkt, dass unser Entführer mit den zwei Mädchen den Raum verließ, aber die meisten waren zu betrunken oder zu sehr mit sich selbst beschäftigt, um brauchbare Hinweise geben zu können."

Aber jedem Hinweis von Befragten und jeder Spur, die telefonisch oder per E-Mail einging, musste nachgegangen werden, auch wenn es höchstwahrscheinlich Zeitvergeudung war. Wertvolle Arbeitszeit wurde dadurch sinnlos verschenkt. Steven wollte fluchen. Er hatte nicht mehr viel Zeit, um Olivia und Jordan zu finden.

„Mein Team *Gewaltverbrechen gegen Kinder* geht schon das ganze Wochenende allen Hinweisen nach." Steven unterdrückte ein Gähnen. „Durch meine Gespräche mit Sir Walter und seinen Mitarbeitern haben wir ein paar brauchbare Verdächtige. Zwei dieser Verdächtigen werden noch heute befragt, wenn sie mit dem Flugzeug aus London eintreffen."

„Irgendwelche Hinweise, dass Olivia noch am Leben ist? Sind Lösegeldforderungen eingegangen?"

„Ein paar Anrufe in diese Richtung, aber sie sind wertlos." Steven holte tief Luft. „Der saubere Entführungsort, das Fehlen einer Mordwaffe, das Beweisstück vor der Botschaft und keine Kontaktaufnahme mit dem Botschafter lassen auf eine kleine Operation mit persönlichem Hintergrund schließen. Die zwei Männer, die heute eingeflogen werden, könnten etwas Licht auf diese Theorien werfen."

Ken nickte. „Gut. Sorgen Sie dafür, dass mein Büro sofort über alle Entwicklungen in diesem Fall informiert wird und dass alle Protokolle an uns weitergeleitet werden."

„Ja, Sir."

Ken wandte sich an den verantwortlichen Geheimdienstagenten am anderen Ende des Konferenztisches. „Agent Adams, wie ich höre, legen die Kensingtons Wert darauf, dass ihre jüngste Tochter im nächsten Monat in eine geschützte Schule geht und die Maßnahmen für ihre Sicherheit erhöht werden."

Steven stellte sich auf eine heftige Reaktion ein. David Adams verabscheute jegliche Einmischung in seine Sicherheitsmaßnahmen. Besonders durch unberechenbare Diplomaten. Oder FBI-Agenten. Steven war mit dem Agenten, der etwas älter war als er selbst, schon in genug Fällen auf direkte Konfrontation gegangen, um ihm möglichst aus dem Weg zu gehen.

David schob das Kinn vor. Seine braunen Augen glühten, als er die Papiere vor sich ordnete. „Ja, Sir. Ich habe vier Agenten für Victoria Kensingtons Schutz rund um die Uhr abgestellt, und ich habe mit Lady Kensington gesprochen."

„Sind ihre Forderungen unvernünftig?"

Agent Adams ruderte bei Kens direkter Frage zurück. „Nicht unbedingt, Sir." Er schaute in seinen Terminkalender. „Sie hat verlangt, dass ihre Bodyguards abgezogen werden, was aber nicht geschehen wird. Und ihre Fixierung auf diese Schule in Alexandria ist ein wenig extrem."

Steven wurde hellhörig. Das könnte interessant werden.

David sprach weiter. „Ich habe heute um zehn Uhr einen Termin bei der Rektorin der Hope Ridge Academy, Janice Hall, und der Lehrerin der ersten Klasse, die Victoria ab Anfang September unterrichten wird."

Clint zog die Brauen hoch und nickte Steven zu.

„In der Hope Ridge Academy ist Victoria gut aufgehoben." Steven beugte sich vor. „Sie wird in die Klasse meines Sohnes kommen, und nach Aussagen der Rektorin gehört die Lehrerin zu den besten an der Schule."

Steven erwiderte Agent Adams' überraschten Blick. „Janice Hall war früher beim FBI, und sie führt, was die Sicherheitsvorschriften und schulischen Anforderungen betrifft, ein strenges Regiment. Ich habe mehrere Male mit ihr gesprochen, bevor ich James an der Schule angemeldet habe."

Ken räusperte sich. „Dann sollten Sie Agent Adams heute vielleicht begleiten."

David wurde steif und wandte den Blick nicht von Ken ab. „Agent

Grivens und ich können die Angelegenheit in Hope Ridge allein klären."

Der erfahrene Staatsanwalt schmunzelte. „Das bezweifle ich nicht. Aber ich denke, wenn der leitende FBI-Agent die Lehrerin und die Rektorin in die Ermittlungen einweist, wäre das eine gute Öffentlichkeitsarbeit."

Agent Adams schluckte schwer. „Wenn Agent Kessler die Zeit erübrigen kann, kann er uns gern begleiten."

Clint grinste über den Tisch, als hätte er im landesweiten Kirschkernweitspucken gewonnen. Sein Partner würde ihn wegen dieser Wende zweifellos löchern. Na und? Steven würde die attraktive Lehrerin seines Sohnes sehen und heute ein paar Stunden von seinem Schreibtisch wegkommen.

Das würde nicht schaden.

* * *

Maria Grivens ging durch die stillen Gänge der Hope Ridge Academy. Ihre unbequemen, fünf Zentimeter hohen Absätze klapperten im Rhythmus zu den Schritten des stellvertretenden Rektors. Sie betrachtete auf dem Bauplan in ihren Händen jede Fluchtmöglichkeit. Ein gründlicher Bericht mit allen nötigen Details war das Mindeste, was ihr Vorgesetzter, David Adams, verlangte.

Mr Perkins trat ihr in den Weg. „Interessante Arbeit, auf eine Sechsjährige aufzupassen?"

Maria ärgerte sich. Sie würde von ihren Mitarbeitern spöttische Bemerkungen hinnehmen müssen, die meinten, es sei ein Spaß, „Kindergartentante" genannt zu werden. Aber von irgendeinem stellvertretenden Schulleiter ließ sie sich keine abfällige Bemerkung gefallen. „Es ist ein Auftrag von großer diplomatischer Wichtigkeit. Ich fühle mich geehrt, zu Victorias Sicherheitsteam zu gehören."

Das freundliche Lächeln des Mannes reizte sie. Sie war unsicher und wusste nicht, wie sie darauf reagieren sollte, ohne sich albern vorzukommen. „Aus Ihrem schwarzen Haar und Ihrer dunklen Hautfarbe schließe ich, dass Sie spanische Vorfahren haben, ja?"

Maria blieb stehen und schaute Mr Perkins an. „Ist das ein Problem?"

„Nein. Ganz und gar nicht. Sie passen sehr gut in unser multikulturelles Schülerspektrum." Er bedachte sie mit einem süffisanten Grinsen. „Bis auf Ihre Waffen natürlich." Perkins ging zu seinem Büro zurück.

Dass einige Männer es nicht verkraften konnten, wenn eine Frau eine Waffe trug, ärgerte sie immer noch. Sie war Amerikanerin, hatte bei ihrer Ausbildung in Glynco in jeder Leistungsprüfung hervorragend abgeschnitten und hatte sich bei den Gesprächen mit den Mitarbeitern von Hope Ridge völlig professionell gezeigt.

Ganz im Gegensatz zum Auftreten des stellvertretenden Rektors.

Während sie in die entgegengesetzte Richtung eilte, dachte Maria über Perkins' Verhalten gegenüber seiner Mutter, der Schulleiterin, nach. Okay, vielleicht war sie ein wenig zu streng, wenn sie es unprofessionell nannte. Er war in jeder Hinsicht beherrscht gewesen bis auf sein zusammengekniffenes Kinn, wenn Mrs Hall etwas gesagt hatte. Die Spannungen in der Familie waren nicht zu übersehen.

Sie klopfte an die Tür der ersten Klasse und sah, wie Gracie zusammenzuckte. Maria lächelte. Sie mochte Gracie Lang seit dem ersten Händedruck. Auch wenn das Knistern zwischen Gracie und Agent Kessler eine gewisse Eifersucht in ihren Gedanken geweckt hatte.

„Haben Sie eine Minute Zeit, Mrs Lang?"

Gracie legte sich eine Hand aufs Herz. „Maria. Ich meine, Agent Grivens. Ich bin so froh, dass Sie es sind."

„Maria ist okay. Aber wäre es Ihnen nicht lieber, wenn Agent Kessler an Ihrer Tür stünde?"

Gracies Gesicht wurde leuchtend rot. „Ist es so offensichtlich?" Sie setzte sich auf einen Stuhl und lud Maria mit einer Handbewegung ein, sich zu ihr zu gesellen. „Ich komme mir vor wie ein Schulmädchen. Besonders wenn ich daran denke, welche tragischen Umstände Sie alle nach Hope Ridge führen. Es tut mir so leid."

„Ich glaube nicht, dass irgendeiner der Männer etwas bemerkt hat." Maria setzte sich auf einen Stuhl und legte sich die Papiere auf den Schoß. „Und ich kann es verstehen. Nach dem, was im FBI erzählt wird, hat Agent Kessler auf die meisten Frauen eine solche Wirkung."

„Auf Sie auch?"

„Ja, aber es hat zu nichts geführt." Maria lachte. „Als ich ihm das erste Mal begegnete, erzählte ihm einer meiner Kollegen, dass ich neu in DC sei und eine Stadtführung bräuchte."

Gracies Augen wurden groß.

„Ich stammelte etwas davon, dass ich keine Zeit hätte, um auszugehen, und er lächelte nur." Maria fragte sich, ob es klug war, so persönlich zu werden. Aber Gracies offene Art gefiel ihr. Sie konnte eine vertrauenswürdige Freundin, die nicht auf der Gehaltsliste des Geheimdienstes stand, brauchen. Außerdem würde es ihren Auftrag in diesem Klassenzimmer angenehmer machen, wenn sie gut miteinander auskamen.

„Ich habe also mit meinen unzusammenhängenden Fragen und damit, dass ich heute bei der Besprechung mein Notizbuch fallen ließ, bei Ihrem Chef nicht den Wunsch geweckt, er hätte sich eine andere Schule ausgesucht? Oder wenigstens eine andere Lehrerin?"

Maria schüttelte den Kopf. „Sie sind gut, Gracie. Agent Adams ist mit allem, was Hope Ridge angeht, sehr zufrieden. Sind Sie in nächster Zeit oft hier, um alles für den ersten Schultag vorzubereiten? Vielleicht könnten wir irgendwann zusammen Mittagessen gehen."

Gracie schaute sich im Raum um. „Ich bin an den meisten Tagen einige Zeit hier, um das Klassenzimmer und meinen Unterricht vorzubereiten."

„Ich kann zwar über keine Sicherheitsdetails sprechen, die über das hinausgehen, was Agent Adams erwähnte, aber ich kann Ihnen auf jeden Fall sagen, dass wir uns im August oft hier sehen werden."

Ein Husten lenkte die Blicke der beiden Frauen zur Tür.

„Wenn ich störe, kann ich später wiederkommen." Bei Agent Kesslers Lächeln zogen sich Marias Bauchmuskeln immer noch zusammen.

„Nein, Sie stören nicht. Mrs Lang und ich waren nur dabei, uns ein bisschen besser kennenzulernen." Maria und Gracie standen gleichzeitig auf. „Aber ich muss meinen Plan fertig machen. Agent Adams erwartet mich bald zurück."

Sie lächelte Gracie an. „Ich freue mich darauf, mit Ihnen zusammenzuarbeiten."

„Bis bald, Maria. Und danke." Gracie strich ihren engen braunen Rock und ihre weiße Bluse glatt und warf einen scheuen Blick auf Steven, während sie sprach.

Maria schmunzelte bei sich und schloss beim Hinausgehen die Klassenzimmertür. Jemand sollte bei diesem Auftrag ein wenig Spaß haben.

* * *

„Guten Tag, Agent Kessler. Was kann ich für Sie tun?"

Steven rückte seine blaue Seidenkrawatte zurecht und kam weiter ins Klassenzimmer. „Steven bitte. Ich wollte mich entschuldigen, weil ich das letzte Mal, als ich hier war, so abrupt gegangen bin."

„Sie hatten sicher etwas Wichtiges zu tun." Gracie trat hinter ihren perfekt aufgeräumten Schreibtisch.

Sein Blick fiel auf einige aufgestellte Familienfotos. Darunter war eines von Gracie mit einem Mann und zwei Kindern. Er wollte sich seine Enttäuschung nicht anmerken lassen. „Ist das Ihre Familie?"

„Ja. Mark, Elizabeth und Joshua." Gracie berührte ihr goldenes Medaillon und schaute durch die großen Schulfenster hinaus.

Ihr Blick kehrte zu dem Bild in dem silbernen Rahmen zurück. „Entschuldigen Sie. Ich bin nur nie sicher, wie ich das erklären soll."

Er trat näher, um das Bild besser sehen zu können. „Was denn?"

„Meine Familie ist vor zweieinhalb Jahren gestorben."

Steven erstarrte. „Das tut mir leid."

Gracie seufzte und setzte sich auf ihren einfachen Eichenstuhl. Sie deutete auf einen Stuhl. „Setzen Sie sich doch. Wenn Sie eine Minute Zeit hätten ... Ihre Frage hat mich an etwas erinnert, das ich Sie seit unserer ersten Begegnung fragen wollte."

Er zog sich einen Stuhl zum Rand ihres Schreibtisches.

„Meine Familie wurde bei einem Autounfall getötet, und ich will den Mann finden, der dafür verantwortlich ist. Ich wollte Sie fragen, ob Sie mir irgendeinen Rat geben könnten, der mir vielleicht weiterhilft."

Er betrachtete ihr Gesicht. Die Zeit hatte ihr vielleicht eine gewisse Perspektive und etwas Abstand gegeben, aber in ihren haselnussbraunen Augen standen ungeweinte Tränen. Vielleicht hatte er ihr Interesse an ihm falsch gedeutet. „Hat die örtliche Polizei bestätigt, dass ein anderes Auto an dem Unfall beteiligt war?"

„Ich habe den Unfall mit eigenen Augen gesehen. Und ich glaube, dass der Mann in dem Truck, der Mark von der Fahrbahn schleuderte, betrunken war. Er gehört ins Gefängnis. Aber die Polizei konnte ihn nicht finden."

Gracies Augen funkelten. Ein betrunkener Fahrer, der Fahrerflucht beging, nachdem er drei Menschen getötet hatte – davon zwei kleine Kinder –, musste gefunden werden. Wenn das irgendjemand konnte, dann war das sein Freund Justin.

„Ein alter Studienfreund von mir ist Privatdetektiv. Ich habe seine Telefonnummer nicht dabei, aber ich könnte sie Ihnen mailen, wenn Sie möchten." Steven zog einen Stift und einen Zettel aus seiner Jackentasche und notierte sich ihre E-Mail Adresse. „Ich schicke Ihnen noch heute Abend seine Nummer und Adresse." Er schaute auf und sah, dass sie ihn beobachtete.

Gracies Gesicht errötete. Es war lange her, dass er eine Frau zum Erröten gebracht hatte. Oder dass es ihn interessiert hätte, wenn eine Frau ihn anschaute. Aber dieses Mal gab es ihm ein gutes Gefühl. Ein sehr gutes. Obwohl der Zeitpunkt äußerst schlecht war.

„Danke für Ihre Hilfe." Sie lächelte und tippte mit einem Stift auf das Pult. „An welchem College waren Sie?"

Ihr sekundenschnelles Umschalten auf Persönliches belustigte ihn, aber er unterdrückte ein Schmunzeln. „An der Universität von Louisville. Strafrecht."

Gracie beugte sich vor. „Und Sie tragen eine blaue Krawatte? Ich dachte, das Blut in Kentucky ist entweder Cat-Blau oder Cardinal-Rot, und ein echter Fan trägt auf keinen Fall die Farben der gegnerischen Uni."

Sie kannte sich mit College-Basketball aus? Jetzt konnte er sich ein Grinsen nicht mehr verkneifen. Er hielt seine Krawatte von sich weg, räusperte sich und sagte in einem gespielt professionellen Ton. „Das ist eindeutig kein Kentucky-Blau. Die Krawatte war ein Geschenk von meiner Stiefmutter. Sie sagte, die Farbe passe zu meinen Augen und dass ein Cardinalfan Hellblau tragen könne. Aber niemals Dunkelblau."

Gracie lachte.

Er genoss ihr Lachen. „Hätten Sie Lust, irgendwann ein Spiel mit mir anzuschauen? Mein Partner und seine Frau leisten James und mir manchmal Gesellschaft, wenn wir Zeit haben, zu einem Spiel zu gehen."

„Mark und ich haben uns regelmäßig College-Sport angeschaut. Aber ich bin ein bisschen eingerostet und ich habe nie an der richtigen Stelle gejubelt."

Sie schaute wieder aus dem Fenster. Es kam ihm wie eine Stunde vor. Aber dieses Mal keine Tränen. Vielleicht hatte sie genug Abstand, um sich wieder mit einem Mann zu verabreden, aber er hatte ihre Freundlichkeit offenbar falsch verstanden und mehr hineingedeutet, als sie gemeint hatte. Während er auf ihre höfliche Absage wartete, wurde sein Mund ganz trocken. Er hatte seit Jahren keine Frau mehr eingeladen, und es sah so aus, als wäre sein einziger Versuch ein Schuss in den Ofen.

„Ich bin vielleicht beim Basketball keine gute Gesellschaft, aber wenn Sie Lust hätten, essen zu gehen …"

Er lehnte sich auf seinem Stuhl zurück, und ein langsames Lächeln zog über sein Gesicht. Seine Beobachtungsgabe funktionierte also doch noch. Und sie hatte ihn praktisch eingeladen, mit ihm auszugehen. Das gefiel ihm.

Er wäre ein Narr, wenn er sie jetzt nicht einlüde. „Haben Sie am Freitag Zeit? Ich kenne ein schönes Restaurant in der Innenstadt von Alexandria."

„Das klingt gut." Gracie ordnete die Bücher und Stundenpläne, die bereits perfekt in Ordnung waren. „Danke, dass Sie nicht abgelehnt haben. Als echte Südstaatlerin hätte ich das wohl besser nicht gemacht."

„Sie haben noch nie einen Mann eingeladen, mit Ihnen auszugehen?"

„Nein. Und wenn wir uns nicht bald verabschieden, kneife ich vielleicht und nehme Ihre Einladung doch nicht an." Gracie stand auf. Ihr Gesicht war herrlich rot. Die Farbe passte gut zu ihren langen rotbraunen Haaren.

„Dann mache ich mich mal auf den Weg." Steven ging zur Tür. „Ich schicke Ihnen heute Abend eine E-Mail. Tschüss, Gracie. Es war schön, Sie wiederzusehen."

„Auf Wiedersehen, Steven. Bis Freitag."

Er lächelte und wandte sich dann zum Gehen. Er konnte fühlen, dass ihr Blick ihm durch den Gang folgte. Zum ersten Mal seit fast fünf Jahren schaute er erwartungsvoll in die Zukunft.

* * *

Tom hatte unbemerkt vor Gracies Klassenzimmertür alles beobachtet.

Jetzt ging er in seinem Privatbüro mit wachsender Frustration auf und ab.

Wenn sie einen Privatdetektiv engagiert …

Er schüttelte den Kopf und versuchte, sich zu konzentrieren. Er hatte den ersten Teil ihres Gesprächs mit dem FBI-Agenten verpasst. Den Mann, den seine Mutter bei ihrem Gespräch am Morgen für seine ausgezeichnete Arbeit als Koordinator der Abteilung *Gewaltverbrechen gegen Kinder* gerühmt hatte. Eine Arbeit, die die gute alte Mama in ihren letzten Jahren beim FBI in Florida gemacht hatte. Zu schade, dass sie nicht dort unten eine Schule gegründet hatte. Ihm wäre die Floridasonne viel lieber gewesen als die kalten Winter in seiner Heimatstadt Alexandria.

Er trank einen Schluck Cola und wünschte sich etwas Härteres.

Die liebe Mutter hatte ihm aber hier eine Stelle angeboten und nicht in Florida. Es war eine Stelle, die er mit Leichtigkeit meisterte. Eine Karriere, auf die sein Dad stolz gewesen wäre. Mutter war immer noch zu sehr damit beschäftigt, sich von seinem Tod und einer gescheiterten zweiten Ehe zu erholen. Er müsste sich also mehr anstrengen, um ihre Aufmerksamkeit zu gewinnen.

Jetzt konnten Gracie Lang und ihr FBI-Freund alles ins Wanken bringen.

Wenn Mutter nur wüsste, wie gut er Leute überwachen konnte oder wie geschickt er mit dem Computer war.

Aber das sollte sie nie erfahren.

Es war schon schlimm genug, dass sich in seiner Schule ab September noch mehr FBI tummeln würde.

Tom sank auf den Lederstuhl hinter seinem geschnitzten Kirschbaumschreibtisch. Teure Kandinskys zierten die Wände seines Büros. Er hatte hier immer noch das Heft in der Hand. Die Genies vom FBI und Geheimdienst würden im September tun, was er sagte. Da konnte er doch sicher eine Möglichkeit finden, um eine unscheinbare kleine Witwe aus Georgia aufzuhalten. Selbst wenn sie einen Privatdetektiv engagierte.

Tom fuhr sich mit der Hand durch seine dunklen Locken. Viele Ideen rasten ihm durch den Kopf.

Jetzt musste er sich nur noch für die Richtige entscheiden.

Kapitel 8

Gordon fühlte sich nach dem unerträglich langen Wochenende erholt.

Von seinen Vögelchen, die er im Keller des zugigen, alten dreistöckigen Bauernhauses weggesperrt hatte, konnte er das allerdings nicht behaupten. Die Mädchen hatten geschrien, bis sie vor Erschöpfung nicht mehr gekonnt hatten. Obwohl weit und breit niemand war, der sie hätte hören können. Arme Dinger.

Er kontrollierte jedes Fensterschloss in dem baufälligen, primitiven Landhaus am Rand von Alexandria. Er hatte die Vorhänge zum Schutz vor der Spätnachmittagssonne an diesem Dienstag zugezogen und kippte seine Frustration mit einem frühen Bitter hinunter.

Sir Walter Kensington hatte am Wochenende in panischer Angst um seine Tochter die Polizei und das FBI gleichermaßen angefaucht. Gut. Aber er hatte noch nicht genug gelitten. Bei weitem nicht genug.

Gordon schaute auf die Uhr. Der Moment, sich bei Botschafter Kensington zu melden, war gekommen, aber seine Schwester musste erst noch anrufen und bestätigen, dass sein Plan sicher war.

Wenn er dem Botschafter eine E-Mail schickte, würde er seine Forderung kurz und präzise formulieren. Das FBI wäre die ganze Nacht auf den Beinen und würde versuchen, seine Nachricht zu entschlüsseln.

Ohne Erfolg.

Er rief zuerst seine Schwester an. „Hallo, liebe Charlotte. Ist der ehrenwerte Sir Walter Kensington in seinem Büro?"

„Ich wusste, dass ich nicht hätte drangehen sollen", seufzte sie. „Ich habe dich davor gewarnt, dass du tagsüber nicht auf meinem Handy anrufen sollst. In der Botschaft wimmelt es vor FBI. Ich will keine Schwierigkeiten bekommen."

„Aber die Schwierigkeiten sind da, nicht wahr? Dank deines guten Arbeitgebers. Vergiss Harrys Blut nicht."

Das FBI würde nie auf seine Spur kommen. Zehn Jahre im Sondereinsatzdienst Ihrer Majestät kamen ihm bestens zugute.

„Bring es lieber bald hinter dich. Alles wird bewacht. Aber das wusstest du ja vorher."

„Ja, das wusste ich."

„Wie willst du es machen?“

Gordon schnaubte. „Darüber brauchst du dir keine Gedanken zu machen. Harry und ich haben unsere Arbeit immer gut im Griff gehabt.“

„Harry hat sich an das Gesetz gehalten, Gordon.“

„Harry wurde deshalb getötet.“ Er konnte Harrys Sarg vor seinem geistigen Auge sehen. Ihre Majestät hatte sich dank seiner früheren Verdienste herabgelassen, Gordon einen kurzen Blick darauf zu erlauben.

Harry Landridge starb im Dienst für sein geliebtes Vaterland.

Und jetzt war es, als hätte es ihn nie gegeben.

Harrys Mörder würde bald dafür bezahlen.

Die Lösegeldforderung würde die Polizei und das FBI nach einem politischen Motiv suchen lassen. Experten aus London würden hinzugezogen werden. Niemand käme je auf die Idee, die Familie Landridge zu verdächtigen.

Und die Folgen würden den Botschafter der Königin für den Rest seines Lebens auf dieser Erde quälen.

„Mach es bald und fahr nach Hause, Gordie.“ Die Verbindung brach ab.

Die geflüsterten Worte seiner Schwester erinnerten ihn daran, wie sie als Kinder nachts auf Schatzsuche gegangen waren. Charlotte hatte kein Herz für Intrigen oder Gefahren, aber er brauchte sie jetzt. Sie würde ihn nicht enttäuschen. Und auch Harry nicht.

Gordon baute sein High-Tech-Büro im Wohnzimmer des alten Bauernhauses auf. Was er Amerika zugutehalten musste, war seine schnelle, leistungsstarke Schwarzmarkttechnik. Wenn er hier fertig war, würde er die Einzelteile auf der ganzen Welt über unauffindbare Kanäle weiterverkaufen. Oder sogar zu Hause in Großbritannien über dieselben Wege, auf denen Sir Kensington operiert hatte.

Gott schütze die Königin.

Dreißig Minuten später schaltete er sich in Sir Kensingtons persönliches E-Mail-Konto ein. Gordon schickte die verschlüsselte Datei und baute dann seine Ausrüstung wieder ab. Die Datei enthielt Details über die Lösegeldforderung und einige diskriminierende Beweise aus Harrys Untersuchungen. Hinweise, die Sir Kensington dem FBI „versehentlich“ nicht mitteilen würde.

Denn sonst würde sein reiner britischer Stammbaum im Gefängnis verrotten.

* * *

Steven schimpfte laut über den Verkehr auf dem Umgehungsring.

Es wäre klüger gewesen, heute nicht nach Hause zu fahren, um zu duschen und mit James zu essen. Sein Sohn hätte noch einen Tag länger warten können.

Olivia vielleicht nicht.

Endlich näherte er sich dem Gebäude in der Massachusetts Avenue. Steven parkte seinen Wagen neben den vielen FBI-Fahrzeugen. Er war der Letzte, der eintraf.

Clint begrüßte ihn am Eingang, seinen Stetson in der Hand und in Jeans und Lederstiefeln. „Beruhige dich, Partner. Du bist nicht zu spät, um einzugreifen. Es sieht so aus, als hätte Sir Walter uns nicht sofort nach dem Eingang der Lösegeldforderung informiert. Es wird uns einige Zeit kosten, die elektronische Spur zurückzuverfolgen, aber mit dem Geheimdienst wartet einige Arbeit auf dich."

Steven stürmte an Clint vorbei. „Die unmittelbare Bedrohung ist noch aktiv. Warum bist du dann so angezogen?"

Clint holte ihn mit schnellen Schritten ein. „Abendessen? Familie? Klingelt bei dir etwas?"

„Trotzdem brauchen wir Sir Walter keinen Grund zu liefern, uns beim Chef zu melden." Steven erreichte das Büro des Botschafters, blieb stehen und kramte nach seinem Ausweis. „Du könntest für mich beten. Ich werde deine Gebete brauchen, wenn ich diese Mädchen nach Hause bringen soll. Besonders wenn der gute Botschafter nicht offen zu uns ist."

„Sei vorsichtig. Seine Tochter wird immer noch vermisst."

„Das weiß ich."

Steven klopfte und trat ein, ohne auf eine Aufforderung zu warten. „Sir Walter, ich habe zwei mögliche Verdächtige verhört, musste sie aber aus Mangel an Beweisen wieder freilassen. Ein sofortiges Handeln nach dem Eingang der E-Mail hätte uns den Vorteil verschafft, den wir brauchen, um Ihre Tochter zu finden."

Der grauhaarige Gentleman richtete sich zu seiner vollen Größe auf. „Ich erlaube nicht, dass Sie so in mein Haus platzen."

„Wollen Sie Ihre Tochter zurück?" Steven baute sich genauso groß wie der Diplomat auf der anderen Seite seines Schreibtisches auf.

Der Mann sank in seinen Lederstuhl. Während seine Augen über den dicken braunen Teppich wanderten, rieb er seine vorstehende Nase. Selbst seine Stimme wurde um eine Spur leiser. „Ja. Mehr als alles andere." Er deutete zu den Gästestühlen. „Bitte, nehmen Sie Platz. Berichten Sie mir von Ihren Verdächtigen. Angesichts dieser Lösegeldforderung kann ich Ihnen vielleicht einen Grund geben, sie wieder festzunehmen."

Steven kniff die Augen zusammen. Er hatte sich nie in einem Fall mit einem Elternteil eines entführten Kindes beraten. Er hatte nicht die Absicht, jetzt damit anzufangen. Aber ... „Beide sind britische Staatsbürger und kamen durch die Hilfe Ihres Botschaftspersonals freiwillig. So wie es aussieht, haben sie nichts zu verbergen."

„Sie glauben ihnen nicht?"

„Ich glaube, dass jemand Ihre Tochter entführt hat und Ihnen Salz in die Wunde streuen will. Ich glaube, dass Olivia und Jordan noch am Leben sind." Steven beugte sich vor. „Aber vielleicht nicht mehr lange, wenn wir nicht schnell reagieren."

„Ich werde das Lösegeld zahlen. Ich habe bereits meine verfügbaren Mittel angefordert. Das Geld müsste am Morgen hier sein."

„Zehn Millionen Dollar? Wir bezahlen keine möglichen Terroristen, Sir Walter."

Der ältere Mann schaute ihn mit funkelnden Augen an. „Wenn ich Ihre Anweisungen befolge und meine Tochter getötet wird, werde ich Sie persönlich dafür verantwortlich machen."

Großartig. Wenigstens arbeitete er nicht in der Abteilung Organisiertes Verbrechen, sonst bekäme er diesen Müll regelmäßig serviert. „Erzählen Sie mir von der E-Mail."

„In der E-Mail stand nur die Wegbeschreibung zu einer Stelle, an der ich meine Tochter und ihre Freundin im Austausch gegen die geforderte Summe zurückbekomme."

Steven erwiderte den direkten Blick des Botschafters. „Sonst nichts? Warum haben dann unsere Techniker Hinweise auf britische Schwarzmarktgeschäfte gefunden, die in Ihrer E-Mail an uns gelöscht waren? Behinderung einer Bundesuntersuchung ist ein schweres Delikt."

Das Gesicht des Mannes wurde blass. Er deutete mit seinem knöchrigen Finger auf Steven. „Ich habe alle Informationen geschickt, die

Sie brauchten. Müssen Sie mich wie einen gewöhnlichen Verbrecher behandeln?"

„Vielleicht verstehen Sie unsere Ziele nicht richtig. Unsere oberste Priorität ist es, Ihre Tochter in Sicherheit zu bringen." Steven lehnte sich auf dem kühlen Lederstuhl zurück. „Durch Ihr Verhalten machen Sie sich verdächtig."

„Ich habe mit dem Verschwinden meiner Tochter nichts zu tun! Sie müssen verrückt sein, wenn Sie mich verdächtigen."

„Dann erklären Sie mir Ihr Verhalten." Steven konnte nur hoffen, dass der Botschafter ihm einen brauchbaren Knochen hinwarf. Oder Agent Maxwell musste diesen britischen Staatsbürger des Landes verweisen lassen, ohne dass er je wieder in den Vereinigten Staaten arbeiten oder in die USA einreisen dürfte. Vielleicht erwartete ihn sogar eine Gefängnisstrafe.

Sir Walter begann, hinter seinem Schreibtisch auf und ab zu gehen, vorbei an allen möglichen klassischen Werken im Bücherregal hinter ihm. „Ich verstehe es als Drohung, wenn Sie mich mit der Entführung meiner Tochter in Verbindung bringen."

„Ihr Verhalten hat mehr Schaden angerichtet, als es die ursprüngliche E-Mail geschafft hätte."

Steven dachte über die nervöse Körpersprache des Diplomaten und die obskuren Andeutungen nach, die der Mann zu löschen versucht hatte. Nichts davon half ihm in Olivias Fall irgendwie weiter. Diese Hinweise führten zu nichts.

Konnte es sein, dass der Botschafter die Wahrheit sagte?

„Wir haben eine Handtasche mit Blutspuren, einen Entführer, der wusste, wo Olivia sich aufhielt und dass sie nicht von Sicherheitsbeamten begleitet war, und wir haben keine glaubwürdigen Augenzeugen für einen Mord und die Entführung. Jetzt eine Lösegeldforderung über eine verschlüsselte E-Mail mit Elementen, die Sie gelöscht haben. Ich brauche Ihre volle Kooperation und die Offenlegung aller relevanten Informationen."

Sir Walter sackte auf seinem Stuhl zusammen. „Gegen britische Konsuln wurde vom Geheimdienst wegen Waffengeschäften auf dem Schwarzmarkt ermittelt. Ich habe den Truppen Ihrer Majestät geholfen, sie zu verhaften."

Steven machte sich auf seinem Block schnell ein paar Notizen. „Ich brauche noch mehr Informationen."

„Sprechen Sie mit Sir Peter Barnstable. Er kann alles bestätigen. Die Konsuln wurden verhaftet. Ich kann mir nicht vorstellen, dass sie darin verwickelt waren. Aber die Hinweise …" Er vergrub den Kopf in seinen Händen. „Könnten die früheren Konsuln etwas mit der Entführung meiner Tochter zu tun haben? Bitte, Agent Kessler. Bitte finden Sie meine Tochter."

Steven stand auf und steckte Stift und Block in seine Tasche. „Wir tun, was wir können, Sir Walter."

Der Botschafter nickte und winkte ihn zur Tür.

Clint wartete vor der Tür. „Dieses Mal eine wahre Geschichte?"

„Nicht einfach zu überprüfen." Steven lockerte seine Krawatte. „Nach Aussage des Botschafters geht es um Probleme in seiner Heimat. Der britische Geheimdienst wird uns da keine Informationen liefern, auch wenn zwischen unseren Ländern ein Abkommen zur Zusammenarbeit besteht."

Clint stieß einen leisen, langen Pfiff aus. „Du glaubst Sir Walter also?"

Steven zuckte die Achseln. „Nicht ganz. Aber jetzt habe ich wenigstens einen Anhaltspunkt, wo ich ansetzen kann. Unsere erste und einzige aussichtsreiche Spur. Vielleicht ist der ehrenwerte Peter Barnstable vom Geheimdienst dieses Mal kooperativ."

Sie gingen zu Stevens Wagen und mussten zigmal stehen bleiben, um sich auszuweisen. „Woher kennst du diesen Barnstable?"

„Internationaler Ausbildungskurs in Quantico. Kein angenehmer Zeitgenosse."

Clint lehnte sich an den Wagen. „Du brauchst ein wenig Schlaf, Partner. Du musst fit sein für deine große Verabredung am Freitag."

„Vergiss es. So wie es aussieht, muss ich das Date absagen."

Clint sah ihn an: „Keine Chance. Ich kann dich einen Abend vertreten. Du fährst am Freitag in die Stadt und gehst mit ihr essen."

Wenn am nächsten Morgen alles nach Plan lief.

Wenn nicht, würde ein Abend mit Gracie Lang nur ein schöner Traum bleiben.

Kapitel 9

Der Mittwoch brach verheißungsvoll an.

Gracie hatte zum ersten Mal seit Jahren eine Verabredung, und sie hatte dabei nicht das Gefühl, als würde sie Mark betrügen. Sie drehte sich in ihrem rosa geblümten Sommerkleid. Als sie stehen blieb, war sie von dem Bild in ihrem bodenlangen, antiken Spiegel überrascht.

Besonders von den skeptischen Augen.

„Okay, vielleicht fühlt es sich doch ein wenig wie Verrat an." Sie streichelte Jakes honigbraunes Fell, der jede ihrer Bewegungen beobachtete. „Aber Beth hat recht: Das ist lächerlich. Mark würde wollen, dass ich wieder glücklich werde."

Jake gab ihr keine Antwort.

Sie schmunzelte und kramte ihre Fotoalben hervor, legte alles aufs Bett und setzte sich. „Jake, heute treffe ich mich mit einem Freund von Steven, der uns helfen will, den furchtbaren Mann in dem schwarzen Truck zu finden." Gracie beugte sich vor, um die Haare über Jakes Hundeschnauze zu streicheln. „Wenn wir diesen Mann erst einmal ins Gefängnis gebracht haben, fällt mir ein schwerer Stein vom Herzen. Gerechtigkeit für meine Familie. Und vielleicht feiert Steven diesen Sieg mit uns."

Jake bellte.

Das laute Klingeln des Telefons veranlasste sie, den Hund eilig zum Schweigen zu bringen. Leahs Nummer. „Arbeitest du denn heute nicht, Frau Bezirksstaatsanwältin?"

Ihre beste Freundin seufzte. „Ich glaube, ich werde mich nie daran gewöhnen, dass meine Nummer angezeigt wird, auch wenn ich noch so alt werde. Und ja, ich arbeite."

„So alt bist du noch nicht, Leah."

Gracie sah Leah vor sich, wie sie diese Bemerkung wie eine Fliege beiseite wischte. Leah war davon überzeugt, dass man mit dreißig alt war, und sie hatte diese Marke schon vor Jahren überschritten. Gracie sah das anders, aber sie ließ sich auf dieses Thema nur hin und wieder ein. Heute war kein solcher Tag.

„Ich habe mich wegen deines Privatdetektivs erkundigt, und er ist scheinbar ein ganz schönes Kaliber, Gracie. Ich würde gern mitkommen, wenn du mit ihm sprichst."

Gracie nahm das schnurlose Telefon mit nach unten und ließ Jake in den Garten hinter dem Haus. „Ich bin ein großes Mädchen. Ich werde mit einem rüpelhaften Dickkopf schon fertig."

„Natürlich kannst du das. Aber Justin Moores Sprüche sind nicht meine Hauptsorge. Er ist in DC geachtet … als Privatdetektiv. Ich würde nur einfach gern sichergehen, dass alles, was er vorschlägt, ehrlich ist, und dass er dir keine unrealistischen Hoffnungen macht."

„Mein Termin ist um zehn Uhr. Kannst du es in einer Dreiviertelstunde nach Alexandria schaffen?"

„Wir treffen uns dort."

Gracie legte das Telefon auf ihren makellosen Frühstückstisch. Ihr jetziges Zuhause hatte keine Ähnlichkeit mit einem Haus, in dem zwei kleine Kinder lebten. Sie hatte es gern, wenn ihre Wohnung aufgeräumt und sauber war. Früher, als die Kinder noch da gewesen waren, war es nie so ordentlich gewesen. Doch jetzt hatte sie Zeit, zu putzen, mehr als genug.

Aber nicht dieses Wochenende. Sie ließ Jake in die Küche und wischte seine Pfoten mit einem der Handtücher ab, die sie in der untersten Schublade ihres antiken Garderobenschrankes neben der Tür aufbewahrte. Sie wollte heute nicht von Schmutzspuren im Haus begrüßt werden, wenn sie zurückkam.

Dreißig Minuten später parkte sie ihren Jeep vor dem kleinen Ziegelgebäude, in dem sich das Büro von Justin Moore, Privatdetektiv, befand. Leahs silberner Lexus bog wenige Minuten später neben ihrem Wagen auf den Parkplatz.

Leah öffnete ihre Tür. „Bereit?"

„Bereit, einen Schritt weiterzugehen, um die Vergangenheit zu begraben? Ja." Gracie drückte ihre schwarze Aktentasche aus Leder an die Brust. „Aber ich habe auch Angst. Wenn das wieder nur eine teure Sackgasse ist?"

„Komm, das werden wir bald herausfinden." Leahs eng anliegender hellblauer Hosenanzug war für ihre schlanke Figur maßgeschneidert. Mit ihren glatten naturblonden Haaren erregte sie Aufmerksamkeit. Als sie den Empfangsbereich betraten, bildete Mr Moore keine Ausnahme von der Regel. Er reichte ihnen die Hand und musterte unauffällig Leahs Figur.

Schon am College hatte Gracie versucht, sich daran zu gewöhnen. Aber hin und wieder wünschte sie sich, jemand würde auch ihr so viel Aufmerksamkeit schenken.

Wie Mark es immer getan hatte. Seit ihrer ersten Begegnung hatte er nur Augen für sie gehabt.

„Danke, dass Sie sich heute für uns Zeit genommen haben." Gracie erwiderte Mr Moores festen Händedruck und folgte ihm in sein spärlich möbliertes Büro.

„Wenn ich einem Freund einen Gefallen tun kann, mache ich das gern. Besonders, da mein Terminkalender für heute Morgen sowieso relativ frei ist." Er setzte sich auf seinen schwarzen Drehstuhl und lehnte sich entspannt zurück.

„Ich habe die Kopien der Polizeiberichte dabei, die Sie sehen wollten. Und die Duplikate von sachdienlichen Zeitungsartikeln über den Unfall." Gracie reichte ihm einen braunen Ordner.

Mr Moore hielt die Hand über den Schreibtisch, auf dem nur ein Flachbildschirm und ein paar Nachschlagebücher zu sehen waren. „Danke. Ich habe als Vorbereitung auf unser Gespräch einige Recherchen im Internet angestellt, aber diese Unterlagen werden mir bestimmt helfen. Jede Kleinigkeit kann Hinweise enthalten, die die Polizei möglicherweise übersehen hat."

Leah runzelte die Stirn. „Was genau beabsichtigen Sie zu tun, das die Polizei von Gwinnett County nicht schon getan hat?"

Mr Moore legte die Fingerspitzen aneinander und lächelte. „Ich habe große Achtung vor der Polizei. Viele gute Freunde von mir arbeiten bei der Strafverfolgung. Aber sie verdienen längst nicht so gut wie ich, um Hinweise auszugraben und innovative Recherchemethoden auszuprobieren."

„Welche zum Beispiel?" Gracie hatte keine Ahnung, worauf er anspielte.

„Eine Täterskizze, die auf dem Universitätsgelände ausgegeben wird. Es könnte ein paar Leute in der Verwaltung von vor zwei Jahren geben, die sich vielleicht erinnern." Er schaute sie an. „Sie haben gesagt, dass Sie in dem schwarzen Truck einen Studenten gesehen haben, richtig?"

Sie spielte nervös mit dem Saum ihres Sommerkleides. „Ich weiß nicht, ob ich mich gut genug erinnere, um ein detailliertes Bild anfertigen zu lassen. Tut mir leid."

„Wir könnten es mit Hypnose versuchen." Er trank einen Schluck Kaffee und zog die Brauen in die Höhe. „Entschuldigen Sie meine schlechten Manieren. Möchten Sie vielleicht auch einen Kaffee?"

Gracie und Leah schüttelten den Kopf. „Nein, danke."

Der Privatdetektiv sprach weiter. „Ich habe Untersuchungen gelesen, die bei polizeilichen Ermittlungen angestellt wurden, bei denen ein Zeuge, der unter Hypnose stand, sich an Fakten erinnerte, die die Wende in einem Fall brachten."

„Darüber muss ich erst beten."

Mr Moore spuckte fast seinen zweiten Schluck Kaffee aus.

„Ich will nicht einen unschuldigen Menschen verdächtigen, nur weil mein Gedächtnis nicht so gut ist, wie ich dachte." Gracie biss sich auf die Unterlippe. „Ich bin auch nicht ganz sicher, dass es ein Student war."

Zwanzig Minuten später verließen sie und Leah Mr Moores Büro. „Was meinst du? Wird er mir helfen können?" Gracie berührte ihr goldenes Medaillon. Sie hatte die Bilder ihrer zwei Kinder lange nicht mehr angeschaut, aber das Wissen, dass sie nahe bei ihr waren, tröstete sie.

„Wie hoch ist sein Honorar?"

Gracie schloss ihren Jeep auf. „Ziemlich hoch. Aber es kommt von der Lebensversicherung. Das Geld liegt ungenutzt auf meinem Sparkonto. Wenn es hilft, diesen Mann ins Gefängnis zu bringen, ist das Geld gut angelegt, oder?"

Leah umarmte sie. „Wenn es dir hilft, diesen letzten Schritt in die Zukunft zu gehen, bin ich dafür. Besonders wenn das bedeutet, dass du dich einer neuen Beziehung nicht mehr verschließt."

Gracie hielt die Hände hoch. „Meine Güte. Ich habe das von Beth schon tausendmal gehört. Fang du nicht auch noch damit an." Sie lächelte. „Wenn am Freitag alles gut läuft, können wir vielleicht irgendwann zu viert ausgehen. So wie zu Studentenzeiten."

„Klingt nach einem guten Plan." Leah schaute auf ihre schmale silbergoldene Uhr. „Ich muss los. In einer Stunde habe ich einen Gerichtstermin, und ich möchte die Argumentation der Verteidigung noch einmal durchlesen."

Gracie umarmte ihre beste Freundin ein letztes Mal. „Ich rufe dich am Freitagabend an.“ Sie stieg in ihren Jeep. „Wenn ich nicht zu spät heimkomme.“

* * *

Steven fuhr sich mit den Händen durch die Haare.

Seine Schultern waren verspannt, nachdem er den ganzen Vormittag erfolglos versucht hatte, etwas zu erreichen. Der britische Geheimdienst führte ihn an der Nase herum. Die Männer, mit denen er sprach, wussten wenig über Sir Walter Kensington. Wenig, das sie ihm erzählten. Noch weniger über die Schwarzmarktwaffengeschäfte. Das Durchsehen von vielen Seiten mit Hinweisen und Spuren und das Durchforsten von Datenbanken brachte auch keine Ergebnisse.

Nichts, das Botschafter Kensingtons Behauptungen bestätigte oder widerlegte. Deshalb meldete sich Michael Parker freiwillig, um Sir Walter zu beschatten, während er heute einige Internetspuren verfolgte. Der junge Agent und sein Laptop waren unzertrennlich.

Steven schaute auf die Uhr auf seinem Schreibtisch. Mittag. Die Sicherheitsbesprechung heute Nachmittag dürfte interessant werden. Sir Walter zu überzeugen, dass er nach den Regeln des FBI und des Secret Service spielen musste, wäre eine schwere Aufgabe. Aber wenn das Leben seines eigenen Sohns auf dem Spiel stünde, würde Steven sich auch schwertun, sich an die Regeln zu halten.

Er würde alles tun, um James, seinen Sohn, lebend zurückzubekommen.

Steven begab sich wieder auf die Suche an seinem Computer. Clint blieb in der Kommandozentrale, die sie in der Botschaft eingerichtet hatten, für den Fall, dass Telefonanrufe sofort zurückverfolgt werden müssten. Sie wollten sich keine Gelegenheit mehr entgehen lassen.

Sein Handy summte. „Kessler.“

„Hey, Romeo, du hast mir nicht erzählt, dass Gracie umwerfend aussieht.“ Justins laute Worte hämmerten gegen sein Trommelfell. Der Mann sprach mit der gleichen Begeisterung wie früher, als er für Cardinal Football gespielt hatte. „Deine beste Freundin ist auch ein ganz schöner Hingucker. Es war ein guter Tag.“

Steven verließ die Büros seiner Abteilung. „Sag mir, dass du nicht gesabbert hast. Ich vertraue dir, dass du Gracie helfen kannst. Sie hat einen lohnenswerten Fall.“

„Einen unmöglichen Fall, wenn du mich fragst."

Er holte tief Luft. „Das wollte ich nicht hören. Du schaffst das. Deshalb habe ich dich empfohlen."

„Sag mir, dass du wenigstens etwas dafür bekommst, während ich jeden einzelnen Stein umdrehe, um etwas Brauchbares zu finden."

Steven lehnte sich an die Wand im Gang. „Nein."

„Nein, was? Du bist schon zu lange allein, um den Heiligen zu spielen. Gib es zu, Kessler. Mach meinen Tag ein wenig interessanter."

Justin etwas von christlichen Werten zu erzählen fand er jetzt ziemlich unpassend. Für seinen alten Studienfreund spielte Steven die Rolle eines Heiligen. Aber das war er beileibe nicht. Trotzdem ...

„Ich habe nicht vor, mit Gracie zu schlafen, Justin. Oder mit irgendeiner anderen Frau. Eine überstürzte Heirat hat mir genügt, danke."

„Hey, Angela war mehr, als irgendein Mann allein hätte verkraften können."

Stevens Herz pochte. Er hatte gewusst, was auf ihn zukäme, als er Justin angerufen hatte. Seine Studienkollegen hatten alle dieselbe Meinung von Angela. Sie hatten kaum glauben können, dass er sie überhaupt vor den Traualtar geführt hatte. Dass sie ihn wenige Jahre später sitzen gelassen hatte, hatte keinen überrascht.

„Erzähl mir von dem Fall."

„Guter Themenwechsel, aber es gibt nicht viel zu erzählen. Die Polizei in Georgia ist sich einig, dass Gracies Familie durch die Schuld eines betrunkenen Studenten tödlich verunglückt sein könnte und dass sie wahrscheinlich einen kurzen Blick auf sein Gesicht geworfen hat. Aber die Lackspuren am Auto, die Gummispuren, die zeigen, dass der Truck zu spät bremste, und dann noch vor kurzem eine unvollständige Autonummer, die Gracie Detective Calhoun gab, haben absolut zu keinem Ergebnis geführt." Justin seufzte. „Dieser Fall ist so aussichtslos, wie es nur einen aussichtslosen Fall geben kann. Danke vielmals, Kumpel."

„Hast du Gracie vorgeschlagen, eine Täterskizze anfertigen zu lassen?"

„Ja. Vielleicht kannst du sie dazu überreden. Sie hat etwas davon gesagt, dass sie zuerst beten müsse. Ich sehe zwar nicht, was das helfen soll, aber trotzdem."

Steven verzog das Gesicht. Diese Bemerkung ging ihm nah. „Wenn ich unsere Verabredung am Freitag einhalten kann, frage ich sie. Aber ich kann nichts versprechen. Ich mische mich nicht in die Glaubensüberzeugungen anderer Leute ein." Steven kehrte in das hektische Büro zurück. „Außerdem helfen dir ihre Gebete vielleicht, diesen Fall aufzuklären. Soweit ich weiß, brauchst du mal wieder einen Fall, den du erfolgreich abschließen kannst."

„Danke für dein Vertrauen. Ich halte dich auf dem Laufenden."

Steven klappte sein Handy zu.

Vielleicht sollte er es auch wieder einmal mit Beten versuchen.

Heute Abend wäre wahrscheinlich ein guter Zeitpunkt, um damit anzufangen.

Kapitel 10

Heute Abend würde er nicht zu spät kommen.

Steven zeigte seinen Ausweis und betrat das gespenstisch stille Botschaftsgebäude. Heute Abend würden Olivia und Jordan nach Hause kommen. Das Team zur Geiselbefreiung war im Huntley Meadows Park auf seinem Posten, und Sir Walter hatte zugestimmt, in der Botschaft zu bleiben und seine zehn Millionen zu behalten.

Dass er ein so großes Privatvermögen besaß, hatte bei Steven sämtliche Warnlampen aufleuchten lassen. Bis Sir Peter Barnstable die Informationen des Botschafters bestätigt hatte. Er gab Steven aber nur wenige zusätzliche Informationen, außer dass Sir Walter aus einer reichen Familie komme und sein Geld mit viel Geschick zu investieren schien.

Michael Parker tauchte aus der Kommandozentrale auf. „Hey, Boss. Braucht Sir Walter heute Abend wirklich einen Babysitter?" Der junge Agent schaute Steven direkt an und nahm seine typisch lässige Haltung ein.

„Unbedingt." Steven schmunzelte über das Gesicht des Grünschnabels. Mit der Zeit würde er es schon lernen. Nur ungefähr zehn Prozent eines Agentenlebens waren aufregend.

Stevens letztes Jahr ausgenommen.

Er würde gern mit Parker tauschen. Besonders heute Abend.

„Ist Sir Walter in seinem Büro?" Steven deutete mit dem Kinn nach rechts.

Michael zuckte die Achseln. „Brav und langweilig, wenn du mich fragst." Dann verschwand er im Kontrollraum, um mit dem Geheimdienst die Monitore zu überwachen.

Steven schaute zur Decke und war dankbar, dass er sich das ganze zweideutige Gerede und die Bettgeschichten nicht anhören musste. Einige Dinge quälten sein Gewissen immer noch.

Während er durch die kunstvollen Gänge ging, drängte sich die Vergangenheit in seine Gedanken. Wenn die Männer, mit denen er zu Mittag aß, von ihren Freundinnen erzählten, quälten ihn Erinnerungen an seine Exfrau, an ihre leidenschaftlichen Auseinandersetzungen. Trotz Angelas verführerischer Schönheit überraschte es ihn immer noch, dass sie überhaupt ein Kind miteinander bekommen hatten.

Steven bog um die Ecke und blieb vor Sir Walters Büro stehen. Die meisten Agenten hänselten Clint wegen seines perfekten Privatlebens, verloren aber kein Wort über Stevens Vergangenheit oder die Tatsache, dass er von Frauen die Finger ließ. Außer dass sie ihn hinter seinem Rücken einen Heiligen nannten und den weiblichen Agenten sagten, er sei zu gut für sie.

Er sollte sich dem bald stellen und den Gerüchten, er sei ein „Heiliger" und ein „Snob", ein Ende setzen. Vielleicht würde es ihm helfen, wenn er mit Gracie ausging. Aber im Moment musste er sich ganz auf seinen Fall konzentrieren.

Steven schaute auf seine Armbanduhr. Elf Uhr. Die Übergabe würde in einer Stunde erfolgen.

Ein schnelles Klopfen und er betrat das Büro. Bei Sir Walter Kensingtons fragwürdigem Verhalten brauchte Steven das Überraschungselement, das ihm sein schnelles Eintreten lieferte. Außerdem musste er wie jeder gute Polizist klarstellen, wer das Kommando führte.

Es gelang ihm.

„Müssen Sie denn mit Ihrem amerikanischen Mangel an Anstand so unverschämt in meine Wohnräume eindringen?" Sir Walter deutete zu der kleinen montierten Kamera, die sich bewegte, um jeden Zentimeter des Raumes einzufangen. „Ihre lästigen Kameras sind schon aufdringlich genug."

„Sie haben Beweise zurückgehalten, Sir Walter." Steven setzte sich auf einen Lederstuhl. „Auch wenn der britische Geheimdienst Sie deckt, gefällt mir das nicht. Unser vorrangiges Ziel ist es, Olivia und Jordan lebend nach Hause zu bringen."

„Was ich getan habe, hat die Ermittlungen bestimmt nicht behindert. Sie werden innerhalb einer Stunde zu Hause sein."

„Was haben Sie getan, Herr Botschafter?"

Der Mann schob das Kinn vor und warf eine nichtssagende Karte auf den Schreibtisch. „Meine Tochter sollte bereits in diesem Moment in Sicherheit sein, bei einem Freund der Familie."

Steven stand fluchend auf. Dann trat er gefährlich nahe auf Sir Walter zu. „Sagen Sie mir genau, was Sie getan haben, oder, Gott stehe mir bei, Ihre diplomatische Immunität bedeutet gar nichts." Steven klappte sein Handy auf und wählte Clints Durchwahl, während er die schlichte weiße Karte betrachtete.

Beim aschfahlen Gesicht des Botschafters drehte sich Steven fast der Magen um.

„Ich … ich habe einfach die Anweisungen auf der Nachricht befolgt. Ich konnte Olivias Leben nicht riskieren. In den Anweisungen wurde ein anderer Park genannt, kein FBI, oder Olivia wäre tot. Das, hat man mir gesagt, passierte mit einem Geheimdienstbeamten, der an illegalen Waffengeschäften beteiligt sei, von denen in der E-Mail die Rede war. Ich musste tun, was man mir sagte."

„Noch irgendwelche Informationen, die Sie uns vorenthalten haben?" Steven hielt den Zettel hoch. „Vielleicht noch einmal ein anderer Park?"

„N-nein. Bei meinem Leben, ich schwöre, dass es der Memorial Hill Park ist."

„Welche Uhrzeit?"

Sein Partner meldete sich am Telefon. „Clint, verständige das Einsatzkommando für die Geiselbefreiung. Richtige Vermutung."

Sir Walter betrachtete seine schwarzen Schuhe.

„Wann genau?"

„Zwanzig nach elf."

„Einsatz ändern, Clint. Ich bin unterwegs." Steven stürmte aus dem Büro und rannte zu seinem Wagen. Der Geheimdienst hatte alles gesehen und gehört, was sie wissen mussten.

Steven wählte die nächste Kurzwahlnummer, während er das Gaspedal durchdrückte. Bis zur Südseite von Alexandria war es noch ein weiter Weg. „Michael, ruf den Chef an und verhafte den Botschafter. Gib ihnen die Details, die du aufgenommen hast."

„Ja, Sir."

Michaels nicht ausgesprochene Frage ließ Steven keine Ruhe, während er sein Telefon auf den Beifahrersitz warf.

Er musste es rechtzeitig schaffen.

* * *

Von einer mondlosen Nacht und dichten Bäumen versteckt, beobachtete Gordon den Ort der Geldübergabe.

Die zwei Mädchen waren in der Nähe mit schwarzen Kapuzen und an den Handgelenken gefesselt. Ein Klebeband half, ihr elendes Stöhnen zu ersticken. Das und seine neue Glock 17C, mit der er sie vorwärtsgetrieben hatte. Über Bäche und Baumstämme, bis sie nicht mehr wussten, wo sie waren.

Memorial Hill Park. Er schmunzelte leise, als er sich an den rauen Baumstamm lehnte. In wenigen Minuten würde dieser Tag für Sir Walter Kensington unvergesslich werden. Genauso wie Harrys Beerdigung. Und er hätte zehn Millionen von dem Geld des alten Idioten. Blutgeld. Harry war auf der Suche danach gestorben.

Gordon schaute auf seine Uhr. Der Übergabezeitpunkt war vorbei.

Sir Kensington hatte nie in der Spezialeinheit Ihrer Majestät gedient, sonst wäre er inzwischen aufgetaucht und wieder verschwunden.

Olivia kämpfte mit den Ketten, die ihre Hände hinter ihrem Rücken zusammenhielten und Jordan setzte zu ihrem unerträglichen Jammern an.

„Es hat keinen Sinn. Sei still!" Gordon machte sie wieder mit seiner Glock bekannt, und sie verstummte.

Seine Augen wanderten durch die Dunkelheit. Er war bereit, die zwei Vögelchen in Sekundenschnelle zu töten, wenn nötig, und es dem FBI zu überlassen, sie zu finden. Dann zeigte seine Nachtsichtbrille eine einzelne Person, die sich schnell der Übergabestelle drei Meter links neben ihm näherte. Gut gemacht. Anscheinend hatte Sir Kensington die Nachricht, die Gordon ihm geschickt hatte, befolgt. Kluger Kerl. Er machte sich strafbar, weil er sein Tun verheimlichte.

Gordon lächelte.

Die Tasche mit dem Lösegeld lag jetzt unter einem wackeligen Picknicktisch am Rand einer kleinen Lichtung. Er wartete, bis der dumme Trottel, der es brachte, in der Nacht verschwand.

Wenige Sekunden später schob Gordon das amerikanische Mädchen blind und gefesselt weg. Sie konnte ihren Weg aus dem Wald suchen. Dafür würde sie die ganze Nacht brauchen.

Sir Kensingtons älteste Tochter schleppte er mit sich, während er die Tasche holte. Diese Geisel würde er heute Nacht nicht freigeben.

Eine Eule heulte über ihm. Die Haare in seinem Nacken richteten sich auf. Als er aufblickte, konnte er viele Wärmepunkte sehen, die sich aus dem Süden näherten. Er unterdrückte ein Fluchen.

Keine Zeit, den Inhalt der Tasche zu kontrollieren.

Egal.

Er hatte immer noch ein Druckmittel.
Und einen guten Fluchtweg.

***

Steven steuerte unter Einsatz seines ganzen Fahrkönnens das Auto über die Kurven der kleinen Straßen.

Als er in den nicht verschlossenen Eingang zum Memorial Hill Park bog, brachte ihm das keine Erleichterung. Schweigen begrüßte ihn. In dem fast vierhundert Hektar großen Waldgebiet war keine Spur von der Position des Einsatzkommandos zu sehen. Und auch nichts von Olivia und Jordan.

Auch seine Erfahrung half ihm nicht, die richtigen Suchkoordinaten zu finden. Sein Bauchgefühl sagte westliche Mitte, da es außer den natürlichen Grenzen aus Wasser, einem Teil Straße und einem lichter werdenden Wald keinen Ausgang im Westen gab. Ein Team hatte dort angefangen, das andere im Osten.

Clint wusste, dass Steven über den südöstlichen Eingang käme und dem Bach folgte, der durch die dichte Mitte des Parks führte. Er hatte sich nur wenige Sekunden nach seinem ersten Anruf gemeldet, um das Vorgehen zu bestätigen.

Steven stellte den Motor ab und ging schnell in Deckung, dabei setzte er seine Nachtsichtbrille auf. Bei dem großen Gebiet, das die eingesetzten Teams abdecken mussten, hoffte er, dass keiner von ihnen heute Abend vorschnell den Abzug drücken würde. Auch nicht die Teams, die von der angeblichen Übergabestelle kamen. Denn kugelsichere Westen schützten nicht den Kopf.

Er rutschte in der Nähe der Eingangsstraße den Hang hinab und sprang bald über den ersten Bach und bahnte sich leise und schnell einen Weg an umgestürzten Bäumen vorbei. Innerhalb von zehn Minuten fühlte er mehr, dass andere ihn umgaben, als dass er sie gesehen hätte. Dann sah er durch seine Brille, dass drei Männer auf ihn zukamen.

Sobald sie sich mit der Hand Zeichen gegeben hatten, ging Steven weiter nach Westen, während das Team sich in Richtung Norden weiterarbeitete. Vom Süden her hatten sie nichts gefunden.

Sein Atem kam schnell und keuchend, als alle möglichen Szenarien durch seinen Kopf schossen. Bester Fall: Zwei Mädchen irrten durch diesen Park und suchten einen Weg hinaus. Das Geld könnte verfolgt werden. Eine Spezialität des Geheimdienstes.

Schlimmster Fall: Zwei Tote und kein Geld.

Steven überquerte den Bach und bewegte sich tiefer in das Innere des Waldes hinein.

Nein. Viel schwieriger wäre es, wenn sie niemanden fänden – weder tot noch lebendig – und das Geld noch an der Übergabestelle liegen würde und sie verhöhnte.

Keine Hinweise. Keine Rettung.

Steven blieb stehen und lauschte. Ein leichter Wind bewegte die Blätter um ihn. Von der nassen Erde stieg Moosgeruch auf. „Gott, wenn du mir jetzt den Weg zeigen könntest, wäre das wirklich gut."

Der Gedanke, zu spät zu kommen, quälte ihn. Angesichts der Weite dieses dichten Waldes, der ihn umgab, konnte der Entführer zwischen den zwei kleineren Suchteams durchgeschlüpft und entkommen sein.

Zu einem bereitstehenden Fluchtfahrzeug.

Falls der Mann entkam, würde Steven die Suche nach Komplizen ausweiten. Angefangen bei Konsuln und dem Botschaftspersonal, auch wenn die Mitarbeiter schon bis zur Erschöpfung befragt worden waren.

Das Knacken eines Zweiges ließ ihn in seinen Bewegungen erstarren.

Dann bewegte er sich nach rechts und schlug einen weiten Bogen auf das Geräusch zu.

Die Infrarotsensoren zeigten eine Person, schmächtiger Körperbau. Niemand sonst im Umkreis. Steven beobachtete die Person. Eine kurzfristig angelegte Falle war unwahrscheinlich, aber vorzupreschen könnte sich als fatale Entscheidung erweisen.

Die Person stolperte auf ihn zu und wich wieder zurück.

„Olivia? Jordan?", rief er in die grünliche Dunkelheit hinein.

Ein ersticktes Jammern antwortete ihm. Sie wollte in seine Richtung gehen, stürzte aber.

Steven lief an ihre Seite. Als er die Kapuze und das Klebeband entfernte, schrie die Siebzehnjährige wie ein Neugeborenes: „Er hat Livvie mitgenommen! Sie müssen sie finden!"

„Welche Richtung?"

Jordan schaute sich um. Tränen liefen ihr über die Wangen. „Das weiß ich nicht. Ich bin ewig herumgelaufen. Ich ..." Ein herzzerreißendes Schluchzen löste ihre Worte ab.

„Ist ja gut, Jordan. Du bist jetzt in Sicherheit." Er hielt das zitternde Mädchen in den Armen.

Das Schluchzen des Mädchens verwandelte sich in ein lang gezogenes Schniefen. „Ich will zu meiner Mama."

Sein Handy summte. Steven zog es heraus und betete, Clints Anruf bedeutete, dass sie Olivia und ihren Entführer hatten.

„Wo bist du, Steven?" Hinter Clints Stimme hörte er Autos.

„Ungefähr drei Kilometer nordwestlich vom Eingang. Ich habe Jordan. Sie hat Kratzer und Blutergüsse und fragt nach ihrer Mama. Gib ihren Eltern Bescheid."

„Der Krankenwagen ist unterwegs. Schaffst du es, mit ihr herauszukommen?"

„Ja." Steven musste Jordans Handschellen aufbrechen. Er suchte nach einem Stein in der richtigen Größe. Wenn sie stillhielt, würde er das mittlere Glied aufbrechen und den Rest später erledigen. „Wie sieht's bei euch aus?"

„Nichts."

Stevens Brust zog sich wie in einem Schraubstock zusammen.

Fünfzig Prozent zu spät war immer noch zu spät.

Kapitel 11

Zwei Tage und nichts.

Maria saß in der Kommandozentrale der Botschaft und schaute sich die Überwachungsvideos von Victorias Vater an. Ihr Sicherheitsdienst würde zehn nach acht beginnen, wie immer am Freitagmorgen.

Victoria hatte sich heute einen Ausflug in den Park gewünscht.

Keine Chance. Öffentliche Orte mit unbewachten Fluchtwegen waren für den kleinen blonden Wirbelwind in der nächsten Zeit verboten. Zum Glück begann in einem Monat die Schule und würde den dringend nötigen Kontakt zu anderen Kindern ermöglichen und eine Struktur in ihren Tagesablauf bringen.

Maria konzentrierte sich wieder auf die Videobänder.

Die Gerüchte besagten, dass Sir Walter Kensingtons Ausweisung wie ein Damoklesschwert über der Botschaft hing. Niemand in seinem Dienst würde ihn vermissen. Victoria hatte davon keine Ahnung. Mit ihren sechs Jahren brauchte sie das auch nicht. Aber es brach Maria fast das Herz, dass es nur eine Frage von Tagen war, wann das kluge kleine Mädchen, das sie ins Herz geschlossen hatte, erfahren würde, dass ihre Welt völlig aus dem Gleichgewicht gekommen war.

Agent David Adams betrat die Kommandozentrale und knallte die Tür zu. „Diplomatische Immunität, meine Fresse ..."

„Halt. Keine Gossensprache. Bitte." Maria legte den Kopf schief und lächelte. „Kannst du noch einmal von vorne anfangen und mir deinen Wutausbruch erklären?"

Die Agenten um sie herum setzten ihre Überwachung fort. Das Klappern auf den Computertastaturen ging unvermindert weiter.

David drehte seinen Ehering und verwandelte sich dann in eine Salzsäule, bis das Rot aus seinem Gesicht allmählich verschwand. „Das FBI und der Präsident haben dafür gesorgt, dass Sir Walter unbegrenzt in seiner offiziellen Funktion im Land bleibt."

„Warum regt dich das so auf?" Alle anderen Gespräche im Raum verstummten. Sie hasste es, im Mittelpunkt zu stehen.

„Darum." David knirschte mit den Zähnen. „Das bedeutet, dass die gesamte diplomatische Riege meint, sie könnten tun, was sie ..." Er holte tief Luft. „Dadurch entsteht der Eindruck, dass in unserer Regierung Leute sitzen, die sich vom Ansehen und der Herkunft eines Menschen beeindrucken lassen, statt Recht zu sprechen."

Maria betrachtete das Profil ihres Vorgesetzten. Sie wollte nicht mit ihm diskutieren, aber sie hatte den Eindruck, dass Steven Kessler einen guten Grund hatte, warum er dem Botschafter erlaubte, im Land zu bleiben. Aller internationalen Politik zum Trotz. Aber sie wollte dieses Pulverfass nicht anrühren. „Gegen Sir Walter wird immer noch ermittelt. Er wird die Konsequenzen tragen müssen."

„Du stellst dich auf Kesslers Seite? Und reihst dich damit ein in die Riege aller anderen weiblichen Wesen." Andere Agenten grinsten hämisch, als David sich hinter seinen provisorischen Schreibtisch setzte – einen klapprigen Tisch aus einem der Lagerräume der Botschaft.

Maria ignorierte die Beleidigung und holte tief Luft, während die anderen Agenten an ihre Arbeit zurückkehrten. „Eifersüchtig, Agent Adams?" Michael Parker, der FBI-Agent, der abgestellt war, um weiterhin Sir Walter zu überwachen, stand auf und streckte sich. Er grinste sie an.

Bilde dir bloß nichts ein, du Grünschnabel. Nicht jede Frau flog auf ihn. Das sollte ihm bald einmal jemand beibringen.

Aber nicht sie.

Michaels Ruf eilte ihm voraus. Mit seinem losen Mundwerk hatte er es sich bei ihr verscherzt. Vielleicht würden Steven Kessler und sein groß gewachsener texanischer Partner dem neuen Agenten Manieren beibringen und ihm ein paar Tipps geben, wie man sich Frauen gegenüber verhielt.

„Warum sind Sie eigentlich immer noch hier, Agent Parker?" David wandte den Blick nicht vom Computerbildschirm ab, der vor ihm stand. „Jetzt, da Ihr Boss unsere Gesellschaft verlassen hat, ist dieser Fall Geheimdienstsache."

„Heimliche Oberhoheit vielleicht?" Michael baute sich vor ihm auf. „Laufende FBI-Ermittlungen. Weil ich die E-Mail-Löschungen des Botschafters abgefangen habe, als Sie noch Ihre erste Tasse Kaffee schlürften. Suchen Sie sich etwas aus."

David schaute ihn finster an.

Michael zwinkerte ihr zu.

Ihre innere Uhr sagte ihr, dass die Pflicht rief. Mit einem erleichterten Seufzen verließ sie den Raum, in dem für ihren Geschmack zu viel Testosteron in der Luft lag.

Victoria und ihr Kindermädchen schlenderten durch die englischen Gärten der Botschaft. Hohe Ziegelmauern hielten die Öffentlichkeit fern und schützten Victoria.

Maria nickte ihrem Kollegen John Reynolds zu, der schon auf seinem Posten war. Sie wechselten sich mit zwei anderen Agenten bei diesem Dienst ab. Dank ihres höheren Dienstgrades hatte Maria die Verantwortung dafür, das kleine Mädchen ständig zu begleiten. Und im Herbst bei Victoria im Klassenzimmer zu sitzen.

Da die Bedrohung für Victorias Leben immer noch sehr hoch war, begleiteten vier Agenten Victoria, wenn sie das Botschaftsgelände verlassen musste. Innerhalb der Botschaft waren zwei Agenten über Monitor für den Schutz des Mädchens verantwortlich, während Maria und John Wache standen.

„Maria! Da bist du ja!" Victoria riss sich von dem schwerfälligen Kindermädchen los und warf sich in ihre Arme. Maria lachte. Sie erwiderte Victorias herzliche Umarmung. Die Strategie, eine professionelle Distanz zu Schützlingen zu halten, galt nicht bei Kindern. Wenigstens hatte sie das so für sich beschlossen. „Hallo, Victoria. Wie geht es dir an diesem schönen Sommertag?"

„Prima, danke." Victoria verzog die Nase. „Wollen wir Spion spielen und meinem Kindermädchen entkommen?" Sie flüsterte: „Sie ist so langweilig."

Maria hustete, um nicht laut lachen zu müssen.

„Oder wir gehen zum Pool, Maria. Du kannst mit mir schwimmen." Victoria ergriff ihre Hände und tanzte im Kreis.

„Super Idee", knackte Davids Stimme in ihrem Ohr. Großartig. Jetzt würde sich das Interesse aller Männer in der Kommandozentrale auf sie konzentrieren. Im Badeanzug.

Agent Reynolds grinste und zuckte die Achseln. Von ihm war keine Hilfe zu erwarten.

„Victoria, ich finde, du und dein Kindermädchen, ihr solltet schauen, ob deine Mama nicht mit dir im Pool schwimmen möchte. Ich bin im Dienst, weißt du?" Kein Babysitter. Und kein Bodyguard.

Das Kindermädchen führte die drei zu Lady Kensingtons üblichem Rückzugsort: in ihr privates Wohnzimmer.

Maria war erleichtert. Kein Widerspruch von Victoria und kein Badeanzug. Selbst das regelmäßige Ausdauertraining hatte nichts an ihren üppigen Konturen geändert. Das schwarze Haar, das sie nicht für teures Geld färben musste, wie ihre Freundinnen es machten, hatte sie von den Eltern geerbt, ebenso die glatte karamellfarbene Haut, die keine Besuche in diesen furchtbaren Bräunungsstudios nötig hatte.

Victoria nahm Marias Hand, als sie an Sir Walters Büro vorbeigingen. „Maria, bringst du mir Spanisch bei?"

„Still, Kind." Die kleinen schwarzen Augen des Kindermädchens schauten das Kind streng an. Doch das Mädchen mit den Manieren einer Debütantin ignorierte sie einfach.

Maria ging vor Victoria in die Hocke, um ihr in die Augen schauen zu können. „Das würde ich sehr gern, Schatz. Aber meine Mutter und mein Vater waren sehr stolz auf ihre amerikanische Staatsbürgerschaft, und deshalb haben wir zu Hause nur Englisch gesprochen."

Das Kindermädchen brummelte leise, während sie weiter durch den Gang schlenderten: „Amerikaner sprechen kein richtiges Englisch."

Victoria kicherte.

Maria lächelte. Sie hoffte gegen alle Logik, dass Victoria nichts zustoßen würde. Weder während sie unter dem Schutz des Geheimdienstes stand noch sonst irgendwann. Die Familie des kleinen Mädchens hatte schon so viel ertragen müssen. Eines Tages wünschte sich Maria ein kleines Mädchen, das die Herausforderungen des Lebens mit einem ähnlichen Rückgrat meistern würde.

Ein kleines Mädchen mit Steven Kesslers Augen.

Maria verwarf diesen verrückten Gedanken und ging Hand in Hand mit Victoria weiter. Sie hatte gesehen, wie es zwischen Gracie und Steven gefunkt hatte. Das bedeutete: Hände weg.

„FBI an Bord, Maria."

Sie wünschte, das Mikrofon ließe sich ausschalten. David Adams wollte sich anscheinend wegen ihrer Kommentare rächen, indem er übertriebene Geschichten von ihren freundlichen Gesprächen mit Steven erzählt hatte.

Während Victoria ihre Mutter bat, mit ihr schwimmen zu gehen, spielte Maria mit dem Rosenkranz in ihrer Jackentasche. Hatte das Geschenk ihrer Großmutter sie in den letzten sechs Jahren beim Geheimdienst beschützt? Nachdem sie Agent Rollins zugehört hatte, bezweifelte sie das. Aber genauso wie Agent Parker bezweifelte sie, dass der Glaube oder eine Religion Einfluss auf ihr Leben hatte.

Victoria bemühte all ihre Überredungskunst, um ihre Mutter für das Schwimmen zu begeistern. Maria konnte sich ein Grinsen nicht verkneifen.

„Ja, gut, Liebes. Ich gehe mit dir schwimmen." Lady Kensington hatte vor Olivias Verschwinden nicht alt ausgesehen. Jetzt wirkte sie eher wie eine Großmutter als wie eine Lady von etwas über vierzig. Die schlaflosen Nächte der letzten Woche hatten sie verändert. Ihr blondes Haar war auch jetzt zu einem schlichten Knoten zurückgekämmt, und ihre hohen Wangenknochen ließen vermuten, dass die Frau sich eisern weigerte, viel zu essen.

„Wenn nur Livvie auch mitkommen könnte." Victoria kratzte mit ihrer braunen Sandale über den Holzboden.

Lady Kensington strich ihre weiße Bluse und den blauen Rock glatt. Dann nahm sie ihre Tochter in die Arme und weinte mit ihr.

Maria spürte das bekannte Ziehen in ihrem Herzen. Diese Tortur würde sicher bald zu Ende gehen. Um Victorias willen. Und um Olivias willen. Und auch um Lady Kensingtons willen. Maria wollte die Verbrecher im Gefängnis und Olivia sicher in den Armen ihrer Eltern sehen.

Eine Bewegung draußen erregte ihre Aufmerksamkeit. Michael, Steven und Clint – die Superstars der Abteilung *Gewaltverbrechen gegen Kinder* – knallten die Türen von Stevens Wagen zu und fuhren eilig davon.

Das musste bedeuten, dass sie eine brauchbare Spur hatten. Sie hoffte gegen alle Erfahrung, dass dies bedeutete, Olivia würde bald nach Hause kommen. Lebendig. Jeder, der mit dem Kensington-Fall beschäftigt war, hoffte darauf, dass es neben Jordans sicherer Heimkehr noch eine weitere gute Nachricht gab.

Vor allem Victoria.

* * *

Steven musste noch einmal in den Park. Irgendetwas hatte er übersehen. Nur eine Kleinigkeit.

Keine Nachricht in zwei Tagen konnte bedeuten, dass ihr Entführer mit seinen Spielchen weitermachen wollte. Er könnte mehr Geld fordern. Mehr Schaden anrichten.

Oder sie würden nie wieder etwas von ihm hören und Olivia nie wiedersehen.

„Steven, die Spurensicherung hat den Park schon durchkämmt." Clint nickte zum Rücksitz. „Das ist Zeitvergeudung."

Michael unterbrach das Klappern auf seiner Tastatur. „Besser als bei einem wütenden Diplomaten Babysitter zu spielen." Das Klappern setzte wieder ein. „Außerdem gehe ich hier im Auto meine Liste durch."

„Dieser Entführer ist sich ziemlich sicher, dass er nicht gefasst wird, aber er könnte etwas hinterlassen haben. Irgendetwas. Jeder Verbrecher macht irgendwann einen Fehler." Steven trommelte mit den Fingern auf das Lenkrad und wünschte, die Ampel würde von Rot auf Grün schalten.

„Die frische Luft wird uns guttun." Michael klang fast wie seine Großtante. Der Grünschnabel hatte einen freien Tag genauso dringend nötig wie sie alle.

„Du klammerst dich an einen Strohhalm, Kumpel."

Steven holte tief Luft. „Ich brauche eine Spur, Clint. Jetzt." Schlafmangel und Adrenalin trieben ihn an. Sein Sohn war bei Dad und Sue. Steven hatte also nichts anderes zu tun und konnte sich voll auf Olivias Fall konzentrieren. Wenn er versuchte, sich auszuruhen, konnte er nicht einschlafen. Er blieb also lieber in Bewegung. Und lief vor seinen Schuldgefühlen davon.

Clint schaute aus dem Fenster. „Wenn wir nach einer Stunde nichts gefunden haben, gibst du dann auf und fährst nach Hause?"

„Vielleicht. Kommt darauf an, was wir finden."

Michael klappte sein Notebook zu. „Die Buchstaben verschwimmen vor meinen Augen. Ich brauche eine Pause."

„Hast du dieses Wochenende eine Verabredung, Parker?"

Steven warf seinem Partner einen finsteren Blick zu. Clint lächelte und zuckte unschuldig die Achseln.

„Nein. Ich habe überlegt, ob ich Maria Grivens einlade, mit mir auszugehen, aber sie ist ziemlich zugeknöpft, habe ich gehört. Ich denke, heute Nacht werde ich einfach schlafen."

„Dann ist Steven dir dieses Wochenende voraus. Er hat eine Verabredung. Mit Gracie Lang."

Michael stieß einen langen, leisen Pfiff aus. „Ich habe ihre Geheimdienstüberprüfung gesehen. Für sie würde ich auch auf meinen Schlaf verzichten."

Steven schob das Kinn vor. „Würdest du gern mit mir tauschen?"

„Keine Chance, Partner. Dir wird der Abend guttun. Du gehst heute Abend aus, und wenn ich dich fesseln und höchstpersönlich zu Gracies Haustür schleppen muss."

Michael grinste. „Ich gäbe einiges, um das zu sehen."

„Lasst mich in Ruhe."

Steven bog in den Memorial Hill Park. Kleine Kinder tummelten sich auf den Spielwiesen, und Jogger nutzten die geteerten Gehwege und die angenehmen Morgentemperaturen. Er stellte das Auto an einem Weg ab, der ihm bekannt vorkam, und drehte sich zu Clint um. „Ich gehe unter einer Bedingung heute Abend aus."

„Ich bin ganz Ohr." Clint grinste so breit, dass sich Falten um seine Augen zogen.

„Du verlierst kein Wort über Schuldgefühle, Gott oder dass ich mir selbst vergeben soll, weil ich zu spät war." Sein bester Freund konnte diese Bedingung unmöglich erfüllen.

„Abgemacht."

Michael und Clint stiegen aus.

Steven folgte ihnen. „Einfach so?" Er tat es Michael und Clint gleich und tauschte seine eleganten Lederschuhe gegen Wanderstiefel und wartete in dem angespannten Schweigen auf eine Antwort.

„Ich habe deine Bedingung akzeptiert, okay?"

Steven schüttelte den Kopf. „Du wirst einfach nur andere Wörter für den frommen Kram benutzen, nicht wahr?"

Michael marschierte mit einem Kopfschütteln los.

„Du bist ein Mann, der zu seinem Wort steht, Steven. Und ich auch." Clint deutete zum Wald. „Die Zeit läuft. Und du hast heute noch eine heiße Verabredung vor dir."

Eine schweißtreibende Stunde später trat Steven gegen einen wackeligen Tisch neben einer Lichtung auf der Nordwestseite des Parks. Der Bericht des Geiselbefreiungsteams bestätigte, dass dies der Übergabeort war. Immer etwas spät. Das musste sich ändern. Er ging zur Straße, die einen Teil der westlichen Grenze des Parks bildete, und sprang über den Bach.

Clint folgte ihm und schaute den steilen Hügel hinauf. „Sieht so aus, als richte sich dein Verdacht auf das Geld. Er kann das unmöglich allein bewerkstelligt haben. Er muss ein Auto gehabt haben, das ihn absetzte und nach einem vereinbarten Plan wieder auf ihn wartete." Clint deutete in das dichte Grün der Bäume und Sträucher. „Er ist ein ganzes Stück in den Wald hineingelaufen. Schwer zu glauben, dass niemand etwas bemerkt hat, als er mit zwei gefesselten Teenagern von einer befahrenen Straße kam."

„Die meisten Menschen achten nur auf das, was direkt vor ihrer Nase passiert."

Clint packte ihn an den Schultern. „Hör auf, Steven. Selbst Maxwell hat gesagt, dass du alles Menschenmögliche getan hast, und dass du es gut gemacht hast. Jordan ist zu Hause."

„Aber Ryan nicht. Und Olivia auch nicht."

Sein Partner atmete tief aus. „Wenn du dich abschottest, hilft das auch nicht weiter. Irgendwann musst du die Gefühle verarbeiten und loslassen, oder du platzt innerlich."

„Früher hat es mich nicht so tief getroffen. Vielleicht sollte ich in Rente gehen." Steven trat gegen einen Stein vor seinen Füßen.

„Du doch nicht. Und nicht jetzt." Clint drehte sich zu dem Weg herum, den sie gekommen waren. „Geh zurück zu den Wurzeln, Partner. Sprich mit deinem Dad. Er wird dir sagen, was ich dir heute nicht sagen darf, weil ich es versprochen habe. Vielleicht hörst du ihm zu."

„Vielleicht."

„Du weißt, dass unsere Abmachung morgen endet." Clint schlug ihm auf die Schulter und marschierte in den dichten Wald zurück.

Steven würde sich ein anderes Mal mit seinem besten Freund und seinem Vater auseinandersetzen, in einem Monat oder so, falls er sich die beiden so lange vom Leib halten konnte.

Er folgte Clint und stieg über die Baumstämme, während sie schweigend zu seinem Auto zurückgingen. Er könnte wieder mit einem Psychologen sprechen, wie sein Chef ihm gestern vorgeschlagen hatte.

Noch nicht. Denn jetzt musste er Olivia nach Hause bringen. Wenn das geschafft wäre, würde das Leben vielleicht wieder „normal" werden.

Und er könnte sich wieder darauf konzentrieren, als guter Koordinator Papiere hin und her zu schieben.

Kapitel 12

Steven zweifelte an seinem gesunden Menschenverstand, weil er eingewilligt hatte, diese Verabredung wirklich einzuhalten.

Aber eine heiße Dusche, ein kurzes Nickerchen und ein Damespiel mit James hatten ihm geholfen, den Übergang in die normale Welt zu schaffen. In der normale Menschen ganz normale Verabredungen hatten.

Michael ging fast jede Woche aus. Seine kleine Schwester Hanna hatte auch hin und wieder einen Freund. Sogar Clint und Sara gingen miteinander aus. Und James war bei dem Gedanken, dass Steven mit seiner neuen Lehrerin ausging, vor Aufregung ganz begeistert gewesen. Die Lehrerin, über die sein Sohn ununterbrochen sprach.

Steven band seine Krawatte, während er mit seinem Dad und seiner Stiefmutter den Abend durchging und so lange an der gelben Seidenkrawatte herumnestelte, bis er mit dem Knoten zufrieden war. „Okay. Der Kühlschrank ist voll, James' Schwimmsachen sind alle im Badezimmer, und sein Schlafanzug liegt auf seinem Bett."

Die orientalische Vase, die Sue ihm gegeben hatte und die mit leuchtend rosafarbenen Rosen aus ihrem Garten gefüllt war, vibrierte, als er an ihr vorbeiging.

Steven zuckte zusammen, als sein Vater ihm einen Arm über die Schultern legte und ihn festhielt. Er war eine jüngere Ausgabe seines Vaters, der immer sein Held gewesen war. Steven beneidete ihn um die Freude und den Frieden, den sein Vater wie eine gemütliche Baseballkappe trug.

„Alles wird gut, mein Sohn. Du brauchst diese Pause, und wir haben unsere Sachen dabei und können hier übernachten. So kann James in seinem eigenen Bett schlafen und du kannst so lange fortbleiben, wie du willst."

„Das werden wir sehen, Dad."

„Du solltest Clint dankbar sein, dass er dich dazu gedrängt hat, aus deinem selbst auferlegten Mönchsdasein auszubrechen."

Der durchdringende Blick seines Vaters ließ vermuten, dass er eigentlich noch mehr sagen wollte. Höchstwahrscheinlich, dass er für ihn beten würde.

Steven wandte sich ab und nahm seine Jacke vom Garderobenständer neben der Treppe.

Sue kam auf ihn zu und legte beide Hände auf seine Brust. Sie war gut fünfzehn Zentimeter kleiner als er und tat der Kesslerfamilie gut, die sie mit ihrem Südstaatencharme regierte. „Hanna hat gesagt, ich soll dich an ihrer Stelle aufziehen. Und ich weiß, dass deine Mutter dich mit einer Anekdote aus deiner Schulzeit zum Lachen bringen würde. Ich habe diese ganzen Geschichten nicht miterlebt, aber ich weiß, dass du eine gute Partie bist. Entspann dich, Schatz. Gracie wird es genießen, dich einfach kennenzulernen; davon bin ich fest überzeugt."

Die Erinnerung an seine Mutter weckte bittersüße Gefühle. In den letzten acht Jahren waren nur wenige Tage vergangen, an denen er sich nicht gewünscht hatte, sie hätte ihren Kampf gegen den Krebs gewonnen. Aber dann war vor fünf Jahren Sue in ihr Leben getreten. Sie hielt das Andenken an seine Mutter in Ehren und half trotzdem den Kesslermännern, ihr Leben anzupacken.

Steven drückte seine Stiefmutter fest an sich. „Danke. Mama hätte dich sehr gern gehabt."

Die starke Hand seines Vaters lag wieder auf seiner Schulter.

Steven schaute auf die Uhr. Zeit zu fahren. Er drehte sich um und rief die Treppe hinauf: „Hey, kleiner Mann, ich fahre jetzt. Sagst du mir noch tschüss, bevor ich verschwinde?"

James polterte durch den Flur, nahm mehrere Stufen auf einmal und sprang mit einem breiten Lächeln in seine Arme. Steven fühlte sich bei der Umarmung seines Sohnes wieder wie ein Mensch. Die Last der Welt und sein Entführungsfall verblassten ein wenig.

Aber nur ein wenig.

James reichte ihm eine Karte aus gelbem Bastelpapier. „Das ist für Mrs Lang. Gelb ist ihre Lieblingsfarbe. Gibst du sie ihr?" Sein Sohn atmete schnell ein. „Bist du den ganzen Abend weg, Dad? Gibst du Mrs Lang einen Kuss? Wird sie meine Mama?"

Ein Schmerz, der sich anfühlte, als bohre sich eine Glasscherbe in sein Herz, nagelte seine Zunge fest.

Niemand rührte sich.

„Ich finde, du solltest sie küssen." James verschränkte die Arme vor seiner Brust. „Die großen Kinder im Park haben gesagt, dass das jeder macht. Vielleicht zieht Mrs Lang dann schneller bei uns ein."

Steven zwang sich zu einem Lächeln und stellte James auf den Boden. Er würde später mit seinem Dad darüber sprechen, dass James vielleicht andere Spielkameraden brauchte, und ihn fragen, seit wann er davon sprach, dass er eine Mama wollte. „Ich werde Mrs Lang heute Abend nicht küssen. Ein Gentleman tut das nicht gleich am ersten Abend." Er zerzauste die sandbraunen Haare seines Sohnes.

Das heißt aber nicht, dass ich es nicht gern tun würde.

Aber diese Gedanken wollte er jetzt nicht vertiefen.

„Komm, James, lass deinen Dad gehen. Er will bestimmt nicht zu spät kommen." Sue nahm ihren Enkel auf den Arm und drückte ihn. „Du hast ihm beigebracht, ehrlich zu sagen, was er denkt, nicht wahr, Steven?" Mit einem Lachen scheuchte sie ihn zur Tür hinaus.

Ob er wollte oder nicht. Die Zeit war gekommen. Die Zeit für seine erste Verabredung nach langer Pause.

* * *

Gracie zog sich zum dritten Mal um.

Sie war wieder bei der Kleidung angelangt, die ihre Schwester von Anfang an vorgeschlagen hatte. Sie betrachtete das dunkelblaue Cocktailkleid in dem bodenlangen Spiegel und runzelte die Stirn. Dann seufzte sie. Wenn sie mit Beth später darüber kichern könnte, lohnte es sich, jetzt ein wenig den Bauch einzuziehen.

„Ich kann nicht glauben, dass ich das wirklich mache, Jake. Aber es wird mir guttun. Ein Schritt in die Zukunft."

Der Hund starrte sie schweigend an.

Gracie umklammerte das Medaillon um ihren Hals. Plötzlich sprang Jake vom Bett und die Treppe hinunter und bellte die Tür an.

Steven war da.

Sie nahm ihr Satintäschchen, holte tief Luft und ging langsam zur Tür. Sie wollte auf keinen Fall wie ein übereifriger Teenager aussehen. Sie holte noch einmal tief Luft und lächelte, bevor sie die Haustür öffnete.

Stevens bewundernder Blick verriet ihr, dass sie das richtige Kleid für den Abend gewählt hatte.

„Hallo, Gracie. Du siehst umwerfend aus."

„Danke." Was sie als Nächstes tun sollte, war ihr entfallen.

Jake drängte sich an ihr vorbei und sprang an Steven hoch.

„Oh, Jake, lass das!“ Sie packte ihn am Halsband und zog ihn weg. Mit streng erhobenem Finger deutete Gracie zu seinem Hundekörbchen im Wohnzimmer, wohin er mit eingezogenem Schwanz gehorsam schlich. „Entschuldigung. Er ist Besuch nicht gewöhnt.“

„Kein Problem.“ Steven klopfte sein Jackett ab. „Ein schöner Golden Retriever. Es macht bestimmt Spaß mit ihm.“

Als sie Steven ins Haus einlud, reichte er ihr einen kleinen Rosenstrauß – eine gelbe und eine rote Rose und einige grüne Blätter, die mit einer Schleife zusammengebunden waren. Und eine gelbe Karte. „Das ist für dich.“

Der süße Duft der Blumen entlockte ihr ein Seufzen.

Steven folgte ihr durch den Gang. „Die gelbe Blume und Karte sind von James. Er sagte, sie sehen aus wie der Sonnenschein, und das würde dir gefallen.“

„Danke. Er hat recht.“ Gracie lud Steven mit einer Handbewegung ein, sich ins Wohnzimmer zu setzen. „Ich hole eine Vase und mache mir eine Notiz, dass ich nicht vergessen darf, mich bei James zu bedanken.“

Gracie öffnete einige Türen in ihrem Küchenschrank und suchte eine Kristallvase und machte sich dann mit den Blumen zu schaffen. Während der ganzen Zeit ließ sie Steven nicht aus den Augen. Jake tappte zum Sofa hinüber und schnupperte an seiner ausgestreckten Hand. Steven streichelte das weiche honigfarbene Fell des Hundes und schaute sich im Raum um.

Das Wohnzimmer mit seinen grün bewachsenen Wänden, Spitzenvorhängen und Eichenmöbeln war ihr Lieblingsraum, in dem sie es sich gern mit einem Buch gemütlich machte. Sonderbar, dass der zustimmende Blick eines fast fremden Mannes das Kribbeln in ihrem Bauch verstärkte.

Steven stand auf und betrachtete die eingebauten Bücherregale neben dem Kamin, in denen die verschiedensten Bücher standen. Sie folgte seinem Blick zu der Wand daneben, an der ein Gemälde von einem Engel hing, der in einem dunklen Wald über einem Kind wachte. Auf dem Messingschild darunter stand: „Denn er hat seinen Engeln befohlen, dass sie dich behüten auf allen deinen Wegen.“

Sie fragte sich, ob Steven diesen Vers aus den Psalmen kannte.

Er räusperte sich.

Upps, wieder dabei ertappt, dass ich ihn anstarre. Es war lange her, dass sie sich überhaupt für einen anderen Mann interessierte oder ihn sogar in ihre Wohnung gebeten hatte. Ihr Verhalten verriet das sehr deutlich. Steven würde sie nie wieder einladen, mit ihm auszugehen.

Gracie spielte nervös mit ihrem Medaillon. „Du hast gesagt, dass du für acht Uhr einen Tisch reserviert hast. Sollten wir dann nicht bald fahren?"

Als Steven lächelte, zog sich die gebräunte Haut um seine faszinierenden blauen Augen in Falten. Er machte einen leichten Diener und hielt ihr den Arm hin. „Wie Sie wünschen, Prinzessin."

Sie war keine Prinzessin, aber Stevens Reaktion, mit der er eine Szene aus einem Film nachahmte, brach das Eis zwischen ihnen und sie lachten beide.

Auf der Fahrt zum Restaurant fiel ihnen der Smalltalk leichter. Kinofilme aus den Achtzigern und Erfolge im College-Basketball – Georgia Panthers und Louisville Cardinals – unterhielten sie, bis sie in der Innenstadt von Alexandria ankamen.

Gracie entfuhr ein leises Seufzen, als sie vor dem schönen Morrison House vorfuhren. Hinter dem hübschen roten Ziegelgebäude verlieh ein herrlicher Sonnenuntergang dem elegantesten Restaurant von Alexandria einen goldenen Schein. Sie hoffte, dieser Abend wäre ein Vorgeschmack auf großartige Dinge, die noch kommen würden.

Vielleicht sogar auf eine weitere Verabredung mit dem gut aussehenden FBI-Agenten.

Unter dem orangeroten Sonnenuntergang hatte sie das Gefühl, alles wäre möglich.

* * *

Steven schob Gracies Stuhl zurück.

Die großen Augen, mit denen sie sich im Restaurant umschaute, erinnerten ihn an James' Aufregung, als sie bei ihrem einzigen Familienurlaub vor zwei Jahren bei FAO Schwartz gewesen waren, dem berühmten Spielzeuggeschäft in New York City, das Kinder und Erwachsene gleichermaßen in Staunen versetzte.

Gracie bemerkte, dass er sie beobachtete, und errötete. Sie senkte den

Blick auf ihre Serviette und schaute ihm dann wieder in die Augen. „Bist du oft hier?"

„Nein, ich bin das erste Mal hier."

Sie entspannte sich. „Ich bin wirklich sehr beeindruckt. Dieses Restaurant ist ungewöhnlich elegant und schön."

„Genau passend zu dir." Das klang so lahm. Er würde Clint erschießen, weil er ihn gezwungen hatte, heute Abend hierher zu kommen. Er hatte Besseres zu tun, als wie ein verzweifelter Teenager bei einem aussichtslosen Date mit einer gutaussehenden Frau irgendetwas zu stammeln.

Aber Gracies gerötete Wangen sahen im Kerzenlicht unglaublich aus. „Danke."

Der Kellner zählte die Spezialitäten des Hauses auf und verschwieg geflissentlich die Preise. Steven bestellte zwei gemischte Salate und beobachtete den steifen Kellner, wie er sich durch die elegant gedeckten Tische schlängelte. Blaue Tischdeckchen und Kristallwassergläser zierten die Tische im ganzen Raum und verstärkten die elegante Atmosphäre. Alles deutete auf eine hohe Rechnung hin. Michael hatte verschwiegen, wie teuer das Restaurant war, das er ihm empfohlen hatte. Der Grünschnabel würde morgen Nachmittag etwas zu hören bekommen.

Es sei denn, sie fänden heute Nacht Olivia.

Dann wäre alles vergeben.

Steven wand sich innerlich bei diesen Gedanken.

„Du siehst aus, als wärst du ganz weit weg mit deinen Gedanken." Gracie tupfte ihren Mund ab. „Habe ich etwas Falsches gesagt?"

Steven schüttelte den Kopf. „Mir fällt es schwer, alles, was mit meinem Beruf zusammenhängt, zu vergessen. Entschuldige."

„Wenn es dir hilft, darüber zu sprechen, ich bin eine gute Zuhörerin."

Und eine Christin, wenn ihre Büchersammlung und ihr Regal mit staubfreien Bibeln ihn nicht täuschten. Er wollte keine Predigt hören. Dafür hatte er Clint. Außerdem passten christlicher Glaube und die Realität seines Berufes nicht gut zusammen. Besonders jetzt nicht.

Wie sehr sich vieles doch änderte. Vor Jahren war er an Gracies Stelle gewesen und Angela hatte ihn finster angeschaut, wenn er von Gott gesprochen hatte.

Gracie holte ihn in die Gegenwart zurück, als sie leise zu einem James-Taylor-Lied, das im Hintergrund lief, summte.

„Du kennst JT? Bist du dafür nicht ein wenig zu jung?"

Sie lächelte ihn über das ganze Gesicht an. „Ich habe die Lieblingsplatten meiner Eltern von klein auf vorgespielt bekommen. James Taylor und viele andere. Seine Texte bestimmten meine Träume, und jetzt, da ich ein wenig älter bin, ergeben sie auch einen Sinn. Sie erinnern mich daran, dass das Leben gut und schlecht ist. Man gewinnt viel, wenn man beides akzeptiert."

„*Fire and Rain* ist mein Lieblingslied."

„Das Lied sagt viel aus."

Steven schmunzelte. Eine riesige Untertreibung, aber sie drang nicht weiter in ihn. Das schätzte er an ihr. Ihm gefiel ihre unaufdringliche Aufforderung zum Gespräch. Noch mehr schätzte er, dass sie keinen Druck ausübte, ständig das Gespräch am Laufen zu halten.

Der Kellner stellte zwei große Salatteller vor sie auf den Tisch. „Möchten Sie bestellen?"

Steven räusperte sich und erinnerte sich an das Gericht, für das sich Gracie entschieden hatte. „Ja. Einmal Forelle blau, und ich möchte das New York Steak. Medium."

„Sehr gern. Es dauert nicht lange." Der Kellner drehte sich auf dem Absatz um und marschierte schnell zur Theke.

Sie beugte den Kopf, wahrscheinlich, um ein Tischgebet zu sprechen, und Steven rutschte auf seinem Stuhl vor.

Gracie blickte auf. „Ich wollte mich noch einmal dafür bedanken, dass du mir Justin Moores Telefonnummer geschickt hast. Ich habe Hoffnung, dass er vielleicht neue Spuren findet. Ist er schnell mit Ergebnissen?"

„Das kommt auf den Fall an." Steven erinnerte sich daran, was ihm sein alter Freund über Gracie gesagt hatte. Als er sie jetzt in diesem Raum mit Kerzenlicht und in ihrem figurbetonten Kleid sah, gab er ihm uneingeschränkt recht. Sie war nicht nur unglaublich hübsch. Sie besaß auch eine tiefe innere Schönheit, die nach außen strahlte.

Gracie erzählte von ihren Eltern, ihrer Schwester und von ihren Zukunftsträumen. Das meiste drehte sich darum, dass sie den Mörder ihrer Familie hinter Gittern sehen wollte.

Steven verstand diesen Wunsch nach Gerechtigkeit. Manchmal war das seine einzige Motivation, am Morgen aus dem Bett aufzustehen. Verbrecher unschädlich zu machen und zu sehen, wie sein Sohn größer wurde. Das war sein ganzes Leben.

„Ich freue mich darauf, James bald in meiner Klasse zu haben. Er ist ein lieber Junge."

Steven nickte. „James freut sich auch auf den September." Und er auch. Er freute sich darauf, Gracies lächelndes Gesicht jeden Morgen in Hope Ridge zu sehen.

Als ihr Menü sich dem Ende zuneigte und das Schokoladensoufflé und die Crème brûlée fast gegessen waren, wollte Steven den Abend noch nicht beenden. Die unausweichlichen Kopfschmerzen, die der morgige Tag bringen würde, in Gracies netter Gesellschaft zu verdrängen war auf jeden Fall besser, als seine weiße Zimmerdecke anzustarren. „Hast du Lust zu einer Stadtführung? Ich dachte, dich interessiert vielleicht eine Führung zu einigen historischen Sehenswürdigkeiten."

„Dazu hätte ich große Lust."

„James und ich sind früher gern in der Innenstadt spazieren gegangen. Es ist schön hier." Sogar romantisch. Nicht dass er auf diese Idee gekommen wäre, als er mit James unterwegs gewesen war.

Steven musste an den Ansturm von Fragen denken, mit denen sein Sohn ihn bombardiert hatte, bevor er das Haus verlassen hatte. Besonders die Frage: *„Gibst du ihr heute Abend einen Kuss, Dad?"*

Er malte sich ihren Abendspaziergang aus. Er würde auf dem Kopfsteinpflasterweg, der zum Potomac hinunterführte, stehen bleiben und Gracie an sich ziehen. Dann würde er ihre geröteten Wangen berühren. Sich langsam zu ihr vorbeugen …

„Ein Penny für deine Gedanken, Steven?"

„Ich denke, sie sind ein bisschen mehr wert." Er stand auf und zog Gracies Stuhl zurück.

Sie zog die Brauen hoch. „Das klingt interessant."

„James wollte wissen, ob ich dir heute Abend einen Kuss geben würde. Ich habe gerade an einen Spaziergang im Mondschein gedacht und mich gefragt, ob ich mich daran halten kann, was ich ihm geantwortet habe."

„Und was hast du ihm geantwortet? Dass ein Gentleman eine Frau nicht gleich am ersten Abend küsst?"

Steven musste herzhaft lachen. „Genau das habe ich gesagt."

* * *

Es war ein angenehmes Gefühl, an einem Freitagabend auszugehen. Am Arm eines gut aussehendes Mannes durch die Altstadt von Alexandria zu schlendern, während ein kühler Wind durch die Bäume wehte.

„Es ist herrlich, Steven. Vielen Dank für diesen schönen Abend."

„Es ist mir ein Vergnügen."

Sie gingen schweigsam nebeneinander her. Bevor sie es verhindern konnte, kam ihr die Frage über die Lippen: „Würde es dir etwas ausmachen, mir von James' Mutter zu erzählen?"

Schmerz trat in seine blauen Augen. Sie bereute ihre Frage sofort. Wieder brachte sie sich mit ihrer Neugier in eine peinliche Situation. „Bitte entschuldige."

„Ist schon okay. Meine Exfrau ist nicht mein Lieblingsthema, aber da du mir gegenüber so offen warst, ist deine Frage wahrscheinlich berechtigt."

Steven führte sie zurück zum Morrison House. Unterwegs kamen sie an der alten Apotheke vorbei. „Wir haben geheiratet, als Angela mit ihrem Jurastudium fertig war. Ich war religiös und ging zu einer Gemeinde, sie nicht. Als James geboren wurde, hatten wir uns so weit auseinandergelebt, dass wir kaum noch miteinander sprachen. Ich stürzte mich in meine Arbeit; Angela investierte ihre Zeit in einen anderen Mann und verließ uns, als James noch ein Baby war."

„Das tut mir wirklich leid."

Steven zuckte mit den Achseln. In diesem Moment spielte sein Handy die *COPS*-Melodie. Ein passender Klingelton, aber eine unpassende Störung.

„Kessler."

Gracie schaute zu, wie ihre erste Verabredung mit knappen Sätzen, die in ein Handy geknurrt wurden, und eiligen Schritten zurück zu Stevens Wagen zu Ende ging. Sie verdrängte ihre Enttäuschung.

Steven hielt ihr die Tür auf. „Es tut mir leid, Gracie. Ich muss dich schnell nach Hause bringen. Gott sei Dank liegt dein Haus in der Richtung, in die ich fahren muss."

„Ist das typisch für deine Arbeit?"

„Ja und nein." Er fuhr wie ein Rennfahrer durch die dunklen Wohngebiete von Alexandria, das Handy zwischen Kinn und Schulter eingeklemmt, und rief weitere kurze Sätze in das kleine silberne Telefon. Wenn er nicht sprach, bewegten sich seine Kiefermuskeln angespannt, als wollte er etwas zerbeißen.

Vielleicht sollte sie ihre Bemühungen, jemals wieder eine Beziehung zu einem Mann aufzubauen, lieber aufgeben, den Punkt „Verabredungen mit einem Mann" aus ihrem Leben streichen. Bis jetzt hatte sie lediglich ein wenig Zeit investiert. Mit seiner Exfrau und dem beruflichen Stress wirkte Steven nicht wie ein Märchenprinz. Sein Leben spielte sich in der Realität des einundzwanzigsten Jahrhunderts ab, einer Welt, die ihr und Mark völlig fremd gewesen war.

Steven bog in ihr Wohnviertel. Beim ersten Stoppschild wandte er sich ihr zu. „Es tut mir wirklich leid, Gracie. Mein Beruf ist chaotisch und fordert viel. Aber wenn es heute Nacht so läuft, wie mein Partner glaubt, wird das Leben wieder normal. Vielleicht sogar richtig gut." Er fuhr weiter und bog in ihre Straße.

„Was hältst du von nächsten Freitag? Ich mache es wieder gut und wir verbringen einen ungestörten Abend miteinander."

Sie bemühte sich darum, nicht zu hoffnungsvoll zu sein. „Klingt nach einem guten Plan." Sie würde ihm noch eine Chance geben.

Ein Abend bedeutete ja nicht wirklich etwas. Außer bei Mark, da war es anders gewesen.

Steven bog in ihre Einfahrt. „Ich rufe nächste Woche an." Er lief um das Auto herum, um ihr die Tür aufzuhalten, und eilte dann wieder zur Fahrerseite zurück.

„Gute Nacht, Steven." Es bestand nicht die Gefahr, dass Steven sein Wort brach, das er seinem Sohn in Bezug auf das Küssen gegeben hatte. Es war sowieso nicht gut, lange schlummernde Gefühle mit einem Kuss zu wecken.

Sein Wagen verschwand hinter der Straßenecke.

Egal, was die nächste Woche bringen würde – ob Gutes oder Schlechtes –, sie würde mit einem Lächeln daraus hervorgehen. Sie hatte eine Hürde genommen. Einen Abend in der Stadt genossen. Beth wäre stolz auf sie. Leah auch.

Selbst wenn nichts dabei herauskäme.

Kapitel 13

Gordon nahm Olivia die Kapuze herunter und entfernte das Klebeband von ihrem Mund.

Die Siebzehnjährige zuckte zusammen und in ihre blauen Augen traten Tränen, während sie regungslos auf dem Boden liegen blieb. Aber sie ersparte ihm ihre unerträglichen Schreie. Vermutlich bewirkte dies eine Glock, die er auf ihr Herz gerichtet hatte.

Gordon öffnete die Handschellen des Mädchens und schaute sie an. Altes Make-up und strähnige blonde Haare ließen Olivia aussehen wie eine alte, kaputte Schaufensterpuppe.

Charlotte hielt beide Hände über den Mund und verfolgte jede Bewegung mit großen Augen.

Sir Walter Kensington würde vor Zorn toben.

Er zuckte mit den Achseln. Was könnte ihm der Mörder seines Bruders jetzt noch anhaben?

Olivia blinzelte angestrengt gegen das grelle Licht. Aber als sie wegen ihres schmutzigen Minirocks jammerte, hatte Gordon die Nase voll und zerrte sie unsanft auf die Beine.

„Geh nicht so grob mit ihr um." Charlotte packte ihn am Arm, aber er schob sie aus dem Weg.

„Wer sind Sie?" Olivia wandte das Gesicht von ihm ab und starrte direkt in die weit aufgerissenen Augen seiner Schwester, ohne die geringste Ahnung zu haben, wer sie war. „Wie können Sie diesem Ungeheuer helfen? Er hat meine Freundin getötet!" Die Jugendliche brach in Tränen aus. Gordon schob sie weg.

„Nein, Olivia." Charlotte sank zu dem schluchzenden Mädchen auf den feuchten Boden und wollte ihr über das Haar streichen.

Olivia schlug nach ihrer Hand.

„Jordan ist bei ihrer Familie zu Hause. Ihr geht es gut. Ehrlich."

Wie konnte seine Schwester nur so dumm sein? Wie hatte sie nur mit ihren Perlen, ihren lächerlich hohen Absätzen und mit dieser langen roten Perücke, die überallhin wehte, hier herausfahren können? Nur, um sich dann auf den Boden zu setzen und der kleinen Kensington übers Haar zu streicheln.

Er winkte Charlotte weg und packte Olivia an ihrem zittrigen Arm.

Während sie über die knarrenden Dielen des Bauernhauses in sein provisorisches Büro gingen, verstärkte Gordon seinen Griff, bis sie sich überhaupt nicht mehr bewegte. „Du hast weniger als zehn Sekunden, um den Botschafter anzurufen und mehr Lösegeld zu fordern." Gordon ließ ihren Arm los und hielt ihr das Telefon hin. „Du bist doch sicher mehr wert als zehn Millionen, oder?"

Olivia schaute ihm ins Gesicht. Dann rannte sie zur Haustür.

Er machte einen Satz auf sie zu, packte ihre langen, inzwischen verfilzten Haare und zog kräftig daran. „Keine Chance, Vögelchen. Du fliegst mir hier nicht weg."

Sie taumelte zu Boden, als er sie losließ.

„Gordon, hör auf. Sei nicht so brutal." Charlotte hielt sich die Hand vors Gesicht. „Sie ist so dünn und schmutzig. Lass mich ihr helfen, sich zu waschen."

Er zog Olivia auf die Beine und richtete den Lauf seines neuen Spielzeugs auf ihren Kopf. „Wenn du noch mehr Schwierigkeiten machst, als du wert bist, brauche ich deine Dienste nicht länger."

Charlotte keuchte. „Du hast die zehn Millionen. Hör auf, Gordon. Fahr nach Hause."

„Hör mit diesem Winseln auf. Sofort." Sie bekäme später einiges von ihm zu hören, weil sie sich ständig einmischte. Aber im Moment gab es wichtigere Dinge, um die er sich kümmern musste.

Olivia beobachtete sie ausdruckslos. Interessant. Die Tochter des Botschafters hatte mehr Mumm, als er ihr zugetraut hätte.

Zu schade.

Gordon drehte sie so um, dass sie seine schriftlichen Anweisungen lesen konnte, die auf den elektronischen Geräten lagen. Dann reichte er ihr das Telefon und richtete die Waffe drohend auf sie. Olivias zitternde Hände umklammerten das kühle Plastik des Telefons, als Gordon Sir Kensington über seine Privatnummer anrief.

„Was wollen Sie jetzt noch? Wo ist meine Tochter?"

Er deutete mit seiner Glock 17 auf den Zettel, den er vor ihr hingelegt hatte und auf dem die kurzen Sätze standen, die sie exakt ablesen sollte.

„Papa." Ihre Stimme zitterte.

Gordon versetzte ihr einen Stoß. Die Zeit lief davon.

„Er will mehr Lösegeld."

Sie holte Luft, als er sich vorbeugte, um die Verbindung zu trennen. „Wir sind in einem alten Bauernhaus. Bitte, Papa …"

Gordon schlug ihr mit der Waffe ins Gesicht. Dumme, kleine Idiotin! Er trennte die Verbindung und begann zu packen.

„Gordon!" Charlotte lief zu Olivia und versuchte, den Blutstrom zu stoppen, der aus dem Mund des Mädchens lief. Die Jugendliche blieb auf dem Holzboden liegen, wo sie gelandet war. Sie winselte und legte den Kopf auf Charlottes Schoß.

„Das ist Wahnsinn. Harry würde das nicht gutheißen. Überhaupt nicht."

Er schob das Kinn vor und steckte seine Waffe ein. „Liebe Schwester, darf ich dich daran erinnern, dass du Mittäterin mehrerer Verbrechen bist, von denen Ihre Majestät dich nicht freisprechen wird?" Er hob die schwarze Kapuze und eine frische Rolle Klebeband vom Fußboden auf. „Ich könnte euch beide hierlassen, bis euch das FBI findet."

Er schob Charlotte unsanft weg, legte Olivia wieder die Handschellen an und setzte ihr die Kapuze auf. Das Püppchen leistete keinen Widerstand. Sie war zu erschöpft nach einer Woche mit nur Wasser und fast keinem Essen.

Egal.

Ob schwach oder nicht, sie spielte noch eine Rolle in seinen Plänen mit dem Botschafter.

„Darf ich dich daran erinnern, dass das Gefängnis ein unangenehmer Ort ist? Voll mit Ratten und allen möglichen bösen Lastern. Und was würde aus deinem Stewart werden? Du kannst dein Kind doch nicht seinem amerikanischen Vater überlassen, nicht wahr?"

Charlotte drohte ihm mit dem Finger. „Lass meinen Sohn aus dem Spiel, Gordon."

Er lachte, drehte sich dann zu seinem Büro und ließ Olivia mit der schwarzen Kapuze über dem Kopf liegen, Charlotte zitternd neben ihr sitzend. Beide hatten zu große Angst, um sich zu bewegen.

Seine Ausrüstung abzubauen kostete wertvolle Zeit, aber alles hierzulassen kam nicht in Frage. Die Polizei war nicht dumm. Er wollte keine Spuren hinterlassen.

Nicht einmal einen seiner vielen Gummihandschuhe.

„Fahr wieder nach Hause und misch dich nicht mehr in meine Angelegenheiten ein, meine Liebe. Wenn du dich beeilst, wird das FBI vielleicht nicht einmal herausfinden, dass du hier warst." Er kniff die Augen zusammen. „Aber ich möchte wetten, dass sie mit deinen Reifenspuren etwas anfangen können. Du könntest dich entscheiden, dich von deinem Kabrio zu trennen und dir ein vernünftiges Familienauto zuzulegen."

Charlotte eilte auf ihren klapprigen Stöckelschuhen durch die zugige Wohnung und zur Tür hinaus.

Wenige Minuten später warf er Olivias schwachen, wimmernden Körper in die Kellerzelle. Er konnte sie nicht gleichzeitig im Auge behalten und packen.

Gordon ging mit einer Ladung Gepäck, das er unterwegs entsorgen würde, noch einmal zu der schwarzen Limousine. Die Ausbildung im Namen Ihrer Majestät ließ ihm viele Optionen und er hatte keinen Grund zur Panik. Wenn er sich Sorgen machte, würde er damit nur den FBI-Idioten einen Gefallen tun.

Das war nicht sein Plan.

Bald wären sie unterwegs zum Flughafen Dulles. Diese lästige Störung wäre nicht mehr als eine kurze Unannehmlichkeit. Das Spiel ging weiter. Mit ihm am Steuer. Wie immer.

Der Botschafter hatte noch ein zweites Kind, aber Gordon würde nie wieder einen zweiten Bruder haben.

Grinsend dachte er über seinen nächsten Schritt nach. Er würde weiter darauf hinarbeiten, die Rechnung auszugleichen. Alles zu seiner Zeit.

* * *

Stevens Wagen raste über den Stadtring.

Michaels Geschicklichkeit hatte ihnen geholfen, Olivias Anruf schnell zurückzuverfolgen. Sie lebte. Er hatte noch Zeit.

Steven umklammerte das Lenkrad mit weißen Fingern, konnte aber nicht verhindern, dass wütende Gedanken durch seinen Kopf schossen.

Olivias Bild.

Jordans aufgeschürfte Arme und das Entsetzen in ihren Augen.

Genauso wie bei Ryan.

Wenn er versuchte, diese Bilder zu verdrängen, sah er Gracies große Augen vor sich, mit denen sie ihn angeschaut hatte, als ihr gemeinsamer Abend ein so abruptes Ende nahm. Sie hatten sich gut verstanden. Aber was käme nach dem heutigen Abend?

Steven schüttelte den Kopf. James' hoffnungsvolle Augen würden morgen Früh nur eine Frage stellen: *Hast du sie geküsst, Daddy? Wird sie meine Mami?*

Früher oder später hatte es so kommen müssen. James wusste, dass zu einer traditionellen Familie ein Vater und eine Mutter gehörten. Der Junge hatte Angela nie gekannt, er hatte nie ein Bild von ihr gesehen. Vielleicht war das falsch, aber Steven konnte die Erinnerung an seine gescheiterte Ehe, an sein Versagen nicht ertragen …

Er bog in die ungeteerte Einfahrt eines heruntergekommenen Bauernhauses und parkte seinen Wagen hinter Clints Truck. Das einsame Auto stand friedlich im Abendschatten der großen Pinien und wilden Sträucher.

„Wir waren schneller als die Spurensicherung?" Steven nahm seine Pistole.

Clint nickte. „Das Sonderkommando zur Befreiung der Geisel ist unterwegs."

Michael trat zu ihnen.

Steven schlich zum Waldrand. Das dunkle dreigeschossige Haus brachte sie in eine Zwickmühle.

Sollten sie zu dritt angreifen oder auf das Einsatzteam warten?

Spuren am Tatort verwischen und möglicherweise Olivia retten oder auf die Spurensicherung warten?

Jetzt handeln und eine heiße Spur finden, falls das Haus verlassen war, oder warten, bis alle Spuren erkalteten?

Steven sehnte sich nach seiner hitzköpfigen Zeit als Anfänger zurück, als er in das Haus gestürmt wäre und fest darauf vertraut hätte, dass Gott ihm alles schenken würde, was er zum Überleben brauchte. Aber jetzt? Jetzt war er für die Sicherheit der FBI-Agenten, die ihm unterstanden, genauso verantwortlich wie für die Rettung eines jungen Mädchens.

„Machen wir die Vorarbeit, Clint."

Clints Kiefermuskeln arbeiteten auf Hochtouren, während er das Bauernhaus betrachtete.

„Sie könnte dort drinnen sein", sagte Steven. „Dem Tod nah. Genauso wie Ryan."

Sein Partner schaute ihn mit zusammengekniffenen Augen an. „Komm mir nicht mit diesem Müll. Wir haben bei Ryan alles getan, was wir konnten. Genauso wie jetzt. Olivias Leben liegt nicht in meiner Hand. Und auch nicht in deiner."

Steven zerrte an seiner gelben Seidenkrawatte. „Ich gehe rein."

Clint atmete aus. „Ich gehe nach unten. Pass auf dich auf, Partner."

Michael kontrollierte seine Waffe. „Ich fange oben an, über die Hintertreppe."

Mit einem Nicken schaute Steven zu, wie seine Begleiter auf die andere Seite des Hauses schlichen. Er ging in Lauerstellung und näherte sich in gebeugter Haltung der vorderen Veranda. Er umging die Löcher auf der Treppe und probierte es an der Tür.

Unverschlossen.

Mit erhobener Waffe riss er die Tür weit auf und schlüpfte hinein.

Sein Atem kam in kurzen, flachen Zügen. Der Puls, der in seinen Ohren pochte, war das einzige Geräusch.

Er schaute sich in dem großen Raum um. Nichts. Kein Lebenszeichen. Staubige, alte Möbel und ein paar kleine Tischchen. Steven schlich an der Außenwand entlang durch das Zimmer. In der Ecke blieb er stehen, bevor er eine der zwei geschlossenen Türen öffnete.

Die erste Tür ging knarrend auf, als er sie berührte. Staub und leere Holzböden. Zerrissene Vorhänge. Vergilbte, abblätternde Farbe.

Er schob die zweite Tür auf und lehnte sich an die Wand und wartete. Als er den Raum überflog, erwartete ihn das gleiche Bild wie vorher.

Im Flur sah er, wie Michael die wackelige Treppe herunterkam. Er nickte zur Kellertür. Von Clint drang kein Geräusch nach oben.

Vielleicht hatte Clint Olivia gefunden.

Und ihren Entführer.

Gott stehe uns bei.

Kapitel 14

Tom stellte sich auf einen ruhigen Samstag an der Arbeit ein.

Ihm gefiel die Stille an der Hope Ridge Academy in den Sommerferien, wenn die Schulkinder zu Hause blieben und die Lehrer nicht vor oder nach dem Unterricht auf den Gängen lachten und plauderten. Tage wie heute.

Er blätterte in den Papieren auf seinem Schreibtisch. Gracies Akte lag aufgeschlagen oben links in der Ecke. Direkt vor sich breitete er die Zeitungsausschnitte von vor zwei Jahren aus. Etwas an diesem ganzen Melodrama musste doch einen Hinweis auf die Schwächen dieser Frau geben.

Gracies Besuch bei einem Privatdetektiv hatte ihm gezeigt, dass es nötig war, seine Ideen in die Tat umzusetzen. Einen Punkt zu finden, an dem sie verwundbar war, sollte leicht sein. Zehn Artikel später stellte er fest, dass es vielleicht doch nicht so einfach war.

Er war es müde, die lange Liste mit Gracies Tugenden und die Berichte von mitfühlenden Mitmenschen zu lesen, die dieser Witwe unbedingt helfen wollten, den Mörder ihrer Familie zu finden. Sie würde ihn nicht finden. Nicht, solange er ein Wort mitzureden hatte.

Und das hatte er.

Also wendete er sich dem Internet zu. Webseiten über die Praktiken von Serienmördern boten interessanten Lesestoff, aber nichts, das er im Moment brauchen konnte.

Medizinische Webseiten lieferten einige andere faszinierende Informationen. Erstaunlich, wie detailliert das World Wide Web geworden war. Eine Hausfrau in Iowa konnte genug pharmakologische Informationen finden, um jede Krankheit zu diagnostizieren und zu behandeln. Oder um ein Pferd zu töten.

Informationen, wie man eine Bombe baut.

Wie man einen Menschen vergiftet, ohne erwischt zu werden.

Tom erschauderte. Von diesen letzten Informationen wollte er nichts wissen. So nahe und persönlich zu werden stand nicht auf seinem Plan. Noch nicht.

Gedanken an Kimberly ließen ihm keine Ruhe. Wie wäre das Leben geworden, wenn er die hübsche brünette Frau aus Georgia geheiratet hätte? Laute, gefühlsgeladene Auseinandersetzungen zweifellos. Verstärkt durch das Schreien eines Kindes, das nicht von ihm war.

Nein danke.

Aber wenn er Gracie nachts beobachtete …

„Tom? Was in aller Welt machst du so früh hier?“ Janice Hall, seine liebe Mutter, trat in sein Büro.

Er schluckte, um sich seinen Schreck nicht anmerken zu lassen, und konzentrierte sich auf seine Mutter. Perfekte schwarze Haare, modisch frisiert. Bescheidene Diamantohrringe. Ein graues Designerkostüm und Make-up, das einem Fotomodell alle Ehre machen würde. Die zehn Zentimeter hohen, dünnen Absätze waren jedoch kein Anblick, den er sich merken wollte.

Eine sechzigjährige Frau sollte sich nicht wie eine Zwanzigjährige kleiden und Schuhe tragen, die dafür gemacht waren, Männer zu reizen. Nicht einmal seine attraktive Mutter. Und schon gar nicht, nachdem sie sich von seinem Stiefvater hatte scheiden lassen. Der einzige Mann außer seinem Vater, der Tom mehr als nur teures Spielzeug geschenkt hatte. Alles für ihre Arbeit. Alles immer nur für ihre Arbeit.

Kein Wunder, dass er alles dafür tun würde, um seine Arbeit zu behalten.

Janice trat an den Schreibtisch. „Was ist das alles über Gracie Lang?“

Tom schob die Zeitungsausschnitte zusammen und steckte sie in einen Ordner. „Ich überprüfe ihren Hintergrund, um sicherzugehen, dass sie den bevorstehenden Wochen gewachsen ist. Das ist alles. Was ist mit dir, Mutter? Warum hast du dich so herausgeputzt?“

Sie errötete wie ein Schulmädchen. Tom dachte, er müsse sich übergeben.

„Eine Personalangelegenheit, um die ich mich kümmern muss.“

„In dieser Aufmachung?“ Er lehnte sich auf seinem Lederstuhl zurück und verschränkte die Hände hinter dem Kopf. Er genoss das Unbehagen seiner Mutter. Nachdem er den größten Teil seines Lebens ohne Vater verbracht hatte, hatte er nicht die Absicht, einem anderen Mann zu erlauben, sich in seine saubere Welt einzumischen.

„Thomas, wie ich mein Privatleben führe, geht dich nichts an. Genauso wie du immer erklärst, dass ich mich bei dir nicht einzumischen habe.“ Sie ging zu seiner offenen Bürotür zurück. „Es sei denn, du willst mir die Wahrheit verraten und mir erzählen, warum du dieses Foto von Gracie so intensiv betrachtet hast, als ich hereinkam."

Wie viel hatte seine scharfsinnige Mutter gesehen? Es war Zeit, den Schaden zu begrenzen. Er würde ihr etwas erzählen, das sie alle Zeitungsartikel vergessen und sich stattdessen auf Enkelkinder freuen ließe.

„Ehrlich gesagt, ist nicht Gracie die Frau, die mich interessiert. Sondern die Agentin, die in ihrem Klassenzimmer arbeiten wird. Wenn ich mehr über Gracie weiß, hilft mir das vielleicht, eine Möglichkeit zu finden, mehr Zeit mit Maria Grivens zu verbringen."

Janices Lächeln berührte den Rand ihrer stahlgrauen Augen. „Davon hatte ich keine Ahnung, Tom." Seine schlanke Mutter ließ sich auf einem Stuhl nieder. „Ich erinnere mich an deine erste richtige Freundin, als wäre es gestern gewesen. Am College, nicht wahr?"

Eine wohlig warme Reise in die Vergangenheit reizte ihn nicht im Geringsten. Aber sie bot sich als günstiges Ablenkungsmanöver an. „Ja. Am College. Das war eine schöne Zeit."

„Warst du mit diesem Mädchen nicht eine ganze Weile befreundet?"

„Sie hieß Kimberly, und wir waren zwei Jahre befreundet."

Unmittelbar bevor er ihr den Ring mit dem winzigen Diamanten hatte überreichen können, für den er sein ganzes Geld zusammengekratzt hatte, hatte sie ihm mitgeteilt, dass sie von einem anderen schwanger war. Ein Collegeheld mit Muskeln, die Tom ohne Steroide nie bekommen würde.

Er stand auf und ging mit den Händen hinter dem Rücken an der Wand seines Büros entlang. Seine Gemälde brachten ihm keinen Trost. Und auch nicht die Regale mit den in Leder gebundenen Werken von Shakespeare, die er vor langer Zeit auswendig gelernt hatte.

„... Maria scheint eine sehr nette Frau zu sein. Und eine exotische Schönheit."

„Ja. Und dazu noch Geheimagentin."

Janice seufzte. „Ich hoffe, du erzählst mir über Maria mehr als damals über diese Kimberly." Sie stand auf und überquerte seinen dicken, cremefarbenen Teppich. „Ich wünsche dir einen schönen Vormittag, Tom. Ich schaue nach dir, bevor ich Feierabend mache."

Er stand auf, als seine Mutter sein Büro verließ. Sonderbare Gefühle regten sich in ihm. Seine Mutter warf ihm vor, dass er ihr nichts von Kimberly erzählt hatte. Als wäre Mutter je da gewesen, um ihm zuzuhören!

Komisch, wie die Zeit die Wahrnehmung veränderte und die Tatsachen in nicht wiederzuerkennende Informationsfetzen verwandelte. Je nachdem, was man in Erinnerung behalten wollte. Oder vergessen.

Er konnte nur hoffen, dass es Gracie auch so ginge.

Wenn sie endlich ihre erfolglose Suche nach Antworten aufgäbe, könnte er sich entspannen. Vielleicht sogar eine Zukunft mit Maria Grivens oder irgendeiner anderen attraktiven Frau planen.

Tom schnaubte wütend. Zum Glück galt Agent Steven Kesslers Aufmerksamkeit Gracie und nicht Maria. Als ob das eine Rolle spielen würde. FBI-Helden waren eher ihr Typ.

Würde sich Maria je für ihn interessieren? Na klar.

* * *

„Wie genau willst du deinen ersten Abend mit Gracie toppen, Partner?"

Clint beobachtete Stevens Reaktion, während er große, saftige Burger auf den Grill legte. Bei dem leckeren Geruch nach Rindfleisch knurrte ihm der Magen. Laut.

„Du solltest lieber etwas gegen dieses Knurren unternehmen."

Clint ging nicht auf die spöttische Bemerkung seines Partners ein. Er wollte den schönen wolkenlosen blauen Samstaghimmel genießen. Mit seinem Schweigen würde er Steven schon einige Informationen über den gestrigen Abend entlocken.

Jonathan, Susannah und James kreischten vor Vergnügen im Planschbecken hinter der Terrasse, das er und Steven vor ein paar Jahren gebaut hatten. Und seine irische Prinzessin sah in ihrem luftigen Badekleid hinreißend aus.

Sara küsste ihn auf die Wange, bevor sie im Haus verschwand. Vielleicht würde sie das selbst gemachte Eis holen.

Auf Außenstehende musste ihr Leben wie aus 1001 Nacht wirken. Alles schien so perfekt.

„Ich könnte das Ende des gestrigen Abends noch toppen, wenn ich nicht ans Handy gehe."

Clint schmunzelte. „Netter Versuch, Kessler, aber ich bezweifle, dass das funktioniert. Wenn es etwas Ernsteres mit ihr ist, muss sie wissen, was sie zu erwarten hat. Lästige Handys sind Teil des Pakets."

„Wer sagt, dass es etwas Ernsteres werden könnte?" Steven lehnte sich an das Geländer und schaute den Kindern zu, die sich im Wasser tummelten.

„Mein Bauchgefühl."

Steven knurrte. „Ich finde, du solltest dein Bauchgefühl lieber auf unseren Fall konzentrieren. Ich will diese Sache abschließen. Je früher, umso besser."

Clints Antwort war ein leises Brummen.

„Glaubst du, Olivia ist noch am Leben?"

Einen nach dem anderen legte er die zwölf Hotdogs auf den oberen Rost des Grills. „Keine Ahnung. Dieses Klebeband sagt, dass sie dort war. Die Spurensicherung hat nichts gefunden, das darauf hinweisen würde, dass dort jemand getötet wurde."

„Aber?"

„Aber nur wenig an diesem Fall ergibt einen Sinn. Die ganzen Spuren verlaufen irgendwo im Sand, jeder Tipp ist Zeitvergeudung, dazu die sonderbare Geschichte des Botschafters."

Steven nickte.

„Ich habe am Donnerstag mit Jordan und ihren Leuten gesprochen."

„Warum wusste ich davon nichts?"

„Du hattest zu tun. Ich habe mich darum gekümmert. Es steht alles in meinen Notizen zu dem Fall, falls du heute Abend noch etwas zu lesen brauchst." Clint hatte nicht die Absicht, weiter über die Arbeit zu sprechen. Oder Stevens Frage zu beantworten. Er wollte einen freien Samstag, um sich zu entspannen. Die Probleme wären am Montagmorgen immer noch da.

War das zu viel verlangt?

Saras leise Schritte hinter ihm bemerkte er erst, als sie die Arme um ihn legte und ihn in den Nacken küsste.

Steven stöhnte „Könnt ihr zwei vielleicht auf diese Knutscherei verzichten, wenn Besuch da ist?"

Sara grinste. „Seit wann bist du Besuch, Steven Kessler? Außerdem habe ich von meinem gut aussehenden Mann gehört, dass du vielleicht irgendwann in nächster Zeit auch wieder zu zweit sein könntest." Sie richtete ihre funkelnden grünen Augen auf seinen Partner. „Ich habe gehört, dass sie Collegesport mag. Wir könnten doch irgendwann zu viert ausgehen."

„Dein Mann redet zu viel."

Clint lud die knusprigen Burger auf eine Platte, deren Rand mit einem Fischmuster verziert war.

Sara klimperte mit ihren langen Wimpern. „Würde unser neues Fischgeschirr nicht großartig aussehen, wenn wir echte Muscheln als Tischschmuck hätten? Ich habe gehört, dass die Muscheln in Florida sich sehr gut zum Sammeln anbieten." Sie schwebte die Treppe hinab.

Steven verteilte Messer und Gabeln, während ein Grinsen seine oft finsteren Gesichtszüge erhellte. „Höre ich richtig, dass ihr einen Strandurlaub plant?"

Clint schaute Sara nach, die mit Strandtüchern in den Garten ging, um ihre kleinen Wasserratten abzutrocknen. „Als ob sie ihr Stethoskop so lange aus der Hand legen würde."

„Oder du deinen Revolver."

„Genau." Clint lud Hotdogs und Kartoffelsalat auf Jonathans Teller und schnitt alles in kleine Stücke. Er würde auf keinen Fall riskieren, dass sein Zweijähriger sich verschluckte, solange er in der Nähe war. „Wenn dieser Fall abgeschlossen ist, will ich ein wenig Urlaub machen. Urlaub würde uns allen guttun."

Als sich alle um die eleganten schmiedeeisernen Möbel setzten, nickte Clint Jonathan zu, dass er das Tischgebet sprechen dürfe.

„Gott. Essen. Amen."

Sarah und Susannah lächelten.

James betete als Nächster. „Danke für die Sonne und die Hotdogs. Bitte mach, dass es uns gut schmeckt. Und Gott, wenn es dir nicht zu viel Arbeit macht, dann lass doch bitte das nächste Mal, wenn wir zusammen essen, auch meine neue Lehrerin dabei sein. Ich hätte wirklich gern eine Mami wie sie."

Stevens Gesicht verzog sich zu einem finsteren Runzeln. Es ging doch nichts über die Gebete von kleinen Kindern, in denen die großen Themen abgehandelt wurden. Clint sprach ein kurzes Dankgebet für das Essen, ihre Freunde und dass es ihnen gut ging. Ein schweigender Zusatz für Olivia und die Kensingtons hing in der Luft.

Genauso wie James' Gebet um eine Mutter.

Clint und Sara schauten sich vielsagend in die Augen, während die anderen genüsslich ihr Essen kauten. In acht Jahren Ehe hatten sie gelernt, ohne Worte miteinander zu sprechen.

Er beantwortete ihre stumme Frage mit einem Augenzwinkern. Clint würde alles tun, damit Steven sich wieder auf eine neue Beziehung einließ und nicht nur davon sprach.

Er brauchte den Einfluss einer Frau, damit seine harten Kanten ein wenig abgeschliffen wurden. Vor allem den Einfluss einer Frau, die betete. Seit dem ersten Moment, als Clint die beiden im Gespräch miteinander gesehen hatte, war er davon überzeugt, dass Gracie die Richtige für Steven war.

Selbst jetzt hörte Clint in den nicht ausgesprochenen Worten seines Partners die tiefe Sehnsucht nach etwas, das er und Sara fast jeden Tag miteinander genossen. Nachdem er schon fünf Jahre dafür betete, wurde es allmählich Zeit dafür, dass Steven sich verliebte, dass James eine Mutter bekam und dass sein Partner diese abgeschotteten Bereiche seines Herzens öffnete und sich der Vergangenheit stellte.

Kapitel 15

Freitag. Eine neue Verabredung. Eine zweite Chance.

Gracie schaute in den Badezimmerspiegel und bürstete ihre glatten rotbraunen Haare etwas kräftiger als nötig. Ihre Hände zitterten ein wenig mehr als letztes Wochenende. Was wäre, wenn Steven gar nicht auftauchte?

Oder noch schlimmer, wenn ihnen beiden an diesem ungestörten Abend klar wurde, wie wenig sie zusammenpassten?

Alles war so ganz anders als ihr Leben mit Mark.

Sie wischte sich die einsame Träne aus dem Auge. Jetzt war nicht der richtige Zeitpunkt, um ihr Make-up zu verschmieren. Sie ging zur Kommode in ihrem Schlafzimmer, nahm das goldene Medaillon heraus und öffnete es. Das hatte sie jetzt schon ein ganzes Jahr lang nicht mehr getan.

Elizabeth. Mit weinendem, rotem Gesicht. Und mit ihren hellbraunen Haaren und ihrer süßen, kleinen Nase. Die winzigen Fäuste in die Luft gereckt.

Dann Joshua, Marks kleiner Mann. Ihr Mann hatte beide Kinder von ganzem Herzen geliebt. Aber Joshua hatte in ihm etwas geweckt, das Elizabeth und ihre Puppen bei Gracie bewirkt hatten. *Jemand wie ich.*

Tränen verschmierten ihr Make-up.

Oh, Gott. Warum? Warum hast du meine Familie sterben lassen?

Gracie sank am Fußende ihres Bettes auf den Boden. Jake legte seinen Kopf auf ihren Schoß. Er hatte sich an die Tränen gewöhnt und tröstete sie immer mit seiner schweigenden Nähe. Wenigstens hatte sie Jake. Er war ihr einziges lebendes Verbindungsglied zu Mark und ihren Kindern.

Jake hatte Elizabeth oft auf dem Rücken gehabt und sie herumgetragen. Was für ein Hund.

„Du vermisst sie auch, nicht wahr?"

Er schnaubte leise. Sie verstand es als ein Ja in Hundesprache.

Das Telefon klingelte. Eine Viertelstunde bevor sie Steven an ihrer Tür erwartete. Sie ging zum Nachttisch und starrte das graue Telefon an. Ihre Hand bewegte sich nicht. Nicht dranzugehen erschien ihr der sicherere Weg. Doch das verursachte ihr Bauchschmerzen.

Sie wischte sich die Tränen von den Wangen und zwang sich abzuheben, bevor der Anrufbeantworter sich einschaltete. „Hallo?"

Ein gedämpftes Wort, das sie nicht verstand.

„Wer ist da?"

Gracies Herz schlug schneller. Die ganzen Träume, dass Marks Mörder sie anriefe, um sich zu entschuldigen, rasten durch ihren Kopf. Sie wechselten sich mit anderen Bildern ab, in denen der Mann sie mit seinem schwarzen Truck verfolgte, um auch sie zu töten.

„Gracie. Entschuldigung. Ich dachte, dein Anrufbeantworter würde sich gleich einschalten."

Stevens Stimme. Knapp. Sachlich. Kalt.

Ihr Herz fand nicht zu einem normalen Rhythmus zurück. „Ist etwas passiert?"

Er seufzte ins Telefon. „Ja. Ich kann heute Abend nicht kommen. In der Arbeit ist etwas passiert und ich muss mich darum kümmern."

„Oh." So viel zu einer zweiten Chance.

„Es tut mir leid, Gracie. Ich muss los."

Damit trennte er die Verbindung. Sie hielt das Telefon in der Hand, bis das Besetztzeichen mit seinen hohen Tönen einsetzte. Was war aus dem FBI-Agenten mit den faszinierenden blauen Augen geworden, der sich für ihr Leben interessiert hatte? Der ihr Komplimente gemacht hatte? Der sie wieder von der Zukunft hatte träumen lassen?

„Er ist spurlos verschwunden."

Jake hob den Kopf und drehte ihn zur Seite. Wer sagte, Hunde hätten keine Intuition?

Gracie streichelte seine Schnauze und ließ sich von ihm die Wangen ablecken. „Wenigstens weiß ich, dass du mich liebst, was, Jake?"

Er bellte als Antwort ein paarmal kurz, und Gracie lachte. Dann lief er aus dem Schlafzimmer und die Treppe hinunter. Ihr Golden Retriever hatte ihr nicht seine unsterbliche Liebe erklärt. Wahrscheinlich hatte er ihr nur sagen wollen, dass er schleunigst zur Toilette musste.

Männer. Okay, männliche Geschöpfe. Ob Hunde oder Menschen, sie waren einfach nicht zu begreifen.

Sie ging die Treppe runter und ließ Jake in den Garten. Sie trat auf die Veranda und setzte sich auf einen weißen Gartenstuhl und schaute zu, wie die schweren Wolken heranzogen und den immer schwächer werdenden Sonnenuntergang verdrängten.

So sah ihr Leben aus. Verheißungsvolle Farbspiele, vor die sich die harte Realität wie eine dicke Wolke zog.

„Gott, ich verstehe das nicht. Wo bist du? Wo ist die Heilung, die dein Wort verheißt? Ich habe getrauert und dich trotzdem gesucht. Ich habe versucht, in die Zukunft zu blicken und deine Absichten zu erkennen, warum du mich hierhergebracht hast."

Gracie rieb über ihren leeren linken Ringfinger. „Ich dachte ..." Tränen erstickten ihre Worte. „Ich schätze, ich dachte, eine Freundschaft mit Steven sei Teil deiner Antwort, eine Verheißung auf etwas, auf das ich mich wieder freuen könnte. Dass er mir helfen würde, den Mörder meines Mannes und meiner Kinder zu finden."

Sie strich das einfache weiße Sommerkleid über ihrem Bauch glatt. Ihre Arme und ihr Bauch schmerzten. Es war ein Schmerz, der ihr fast das Herz brach. „Ich schätze, ich habe meine ganzen Hoffnungen auf eine Karte gesetzt und gehofft ... gehofft, dass ich eines Tages wieder Mutter sein könnte, und Ehefrau."

Jake kam zu ihrem Stuhl getrottet.

„Es war dumm von mir, in eine einzige, kleine Verabredung so viel hineinzudeuten." Sie streichelte sein honigbraunes Fell. „Das wird nicht wieder vorkommen. Das Leben ist besser, wenn ich solche Wünsche ruhen lasse. Ich bin Witwe. Ich habe mein Glück gehabt. Schluss mit Küssen oder Babys oder ..."

Die Bitterkeit in ihrem Mund erstickte ihre Worte. Sie schluckte sie hinunter.

„Warum, Gott?" Gracie starrte in den schweigenden Himmel. „Warum lässt du mich nicht wenigstens den Mann finden, der mir alles gestohlen hat?"

Oder hatte Gott ihr alles weggenommen? War das seine Art, sie eine Lektion zu lehren? Er hätte ihre Familie retten können. Aber das hatte er nicht getan. Sie erinnerte sich an die gut gemeinten Bemerkungen von Gemeindegliedern.

„Liebes, vielleicht will Gott dich einfach auf noch mehr Segen vorbereiten."

„Vielleicht will Gott deinen Blick auf ein Problem richten, dem du dich stellen musst."

Was, Gott? Was für ein Problem hatte sie übersehen? Was für eine Sünde hatte sie begangen, dass sie den Tod ihrer Familie verdiente? Glaubte sie nicht genug, betete sie nicht genug für ihre Familie, vertraute sie Gott nicht genug?

Die Bemerkung, die sie bei der Beerdigung ihrer Familie immer wieder gehört hatte, traf sie immer noch mit derselben schmerzlichen Wucht. *„Gott macht alles gut."*

Eine Verzerrung der Aussage in Römer 8,28.

Ein schrecklicher, schmerzhafter Schlag ins Gesicht. Dass sie hatte zusehen müssen, wie ihre Familie starb, das konnte nicht wieder gutgemacht werden. Nicht in einer Million Jahre. Nicht einmal von einem allmächtigen Gott.

Dem Gott, der ihre Familie nicht gerettet hatte.

Warum sollte er jetzt Gracie retten?

* * *

Tom beobachtete sie aus dem Schatten.

Gracies dummer Hund hatte seinen Geruch noch nicht gewittert. Gut. Und ihr kleiner Wutausbruch gegenüber Gott bescherte ihm einen gemütlichen Abend. Keine neugierigen Nachbarn, die ihn bemerken könnten. Es waren sowieso nur wenige Nachbarn zu Hause; sie hatten alle viel zu viel zu tun. Kleine Ameisen, die ziellos in alle möglichen Richtungen liefen und ihre Tage mit nutzloser Arbeit füllten.

Gracies philosophische Fragen bohrten sich in seine Gedanken. Was wäre, wenn Gott ihr tatsächlich half, die Antworten zu finden, nach denen sie schrie? Er hatte ihre Familie eindeutig nicht vor diesem furchtbaren Unfall bewahrt.

Und Steven Kessler war zu sehr damit beschäftigt, die Kinder der Welt zu retten, um sich um die arme Gracie zu kümmern. Er war auch zu sehr beschäftigt, um sich viel um seinen kleinen Sohn zu kümmern. Der Junge, der Bilder an Stevens Kühlschrank klebte, auf denen sie eine glückliche Familie bildeten: James. Steven. Und Gracie.

Oh ja. Er hatte seine nächtlichen Erkundungen ausgeweitet. Er hatte Steven ein wenig beobachtet. Eine ziemlich langweilige Zeitvergeudung.

Außerdem beobachtete er auch Gracies Privatdetektiv ein wenig. Als er daran dachte, musste er schmunzeln. Ein Privatdetektiv, der von dem Verbrecher, den er erwischen sollte, heimlich beobachtet wurde.

Lustig.

Gracie ging ins Haus und murmelte etwas zu ihrem Hund. Etwas davon, dass sie ihre E-Mails lesen wollte. Er müsste heute Abend früh Feierabend machen, um Gracies E-Mails abzufangen und zu kontrollieren.

Und alle Mails von diesem unerträglichen FBI-Agenten, der die Welt retten wollte, löschen. Diese Mails wanderten zu den Nachrichten, die von Justin Moore, ihrem Privatdetektiv, kamen. Gelöscht. Fort. Zu schade, dass man Menschen nicht genauso leicht verschwinden lassen konnte.

Während er seinen neuen Wagen nach Hause lenkte, runzelte er die Stirn. Die schmalen Seitenstraßen und der dichte Verkehr hielten ihn auf. Wahrscheinlich hatte Gracie die E-Mails, die er normalerweise löschen würde, schon gelesen.

Er hätte sie vorher löschen sollen, bevor er sich in ihren Garten geschlichen hatte.

Das würde er sich für das nächste Mal merken.

Minuten später warf er seine Schlüssel auf den Eichentisch neben seiner Tür. Das Dunkelblau und Grün und das helle Holz der Möbel, das ihn umgab, bildete die Atmosphäre, in die er sich gern zurückzog. Sein Blick wanderte durch das Wohnzimmer und blieb an dem großen Fenster hängen, von dem aus er einen Blick über den eindrucksvollen Potomac hatte, der am Fuß des Hanges hinter seinem Haus verlief. Er knöpfte sein weißes Hemd auf. Keine Ehefrau schmolz vor Bewunderung dahin. Als ob das jemals passieren würde.

Er konzentrierte sich lieber auf seine geliebten Bilder von Leuchttürmen und betrachtete ihre majestätischen Spitzen, die von wildem Wasser umspült wurden. Die Bilder, die über seinem weißen Kamin hingen, zeigten einen stürmischen Himmel, der zu dem tosenden Wasser passte. Andere, größere Gemälde im Esszimmer waren mit weicheren Farben gemalt. Eher wie die Strände, an denen er sich als Jugendlicher amüsiert hatte.

Seine Gedanken wanderten zu einer längst vergangenen Zeit zurück, als seine Familie lautstark Essen für ein abendliches Picknick am Strand eingepackt hatte. Die Wellen waren direkt hinter ihrem Haus am

Strand angerollt. Er hatte das Salzwasser geschmeckt, während er mit einer Tasche mit Sandspielsachen unterwegs gewesen war, um eine riesige Sandburg zu bauen. Ein ganzer Tag mit seiner Familie wäre etwas Herrliches gewesen. Aber das schrille Klingeln des Telefons hatte alle Pläne zunichte gemacht und ihm den Tag verdorben. Das FBI schaffte es immer wieder, das Familienleben zu zerstören.

„Dumme Erinnerungen." Er verdrängte sie und trat an seinen Computer im Gästezimmer, das er als Büro nutzte. Gracie sollte das Gleiche tun: die Vergangenheit vergessen und sich auf die Zukunft konzentrieren. Dasselbe würde er tun, wenn die Lehrerin ihre Suche endlich aufgäbe.

Wie konnte er das beschleunigen?

Er schaltete die Schreibtischlampe an, um seine E-Mails zu lesen. Gracie hatte anscheinend bereits alle interessanten Mails abgerufen. Also wandte er sich den dienstlichen Mails zu. Langweilig.

Nach einer Weile wurde er unruhig, schloss die Dateien und ging ins Schlafzimmer, um sich umzuziehen. Nachdem er in eine kurze schwarze Hose geschlüpft war, legte er sich gemütlich in seinen Lieblingssessel und dachte über seine Möglichkeiten nach. Caesar, sein schwarzgrau getigerter Kater, rieb sich an seinem Bein.

„In diesem Haus in der Stadt konnte ich mich früher entspannen, aber es gibt keinen sicheren Ort, was? Und wir könnten sogar das verlieren, wenn ich keinen Weg finde, Gracies Suche zu beenden. Und zwar bald." Er beugte sich vor und streichelte Caesars Fell.

„Ich könnte ihr Drohbriefe schreiben und ihr Angst einjagen, dass sie wieder zu Mami und Daddy nach Hause rennt." Er grinste böse. „Aber das würde sie nur wieder zum Ort des Geschehens zurücktreiben. Näher an die Wahrheit. Fort aus meiner Kontrolle."

Er schüttelte den Kopf.

„Ich könnte der Mafia ein paar Informationen über Mr Moore zuspielen und sie gegen ihn aufwiegeln. Sie würden ihn schnell unschädlich machen."

Nein. Das war sowieso Schnee von gestern.

Caesar schlenderte zu seinem kleinen Kratzbaum.

Eine Idee kam ihm in den Sinn und nahm Formen an. Ja. Seine Recherchen wären nicht vergeblich, Das war ein guter Plan. Ein neues Problem für Gracie Lang.

Das schrille Klingeln seines Telefons riss ihn aus seinen Gedanken. Er nahm das schnurlose Telefon. Die Nummernanzeige verriet, dass der Anruf von auswärts kaum. Vielleicht ein Gespräch aus dem Ausland? Er drückte auf die Taste, um das Gespräch anzunehmen, aber es meldete sich niemand.

Das Schweigen gab ihm Rätsel auf. Wer kannte seine Nummer, die in keinem Telefonbuch stand?

Kapitel 16

„Es wurde eine Leiche gefunden."

„Ich weiß." Zum zweiten Mal heute Abend ließen Olivias leuchtende blaue Augen auf dem Foto in ihrer Akte Steven keine Ruhe. Das war alles, was ihren Eltern von ihr blieb. Fotos und Andenken.

Er wollte Michael Parker die Haustür ins Gesicht knallen. Aber es hatte keinen Sinn, brutal zu sein und ihn draußen warten zu lassen. Besonders, da sich ein hässlicher Sturm zusammenbraute. Dieser Misserfolg war nicht die Schuld des Grünschnabels. „Komm rein, Michael. Mein Vater ist schon unterwegs. Sobald er hier ist, fahren wir zum Fundort. Es sei denn, du willst schon vorausfahren."

„Clint hat gesagt, ich soll dich abholen. Also warte ich. Die Polizei streitet sich mit unserer Spurensicherung. Wir brauchen dein diplomatisches Geschick, um alles wieder in die richtigen Bahnen zu lenken, bevor der Regen alle Beweise wegspült."

„Wo ist Clint? Er hat gesagt, dass er sich um alles kümmert, sobald er dort ist."

Michael trat von einem Bein auf das andere. „Agent Maxwell hat ihn am Tatort angerufen und ihn zur Botschaft geschickt, um die Polizisten abzuwimmeln und zu verhindern, dass Sir Walter ausrastet."

Steven knirschte mit den Zähnen. Er hätte nicht auf Clints Rat hören und sich mit Gracie heute Abend verabreden sollen. Dumme Idee. Er hatte sich entschieden, Gracie abzusagen, noch bevor der Anruf wegen Olivia kam, der ihm eine brauchbare Entschuldigung lieferte. Und jetzt hatte Maxwell Clint damit beauftragt, Stevens Arbeit zu übernehmen.

Steven wandte Parker den Rücken zu, ging in sein Wohnzimmer und wollte Clint anrufen, um mit ihm zu tauschen. Alles, um nicht wieder mit einem sichtbaren Beweis für seine Inkompetenz konfrontiert zu werden.

Aber er legte auf, bevor es klingelte, und lehnte sich an den leeren Schreibtisch. Clint würde ihm nur sagen, dass er beten solle. Was hatte das für einen Sinn? Olivia war gefunden worden. Tot.

Er kam wieder zu spät.

„Ich dachte, erfahrene Agenten würden solche Dinge nicht so an sich heranlassen.“ In Michaels ruhigen Worten lag mehr Sorge als Herausforderung. Der Grünschnabel blieb neben der Haustür stehen.

Steven winkte Michael ins Wohnzimmer und setzte sich auf den braunen Ledersessel. Bei dem Fall ging es jetzt nicht mehr um die Rettung der Geisel, sondern um die Aufklärung eines Mordes. Und sein Chef hatte Clint angerufen. Zweimal. Wahrscheinlich weil er Sara hatte, die auf die Kinder aufpasste, während Steven am Wochenende wertvolle Zeit verlor, bis er einen Babysitter gefunden hatte.

Er machte den Fernseher aus. Es wurde dunkel im Raum, er weigerte sich, Licht zu machen. Michael sollte seinen Gesichtsausruck nicht sehen. Es hatte keinen Sinn, ihn in seine Seele schauen zu lassen. „Früher konnte ich besser damit umgehen. Es anders wegstecken.“

Michael setzte sich auf die Kante des Ledersofas. „Was hat sich geändert?“

Das Licht im Flur warf Schatten über den Raum. Steven schaute dem Achtundzwanzigjährigen ins Gesicht. „Das weiß ich nicht genau.“

Er schaute auf seine Armbanduhr und band sich seine schwarzen Lederschuhe. Er hatte sich nicht die Mühe gemacht, sich umzuziehen, als Clints Anruf vor ein paar Minuten gekommen war.

Steven zog sich die Krawatte fest und schlüpfte in seine FBI-Jacke. Sie würde ihn vor dem bevorstehenden Regen schützen. Und mehr denn je musste er seiner Rolle gerecht werden. Damit niemand auf die Idee käme, er wäre dem Spiel nicht gewachsen.

Clint wusste Bescheid. Und Parker auch.

„Mein Vater würde sagen, dass ich wieder beten soll.“

Michael stöhnte. „Nicht noch ein Clint.“

„Doch. Aber sie haben Frieden. Sie machen ihre Arbeit und genießen ihr Leben, ohne ständig vor ihren Schuldgefühlen davonzulaufen.“

Schweigen.

„Schau, Michael. Ich habe ein Problem. Ich habe zugelassen, dass Ryans Fall mir unter die Haut ging. Vielleicht hatte er zu viel Ähnlichkeit mit James. Vielleicht habe ich zu lange zu viel gearbeitet, ohne eine Pause zu machen. Vielleicht ist es Zeit …“

„Zeit wofür? Aufzuhören?“

Steven wollte nicht zugeben, dass das genau seine Gedanken waren. „In eine andere Abteilung zu wechseln. Wirtschaftskriminalität. Terrorismusbekämpfung. Etwas anderes als Kinder.“

So. Er hatte ausgesprochen, was ihn auf Schritt und Tritt quälte. Veränderung. Er brauchte Veränderung.

Als er den Lincoln seines Vaters in die Einfahrt biegen hörte, riss er sich von diesen Gedanken los. „Fahren wir. Auf uns wartet Arbeit."

Steven stieg in Michaels schwarzen Mustang und winkte seinem Dad zu. Er würde ihm später alles erklären. Im Moment würde er das Auto seines jungen Kollegen analysieren. Sauber. Leder. Der Rücksitz zu klein, um dort sitzen zu können. Genau passend zu der Persönlichkeit des Grünschnabels.

„Du würdest wirklich unsere Abteilung verlassen?"

Nein. Er könnte es nicht aufgeben, die Welt seines Sohnes zu einem sichereren Ort zu machen. Andere Fälle drängten sich in seine aufgewühlten Gedanken. Fälle, in denen das Kind nach Hause gekommen war. Eltern mit Freudentränen. Auszeichnungen. Anerkennung.

„... alle anderen Agenten sagen, dass du der Beste bist."

Steven knurrte. Er hatte von seinem Vater gelernt, sich Kritik offen anzuhören und bei Lobeshymnen nicht hinzuhören. Lobeshymnen machten einen Menschen nur eingebildet.

Außer wenn sie von seinem Sohn kamen. Von ihm ließ er sich gern als Held bewundern. Auch wenn er an James am schlimmsten versagt hatte.

Michael stellte seinen Wagen hinter den drei Streifenwagen und den Autos der Spurensicherung ab, die an der Westseite des Memorial Hill Parks standen. Der Wald vor ihnen wurde von kleinen Taschenlampen und größeren Scheinwerfern erhellt. Wie große, schwirrende Glühwürmchen, die im feuchten Wind flogen.

Eine ältere, rundere Version seines ersten Polizeichefs bewegte sich in sein Gesichtsfeld. An Tagen wie heute hätte er nichts dagegen, wenn sein früherer Vorgesetzter, Chief Hopkins, ihn finster anschauen und ihn auf Streife schicken würde. „Sie sind der Chef dieser Leute hier?"

Steven und Michael zeigten ihre Ausweise.

Das Namensschild des Mannes verriet, dass er Lieutenant Riddick war. „Ich bin Special Agent Steven Kessler." Er deutete mit dem Kinn zum Wald. „Wer hat die Leiche gefunden?"

„Ein paar Camper meldeten, dass auf dem Memorial-Zeltplatz etwas nicht stimme. Mein Streifenpolizist war als Erster am Tatort."

„Sein Name?"

Lieutenant Riddick kniff die Augen zusammen. „Officer Taylor hat sich völlig korrekt verhalten."

„Davon bin ich überzeugt. Ich muss nur mit ihm sprechen. Und ich brauche eine Aufstellung mit den Namen Ihrer Männer, die auf diesem Hang unterwegs waren."

„Wird gemacht."

„Hat Officer Taylor gesehen, was der Grund für die Unruhe war?"

„Nein." Riddicks Hände lagen auf seinem breiten Revolvergürtel. „Ihre Männer sollten nicht einfach hier hereinplatzen und meinen Leuten vorschreiben, was sie zu tun haben."

Michael wurde steif.

Es war am besten, die Dinge auf oberster Ebene zu klären. Und einen brauchbaren Augenzeugen zu finden. „Die Spurensicherung muss schnell handeln, um den Tatort zu sichern." Steven deutete zu den Wolken hinauf. „Besonders, da sich ein Sturm zusammenbraut."

Der Polizist nickte.

Eulen heulten und ein Verkehrspolizist hinter ihnen rief Autofahrern zu, sie sollten weiterfahren. „Wo sind Ihre Leute jetzt?"

„Um den Park herum stationiert, um den Verkehr zu regeln."

Steven deutete zu den zwei anderen Streifenwagen. „Und diese Männer?"

Michael räusperte sich. „Wahrscheinlich sind sie zwischen den Bäumen und wollen helfen."

Lieutenant Riddick drohte dem Grünschnabel mit dem Finger. „Wenn Ihre Leute nicht angefangen hätten, im Befehlston herumzubrüllen und uns vorzuwerfen, wir würden die Spuren zerstören ..."

Steven trat zwischen die beiden Männer. „Lieutenant Riddick, warum gehen wir nicht hinüber und sprechen mit Ihren Männern und schauen, wie die Spurensicherung vorankommt?" Mit Parker würde er später ein Wörtchen reden.

Sie gingen den Hang runter und sprangen über den Bach.

Einige FBI-Agenten nickten, als sie ankamen. Die meisten kannte er mit Vornamen. Sie verstanden ihr Handwerk. Sie arbeiteten unauffällig und schnell. Und sie legten sich normalerweise nicht mit der Polizei an. Michael hatte sich dieses Mal unnötig aufgeregt.

Steven ließ Lieutenant Riddick zurück, der dabei zuschaute, wie die FBI-Agenten um Olivias Leiche herum arbeiteten, und seine Männer zu ihren Streifenwagen zurückrief. Ein Kompetenzstreit zwischen den Behörden war im Keim erstickt worden.

Steven bewegte sich durch die dichten Bäume und blieb vor einem kaputten Picknicktisch stehen. Sie waren das letzte Mal an der richtigen Stelle gewesen. Nur zu spät, um Olivia zu finden. Steven verdrängte die Selbstvorwürfe und das Bedauern. Jetzt war keine Zeit, sein Versagen neu aufleben zu lassen.

„Was können Sie mir sagen, Agent Walters?"

Der ältere Mann winkte ihn zu der Leiche hinüber. Agent Walters war der Erste gewesen, der ihm erklärt hatte, dass Eukalyptus an einem Tatort nicht half. Das klebrige Zeug öffnete die Nasengänge nur noch mehr. Es überdeckte den Geruch des Todes nicht, der an jeder Faser und in jedem Luftzug klebte.

„Todeseintritt? Ich schätze eine Woche. Das letzte Wort überlasse ich aber der Gerichtsmedizin."

Steven stand im Wind zur Leiche. Olivias blonde Haare hingen leblos über die Kanten des früher einmal roten Holztisches. Er hatte Mühe, sich nicht zu übergeben.

„Todesursache?"

„Erwürgt." Walters runzelte die Stirn. „Aber dieses kleine Mädchen war schon lange vorher am Ende."

„Vergewaltigt?" Das passte nicht in ihr Szenario. Das könnte ein völlig neues Spiel daraus machen. Auf so vielen Ebenen.

„Dafür gibt es keine Spur, Steven."

Er atmete die Luft, die er angehalten hatte, aus. „Was dann?"

„Sie wurde geschlagen und bekam über einen längeren Zeitraum nichts zu essen und war tagelang gefesselt. Starke Blutergüsse."

Steven schüttelte die Bilder, die ihm durch den Kopf gingen, von sich ab. „Glauben Sie, das bewölkte Wetter und die kühleren Temperaturen helfen uns bei der DNA-Suche?"

„Ein wenig. Unser Mörder hat die Leiche eingewickelt, um Tiere fernzuhalten, und sie gut versteckt." Agent Walters rieb sich seinen kahlen Kopf. „Inoffizielle Meinung aus dem Bauch heraus: Dieser Kerl will jemandem eine Botschaft mitteilen."

Steven massierte sich den Nacken und streckte ihn. „Geben Sie mir Anhaltspunkte, wer es sein könnte und welche Botschaft er mitteilen will?"

„Ich werde tun, was ich kann, Kessler. Alles, was in meiner Macht steht."

Er drückte dem älteren Agenten die Schulter. Auch jahrelange Erfahrung machte solche Fälle nicht leichter. Weder für ihn noch für Spitzenleute bei der Spurensicherung wie Philip Walters.

Steven stapfte wieder den Hang hinauf zu den Autos, wo Michael auf dem Beifahrersitz seines Mustangs saß und eifrig tippte. Die Polizei von Alexandria hatte sich zurückgezogen. Nur noch zwei Männer waren geblieben, um den Verkehr auf dieser Seite des Parks zu regeln.

Er schaute auf sein Handy. Clint hatte sich nicht gemeldet.

Steven fragte sich, wie der Botschafter die Nachricht aufgenommen hatte. Er hatte zweifellos lautstark Stevens Kopf gefordert. *„Wenn meiner Tochter irgendetwas zustößt, mache ich Sie persönlich verantwortlich."*

Es gab doch nichts Erbaulicheres, als wenn ein britischer Botschafter seine Schuldgefühle auf ihn übertrug. Immer wieder. Dabei hatte Steven mit eigenen Schuldgefühlen genug zu tun.

* * *

Clint beobachtete, wie Sir Walter wie ein Tiger in einem Käfig in seiner Bibliothek auf und ab ging.

„Sind Sie ganz sicher, dass es meine Olivia war? Ihr Amerikaner macht immer wieder Fehler bei der Identifizierung."

Clint biss sich auf die Zunge und nickte. Dieses Thema hatten sie schon mehr als einmal durchgekaut, begleitet von Schimpfwörtern und Schuldzuweisungen. Clint war froh, dass er derjenige war, der dem grauhaarigen Diplomaten die vernichtende Nachricht hatte überbringen müssen. Steven war am Tatort besser aufgehoben. Sein Partner war zurzeit nicht in der Verfassung, um sich die schmerzerfüllten, wütenden Worte anzuhören, die Sir Walters Mund von sich gab.

„Wollen Sie mit Ihrer Familie sprechen? Allein?" Clint stand auf, um zu gehen.

Die Schultern des Mannes sackten nach unten, als er in die dunkle Nacht hinausstarrte. „Was macht das schon für einen Unterschied? Sie werden jeden meiner Schritte aufzeichnen und jedes Wort aufnehmen. Ich hätte gut Lust, jeden von ihnen und dieses Land weit hinter mir zu lassen."

Aber das würde er nicht. Diplomatische Immunität hatte ihre Grenzen. Dieses Mal würde der Botschafter und seine Familie die Vereinigten Staaten nicht verlassen dürfen. Bis sie Olivias Mörder gefunden hatten. Und Sir Walter von jedem Verdacht frei war.

Zehn Millionen Dollar konnten zu allen möglichen abscheulichen Taten verlocken. Sie mussten sichergehen, dass er nicht dem Reiz des Geldes erlegen war. Besonders nachdem der Botschafter ihnen wichtige Informationen vorenthalten hatte.

Clint ging unbemerkt zur Bibliothekstür. Er drehte sich noch einmal zum Botschafter herum und schickte ein kurzes Gebet zum Himmel, in dem er Gott bat, die Wahrheit ans Licht zu bringen, Steven und ihr Team zu beschützen und Victoria und ihre Eltern zu trösten.

Er bog nach der Bibliothek um die Ecke und ging zu den Büros. Die meisten Bürolichter waren ausgeschaltet, und es herrschte Stille. Da er erwartete, jemanden vom Wachpersonal der Kensingtons zu sehen, der seine Runde durchs Haus drehte, war Clint überrascht, als die persönliche Assistentin des Botschafters durch die Halle beim Haupteingang trat. Sie hatte noch ihre Bürokleidung an, und ihre langen schwarzen Haare waren ungekämmt. Seltsam, da es schon fast zehn Uhr am Freitagabend war.

„Mrs Brown, gibt es ein Problem?"

Die junge Frau zuckte erschrocken zusammen. Sie legte eine Hand an den Hals und spielte nervös mit einer Perlenkette. „Ich … ich habe beschlossen, länger zu bleiben, um mich zu vergewissern, dass es dem Botschafter und seiner Familie gut geht. Nach den Nachrichten von heute Abend und, Sie wissen schon …"

„Es geht ihnen so gut, wie man es unter den gegebenen Umständen erwarten kann." Clint betrachtete das blasse Gesicht der Frau. „Wie haben Sie von Olivias Tod erfahren? Meines Wissens hat der Botschafter seit meinem Eintreffen noch mit niemandem gesprochen."

Sie atmete schnell und abgehackt ein. „Die Agenten im Kontrollraum. Ich … ich habe ihnen einige Akten gebracht, die sie verlangt hatten, und ich …" Sie hielt die Hände vors Gesicht, und ihre Schultern zitterten.

Clint hielt einen gewissen Abstand zu ihr. Eine junge, attraktive Frau in relativer Dunkelheit, allein, brauchte keine Umarmung von ihm. Aber er schickte ein schnelles Gebet zum Himmel. „Standen Sie Olivia nahe?"

„Ja. Ich meine, nein. Ich … wir haben hin und wieder miteinander gesprochen. Sie war so ein hübsches Mädchen."

Er nickte.

„Ich wäre zu Lady Kensington gegangen, aber ich kann es nicht ertragen, ihr in die Augen zu schauen. Oder Victoria. Ich gehe hier auf und ab und versuche, den Mut aufzubringen, ihnen mein Beileid auszusprechen und zu schauen, ob ich irgendetwas für sie tun kann." Sie schaute ihn fragend an. „Wissen Sie, wann der Leichnam freigegeben wird, damit ich die Beerdigung organisieren kann? Wenigstens das könnte ich für sie tun."

„Ich bin sicher, dass die Familie Ihnen für Ihre Hilfe dankbar ist."

Mrs Brown warf einen Blick auf die kunstvolle Standuhr in der Halle. „Ich sollte nach Hause fahren. Harry wird sich Sorgen machen."

Clint kramte in seinem Gedächtnis. Dieser Name kam ihm nicht bekannt vor. Und er hatte alle Akten über die Angestellten mehrmals genau durchforstet. „Ich dachte, Ihr Sohn heißt Stewart."

Ihr Gesicht wurde aschfahl. „Ja. Stew. Habe ich das denn nicht gesagt?"

„Nein, Madam. Sie sagten Harry."

Sie schluckte schwer und begann wieder, nervös hin und her zu gehen.

Er wartete.

„Harry war mein Bruder. Er ist erst vor kurzem gestorben, und ich nehme an, dadurch, dass ich so bald schon wieder mit dem Tod konfrontiert wurde … habe ich mich versprochen."

Ihre Erklärung klang plausibel, aber etwas in seinem Kopf wurde hellhörig. In jedem kleinen Detail steckte eine mögliche Spur. Und jede Spur war wichtig. Auch jetzt.

„Ihr Bruder … könnten Sie mir bitte noch einmal seinen Namen nennen?"

„Landridge. Harry Landridge." Sie stand wie eine Statue da und hielt sich zitternd eine Hand über den Mund. „Harry starb im Dienst für Ihre Majestät. Im Mai."

„Mein herzliches Beileid." Er schaute sich in dem schwach beleuchteten Eingang um. „Kann ich Sie zu Ihrem Auto hinaus begleiten oder jemanden holen, der Sie nach Hause fährt?"

„Nein. Danke. Mein Mann ist bei Stewart. Machen Sie sich um mich keine Sorgen."

Clint schaute der jungen Frau kopfschüttelnd nach, die in ihr Büro eilte und ihre Handtasche holte, bevor sie durch den Seitenausgang verschwand.

Er wartete, bis Mrs Brown in ihren Mini Cooper 850 gestiegen war und den Motor angelassen hatte, bevor er zum Kontrollraum zurückmarschierte. Er musste Steven anrufen.

Diese unerwartete Begegnung hatte Clint hellhörig gemacht. Er hoffte, sein Partner würde ihm helfen, seinem Verdacht, dass irgendetwas nicht stimmte, auf den Grund zu gehen. Vielleicht hatte er in den Akten eines Angestellten etwas übersehen, genauso wie es ihm entgangen war, dass Mrs Brown einen Bruder hatte, der im Mai gestorben war.

Keine seiner Nachforschungen würde Olivia wieder nach Hause bringen, aber sie könnten ihren Mörder hinter Gitter bringen. Und Menschen wie Charlotte Brown und die Kensingtons könnten ungestört trauern, ohne dass Ermittlungen in einem Mordfall über ihnen schwebten.

Kapitel 17

Am Sonntagmorgen wurde Steven von einem stillen Haus begrüßt.

Keine Eltern, die vorbeikamen, um zu fragen, ob er zur Kirche mitgehen wolle. Kein James, der herumhüpfte und Schokoladenpfannkuchen zum Frühstück wollte. Er vermisste seinen Sohn jetzt schon.

Steven warf seine Bettdecke zurück und quälte sich aus dem Bett. Die Sonne schien durch die Vorhänge. Als Kind hatte er sein Zimmer mit ständig wechselnden Posters von seinem Lieblingsvereinen geschmückt. Aber Angela hatte ihm das nicht erlaubt. Sie hasste die Louisville Cardinals. Und anscheinend auch alles andere, was Steven wichtig und lieb gewesen war.

Sein Glaube.

Eine Familie zu haben.

Seine Eltern.

Sogar seine Alma Mater.

Nach einer schnellen Dusche schlüpfte er in eine abgeschnittene Jeans und ein altes ärmelloses blaues T-Shirt. Sein Magen knurrte. Lauter, als der seines Partners je geknurrt hatte. Es war Zeit, etwas zu essen, direkt aus der Verpackung.

Wer sagte, dass man in allen Bereichen erwachsen werden musste?

Die Sterne, die über James' Zimmerdecke verteilt waren, erregten seine Aufmerksamkeit, als er an der offenen Tür vorbeiging. Steven bewunderte die Ordnung seines Sohnes, das gemachte Bett und die Spielsachen und Bücher, die alle ihren festen Platz hatten. So viel Ähnlichkeit mit Stevens Mutter. Sauber. Organisiert. Effizient. Seine Mutter war trotzdem immer voll Lebensfreude gewesen.

Anders als Steven. Mit seiner Lebensfreude war es vorbei, seit Angela ihn verlassen hatte. Sie hatte mehr kaputt gemacht als ihre Ehe. Sie hatte auch einen großen Teil seines Herzens mitgenommen.

Er lehnte sich an den Türrahmen und schaute sich in dem stillen Zimmer um. Sein Blick blieb an dem abgenutzten Teddybären hängen, den er und Angela ausgesucht hatten, als sie Babykleidung gekauft hatten, lange bevor er geahnt hatte, wie seine Frau ihre freie Zeit verbrachte.

Der Bär saß jetzt auf einer Decke, die mit Asteroiden und Planeten verziert war. Steven war nicht überrascht, dass er seinen Lieblingsbären zu Hause gelassen hatte. James war wahrscheinlich zu aufgeregt gewesen, als er für die Astronautenfreizeit gepackt hatte, um an seinen Schlafpartner zu denken. Steven nahm das braunweiße Stofftier und atmete den Duft seines frisch gebadeten Sohnes ein. Er würde sich freuen, wenn James wieder zu Hause wäre.

Steven setzte seine Suche nach etwas Süßem fort. Beinahe wäre er das Treppengeländer hinuntergerutscht, beherrschte sich aber und ging einen Schritt nach dem anderen in Richtung Küche. Es hatte keinen Sinn, sich den Knöchel zu verdrehen und dafür am Montag von seinen Kollegen aufgezogen zu werden.

Bei den „Familienbildern" von ihm und James mit Gracie spannten sich seine Nackenmuskeln an. Er könnte sie heute anrufen. Ihr erklären, was am Freitagabend passiert war. Wenigstens versuchen, es wieder gutzumachen. Steven verdrängte diesen Gedanken und goss sich Milch in eine Schüssel und schüttete Herzen, Monde, Sterne und Kleeblätter aus purem Zucker dazu. Er lehnte sich an die Spüle und aß im Stehen.

James würde diese Woche im Astronautenlager bestimmt genießen und lernen, wie man ein Astronaut wurde, während Dad und Sue ihren lang verdienten Urlaub machten. Steven sehnte sich danach, bei ihnen in Florida zu sein. Zuzuschauen, wie James mit den Wellen spielte und Muscheln sammelte.

Seitdem James auf der Welt war, war Steven so voll Freude und Stolz. Wenigstens eine Sache hatten er und Angela richtig gemacht. Aber in den stillen Momenten, wenn die Arbeit nicht sein Blut, seinen Schweiß und seine Tränen forderte, fragte er sich, ob es genug war, seinen Sohn zu lieben. Es hatte nicht genügt, Angela nur zu lieben. Es genügte nicht, in seinem Beruf Kinder zu retten und die Welt zu einem sichereren Ort machen zu wollen.

Was war genug?

Würde James später einmal so werden wie er? Welche Fußtapfen hinterließ Steven ihm?

Ein Klopfen an der Tür riss ihn aus seinen Gedanken. Wer war am Sonntagmorgen um zehn unterwegs, um an Haustüren Sachen zu verkaufen?

Als er die Tür öffnete, spürte Steven, wie sich eine Eiseskälte über ihn legte.

„Heute Morgen nicht in der Kirche, Predigersöhnchen? Interessant.“ Die langbeinige schwarzhaarige Schönheit trat näher auf ihn zu. „Willst du mich nicht ins Haus lassen, Steven?“

Er trat zurück.

Mit einem Lächeln schwebte sie an ihm vorbei.

„Angela.“

„Freut mich, dass du dich an mich erinnerst.“ Sie schaute sich im Eingangsbereich um, dann wanderte ihr Blick die mit Teppich überzogene Treppe hinauf. „Wo ist mein Sohn? Du lässt ihn doch sicher nicht den ganzen Vormittag allein in seinem Zimmer Zeichentrickfilme anschauen.“

„Er hat keinen Fernseher in seinem Zimmer. Und er schaut keine Zeichentrickfilme an.“

Angela verschränkte ihre perfekt manikürten Hände. Ihre Oberarme waren immer noch so durchtrainiert wie früher.

Sein Körper reagierte. Fünf Jahre und ihr kurzer Lederrock, ihre tief ausgeschnittene, ärmellose Bluse und ein verführerischer Schmollmund kosteten ihn einige Beherrschung. Zu schade, dass sie alles mit einem anderen geteilt hatte. Das ließ sein Verlangen erfrieren. Schnell.

„Was willst du hier?“ Steven schloss die Tür. „Das Letzte, was ich von dir gehört habe, war, dass du deinen unwiderstehlichen Professor geheiratet hast.“

„Marcus und ich haben geheiratet, gleich nachdem meine Scheidung durch war. Das war der beste Tag meines Lebens.“ Angelas Augen betrachteten ihn von Kopf bis Fuß. Ein Funke Interesse war darin immer noch zu sehen.

Er legte beide Hände in seinen Nacken und biss die Zähne zusammen. Es hatte keinen Sinn, dort weiterzumachen, wo sie aufgehört hatten. „Ich frage dich noch einmal: Warum bist du hier?“

Sie stolzierte ins Wohnzimmer, als wäre es ihr Haus. „Neu eingerichtet und neu dekoriert. Hast du das selbst gemacht?“ Sie nahm ein Bild von James aus dem Bücherregal und setzte sich ohne ein Wort aufs Sofa. „Er sieht gut aus. Er hat sogar meine Augen.“

„Nein. Er hat Kessleraugen. Und auch alles andere. Aber warum sollte dich das interessieren, Angela? Du hast uns verlassen. Uns beide.“

Seine Exfrau strich mit der Hand über ihren Bauch. „Er ist auch mein Sohn, ob dir das gefällt oder nicht.“

„Den du im Stich gelassen hast."

Angela fuhr mit dem Finger über ihren Nasenrücken.

Stevens Fantasie musste mit ihm durchgehen, denn er dachte, er hätte Tränen in ihren Augen gesehen. Aber das hier war Angela Barrett Kessler. Nein, nicht mehr Kessler. Sie war aber immer noch die knallharte Anwältin. Keine Tränen. Keine Gefühle, es sei denn, sie hatte ein paar Gläser zu viel getrunken.

„Ich habe dich und deine Geliebte, das FBI, verlassen, Steven. Nicht meinen Sohn."

Er setzte sich auf die Armlehne seines Sessels. „Du kennst nicht einmal seinen Namen, oder?"

„James. James Andrew Kessler. Genannt nach den Namen deines und meines Vaters." Sie wandte den Blick immer noch nicht von dem Foto ab. „Eine Mutter vergisst das Kind, das sie geboren hat, nicht."

„Es sei denn, sie ist zu betrunken, um ..."

„Halt die Klappe!" Angela stand auf und stolzierte auf ihren zehn Zentimeter hohen Absätzen auf ihn zu. „Ich bin jetzt trocken, Stevie. Ich habe sogar Papiere von einer angesehenen Entzugsklinik, die das beweisen. Außerdem bin ich selbständig und habe meine eigene Kanzlei. Ich will meinen Sohn. Ich will eine zweite Chance bei ihm haben."

Jetzt, da Steven ihn so weit großgezogen hatte, dass sie sich die Hände nicht mehr schmutzig machen musste. Keine Windeln mehr wechseln. Alt genug, um ihn zur Schule zu schicken.

Nur über seine Leiche würde diese Frau je seinen Sohn bekommen.

Seinen Sohn.

„Darf ich dich daran erinnern, dass ich mit einem Anwalt verheiratet bin." Angela erwiderte seinen eiskalten Blick. „Und dass ich Freunde an den Gerichten in Alexandria habe, die mir gern helfen werden. Ich habe eine feste Arbeit und regelmäßige Arbeitszeiten von neun bis siebzehn Uhr. Ich bin am Wochenende zu Hause. Und ich bin nicht die ganze Nacht unterwegs, weil ich irgendwelche Verbrecher jagen muss." Sie hielt ihm James' Kindergartenfoto hin. „Und das Letzte, was ich gehört habe, war, dass du immer noch den heiligen Mönch spielst. Nur Arbeit und kein Vergnügen. Keine kleine Ehefrau aus Kentucky, barfüßig, schwanger und in der Küche beim Brotbacken."

Glühendes Entsetzen lähmte ihn. Angelas Drohungen waren scharfe Pfeile, die direkt auf sein Herz gerichtet waren. Sie wollte seinen Sohn.

„Das Sorgerecht wurde dir vor Jahren aberkannt. Du hast keine Chance, Angela. Auch nicht mit einem wohlhabenden, lieben Daddy."

Angela verpasste ihm eine Ohrfeige. Eine kräftige.

Er hielt ihren Arm am Handgelenk fest, als sie es ein zweites Mal versuchte. „Verschwinde aus meinem Haus und halte dich aus unserem Leben fern. Wir kommen ohne dich bestens zurecht, und daran soll sich nichts ändern."

Sie entwand ihm ihren Arm und holte tief Luft. Nachdem sie ihren Rock glattgestrichen hatte, warf sie die Schultern zurück. „Das werden wir ja sehen."

Mit einer Hand an der Tür drehte sie sich um und warf ihre schwarzen Haare über die Schulter. „Ich habe bereits einen Antrag bei Gericht gestellt, dass mir das Sorgerecht wieder zugesprochen wird, das alleinige Sorgerecht. Wenn ich gewinne, wirst du James nie wiedersehen."

Steven trat bedrohlich nahe auf sie zu und schaute finster zu ihr hinunter. „Warum kriegst du nicht einfach deine eigenen Kinder mit deinem Mister Volltreffer? Lass mich und meinen Sohn aus dem Spiel."

Sie biss sich auf die Unterlippe.

„Oder hat die mächtige Angela Barrett eine Schwachstelle in ihrer perfekten Rüstung?" Steven hasste es, sie so zu ködern. Er hasste es, dass er in ihrer Nähe zu einem so bösartigen Giftzwerg wurde.

„Ich habe meinen Sohn nie vergessen. Ich brauchte Zeit, um trocken zu werden und …" Sie schaute mit Tränen in den Augen zu ihm auf. „Ich kann keine Kinder mehr bekommen. Ich will eine zweite Chance bei meinem einzigen Kind haben."

„Schöner Auftritt, Angela. Du warst schon immer eine perfekte Schauspielerin."

Der kurze Anflug von Verwundbarkeit verwandelte sich schnell in Zorn. Sie riss die Tür auf und trat hinaus. „Warte nur ab, Stevie. Das nächste Mal, wenn ich dich sehe, wirst du dich von deiner kleinen Fantasiewelt verabschieden. James braucht eine Mutter und nicht deine Farce von einem allein erziehenden Vater, der nie zu Hause ist."

Als er ihr nachschaute, wie sie aus seinem Haus stolzierte, spielte sich vor seinem inneren Auge ein Szenario nach dem anderen ab. Eine mitfühlende Richterin könnte Angela ihren rührseligen Wunsch um eine zweite Chance abkaufen.

Was wäre, wenn man ihr das alleinige oder ihnen beiden das gemeinsame Sorgerecht zugestand? Steven schloss die Tür, ging ins Wohnzimmer und sank auf seinen Ledersessel. Sie war jetzt vielleicht trocken, aber das konnte sich ändern. Sein Sohn wäre in ständiger Gefahr. Und er könnte ihn nicht beschützen.

Sein schlimmster Alptraum war Wirklichkeit geworden.

* * *

Der restliche Tag verging wie unter einer dichten Nebeldecke. Seine Waffen zu reinigen lenkte ihn nicht ab. Und auch nicht, dass er James' geliebte Schokoladenpfannkuchen backte. Aber jetzt hatte Steven die Gefriertruhe voll mit seiner Lieblingsspeise, wenn sein Sohn nächste Woche nach Hause käme. Vielleicht würden sie nächsten Sonntag mit seinen Eltern zur Kirche gehen.

Und auch Gracie dazu einladen.

Was dachte er sich nur? Kirche zu spielen und Gracie in seine Familienprobleme hineinzuziehen würde ihm nicht weiterhelfen. Er wollte sie nicht verletzen. Und er wollte auch James nicht anlügen und seinen Sohn nicht glauben lassen, der Glaube würde wieder wie früher ein wichtiger Teil seines Lebens werden.

Aber Steven musste etwas unternehmen.

Schnell.

Clint anzurufen würde ihm auch nicht helfen. Steven wollte nicht über die Arbeit sprechen und sich keine Theorien anhören, die zu nichts führten. Olivia Kensingtons Fall war schon eine Woche bevor sie das Mädchen tot im Memorial Hill Park gefunden hatten kalt gewesen. Außerdem war sein Partner höchstwahrscheinlich im Gottesdienst und saß neben seiner hübschen Frau.

Steven schaute auf seinen Küchenkalender. Noch knapp drei Wochen, bis die Schule Anfang September anfing. Die Gerichte würden James doch sicher nicht unmittelbar vor seinem ersten Schultag aus seiner gewohnten Umgebung reißen. Um ihn einer Mutter zu geben, die er noch nie bewusst gesehen hatte. Die ihn zugunsten ihrer Whiskeyflaschen und jeder Menge Liebhaber verlassen hatte.

Aber Angela und ihr neuer Mann waren reich. Sie hatten eine Arbeit und geregelte Arbeitszeiten. Warum sollten die Gerichte ihr nicht das alleinige Sorgerecht zusprechen? Wie konnte er diesen Kampf gewinnen?

Er schlenderte in das Zimmer seines Sohnes und berührte die Bibel auf dem Nachttisch, die sein Dad James letztes Jahr geschenkt hatte, als er getauft wurde. Warum hatte er sie nicht mit zur Freizeit genommen?

Stevens alte Schuldgefühle kamen wieder auf und begannen auf ihn einzuhämmern.

Was für ein Vater war an der Arbeit, während sein Sohn für die Ferien packte?

Hatte er als Mann versagt, weil er seine Frau nicht hatte halten können? Was für ein Agent war er, dem es nicht gelungen war, ein entführtes Kind zu finden, bevor irgendein schmieriger Verbrecher es umbrachte?

Steven schlug die Bibel an einer Stelle auf, die er als Jugendlicher auswendig gelernt hatte, eine der Lieblingsstellen seiner Mutter. Er las laut: „Kommt her zu mir, alle, die ihr mühselig und beladen seid. Ich will euch Ruhe geben." Die Worte fühlten sich wie Steine in seinem Mund an.

Und wie ein Messer in seinem Herzen.

Für ihn gab es keine Ruhe. Nicht, wenn er seine Arbeit zu erledigen hatte. Schneller. Besser. Kräftiger. Er war über die Bibelgeschichten hinausgewachsen, mit denen seine Eltern ihn erzogen hatten. Er hatte ein Glaubenssystem hinter sich gelassen, das einem unsichtbaren Gott alle Macht zugestand, dessen Herrschaft angeblich über das ganze Universum ging und der trotzdem zuließ, dass Kinder einen schrecklichen Tod starben. Dieser unsichtbare Gott hatte zugelassen, dass Stevens Ehe in die Brüche ging, obwohl er damals mit jeder Faser seines Glaubens gebetet hatte.

Er legte die Bibel an ihren Platz zurück.

Zwischen den Raumschiffen und Sternen, die das Zimmer seines Sohnes schmückten, setzte sich Steven an den hellen Schreibtisch und starrte die Bibel an, bis die Standuhr unten Mitternacht schlug.

Er musste schlafen gehen. Er brauchte die Energie, um seinen Angriff zu heben. Er würde Angela nicht erlauben, seine Welt wieder aus den Angeln zu reißen. Oder seinen Sohn zu zerstören.

Niemals.

Steven schleppte sich ins Schlafzimmer und ließ sich auf sein ungemachtes Bett fallen. Er hoffte, er würde bald einschlafen, denn morgen Früh musste er sich als Erstes einen Anwalt nehmen.

Kapitel 18

Tom las Gracies E-Mails ein zweites Mal.

Die Berichte von ihrem Privatdetektiv – die Mails, die er nicht hatte löschen können – endeten immer mit der Aufforderung: „Wir sollten eine Täterskizze anfertigen lassen. Und zwar bald."

Morgen war es so weit.

Und heute Abend musste er sie aufhalten.

Während er vor dem großen Fenster seines Hauses auf und ab ging und zuschaute, wie der bewölkte Freitagabendhimmel immer dunkler wurde, quälten ihn besorgte Fragen. Er hatte die Medikamente, die er brauchte, aber was wäre, wenn er erwischt würde? Oder wenn er den falschen Zeitpunkt wählte?

Sein Magen war bestimmt ein klassisches Beispiel für ein Magengeschwür. Egal. Bald wäre alles wieder normal. Vielleicht sogar noch viel besser.

Die Schule begann in knapp vier Wochen. Hinter seinem Schreibtisch hatte er Macht. Außerdem würde er Agent Grivens jeden Tag sehen. Dieser kleine Gedanke konnte ihn eine Weile ablenken.

Als er in die Küche ging, roch er die Reste des chinesischen Essens, das er sich heute hatte bringen lassen. Sein Magen knurrte. Hastig verschlang er ein paar Handvoll Studentenfutter, während die Uhr langsam die Minuten bis Mitternacht zählte.

Nachdem er noch mehr Zeit mit langweiligen E-Mails vergeudet hatte, überprüfte Tom noch einmal seine Spritzen. Jede Dosis des Betäubungsmittels war so bemessen, dass die Injektion tödlich wäre.

Er schaute sich noch einmal im Badezimmerspiegel an. Zu dünn. Zu bleich. Aber die eng sitzende schwarze Kleidung betonte die wenigen Muskeln, die er in den letzten Monaten aufgebaut hatte. Er sah besser aus als zu seiner Schulzeit.

Und auch ganz anders als zu seiner Studentenzeit.

Die Fahrt zu Gracies kleinem Ziegelhaus stand bevor. In seinem Inneren rumorte es. Sein Puls raste. Seine Hände waren schweißnass.

Und das alles nur, weil er etwas vertuschen musste.

Wenige Minuten später packte Tom seine Sachen zusammen und

nahm seinen üblichen Platz unter den Bäumen hinter Gracies Haus ein. Das Mondlicht beleuchtete alles, was er sehen musste, während die Grillen ihr lästiges Zirpen anstimmten. Ansonsten war nichts zu hören, alles hüllte sich in Schweigen. Nicht so Gracie. Sie war oben unter der Dusche.

Tom packte das Fernglas weg. Heute Abend war keine Zeit für Ablenkungen. Er hatte etwas zu erledigen, und je schneller er das hinter sich brachte, umso besser.

Er suchte den Garten nach einer Spur von ihrem Hund ab. Sie ließ ihn normalerweise ein letztes Mal hinaus, bevor sie schlafen ging. Tom entdeckte die riesige Masse goldbraunes Fell, das zwischen den Blumenbeeten am Rand der Bäume schnüffelte.

Perfekte Ortswahl. Im Schatten versteckt, würde niemand etwas bemerken. Oder das unvermeidliche Bellen des Hundes hören.

Er musste schnell handeln.

Seine Lederhandschuhe zog er fest über seine Fingerspitzen. Er müsste mit der kleinen Spritze nur einmal zustechen und einige Sekunden den Kolben nach unten drücken, um die giftige Mischung zu leeren.

Dann hätte Gracie eine neue Aufgabe.

Sie müsste sich einen neuen Hund suchen.

Tom beobachtete, wie Jake in der stillen Luft etwas witterte und dann die Stellung eines Wachhundes einnahm, regungslos und angespannt stehen blieb und ein tiefes Knurren aus seiner Kehle ertönte.

Nur noch ein bisschen näher.

Jake trat knackend auf die dünnen Zweige, die vor ihm lagen, und richtete seine Hundeaugen auf Tom.

Tom hielt den Atem an, befestigte die dicke Abpolsterung auf seinem Arm und hielt in der anderen Hand die Spritze bereit.

Der Hund machte einen Satz auf ihn zu.

Tom wehrte den Aufprall ab, die riesigen Zähne des Hundes bohrten sich in das Polster. Er konnte den schnellen, heißen Atem des Tieres fühlen.

Ein Stich in Jakes Hinterteil.

Einige Sekunden Kampf.

Dann Stille.

Gracies Golden Retriever lag winselnd und keuchend auf der Erde.

„Jake!“ Gracies Stimme durchschnitt die stille Nacht.

Tom blickte auf und fluchte leise. Wie hatte sie so schnell duschen können?

Ihm blieb keine Zeit, um sicherzustellen, dass seine Dosis ihren Zweck erfüllt hatte. Er steckte den Armschutz und die Spritze in seinen Rucksack und lief zu seinem gemieteten Lexus ohne Nummernschilder.

Bevor er den Wald verließ, warf er einen Blick zurück. Keine Spur von Gracie.

Kein Bellen von Jake.

Auftrag erledigt.

* * *

Gracie raste durch die dunklen Straßen von Alexandria. Jake lag auf dem Rücksitz und schnaufte kaum noch. „Bitte, Gott. Mach, dass Jake am Leben bleibt. Ich kann ihn nicht verlieren."

Tränen raubten ihr die Sicht. Sie ließ den Motor des Jeeps aufheulen und richtete ihren Blick auf die kleine Tierklinik gleich hinter den grellen roten Bremslichtern, die sie an der Ampel nicht weiterkommen ließen.

„Eins. Zwei. Drei …" Bis zehn zu zählen half nicht.

Die Ampel blieb rot.

Grün.

Gracie wäre fast auf den Truck vor ihr aufgefahren, aber im letzten Moment gab er Gas und sie konnte zur Klinik abbiegen. Dr. Gregg und seine zwei Mitarbeiterinnen erwarteten sie auf dem Parkplatz.

Sie schaute zu, wie sie Jake aus dem Auto zogen und ihn auf eine Hundetrage legten. Noch mehr weiße Laken.

Nein. Gott. Bitte nicht.

„Er atmet, Gracie." Dr. Gregg und die Krankenschwester brachten die Trage schnell in die Klinik.

Eine andere Angestellte, eine junge rothaarige Frau, hielt die Tür auf. Der Tierarzt und die ältere Krankenschwester verschwanden mit ihrem Patienten im Hinterzimmer.

Die junge Frau berührte Gracies Arm. „Ich hoffe, er wird wieder gesund, Mrs Lang. Er ist ein kräftiger Hund." Sie deutete ins vordere Zimmer der Klinik. „Möchten Sie einen Kaffee? Ich kann eine frische Kanne aufsetzen. Das geht schnell."

Gracie nickte. „Ja. Gern."

Die Rothaarige schaltete die Lichter an und ging durch das seitliche Büro. Gracie schaute sich blinzelnd in dem Raum um. Kaltes Linoleum. Helle Poster. Harte blaue Stühle im Wartezimmer. Nichts Auffälliges. Aber diese kleine Praxis war bereit gewesen, für sie heute Nacht aufzuschließen. Sie hatten gesagt, sie würden alles in ihrer Macht Stehende tun, um Jake zu helfen.

Jake.

Gracies Flipflops klapperten, als sie auf dem weißen Fußboden des Wartezimmers nervös auf und ab ging. Das tröpfelnde Geräusch und der durchdringende Geruch der Kaffeemaschine kamen ihr in dem Halbdunkel, in das sie geraten war, seltsam vor.

Vor einer halben Stunde hatte sie Jake ein letztes Mal in den Garten gelassen, bevor sie sich schlafen legen wollte. Wie an jedem anderen Abend auch. Aber dieses Mal war er nicht angelaufen gekommen, als sie die Tür geöffnet hatte. Und als sie ihn am hintersten Ende ihres Gartens auf dem Boden liegen sah …

Tränen brannten in ihren Augen und eine Gänsehaut zog über ihre Arme.

Jake durfte nicht sterben.

Er war außer ihr das einzige Lebewesen, das die entzückten Rufe ihres Sohnes gehört hatte, wenn er sich an seinem Fell festgehalten hatte, um aufzustehen. Der Einzige, der Elizabeth von ihren Büchern hatte weglocken können, um mit ihr an einem heißen Augusttag durch den Rasensprenger zu laufen.

Ihr einziges lebendes Bindeglied zur Vergangenheit.

Jake war auch derjenige, der ihr geholfen hatte, den Verstand nicht zu verlieren. Ohne ihn hätte sie den Umzug und die neue Arbeitsstelle hier oben im Norden nicht gewagt. Nicht einmal Leah hatte ihr die Eingewöhnung in ein neues Zuhause und ein neues Leben so leicht machen können, wie Jake es getan hatte.

Er schnüffelte an ihren Händen, wenn sie weinte.

Er leckte ihre Tränen weg.

Er hörte ihr zu, ohne sich zu beschweren.

Als die junge Frau ihr eine Tasse mit dampfendem schwarzen Kaffee reichte, hörte Gracie auf, hin und her zu laufen, und setzte sich. „Danke."

Die Frau nickte und überließ Gracie ihren Gedanken.

Das bittere Getränk ließ die Zeit nicht schneller vergehen und beruhigte auch ihre Nerven nicht. Das Koffein würde nur das Zittern in ihren müden Gliedern erhöhen. Als sie zum hundertsten Mal auf die Arche-Noah-Uhr an der gegenüberliegenden Wand geschaut hatte, warf sie die volle Tasse in den Mülleimer. In den letzten zehn Minuten war niemand gekommen und hatte ihr gesagt, wie es um Jake stand. Sie brauchte Ablenkung.

Leahs Sohn hatte seine Mutter mit einer Ohrenentzündung die ganze Nacht auf den Beinen gehalten. Gracie würde auf keinen Fall jetzt ihre völlig übermüdete Freundin anrufen und sie wecken.

Mama und Dad waren weit weg in Georgia und konnten ihr nicht helfen. Es hatte keinen Sinn, sie unnötig zu beunruhigen.

Steven kam nicht in Frage. Dass sie überhaupt daran dachte, ihn anzurufen, ärgerte sie, aber das war eine Frage, die sie ein anderes Mal klären musste. Sie hatte genug Schwierigkeiten.

Beth. Ihre Schwester würde sie verstehen und wäre noch wach. Gracie gab die zehnstellige Nummer aus dem Gedächtnis ein.

„Hallo, Schwesterherz. Du musst aufhören, mitten in meinen Krimisendungen anzurufen." Beths Fernseher war im Hintergrund laut zu hören.

„Ich bin beim Tierarzt. Irgendwas stimmt mit Jake nicht. Er könnte sterben, Bethy." Mehr Tränen liefen über ihre bereits geröteten Wangen, als sie wieder anfing, auf und ab zu gehen.

Beth stöhnte auf und der Fernseher verstummte. „Was ist passiert? Gracie, ist mit dir alles in Ordnung?"

„Ich weiß es nicht. Ich habe Jake im Garten hinter dem Haus gefunden. Er hat kaum noch geatmet."

„Ist er ohnmächtig geworden, oder hatte er einen Schlaganfall?"

Gracie schüttelte den Kopf und merkte erst dann, dass ihre Schwester sie nicht sehen konnte. „Das glaube ich nicht. Jake ist gesund. So etwas hatte er noch nie." Sie biss auf ihren Daumennagel.

„Gut, dass du noch auf warst und ihn gefunden hast."

Sie erschauderte bei der Erinnerung daran, wie Jake regungslos auf dem Gras gelegen hatte. „Ja."

„Was hat der Tierarzt gesagt? Wird er wieder gesund?"

„Ich habe den Tierarzt nicht mehr gesehen, seit er mit Jake verschwunden ist. Ich habe also keine Ahnung." Gracie setzte sich auf den Stuhl neben der Tür. „Dieses Warten ist wie eine chinesische Wasserfolter."

„Dann lass uns über etwas anderes sprechen. Gehst du morgen zu diesem Privatdetektiv und lässt eine Täterskizze anfertigen?" Beths normales Fernsehschmatzen klang wie ein Presslufthammer durchs Telefon. „Du hast die ganze Woche davon gesprochen."

An irgendetwas anderes zu denken als an ihren geliebten Jake, der vielleicht sterben könnte, erschien ihr wie Verrat. „Ich … ich weiß es nicht." Gracie schniefte und wischte sich die Augen trocken. „Glaubst du, das ist eine Art Zeichen? Eine Warnung, dass ich nicht gehen sollte?"

„Wäre dein Gott denn so grausam? Ich persönlich finde, ein platter Reifen wäre ein besseres Zeichen gewesen."

Beths Versuch, einen Witz zu machen, konnte Gracie nicht aufmuntern.

„Ich finde, du solltest den Termin wahrnehmen. Selbst wenn Jake noch nicht nach Hause kommen kann, werden die Ärzte sich bestimmt um ihn kümmern. Und hör auf, dir über irgendwelche Zeichen den Kopf zu zerbrechen. Das klingt überhaupt nicht nach dir."

Dr. Gregg schob die Tür auf und kritzelte etwas in eine Kartei. Sein Gesicht war nicht zu deuten.

Gracie sprang von ihrem Stuhl hoch, und ihr Herz stockte. „Beth, der Arzt ist hier. Ich muss aufhören. Ich rufe dich später wieder an."

„Jake wird wieder gesund", sagte Dr. Gregg. „Er schläft tief und fest, und seine Vitalwerte sind jetzt stabil. Ich würde ihn gern über Nacht in einer Tierklinik überwachen lassen. Einige Untersuchungen durchführen. Herausfinden, was passiert ist."

Sie nickte und versuchte, den Taschenrechner zu ignorieren, der die Kosten in ihrem Kopf addierte. Jake war jeden Cent wert. „Okay."

„Dann kümmere ich mich um den Transport und lasse Jakes Unterlagen hinbringen." Er deutete zu der jungen rothaarigen Frau. „Heather gibt Ihnen die Formulare, die wir benötigen, und dann können Sie nach Hause fahren und sich ein wenig ausruhen. Wir rufen an, wenn Jake nach Hause kann."

Gracie atmete zittrig ein. „Kann ich ihn vorher sehen?"

Er öffnete die Tür und deutete nach links.

Gracie hielt die Tränen zurück und ließ sich von Dr. Gregg zu Jake führen. Er lebte. Er würde wieder ganz gesund werden, hatte der Arzt gesagt. Vielleicht sollte sie nach Hause fahren. Versuchen zu schlafen. Morgen Früh würde sie wie geplant zu Justin Moore fahren.

Das würde sie davon abhalten, den Verstand zu verlieren, während sie auf den Befund wartete, warum Jake zusammengebrochen war. Er käme bald nach Hause. Lebend.

Das beruhigte das Chaos in ihrem Magen. Ein wenig. Vielleicht hatte Gott das passieren lassen, um ihr damit ein Zeichen zu geben, dass sie ihren Termin bei dem Privatdetektiv absagen sollte. Dass sie einen solchen Gedanken überhaupt zugelassen hatte, beunruhigte ihr Gewissen. Vielleicht könnte es Gottes Art gewesen sein, Jake die Hilfe zuteilwerden zu lassen, die er aufgrund irgendwelcher innerer Krankheiten, die bis jetzt nicht entdeckt worden waren, brauchte.

Eines wusste sie genau: Gott hatte heute Abend ihre Gebete erhört.

Vielleicht bekäme sie jetzt auch bald die Antworten auf all die anderen Fragen.

Kapitel 19

Steven schwitzte in seinem Trainingsraum zu Hause und drückte die Gewichtstange wieder nach oben. Seine Muskeln spannten sich bei jeder Wiederholung kräftig an.

„Übertreibe es nicht, Partner. Wenn du ins Krankenhaus musst, hilft das James auch nicht." Clint nahm die Hantel und ließ sie klirrend in die Halterung absinken.

Steven setzte sich auf und wischte sich den Schweiß aus dem Gesicht und dem Nacken. „Der Anwalt hat gesagt, ein gemeinsames Sorgerecht sei sehr wahrscheinlich. Ich kann das nicht zulassen."

„Meinst du, Angela hat sich verändert?"

„Nein." Steven schaute aus seinem Kellerfenster. Der sonnige Samstagmorgen konnte seinen Gemütszustand nicht verbessern. Seine Frau – seine Exfrau – beherrschte seine Gedanken schon die ganze Woche. Das Gespräch mit dem Anwalt hatte seine Angst, die in seinem Bauch einen immer größeren Stein bildete, nicht lindern können.

„Entweder du redest jetzt, oder ich erzähle dir ausführlich von Jonathans Töpfchentraining", drohte Clint mit einem verzweifelten Lächeln.

Er stöhnte. „Das kenne ich. Ich brauche keine Details."

Clint lachte und legte sich auf die Gewichtsbank.

Mit Clint zu trainieren war immer ein nicht ausgesprochener Konkurrenzkampf, bei dem sie sich gern gegenseitig aufzogen. Aber nicht heute. Zwischen beruflichen Themen und lahmen Versuchen, ein Gespräch zu führen, herrschte Schweigen.

„Ich habe gehört, du hattest ein Gespräch mit Sir Peter Barnstable." Clint schob mehr Gewichte auf seine Stange.

Steven wollte nicht über noch ein deprimierendes Ereignis im Kensingtonfall sprechen. Aber es war besser, als die Gefühle neu zu durchleben, die Angelas Besuch bei ihm ausgelöst hatte. „Ja, der ehrenwerte Sir Peter hat mich heruntergeputzt, weil ich in Sir Walters finanziellen Angelegenheiten herumgeschnüffelt habe. Er sagte, der Botschafter hätte schon genug durchgemacht."

Clint steckte die nächsten zwei Gewichte auf. „Sir Walter ist nicht gerade ein Engel."

„Nein. Und dieses Gefühl von dir, dass in den Akten der Botschaftsangestellten etwas fehlt, lässt mir immer noch keine Ruhe. Wir sind auf der richtigen Spur."

„Michael glaubt das auch", sagte Clint. „Aber wenn Mrs Brown nicht verheiratet wäre, würde ich glauben, Michael gehe es um sie und nicht um ihre Personalakte."

„Michael ändert sich."

„Seitdem du ihn dir wegen der hübschen jungen Frau von der Spurensicherung zur Brust genommen hast, bessert er sich."

„Nicht nur das. Ich glaube, er hört dir wirklich zu, Clint." Steven rieb sich den Nacken. „Er geht sogar noch weiter und löchert mich mit allen möglichen Fragen über Gott. Warum rufst du ihn nicht zurück? Oder du beantwortest seine Fragen selbst?"

Clint setzte sich auf und nahm einen großen Schluck Wasser. „Gib du ihm doch die Antworten."

„Kann ich nicht."

„Kannst du nicht oder willst du nicht?"

Steven zog an dem Handtuch um seinen Nacken. „Es geht um mehr, und das weißt du ganz genau. Wie soll ich die ganze willkürliche Gewalt erklären, die wir jeden Tag sehen? Warum lässt Gott Kinder sterben, und warum lässt er zu, dass Exfrauen Familien zerstören, auch wenn ich noch so viel bete?"

Schweigen.

„Ich halte es für besser, Michael zu sagen, dass ich die Antwort auf seine Fragen nicht weiß."

„Erzähl mir von Angie."

Was sollte das schon helfen? Steven hatte ein Bild nach dem anderen von ihrer sechs Jahre dauernden Ehe gezeichnet, von den Flitterwochen bis zu dem Tag, an dem sie ihn verlassen hatte. „Sie riecht immer noch wie der Frühling und sieht so knackig aus, wie ein Schuljunge sich in seiner Fantasie eine Frau vorstellt." Steven fuhr sich mit der Hand durch seine nassen Haare. „Als ich sie festhielt, habe ich eine Minute lang …"

„Du hast sie doch nur festgehalten, damit sie dich nicht schlagen konnte."

„Ja, meinetwegen. Aber … ich weiß nicht. Ich habe ihr in die Augen gesehen und musste an unseren ersten Kuss denken. Und für eine Sekunde war es, als segelte ich gemütlich übers Meer. Sonne, Freiheit. Ich konnte alles wieder schmecken." Sein Herz zog sich zusammen. Egal, was zwischen ihnen passiert war, Angela bliebe immer die erste Frau in seinem Leben.

„Du liebst sie immer noch."

Steven starrte seinen Partner an. Er wollte diesen schmerzlichen Weg in die Vergangenheit nicht einschlagen. „Nein. Ich bin nicht einmal sicher, ob ich sie je geliebt habe. Vielleicht gefiel mir nur das Gefühl, das ich in ihrer Nähe hatte."

Clint schüttelte den Kopf. „Du hast sie geliebt, Steven."

„Und sie hat mich verlassen."

„Hast du ihr vergeben?"

Was für eine dumme Frage war das jetzt? Steven ging zur anderen Seite des Raumes. Lieber schlug er gegen den Sandsack als auf Clints Kinn, wie er das gern wollte. Also ließ er seine Frustration an dem Sack aus und achtete nicht länger auf seinen besten Freund.

„Du bist an Angies Erinnerung gefesselt, bis du sie loslässt."

Als ob das so leicht wäre. Loslassen und Gott alles übergeben.

Steven schlug kräftig auf den braunen Sandsack ein. Beten hatte nicht geholfen, und es würde auch jetzt nicht helfen. Er hatte für seine Ehe gebetet; Angela hatte ihn trotzdem verlassen. Er brauchte kein religiöses Psychogerede über Vergebung. Er brauchte einen Angriffsplan. Eine Möglichkeit zu beweisen, dass sie immer noch eine Gefahr für James war, damit sie ihn und seinen Sohn in Ruhe ließe und nie wiederkäme.

„Gott war nicht schuld daran, dass Angie dich verlassen hat."

„Er hat sie aber auch nicht daran gehindert."

Clint trat auf die andere Seite des Sandsacks und hielt ihn fest. „Wir treffen Entscheidungen. Liebe oder sexuelle Lust. Vergebung oder Bitterkeit. Wir öffnen dem Feind die Tür, wenn wir den Ärger – die Verletzung – in uns hineinstopfen und ignorieren. Wenn wir uns von mangelnder Vergebungsbereitschaft treiben lassen."

„Ich lasse mich nicht treiben."

„Warum arbeitest du dann so viel? Warum ist jeder Fall dein persönlicher Kreuzzug, die Welt zu retten? Und warum bringt dich eine einzige Drohung von Angie so aus der Fassung?" Clint trat von dem Sack weg. „Betrachte es doch einmal objektiv: Angies Vater hat sie geschlagen. Du hast sie gerettet, aber das hat ihr nicht gereicht. Statt zu Gott zu laufen, wurde sie bitter und fing an zu trinken. Dann ist sie einfach abgehauen. Jetzt ist sie wieder da, um dich erneut zahlen zu lassen."

Steven stieß den Sandsack von sich und warf seine Handschuhe auf den Boden. Sein Puls pochte in seinen Ohren.

„Unterbrich diesen Kreislauf, Steven. Sprich mit Angie. Du kannst eine bessere Lösung für diese Situation finden, ohne in einer hässlichen Schlacht vor Gericht auf sie loszugehen."

„Ich lasse mir von ihr nicht meinen Sohn wegnehmen."

„Dann bete."

„Du hast für alles eine saubere Lösung, ja? Kinder sterben und es perlt von dir ab. Angela verschwindet und taucht dann wieder auf, um mir meinen einzigen Sohn wegzunehmen, und deine Lösung ist Beten." Steven baute sich direkt vor Clint auf. „Warum? Was soll das nützen? Du sagst, ich bräuchte nichts weiter zu tun, als mit den Fingern zu schnippen und ein kleines Gebet zu sprechen, dass ich ihr vergebe, und dann wird alles gut?"

Clint trat zurück. „Nichts von meinem Beruf perlt von mir ab. Und auch nicht dein Schmerz. Du bist mir wichtig, Mann. Das ist der einzige Grund, warum ich jetzt nicht lockerlasse. Ich will nicht dabei zuschauen müssen, wie du nur wegen deines Stolzes noch mehr Jahre verlierst … oder sogar deinen Sohn."

Steven wollte am liebsten spucken. „Mein Stolz hat Olivia und Ryan nicht getötet. Und er hat Angela auch nicht fortgetrieben."

„Nein, aber wenn du dich damit auseinandersetzt, könnte dich das aus dem Teufelskreis herausholen und dir helfen, weiter zu sehen als nur bis zu deinem Fall und deiner Lösung und deinem Blickwinkel, der nicht weiter reicht als bis zu deiner Nasenspitze."

Er unterdrückte ein Fluchen und stapfte davon.

Clint packte ihn am Arm. „Dein Stolz hindert dich daran, dich der Vergangenheit zu stellen und sie zu verarbeiten. Er raubt dir die Energie, deine Arbeit gut zu machen. Du denkst, du könntest mit allem allein fertig werden, alles, was schiefläuft, in Ordnung bringen, aber wenn es um James geht, ist dein Stolz tödlich. Dein Stolz sorgt dafür, dass du weiterhin vor ihm und vor dir selbst davonläufst."

„Und dass ich ihn direkt in Angelas Arme treibe? Willst du das damit sagen?"

Die braunen Augen seines Partners verrieten nicht, was er dachte. „Füttere diesen Hass nicht, Steven."

„Ich liebe meinen Sohn. Und ich habe Angela geliebt. Aber das war nicht genug." *Ich war nicht genug.* Steven schnappte sich wieder sein Handtuch. „Ich werde kämpfen. Genau das werde ich tun."

„Und wenn du verlierst?"

Steven kniff die Augen zusammen. „Das würde nur beweisen, dass du doch recht hattest, nicht wahr? Und du kannst dann sagen, dass es mir recht geschieht, weil ich nicht auf dich gehört habe."

„Du glaubst dir da einen ganzen Haufen Lügen zurecht."

„Und wenn schon. Deine Methode heilt den Schmerz nicht. Sie bringt kaputte Familien nicht wieder zusammen, und sie erweckt auch keine toten Körper zu neuem Leben."

Clint atmete tief ein. „Sprich mit Gott über das, was du glaubst. Und dann hör ihm zu. Damit fängt der Heilungsprozess an, und du wirst Vergebung erfahren."

Steven setzte sich auf die Bank mit den Gewichten und schaute Clint einige lange Minuten an. Er war so sicher, so zuversichtlich, dass sein ganzes Gerede über Gott die Dinge wieder in Ordnung brachte. Steven hätte nicht zulassen sollen, dass das Gespräch so weit ging.

„Ich werde beten." Ohne ein weiteres Wort zu sagen, ging Clint nach oben.

Als niemand mehr da war, mit dem er streiten konnte, schluckte Steven schwer und legte die Stirn in seine Hände. Was wäre, wenn Clint recht hatte? James zu verlieren stand nicht zur Diskussion. Und seinen Job zu kündigen genauso wenig.

Ein Klopfen an der Haustür raubte Steven sein letztes Gramm Energie. Er war nicht in der Verfassung, Angela wieder gegenüberzutreten. Nicht heute.

Er hörte nicht auf den Lärm, aber das Klopfen wurde lauter und hartnäckiger. Er holte tief Luft. Dann ging er nach oben und riss die Tür auf.

Justin Moore hielt ihm einen Sechserpack Bier hin. „Ich bin gekommen, um dir eine gute Nachricht zu erzählen. Aber du siehst aus, als könntest du erst einmal ein Bier vertragen."

Steven trat zurück und hielt die Tür weiter auf. Justins Angebot war weitaus verlockender als Clints, aber Szenen von Angelas Alkoholexzessen und der Putzorgie, die danach nötig gewesen war, standen ihm vor Augen. „Nein, danke. Aber ich bin ganz Ohr, wenn du mir eine gute Nachricht bringst. Komm rein."

Justin machte es sich im Wohnzimmer gemütlich und nahm einen Schluck aus seiner Flasche. „Ich habe heute Morgen deine Freundin getroffen, und sie hat mir eine Skizze gegeben, die etwas Leben in diesen Fall bringen könnte."

Freundin? Wenn es nur so wäre!

„Sie war aber von meinem Vorschlag, dich wegen ihres Hundes anzurufen, nicht sonderlich begeistert. Ich nehme an, du hast deine Chance vermasselt." Justins tiefes Lachen erfüllte den Raum.

„Was ist mit Jake?"

„Sie war ganz aufgewühlt, weil sie die letzte Nacht in der Tierklinik verbracht hat. Der Hund war bewusstlos oder so etwas. Jetzt geht es ihm wieder gut. Aber das hat ihr richtig Angst eingejagt. Sie hat ständig von diesem Tier erzählt, wie Jake und ihre Familie dies taten und Jake und ihre Familie jenes taten. Das war eine private Geschichtsstunde. Aber aus irgendeinem Grund glaube ich, dass das auch einige andere Erinnerungen an die Oberfläche gebracht hat. Hilfreiche Erinnerungen."

„Und?"

Justin nahm einen weiteren Schluck. „Wie ich schon sagte: Ich habe eine gute Skizze, mit der ich etwas anfangen kann. Ich denke, damit könnte ich in diesem hoffnungslosen Fall doch einen Volltreffer landen."

„Wo willst du die Skizze herumzeigen?"

„Gracie glaubt, der Fahrer könnte ein Student gewesen sein. Ich fange mit den Universitäten und Colleges in Atlanta an und beziehe das Internet mit ein." Justin stand auf und trank sein Bier leer.

Steven schüttelte den Kopf. „Komm, werfen wir ein paar Körbe, damit du das Bier wieder abtrainieren kannst."

„Verhaftest du mich, wenn ich Nein sage?"

„Hast du Angst, ich könnte wieder gewinnen?" Steven ging zur Hintertür.

Dieser Herausforderung musste Justin sich stellen. Aber er war im Football besser als im Basketball. Drei Spiele später war Steven der eindeutige Sieger.

Justin legte die Hände auf die Knie und beugte sich schnaufend vor. „Ich mache mich lieber wieder an die Arbeit." Er schaute finster, als Steven ihm auf den Rücken schlug. „Und du könntest eine Dusche vertragen, Junge. Besonders, wenn du vorhast, dich mit deiner Freundin zu treffen. Wenn nicht, kann ich gern für dich einspringen."

Er begleitete Justin zur Tür. „Keine Chance."

Steven schaute seinem Freund nach, wie er davonfuhr. Dann ging er in die Küche und warf die leere Bierflasche in den Altglasbehälter. Er entschied sich für Wasser. Das Bild von Gracie an der Kühlschranktür erregte seine Aufmerksamkeit.

Er sollte sie anrufen. Er hatte ihr bei ihrer ersten Verabredung ein wenig von Angela erzählt. Vielleicht konnte Gracie ihm ein paar Tipps geben. Sie würde ihm keine Predigt halten wie Clint. Und sie sah auch viel hübscher aus.

Steven ging hoch, um zu duschen. Vielleicht würde er ihr eine E-Mail schreiben, bevor er sie anrief. Seine Gründe, warum er letzte Woche die Verabredung mit ihr nicht hatte einhalten können, in den Computer zu tippen erschien ihm leichter. Andererseits könnte er auch einfach bei seinen Eltern vorbeifahren, sich erkundigen, wie es ihnen ging, und sich dann Sues kleinen Sportwagen ausleihen und eine Spritztour damit machen und eventuell mit Gracie ein Eis essen gehen.

Das war sicher besser, als hier herumzuhängen und auf Angelas nächsten Angriff zu warten.

Oder darauf zu warten, dass Clints Worte in ihm arbeiteten.

Sie ließen ihm keine Ruhe. Aber nicht heute Abend. Morgen käme James nach Hause, und dann müssten sich seine offenen Fragen in der langen Schlange in seinem Kopf einreihen, in der jedes Problem eine Nummer bekam und wartete, bis es an die Reihe kam.

Leider war Botschafter Kensingtons Fall die Nummer eins in dieser Schlange.

Kapitel 20

Einen ganzen Monat mit zehn Millionen Dollar und nichts, das er dafür vorzeigen konnte.

Außer einem neuen Plan. Schließlich galt: Wer wagt, gewinnt.

Gordon lehnte sich in seinem Schreibtischstuhl zurück und schaute durchs Fenster auf den verregneten Tag. London zu verlassen würde ihm guttun. Aber Charlotte wäre bestimmt nicht sonderlich begeistert, ihn wiederzusehen. Seine arme Schwester ging immer noch nicht ans Telefon, wenn er anrief, und hatte ihren Handyvertrag gekündigt.

Kein Grund zur Sorge. Die paar Informationen, die er Harrys alten Kollegen beim britischen Geheimdienst gegeben hatte, würden für eine Verhaftung von Botschafter Kensington reichen. Damit blieb Gordon nur noch eines, was er erledigen musste.

Sein Gewissen hatte er schon vor Jahren verloren. Bei seinem ersten tödlichen Schuss. Beim Militär musste man schnell mit der Waffe sein und durfte nicht lange fackeln, um die Befehle eines Vorgesetzten zu befolgen.

Gordon betrachtete das Bild von Harry auf seinem Schreibtisch. Groß, dünn, volles rotes Haar, das im Wind flatterte. Ein klarer Himmel über seinem kleinen Bruder und der tiefe Pazifik unter ihm. Harry war ein begeisterter Surfer und Segler gewesen.

Dann war Sir Walter Kensington gekommen. Zu viele Schwarzmarktgeschäfte, und der Geheimdienst war ihm auf der Spur gewesen. Beziehungsweise er hatte mit ihm zusammengearbeitet, um zwielichtige Konsuln zu enttarnen, je nachdem, wer die Geschichte erzählte. Aber je mehr Harry über den britischen Botschafter herausgefunden hatte, umso schlechter war seine Meinung über ihn geworden.

Dann war Harry eliminiert worden. Eine Kugel in den Kopf. Alles war vertuscht worden. Beweise waren verschwunden. Sir Walter Kensington war von der Königin als Held gefeiert worden.

Gordon wusste es besser. Es geschah Kensington recht, dass er sein ältestes Kind verloren hatte.

„Das ist Wahnsinn. Harry wäre damit nicht einverstanden. Ganz und gar nicht." Charlottes Worte wiederholten sich in dem wütenden Ne-

bel, der über seinem Denken lag. Aber Harry war nicht da, um Gordons Pläne zu durchkreuzen. Dieses Mal nicht. Deshalb wählte er die Nummer in DC und wartete.

Er würde keine Nachricht hinterlassen. Das wäre zu leicht zurückzuverfolgen. Er würde weiterhin anrufen oder mit dem nächsten Flugzeug in die Staaten zurückfliegen. Sein Ziel wäre die perfekte Verwendung für das Geld des Botschafters. Wie passend. Erpressungs- und Blutgeld, das zu noch mehr Blutvergießen führte.

Es würde Harry nicht wieder lebendig machen, aber es würde eine offene Rechnung begleichen. Und das war alles, was zählte.

* * *

Tom warf einen Blick auf die Nummer des Anrufers, als sein Telefon klingelte. Wieder ein Anruf aus dem Ausland. Seltsam. Aber er hatte an diesem letzten Montag im August nichts Besseres zu tun, als jemanden, der ihm am Telefon etwas verkaufen wollte, zur Schnecke zu machen.

Das war besser, als noch mehr Giftvariationen im Internet zu studieren. Besonders nach seinem ersten gescheiterten Versuch. Dummer Hund. Seine Zeit würde bald kommen.

„Hallo."

„Bin ich hier bei Thomas Perkins?"

Die männliche Stimme klang zu hochgestochen für einen pickeligen Jugendlichen, der versuchte, sein Taschengeld aufzubessern. „Ja. Was kann ich für Sie tun?" Tom setzte sich auf sein Ledersofa und stellte seinen Cocktail ab, während er durch die Programme auf seinem LCD-Bildschirm schaltete.

„Ich möchte Ihnen ein Geschäft vorschlagen."

Tom drückte die Aus-Taste auf der Fernbedienung. „Wer sind Sie, und was für eine Art von Geschäft?" Die Nervenenden in seinem Nacken fühlten sich an, als stünden sie unter Strom.

„Ich fange mit ein paar Fakten an, die Sie vielleicht interessieren werden." Keine Hintergrundgeräusche. Nichts, womit er diesen Anrufer einordnen konnte, nur eine verstellte Stimme. „Gracie Langs Familie ist tot, und ihr übereifriger Privatdetektiv zeigt ein Bild von ihrem Mörder herum."

Tom spuckte den Whiskey auf den Holzboden. „Wer *sind* Sie?"

„Ein Mann, der etwas braucht, das Sie ihm geben können."

Schweißperlen traten ihm auf die Stirn. Wie hatte jemand seine Verbindung zu Gracie Lang herausgefunden? Es wäre besser, die Ruhe zu bewahren und erst einmal in Erfahrung zu bringen, was der Mann wollte. Den Rest würde er früh genug erfahren. „Wie das?"

„Informieren Sie mich über die Sicherheitsmaßnahmen an der Hope Ridge Academy am 8. September. Das ist doch wirklich nicht viel verlangt."

„Warum?" Tom wünschte sich zum millionsten Mal, er hätte die High-Tech-Geräte seiner Mutter, mit denen sie Internetverbrecher aufspürte und Pornoringe zur Strecke brachte. Diese Geräte wären ihm im Moment eine große Hilfe.

„Je weniger Sie über meine Pläne wissen, umso besser. Auf diese Weise müssen weniger Mitwisser beseitigt werden."

Toms Mund fühlte sich so trocken an wie die Sahara. Er musste bei diesem verrückten Telefongespräch irgendwie einen Fuß auf den Boden bringen. „Woher soll ich wissen, dass Sie mich nicht trotzdem töten, wenn ich Ihnen gegeben habe, was Sie wollen?"

„Das können Sie nicht wissen. Aber wenn Sie mir nicht helfen, bleibt Ihnen als Alternative nur, dass Sie alles verlieren, was Ihnen lieb und teuer ist."

„Wie meinen Sie das?"

„Meines Wissens sieht das Gesetz vor, dass betrunkene Autofahrer, die Menschen töten, ins Gefängnis kommen. Besonders solche, die unter Alkoholeinwirkung zwei unschuldige Kinder töten und dann Fahrerflucht begehen."

In Toms Magen lagen jetzt Lavasteine, die jede Zelle zum Glühen brachten. „Was hat das mit mir zu tun?"

„Netter Versuch, aber Ihr Bild auf der Homepage von Hope Ridge hat eine untrügliche Ähnlichkeit mit einer Täterskizze, die ich zufällig entdeckte, als ich den Hintergrund Ihres Lehrkörpers untersuchte. Ich schätze, keiner Ihrer Kollegen hat diesen Bezug hergestellt."

„Warum ich?"

„Der Rest Ihrer Mitarbeiter hat eine saubere Weste. Damit bleiben nur Sie. Sie sind der Einzige mit einem Fleck in der Vergangenheit, den er sich bestimmt etwas kosten lässt."

Tom stand auf und ging vor seinem großen Fenster nervös auf und ab. Einen Ausweg. Er suchte nach einem Ausweg. Sich dieses geheimnisvollen Anrufers zu entledigen würde sich als zu schwierig erweisen. Gracie wäre eine leichtere Zielscheibe. Aber er konnte nicht einmal ihren dummen Hund umbringen. Wie wollte er es schaffen, sie zu beseitigen? Und was würde das schon nützen, wenn dieser Anrufer ihn als den Unfallfahrer identifizieren konnte? Vielleicht sollte er einfach eine Weile verschwinden.

Aber dazu wäre mehr Geld nötig, als er im Moment hatte. Eine Idee brach sich Bahn. Eine Idee, wie er sich gleichzeitig von seinen Fehlern in der Vergangenheit und von künftigen Schwierigkeiten, in die er gerade hineinschlitterte, befreien könnte. Und wie er an Geld käme, das ihm dabei helfen würde, alles zu vergessen.

„Wenn Sie meine Hilfe brauchen, was bieten Sie mir dann als Gegenleistung für meine Hilfe?"

„Abgesehen davon, dass ich Ihre Vergangenheit vergesse und Sie nicht ins Gefängnis bringe?"

Tom schluckte die Galle hinunter, die in seiner Kehle aufsteigen wollte. „Ich könnte alles leugnen. Außerdem bin ich Ihr einziger Weg in die Hope Ridge Academy. Ich bringe Sie hinein, und danach helfen Sie mir zu verschwinden."

Schweigen.

Tom hielt den Atem an.

„Ich biete Ihnen zwei Millionen Dollar. Wenn alles läuft wie geplant, hören Sie nie wieder von mir."

„Drei Millionen, eine im Voraus, und keine weiteren Fragen", sagte Tom. „Wenn ich das Geld habe, schicke ich Ihnen die Sicherheitspläne und Codes, mit denen Sie für einen Tag auf unserem Schulgelände ein und aus gehen können." Er wollte nicht wissen, was der Mann vorhatte.

„Gut. Ich schicke Ihnen morgen die nötigen Kontodaten, damit Sie Zugang zu Ihrem neuen Bankkonto haben. Das Gleiche wiederholen wir, wenn meine Arbeit erledigt ist."

Tom konnte die Neugier, die an ihm nagte, nicht unterdrücken. „Warum September?"

„Drei Millionen und keine weiteren Fragen. Das ist die Abmachung."

„Ja. Aber im September, besonders in der ersten Schulwoche, sind die Sicherheitsmaßnahmen besonders hoch und ändern sich auch kurzfristig, bis sich alle Schüler an die neuen Stundenpläne gewöhnt haben. Der Oktober wäre besser."

Schweigen.

Der zusätzliche Monat würde ihm helfen, etwas über die Identität dieses Mannes in Erfahrung zu bringen. Und er hätte mehr Zeit, einen Ausweg aus diesem Schlamassel zu planen.

Tom hatte drei Menschen getötet, aber das war ein Unfall gewesen. Das jetzt ... dieses Geschäft hatte ein anderes Kaliber.

Er lehnte sich in seinem Sofa zurück und nahm einen großen Schluck von seinem Cocktail. Wenn er zu unruhig wirkte, könnte sich das bei diesem Anrufer als fataler Fehler erweisen.

„Gut", sagte der Mann. „Also Oktober. Sie hören wieder von mir."

Ende des Gesprächs.

Und Ende seiner Hoffnung auf eine schnelle und leichte Lösung seines Problems. Es war nicht mehr einfach. Aber das Hauptproblem war das Gleiche geblieben.

Gracie Langs lästige Suche nach Antworten.

Kapitel 21

Ein Dauerlauf am Samstagmorgen im Chinquapin-Park war genau das, was der Arzt angeordnet hatte.

Beziehungsweise in Jakes Fall der Tierarzt. Gracie atmete die frische Luft tief ein. Zwei Wochen waren seit Jakes Notfall vergangen, und sie wollte diese furchtbare Erfahrung hinter sich lassen und zu ihrem normalen Bewegungstraining zurückkehren.

Sie band ihre Tennisschuhe und kraulte ihrem Hund liebevoll den Kopf, bevor sie gemütlich im Park auslaufen würden.

Letzte Woche hatten Mom und Dad vorgeschlagen, dass sie nach Atlanta zurückkehren sollte, damit sie sich um Jake kümmern konnten, wenn sie zur Arbeit ging. Beth hatte gesagt, sie solle diese Nacht in der Tierklinik vergessen und allen Mut zusammennehmen und Steven anrufen.

Gracie konnte sich keines von beidem vorstellen. Nicht dass sie es nicht versucht hätte. Oder wenigstens daran gedacht hätte. Aber sie konnte nicht vergessen, wie knapp Jake mit dem Leben davongekommen war. Steven würde sie nicht anrufen. Sie hatte gehofft, er würde sich bei ihr melden.

Aber es kam nichts. Kein Anruf und keine E-Mails, keine Erklärung, warum er die Verabredung abgesagt hatte.

Sie blieb stehen und trank einen großen Schluck aus ihrer Wasserflasche. Nach Georgia wollte sie nicht zurückziehen. Noch nicht. Sie freute sich auf das bevorstehende Schuljahr. Irgendwann würde sie vielleicht sogar Steven treffen und sie könnten miteinander sprechen.

Der Tierarzt hatte ihr nicht erklären können, was passiert war. Die mysteriösen Blutwerte machten Dr. Gregg keine Bedenken, da die restlichen Untersuchungen ergaben, dass Jake kerngesund war. Und Justin meinte anscheinend, ihre Angst, jemand wolle ihrem Hund etwas antun, sei lächerlich. Aber er hatte das nicht direkt gesagt. Er hatte vorgeschlagen, sie solle Steven anrufen und sich eine Alarmanlage einbauen lassen, wenn sie dann nachts besser schlafen könnte.

Gracie blieb stehen und schaute die watteartigen weißen Kumuluswolken an, die den blauen Himmel überzogen. Doch dann erregte ein bekanntes Zweiergespann von Kesslermännern ihre Aufmerksamkeit.

Sie gaben ein wunderbares Bild ab, wie sie auf der Wiese Frisbee spielten und miteinander lachten.

Jake zog an der Leine, bis er neben dem Picknickbereich war. Weit genug weg, um nicht bemerkt zu werden. Aber nahe genug, um die beiden zu beobachten.

Traurigkeit ergriff sie. Die Hoffnung, dass sie eines Tages Teil einer solchen Szene mit Steven und James wäre, zehrte an ihrem Herzen.

Steven stand mit dem Rücken zu ihr, aber ihr entging nicht, wie gut er in seinem roten T-Shirt und seiner Jeans aussah. Als sie sich unauffällig umschaute, stellte sie fest, dass auch einige andere Frauen diesen Anblick genossen.

James' lautes Rufen riss Gracie aus ihrem Tagtraum. „Mrs Lang, Mrs Lang. Kommen Sie und spielen Sie mit uns Frisbee!“ Mit einem fröhlichen Lachen sprintete er an Steven vorbei und ging vor Jake in die Hocke. „Wie heißt er?“

„Hallo, James.“ Sie bückte sich auf Augenhöhe zu dem Jungen und kraulte ihrem Hund den Kopf. „Er heißt Jake.“

Ihr Golden Retriever leckte dem Jungen das Gesicht ab und ließ sich von ihm gern streicheln und umarmen.

Steven wischte sich die Hände an seiner Jeans ab und schlenderte dann mit einem Lächeln, bei dem ihre Zehen kribbelten, auf sie zu. „Gracie.“

Sie stand so schnell auf, dass ihr schwindelig wurde.

Er hielt sie fest. „Ich habe dir eine E-Mail geschrieben, aber du hattest anscheinend keine Zeit, mir zu antworten.“

Sie blinzelte einige Male, bevor sie ganz begriff, was er gesagt hatte. Er hatte ihr eine E-Mail geschrieben? „Ich habe nichts von dir bekommen. Bei meinem Server muss wohl versehentlich etwas gelöscht worden sein. Warum hast du nicht angerufen?“ Ihr wurde ganz warm.

Er warf James die Frisbeescheibe zu. „Hey, kleiner Mann. Was hältst du davon, wenn du probierst, ob Jake die Scheibe fangen kann?“ Steven schaute ihr in die Augen. „Natürlich nur, wenn dir das recht ist?“

„Natürlich.“

Sie löste die Leine und schaute zu, wie Hund und Junge auf die Wiese liefen. Sie hatte nicht damit gerechnet, dass ihr Magen mit so großer Wucht reagieren würde. Aus dem Augenwinkel beobachtete sie, wie Stevens Lächeln breiter wurde.

„Ich muss James einen Hund kaufen. Er liebt Tiere.“

Sie spielte mit ihrem goldenen Medaillon.

„Es tut mir wirklich leid, dass ich nicht angerufen habe, Gracie. Ich wollte, aber beruflich ging es richtig rund, und ich … na ja, ich dachte, du würdest zurückschreiben. Als du nicht geantwortet hast, habe ich einfach nicht gemerkt, wie die Zeit verging."

„Ist schon okay." Sie betrachtete das Gras unter ihren Füßen.

Steven beugte sich vor, um ihr in die Augen schauen zu können. „Nein, das ist es nicht. Ich hätte anrufen sollen. Es ist nicht so, dass ich dich nicht wiedersehen wollte. Ich hoffe, das weißt du."

Gracie wollte am liebsten so tun, als wären die letzten drei Wochen nicht gewesen und als säßen sie und Steven immer noch im Morrison House bei einem wunderbaren Essen und unterhielten sich angeregt. In diesen wenigen, kurzen Stunden war alles viel weniger kompliziert gewesen.

Bevor klingelnde Handys und die hässliche Seite des Lebens alles unterbrochen hatten.

Die Wärme von Stevens Hand, die sich um ihre Hände legte und zärtlich ihre Finger streichelte, ließ sie aufblicken. „Ich hoffe, du gehörst zu den Menschen, die an eine zweite Chance glauben."

„Das wäre jetzt aber schon die dritte."

Steven lachte, ließ aber ihre Hand nicht los.

„Hey, Dad. Komm spielen." James kam angelaufen und Steven ließ ihre Hand los. „Kommen Sie auch mit, Mrs Lang? Es macht bestimmt mehr Spaß, wenn Sie mitspielen."

James' blaue Augen funkelten wie die seines Vaters. Wie sollte sie da widerstehen?

* * *

Steven schaute zu, wie Gracie und James den Hund über den ganzen Picknickbereich jagten und dann wieder einen Bogen zurückschlugen. Ihr Pferdeschwanz hüpfte bei jeder Bewegung.

„Kann ich mein Wasser haben, Dad?" James ließ sich auf die Betonbank fallen, auf der ihr Picknickkorb stand, den Sue ihnen gepackt hatte, bevor sie die beiden aus dem Haus geschickt hatte.

Gracie und Jake standen auch neben dem Tisch und rangen nach Luft.

„Drei Wasser. Kommt sofort." Steven verteilte die eiskalten Flaschen.

James trank gierig und ging dann wieder spielen. Jake lief sofort hinter dem Jungen her.

„Ich bin froh, dass es Jake wieder gut geht. Justin sagte, er hat dir einen großen Schrecken eingejagt."

Gracie spielte mit ihrem Goldmedaillon, eine Angewohnheit, die ihm schon früher aufgefallen war. Eines Tages wollte er sie danach fragen. Aber im Moment erschien ihm eine solche Frage ein wenig zu persönlich.

„Ja. Der Tierarzt sagte, es sei eine Art Krampfanfall gewesen. Aber er hat keine Erklärung, warum es dazu kam oder ob es wieder vorkommen wird."

„Könnte es sein, dass er zu wenig getrunken hatte?"

„Vielleicht." Gracie schaute ihm in die Augen. „Ich würde lieber nicht darüber sprechen, wenn es dir nichts ausmacht."

„Klar." Er verteilte drei Teller und legte Sandwiches darauf. „Leistest du uns beim Essen Gesellschaft?"

„Ihr habt für drei gepackt?"

Steven schmunzelte. „Mehr oder weniger. Sue packt immer eine Extraportion ein, weil sie hofft, dass wir entweder alles aufessen oder einen neuen Freund finden, den wir einladen können."

„Das klingt, als wäre sie eine wunderbare Frau. Sie kümmert sich um euch beide, wenn ich James' Familiengeschichte richtig in Erinnerung habe." Gracie nippte an ihrem Wasser.

„Habe ich mich eigentlich je richtig dafür entschuldigt, dass ich an jenem Tag so spät kam?" Nach dem Anruf wegen Ryan konnte Steven sich an kaum etwas von jenem Tag erinnern. Außer an Gracies Lächeln.

Sie zuckte die Achseln. „Das weiß ich nicht mehr."

Er sah, wie sie leicht errötete, bevor sie den Kopf wegdrehte und ihren Blick auf James und Jake richtete, die immer noch mit der Frisbeescheibe spielten. Aus irgendeinem Grund gab ihr Erröten Steven das Gefühl, wichtig zu sein. Als wäre ihr wichtig, was er tat. Dieses Gefühl gefiel ihm.

„Was für ein kuscheliges, kleines Bild", zischte eine Frauenstimme hinter ihm.

Steven verkniff sich eine Antwort. Er drehte sich um und sah seine Exfrau, die in einem knappen Topp und einer engen, kurzen Hose neben ihm stand. Sie verschränkte die Arme vor sich und grinste böse.

Gracie schaute ihn mit großen Augen an.

Wie in aller Welt sollte er mit diesem Minenfeld fertig werden?

Angela nahm ihm die Entscheidung ab. „Sind Sie eine von Stevens Freundinnen?“ Sie schaute Gracie von Kopf bis Fuß abfällig an.

Gracie band ihren Pferdeschwanz und stand auf. „Ja. Gracie Lang. Und Sie sind?“

Angela setzte ihr professionelles Anwaltslächeln auf. „Angela Barrett Carter. Freut mich, Sie kennenzulernen.“ Sie drehte sich zu ihm herum. „Ich will eure kleine Party nicht stören. Dein Dad hat nur gemeint, dass ich euch hier finden würde. Deshalb dachte ich, ich bringe mich ein wenig in Form, bevor ich versuche, mit dir zu reden.“

Gracie strich ihr weißes T-Shirt glatt. „Ich muss gehen. Danke für das Essen, Steven.“ Gracie drehte sich zu Angela herum und brachte ein schnelles Lächeln zustande. „Es war nett, Sie kennenzulernen.“

„Ich rufe dich bald an, Gracie“, sagte Steven.

Aber sie ging weg, ohne ihm eine Antwort zu geben. Gracie vergrößerte mit einigen langen Schritten den Abstand zwischen ihnen. Dann ging sie in die Hocke und sprach mit James, während sie Jake wieder seine Leine anlegte.

„Sie ist attraktiv. Auf eine hausbackene, unscheinbare Art.“

Steven ballte die Fäuste. „Hör auf, Angela. Mein Leben geht dich nichts an.“

„Aber mein Sohn geht mich etwas an.“

Das Eis, das sich zwischen ihnen bildete, ließ sie beide an der Stelle, an der sie standen, erstarren, während ihre Augen James verfolgten, der Gracie zu ihrem Auto begleitete.

„Heb dir das fürs Gericht auf.“ Steven trat vor seine Ex und versperrte ihr den Blick auf ihren Sohn. „James weiß nicht, wer du bist, und ich will, dass es so bleibt. Aber wenn du darauf bestehst, immer wieder so in unser Leben zu platzen, dann lasse ich ihn wissen, was für ein Mensch du bist.“

Ihr finsterer Blick sprach Bände. „Das würdest du nicht wagen.“

Er knirschte mit den Zähnen. Würde er es wagen?

„Sieht so aus, als wäre deine Freundin erst einmal fort.“ Sie legte den Kopf schief.

„Eifersüchtig, Angela?“

„Soll ich James sagen, wer ich bin?“

Sein Sohn winkte Gracie nach, als sie wegfuhr. Dann drehte er sich zum Picknickbereich um und kam direkt auf sie zu.

Steven schob das Kinn hart vor. „Ich will, dass du gehst. Sofort."

James trat neben ihn und nahm seine Hand. „Hallo. Ich bin James. Kennen Sie meinen Daddy?"

Steven hielt den Atem an und kniff die Augen zusammen.

Dieses Mal reagierte Angela auf seine Warnung. „Hallo, James. Freut mich, dich kennenzulernen." Ihre Augen blinzelten schnell. „Ich habe deinen Vater früher gut gekannt. Aber lass dir von ihm mehr darüber erzählen, wenn du willst."

Sie blieb stehen und betrachtete jedes Detail an James' Gesicht. Steven konnte im Kinn seines Sohnes und in seinen hohen Wangenknochen die Ähnlichkeit mit Angela sehen.

Sein Magen rumorte.

James trat gegen einen Kieselstein vor seinen Füßen.

„Wolltest du nicht gehen?" Steven schluckte die anderen Worte, die er gern gesagt hätte, hinunter.

Angela lächelte ihren Sohn an. „Tschüss, James. Ich hoffe, wir sehen uns wieder. Bald." Sie drehte sich auf dem Absatz um und begann, langsam und beherrscht über das Picknickgelände zu joggen und lenkte ihre Schritte dann auf den Weg zurück.

Steven schaute ihr nach, bis sie zwischen den riesigen Eichen verschwunden war, die den Fußweg säumten.

„Wer war diese Frau, Daddy?"

„Eine alte Bekannte." Er zerzauste James die Haare und deutete zum Picknicktisch. Jetzt war nicht der richtige Zeitpunkt, die tickende Zeitbombe zu erklären, die seine Exfrau in Gang gesetzt hatte.

Sie machten sich schweigend über ihre Sandwiches her. Wie viel Zeit blieb ihm noch, bis ihm alles um die Ohren flog?

Kapitel 22

Maria Grivens ging hinter Victoria und Lady Kensington her, als sie zum ersten Mal gemeinsam die Hope Ridge Academy betraten; vorbei an lärmenden Kindergartenkindern und missmutigen Teenagern passierten sie die Sicherheitskontrolle. Victoria trat leise und bedächtig durch das Metalltor. Sie wirkte starr und leblos.

Aus Lady Kensingtons früher funkelnden Augen war aller Glanz gewichen.

Marias Herz zog sich zusammen. Olivia war nicht nach Hause gekommen, und die graue Wolke der Trauer hing über jedem Einzelnen in der britischen Botschaft. Nicht einmal der erste Schultag – ein Tag, nach dem Victoria vor Olivias Beerdigung stündlich gefragt hatte – konnte dem kleinen Mädchen ein Lächeln entlocken.

Vielleicht würden neue Freunde und Gracie Lang es schaffen, ihr neuen Lebensmut zu geben.

Kinder mit großen Augen und gestresste Eltern schwärmten um sie herum, während sie schweigend durch den langen Gang zu Gracies Klassenzimmer gingen.

Gracie winkte einem anderen Elternteil zu und lächelte dann Maria an. „Guten Morgen, Lady Kensington. Hallo, Victoria." Sie beugte sich nach unten, bis sie dem kleinen Mädchen in die Augen schauen konnte. „Ich freue mich so sehr, dass du heute hier bist."

Victoria machte einen kleinen Knicks. „Danke, Mrs Lang."

Lady Kensington umarmte Victoria einen langen Moment. Dann nickte sie schnell und strich ihren schwarzen Rock und ihre einfache weiße Bluse glatt, bevor sie sich zum Gehen wandte. Ein Monat war seit der Ermordung ihrer Tochter vergangen, und die Trauer war immer noch ihr ständiger Begleiter.

Maria schluckte schwer. Sie hatte sich emotional zu sehr auf diesen Fall eingelassen. Wenn sie sich noch mehr hineinziehen ließe, müsste sie ihn abgeben. Victorias Sicherheit war wichtiger als Marias Mitgefühl für diese leidende Familie.

Sie folgte Victoria ins Klassenzimmer.

Gracie berührte sie lächelnd am Arm. „Dir auch einen guten Morgen, Maria. Es ist schön, dich zu sehen."

Aufgrund der jüngsten Entwicklungen in diesem Fall waren die Pläne des Geheimdienstes, Maria als Assistentin der Lehrerin im Klassenzimmer mitarbeiten zu lassen, geändert worden. Jetzt standen sie und Agent John Reynolds im Raum Wache. Jeden Tag sollten sie unauffällig Wache halten und wie stumme Statuen dastehen.

Victoria klammerte sich an Marias Hand, und Tränen liefen über ihre weißen Wangen. „Ich will nach Hause. Bitte, darf ich nach Hause, Maria?"

Sie blinzelte und schaute John an, der sich nicht rührte.

Die Stimme ihres Vorgesetzten knackte in ihrem Ohrstöpsel. „Negativ. Sie bleibt heute hier."

Maria hasste die Anweisungen. Keine Gefühle. Nur die kalte Realität, dass sie eine Arbeit zu erledigen hatten und dass sie gemacht würde, auch wenn Victoria vor Trauer um ihre Schwester fast verging.

Maria kniete nieder und wurde sofort von dem kleinen Mädchen umarmt. „Wir müssen eine Weile hierbleiben, Tori. Machen wir das Beste daraus, okay?"

Victoria schniefte. „Ja, Madam."

Ein kleiner Junge mit sandbraunen Haaren und leuchtenden blauen Augen kam zu Victoria. „Hallo. Ich bin James. Hast du Lust, mit mir ein Puzzle zu machen?"

Victoria schaute auf. Ihre Augen, in denen Tränen standen, baten Maria um Erlaubnis. Maria nickte.

Die beiden gingen los.

Maria betrachtete Gracies Zimmerdekoration für die erste Schulwoche. Ihre Diddle-Poster und ausgeschnittenen Kühe und Monde umgaben die aufgeregten Kinder, die das Zimmer füllten und ihre Schränke fanden, in denen sie ihre Rucksäcke verstauen konnten. Als die Kinder aufgefordert wurden, nach oben zu schauen, fand jeder seinen Namen in Schönschrift auf einem leuchtenden Stern, der von der Decke baumelte.

„Da bin ich!" Die kleinen Mädchen und Jungen deuteten kichernd zu ihren Sternen hinauf und buchstabierten für ihre neue Lehrerin ihren Namen. Gracie lächelte und schaute jedem Erstklässler in die Augen, während sie sprach.

Verfolge deinen Traum. Greif nach deinem Stern. Als Maria das Banner über der Tafel las, wünschte sie, sie hätte am Anfang ihrer Schulzeit auch eine solche Lehrerin gehabt. Von der Bücherecke mit den Stofftieren über die unzähligen Puzzles und Rechenspiele, die alle zum Thema des Kinderliedes passten, waren die Kinder hier bestens aufgehoben. Sie würden mit ihren neuen Freunden lernen und sich in künftigen Jahren gern und liebevoll an ihre Lehrerin aus der ersten Klasse erinnern.

Nach einer gewissen Zeit verwandelte sich der Zoo aus zappeligen Kindern in eine stille, ordentliche Gruppe von Schülern, von denen jeder auf einer leuchtend bunten Teppichecke saß und ihr wie gebannt zuhörte, während sie *Gute Nacht, Mond* vorlas.

Maria schaute von ihrem Stuhl neben der Tür auf. Hin und wieder nickte sie und lächelte sogar, wenn Kinder in ihre Richtung schauten. Aber John blieb steif wie ein britischer Wachmann vor dem Buckingham Palace stehen, während seine Augen jede Bewegung sowohl innerhalb als auch außerhalb des Klassenzimmers verfolgten.

Gracies Klassenzimmer war das letzte auf dem Gang und hatte eine Tür, die nach draußen führte. Das war gut für den Fall, dass ein Fluchtweg nötig war, aber schlecht, weil dadurch ein weiterer möglicher Eingang gesichert werden musste. Außerdem störte sie die schlechte Sicht wegen der großen Eichen und der dichten Sträucher, die das kleine, offene Gelände gleich vor der Tür säumten. Aber die riesigen Fenster gewährleisteten in den Pausen gute Sicht.

Maria gähnte fast, als Gracie am Ende ihrer Geschichte die Hand vor den Mund hielt und sich schlafend stellte. Fünfzehn kleine Handpaare machten es ihr nach. Was für eine herrliche Methode, alle zur Ruhe zu bringen, ohne sie anzuschreien, dass sie sich hinsetzen und still sein sollten.

Zur Vorstellungsrunde an diesem Morgen gehörte es, dass alle ihr Lieblingsgedicht aufsagten und ihren Namen und ihr Alter nannten.

„Ich bin James Kessler und mein Lieblingsgedicht ist ‚Mäh Mäh, Schwarzes Schaf', weil der kleine Junge die Wolle weggibt, um seinen Nachbarn zu helfen."

Gracie reichte James eine weiße Wolldecke. „Das ist herrlich, James. Möchtest du dich verkleiden und dein Gedicht aufsagen?"

In weiße Wolle eingehüllt, sagte Stevens Sohn das kurze Gedicht auf und mähte so gut, wie Maria es seit Jahren nicht mehr gehört hatte.

Als Victoria an die Reihe kam, hielt Maria den Atem an. Das Mädchen hatte außer einem Puzzle mit James noch nicht viel gemacht. Und sie hatte mit perfekter Haltung schweigend auf ihrem Platz gesessen, während die restliche Klasse wie normale Sechsjährige herumtollte.

„Mein Name ist Victoria Kensington. Mein Lieblingsgedicht ist Humpty Dumpty. Aber ich finde es nicht schön, dass sie ihn nicht wieder zusammensetzen konnten."

Gracie traten Tränen in die Augen.

Maria nahm sich vor, mit Lady Kensington noch einmal über eine Maltherapie für Victoria zu sprechen. Das kleine Mädchen brauchte eine kindgerechte Form, um den Schmerz zu verarbeiten, den sie wie einen schweren Mantel mit sich herumschleppte.

„Victoria, was hältst du davon, wenn du uns dein Gedicht aufsagst, und dann können wir als Klasse unser ganz besonderes Humpty-Dumpty-Puzzle wieder zusammenbauen."

Selbst Agent Reynolds Gesicht wurde weicher, als er hörte, wie einfühlsam Gracie auf das kleine Mädchen einging.

Maria sagte ein stilles *Danke*, als ihr und Gracies Blick sich begegneten.

Gracie strahlte.

Der Vormittag verging zu Marias Überraschung wie im Flug. Ihre Kollegen konnten sie aufziehen, soviel sie wollten, aber dieser Auftrag war einer der wenigen, die sie jeden Tag genießen würde.

Hope Ridge war genau so, wie Steven Kessler gesagt hatte: Perfekt.

Während die Kinder mit Gracies Rechensteinen arbeiteten, trat Maria zu Gracie ans Pult.

„Man sollte nie unterschätzen, wie viel eine gute Lehrerin ausrichten kann", flüsterte Maria ihrer Freundin zu. „Du bist so liebevoll auf Victoria eingegangen. Danke. Unter deiner Fürsorge kann sie sich wirklich erholen."

„Ich bete dafür, Maria. Sie ist ein wunderbares Kind." Gracie machte sich eine Notiz in ihrem Unterrichtsplan, mehr Malaktivitäten einzubauen, und behielt dabei die ganze Zeit die vier Tische in der Mitte ihres Klassenzimmers im Auge.

Gracie würde einen guten FBI-Agenten abgeben.

John und die anderen Kollegen, die für Victorias Sicherheit zuständig waren, taten alles, um das Mädchen zu beschützen. Aber als sie aus den großen Klassenzimmerfenstern auf das Grün der Bäume schaute, drängte sich ihr unwillkürlich die Frage auf, wie lange diese Idylle noch so bleiben würde.

Victoria fing bereits an, aus ihrem Schneckenhaus herauszukommen, und darüber war Maria sehr froh.

Trotzdem ließ sie das Gefühl nicht los, dass bald wieder etwas passieren würde.

* * *

Gracie winkte zum Abschied ein wenig müde, als Maria und John mit dem Kindermädchen der Kensingtons das Klassenzimmer verließen.

„Bis morgen, Mrs Lang!“ Victoria winkte ihr auch und hüpfte den Gang hinab.

Wenn nur Victorias Mutter das Mädchen jetzt sehen könnte. Was für ein Gegensatz zu der reservierten kleinen Diplomatin, die an diesem Morgen in ihr Klassenzimmer gekommen war. Das verdankte sie zum großen Teil James Kessler.

Gracie schaute ihm zu, wie er alle Puzzles einsammelte und sie in das Holzregal neben dem Lehrerpult räumte. Der liebe Junge war genau so, wie sie sich ihren kleinen Joshua mit sechs Jahren vorgestellt hatte.

Vorsicht. Sie hasste es, wie leicht ihr Herz manchmal in Tagträume versank. Und dass bestimmte Themen immer wieder auftauchten. Funkelnde blaue Augen und ein Grinsen, bei dem ihre Zehen kribbelten, standen ganz oben auf der Liste.

Beth wäre begeistert. Aber sie wusste noch nichts von der Begegnung im Park und der schwarzhaarigen Alarmglocke, die ein wunderbares Samstagpicknick unsanft beendet hatte.

Oder von dem Entschluss, den Gracie daraufhin getroffen hatte. Sie war froh, dass sie Steven an diesem Morgen nicht gesehen hatte.

Eltern und Kindermädchen kamen nach und nach und holten die Kinder ab. Das lenkte ihre Gedanken ab, aber ihr Gesicht tat von dem vielen Lächeln schon ganz weh.

„Mrs Lang. Für Sie. Ein Bild.“ Akemi, die Adoptivtochter eines Senators, senkte den Kopf und wartete auf ihre Reaktion.

Gracie ging in die Hocke und ergriff ihre Hand. „Das ist eine wunderschöne Rose, Akemi. Darf ich sie ans Schwarze Brett hängen?“

Der kurz geschnittene Bubikopf des kleinen Mädchens hüpfte, als sie nickte. „Oh ja. Danke." Sie kehrte zum Zeichentisch in der Mitte zurück und kicherte bei einem Tic-tac-toe-Spiel mit ihrer neuen Freundin, Susannah Rollins.

Gracie schaute zu, wie Susannahs feuerrote Locken beim Spielen aus ihren weißen Spangen herausrutschten. Die Tochter von Stevens Partner war das genaue Abbild ihrer Mutter Sara und lächelte genauso ungezwungen wie Agent Rollins beim ersten Mal, als Gracie ihn kennengelernt hatte.

Sie hätte die Familie Rollins gern einmal außerhalb der Hope Ridge Academy getroffen. Aber das stand nicht mehr zur Debatte. Dank Akemi, Susannah und Victoria waren Gracies Tage jedoch mit schön gemalten Blumengeschenken und höflichem Benehmen gefüllt.

Ein Klopfen ertönte an der Tür. *Bitte, lass das nicht Steven sein.*

Sie öffnete die Tür. Ihr stockte der Atem, und sie zwang sich zu einem Lächeln. „Hallo, Steven."

„Hallo, Gracie." Er schaute ihr forschend in die Augen. „Ich würde gern eine Minute mit dir sprechen, wenn das möglich wäre."

Ein Teil ihrer Arbeit bestand aus kurzen, spontanen Eltern-Lehrer-Konferenzen mit besorgten Eltern an der Tür. Sie hatte die üblichen Fragen wie „Hat sie lange geweint, nachdem ich weg war?" bis zu übereifrigen Erkundigungen über die schulischen Leistungen der Kinder, „Mein Sohn hat heute nur glatte Einsen geschrieben, ja?", hinter sich. Gracie versuchte, alle Eltern zu trösten und zu beruhigen und ihre Liebe zu ihren Kindern zu fördern.

Aber mit Steven zu sprechen war beunruhigend, und das hatte nichts mit seinem Sohn zu tun, sondern einzig und allein damit, dass ihre Entschlossenheit ins Wanken geriet, als sie in seine gequälten blauen Augen schaute.

„Ich habe das Gefühl, ich habe schon viel zu oft ‚es tut mir leid' sagen müssen." Er fuhr sich mit der Hand durch sein dichtes braunes Haar. „Letzten Samstag im Park habe ich ..."

Sie hielt eine Hand hoch. „Du schuldest mir keine Erklärung, Steven. Ich denke, wir sollten uns lieber auf James konzentrieren." Sie warf einen Blick über die Schulter ins Klassenzimmer. „Er ist ein wunderbarer kleiner Junge, und ich bin sehr dankbar, dass er in meiner Klasse ist."

Steven biss die Zähne zusammen. Eine Kopie des letzten Blickes, den sie am Samstag bei ihm gesehen hatte.

„James hat sich mit allen seinen Klassenkameraden schnell angefreundet und er war besonders nett zu Victoria. Ich glaube, das wird für die beiden ein gutes Jahr werden."

„Mit dir als Lehrerin ganz bestimmt."

Das Kompliment brachte ihre Wangen zum Glühen. Ihre Entschlossenheit geriet immer mehr ins Wanken. „Danke. Ich hole seine Sachen."

Steven berührte ihre Hand. „Diese Frau war Angela. Meine Exfrau. Ich wollte sie nicht dort haben, Gracie."

Sie schluckte den Kloß, der in ihrer Kehle aufstieg, hinunter und baute die Mauer um ihr Herz höher. Auf keinen Fall wollte sie zwischen Steven und der Exfrau stehen, deren Blicke Stahl zerschneiden konnten. Dieselbe Frau, die immer noch starke Gefühle in ihrem Exmann weckte.

Liebe und Hass waren nicht Gegensätze. Liebe und Gleichgültigkeit waren Gegensätze. Und Steven war genauso weit davon entfernt, dieser Frau gegenüber gleichgültig zu sein, wie ein Faultier davon entfernt war, schnell zu sein.

„Es tut mir leid, Steven." Sie umklammerte mit weißen Fingerknöcheln die Tür.

„Ich würde es dir gern erklären. Darf ich dich heute Abend anrufen?"

Thomas Perkins kam durch den Gang stolziert und schaute sie streng an. Der stellvertretende Rektor wurde steif, als er vor Steven stehen blieb. „Gibt es ein Problem, Mrs Lang?"

„Nein, Sir. Ich wollte gerade James holen."

Gracie wandte sich von der Tür und von Steven ab, der erneut die Zähne zusammengebissen hatte. Sie hörte die knappen Worte ihres Vorgesetzten, der etwas von Anstand und Trennung von Privatleben und Beruf sagte, und wand sich innerlich. Vielleicht sollte sie Steven noch eine Chance geben. Ihm wenigstens zuhören, ihn erklären lassen, was seine faszinierenden Augen in glühende Laserpfeile, aus denen ein tiefer Schmerz sprach, verwandelt hatte.

Sie und James gingen zur Tür und sammelten unterwegs seine Kunstprojekte ein.

„Daddy!" James rannte in die ausgebreiteten Arme seines Vaters.

„Hey, kleiner Mann. Ich habe gehört, dass du einen wunderbaren ersten Schultag hattest." In Stevens Augen, die auf seinen Sohn gerichtet blieben, kehrte ein wenig von ihrem früheren Leuchten zurück.

Mr Perkins drehte sich auf dem Absatz um und ließ sie ohne ein Wort stehen.

„Das mit Mr Perkins tut mir leid."

Er setzte James auf seine Hüfte, und in seinem Gesicht war nicht das geringste Lächeln zu finden. „Kein Problem. Auf Wiedersehen, Mrs Lang."

„Tschüss, Mrs Lang." James winkte. „Bis morgen!"

Gracie winkte wie ein Roboter und hielt den Atem an, bis die beiden auf dem Gang verschwunden waren. Tränen wollten sich Bahn brechen. Stevens höfliche, aber unüberhörbare Absage wiederholte sich in ihrem Kopf, während sie ihre Zimmertür schloss.

So viel zu zweiten Chancen.

Kapitel 23

Die Telefonkonferenz am frühen Donnerstagmorgen mit dem britischen und dem amerikanischen Geheimdienst brachte Stevens Chef in Rage.

Steven lehnte sich auf seinem Lederstuhl im Konferenzraum zurück und schmunzelte innerlich darüber, wie die Briten immer mehr zurückruderten, als der Abteilungschef richtig loslegte.

„Sie wollen mir also sagen, Sie seien berechtigt gewesen, meinen Agenten, die eine Bundesermittlung durchführten, Informationen vorzuenthalten?“, polterte Agent Maxwell in den großen Videobildschirm. Clint und Michael schauten starr geradeaus und sagten nichts.

Der ehrenwerte Sir Peter Barnstable schloss die Augen und holte tief Luft, bevor er antwortete. „Agent Maxwell, Ihnen ist bewusst, dass wir ähnliche Vorschriften haben wie Ihre amerikanischen Geheimdienste, was den Datenschutz betrifft.“

„Meine Agenten forderten am elften August Informationen über Harry Landridge an und bekamen gesagt, er wäre eines natürlichen Todes gestorben, nachdem er jahrelang als heldenhafter Büroangestellter Ihres Geheimdienstes gearbeitet hätte. Jetzt sagen Sie mir, dass er in Wirklichkeit im Einsatz als Geheimdienstagent getötet wurde, als er Waffengeschäfte untersuchte, in die, wie Sie jetzt glauben, Botschafter Walter Kensington involviert war? Derselbe Botschafter, bei dem wir wegen der Entführung und des Todes seiner Tochter ermitteln?“

„Ja.“

„Agent Kessler, was hat man Ihnen über den Botschafter gesagt?“ Das Rot in Maxwells Gesicht wurde mit jeder Sekunde dunkler.

Steven klappte seine Akte zu dem Fall auf. „Dass die Ermittlungen gegen Sir Walters Konsuln zufriedenstellend abgeschlossen worden seien, dass der Botschafter aus einer sehr vermögenden Familie stamme und dass alle weiteren Untersuchungen seines Charakters unnötig seien.“

„Das wurde uns gesagt, *nachdem* uns mitgeteilt worden war, dass keine der Bemerkungen über Schwarzmarktgeschäfte im Zusammenhang mit der Lösegeldforderung für unsere Ermittlungen relevant sei“, sagte Michael zu Agent Maxwell und verschränkte dann die Arme und schaute finster auf den Videobildschirm.

„Unsere neuen Informationen wurden erst vor kurzem bestätigt …“

„Es wird höchste Zeit, dass Sie uns reinen Wein einschenken.“ Maxwell stand auf und deutete mit dem Finger auf den arroganten britischen Beamten. „Welche Informationen haben Sie jetzt genau?“

Bei Sir Peters steinerner Miene spannte sich Stevens Gesicht an.

„Da unser Geheimdienst diesen Fall jetzt neu aufrollt, können wir Ihrer Anfrage nach weiteren Informationen nicht nachkommen. Es handelt sich hierbei um eine britische Sicherheitsangelegenheit. Aber um Ihrer Regierung entgegenzukommen, benachrichtigen wir Sie über die Ergebnisse unserer Ermittlungen.“

Maxwell stapfte aufgebracht durch den Konferenzraum. „Sie werden viel mehr tun.“

Sir Peter öffnete den Mund, um etwas zu erwidern, aber Steven hob die Hand. „Sir Barnstable, wir verstehen, dass Sie laufende Ermittlungen haben, aber wir haben einen Mordfall, der auf amerikanischem Boden passierte und den wir aufklären müssen. Wir brauchen alle verfügbaren Informationen, um den Mörder fassen zu können.“

Es war gut, dass die Briten auf der anderen Seite des großen Teichs waren, denn ihr langes Schweigen weckte Maxwells Blutdurst.

Clints gesenkter Kopf wurde von keinem anderen im Raum bemerkt. Steven wusste nicht, was er von der Art seines Partners, diese Auseinandersetzung zu lösen, halten sollte. Aber er hoffte, sein Gebet half weiter.

Die Briten raschelten mit Papieren und einige Geheimdienstbeamte gaben etwas an ihren Computern ein. Nichts rührte sich im Konferenzraum des FBI.

Sir Peter räusperte sich. „Unsere Informationen über Botschafter Kensington bekamen wir von Harrys Bruder, Gordon Landridge, einem früheren Mitglied der Spezialeinheit der britischen Armee.“

„Ein Soldat der Spezialeinheit und ein Geheimdienstoffizier. Das erklärt, warum keiner der Brüder in Charlotte Browns Personalakte auftaucht.“ Clint schüttelte den Kopf. „Ich würde sagen, wir haben ein Motiv und starke Hinweise, dass Gordon zu allem fähig ist, was wir bis jetzt gesehen haben.“

Maxwell setzte sich wieder auf seinen Platz. „Wo ist Landridge jetzt?“

„Unbekannt.“

„Rollins, Sie besorgen sich die richterliche Erlaubnis, Charlotte Browns Telefon abzuhören. Parker, Sie kümmern sich um die Bewachung von Browns Haus. Kessler …“

„Bin schon unterwegs.“ Steven rannte eilig aus dem Hoover-Gebäude. Er wäre gern noch geblieben und hätte sich angehört, wie Chief Maxwell seinem Zorn an seinem britischen Kollegen Luft machte, aber er musste einen Mörder fangen, und er hatte das sichere Gefühl, dass sie endlich den Durchbruch hatten, den sie brauchten.

* * *

Die Botschaft war nicht gerade der Ort, an dem Steven am liebsten war. Eher das Gegenteil.

Sie stand auf einer Stufe mit jedem Ort, an dem Angela Carter zu finden war. Komisch, wie Pawlow'sche Instinkte automatisch Angelas Namen mit Stress in Verbindung brachten.

Er schlängelte sich, so schnell er konnte, durch den dichten Verkehr, und seine Gedanken kreisten darum, was er zu Charlotte sagen würde. Er hatte mit ihrer Chefin gesprochen und sich bestätigen lassen, dass sie an ihrem Schreibtisch war. Jetzt hatte er nichts anderes zu tun, als in die Botschaft zu fahren und keinen Verdacht zu erregen, bevor er konkrete Anhaltspunkte hatte, wo Gordon sich aufhielt. Sie würde sich bestimmt irgendwann versprechen, so wie es ihr vor ein paar Wochen gegenüber Clint passiert war. Dann würden sie Landridge finden. Ihn verhaften. Und diesen Fall endlich abschließen.

Er stand im Stau, dadurch kamen noch andere Gedanken an die Oberfläche und raubten ihm seine Konzentration. Gracies offensichtliches Desinteresse tat ihm immer noch weh. Und auf ihren lästigen Chef konnte er auch gut verzichten. Etwas an der Art des stellvertretenden Rektors ging ihm nicht aus dem Kopf.

Genauso wie Gracies Lächeln nicht aus seinen Träumen verschwinden wollte.

Dann waren da die Worte seines Vaters zu dem Fiasko mit Angela im Park. Sein Dad hatte ihm nur helfen wollen, als er sie in den Park geschickt hatte. Genauso wie Clint wollte er, dass Steven die Angelegenheit mit seiner Ex um James' willen klärte. Sein Vater war sicher enttäuscht davon, was am Samstag passiert war, und von den Problemen, die schon vor über zehn Jahren begonnen hatten, als Steven Angela einen Heiratsantrag gemacht hatte.

Die ganzen logischen Argumente seines Vaters hatten Steven nicht beeindruckt. Angela war keine Christin. Direkt nach dem Studium war nicht der ideale Zeitpunkt, um zu heiraten. Nicht einmal die wiederholte Erklärung seines Vaters, dass nicht alles so war, wie es aussah, hatte Steven von seinem Weg abbringen können.

Jetzt traf es ihn mit völliger Klarheit. Dad hatte recht gehabt. In allem. Und Steven zahlte seitdem den Preis dafür, dass er nicht auf ihn gehört hatte.

Die Verletzung, dass Angela ihn weggeworfen hatte, saß wie eine schmerzende Glasscherbe tief in seinem Herzen. Jede Erinnerung daran bohrte die Scherbe noch tiefer hinein. Als er sie im Park wiedergesehen hatte, hatte das die immer noch blutende Wunde wieder weit aufgerissen.

Kein Pflaster konnte die Blutung stillen. Und auch nicht Clints Theorien, die statt Bitterkeit und Rache Vergebung als Lösung vorschlugen. Für eine einfache Heilung waren die Dinge zu komplex.

Genauso wie im Kensingtonfall.

Aber der Botschafter war jetzt Staatsanwalt Kenneth Marks Alptraum. Und nicht mehr Stevens Problem.

Olivias Mörder zu finden war hingegen seine Aufgabe.

Als er die Botschaft durch den Hintereingang betrat, rückte Steven sein Jackett gerade und zeigte seinen Ausweis. Er ging durch die Gänge des Gebäudes und lauschte nach Lebenszeichen. Außer einem elektronischen Summen fiel ihm nicht viel auf. Deshalb ging er weiter und betrat die offiziellen Büroräume.

„Ich möchte mit Mrs Charlotte Brown sprechen."

„Sie kommen ein wenig zu spät, Agent Kessler. Sie ist gerade in den Urlaub gefahren und ist den ganzen Monat weg." Die Frau mit den goldenen Strähnen in ihrem brünetten Haar, die hinter Charlottes Schreibtisch saß, beugte sich vor. „Aber ich bin Dottie Evans. Und es ist mir eine Freude, Ihnen zu helfen."

Steven trat vom Schreibtisch zurück, klappte sein Handy auf und wählte die Nummer von Clint. „Hör zu, Charlotte Brown ist nicht hier. Wir müssen in ihrer Wohnung schauen, ob sie ihren Sohn mitgenommen hat. Gib auch eine Suche an die Flughäfen heraus. Vielleicht finden wir sie, bevor sie die USA verlässt."

„Wird gemacht."

Er wandte sich wieder der Frau am Schreibtisch zu: „Ich habe heute Morgen mit Mrs Browns Vorgesetzter gesprochen. Sie erwähnte nichts von einem geplanten Urlaub."

Mrs Evans lachte nervös.

„Was ist daran lustig?"

Sie stand auf und strich ihren engen grauen Rock glatt. „Folgen Sie mir, Agent Kessler. Ich erkläre es Ihnen im Aktenraum."

Er hörte das elektronische Summen einer Überwachungskamera, die sich bewegte. Höchstwahrscheinlich, um die attraktive Assistentin zu beobachten, wie sie durch den Raum ging. Kindische Spielchen. Aber vielleicht konnte er eine Spur finden und er brauchte Geduld, um sie auszugraben.

Mrs Evans schloss den Aktenraum auf und hielt ihm die Tür auf. Auch dieser Raum wurde überwacht. Er hatte also Zeugen, falls ihre Geschichte über ihr Gespräch von seiner Version abweichen sollte. Trotzdem war hier nicht viel Luft zum Atmen.

Der Duft nach Lavendel und Zitrone breitete sich schnell in dem kleinen Raum aus. Bei Parfüm war weniger immer mehr. „Sie wollten mir etwas erklären."

„Charlotte kam manchmal in diesen Raum und schaltete ihren kleinen schwarzen Ventilator ein." Mrs Evans deutete zu einer Ecke im hinteren Teil des Raumes. „Damit sie nicht auf Band aufgenommen werden konnte, wenn sie ihren Freund Gordon anrief."

„Was?"

Die Frau nickte mit einem breiten Grinsen. „Keine Sorge. Ich bin sicher, dass Sie sie bald aufspüren. Ich wette, dass sie seinetwegen so schnell davongelaufen ist. Finden Sie Charlottes Freund und Sie haben Ihre Antworten."

Wie recht sie hatte. Und wenn er Mrs Evans' Behauptung beweisen könnte, würde das Charlotte zur Mittäterin machen und sie möglicherweise zu Gordons Versteck führen. „Woher wissen Sie das? Und warum haben Sie so lange gewartet, um mir das zu verraten?"

Ihr Gesicht wurde unter einer dicken Schicht Make-up ein wenig blasser. „Ich stecke doch nicht in Schwierigkeiten, oder?"

„Das kommt darauf an."

Sie wrang die Hände. „Wissen Sie, Charlotte ist eine Freundin, und ihre privaten Angelegenheiten gehen mich nichts an. Aber als sie mich vor kurzem bat, ihren Urlaubsantrag genehmigen zu lassen, wusste ich, dass etwas nicht stimmte."

Erst vor kurzem?

Vielleicht kam er doch nicht zu spät. „Gibt es noch etwas, das Sie mir sagen möchten? Erinnerungen, die erwähnenswert sind?"

„Nein, Agent Kessler. Ich habe nur dieses eine Gespräch gehört, und Charlotte beantwortete nie irgendwelche Fragen nach ihrem Freund. Sie war sehr verschlossen, muss ich sagen. Aber sie sprach viel über ihren kleinen Stewart. Ununterbrochen. Vielleicht hilft Ihnen das, sie zu finden."

Clint war bereits an dem Sohn dran. Steven auch, sobald er von hier fortkäme. „Danke. Wir brauchen eine eidesstattliche Erklärung von Ihnen." Er öffnete die Tür und hielt sie ihr auf. „Wenn Sie mir bitte folgen, können wir das gleich erledigen."

„Stecke ich in Schwierigkeiten?"

„Nur, wenn Sie lügen." Steven musste fast schmunzeln, als er ihre entsetzten Augen sah.

Er führte Mrs Evans zum Büro des Geheimdienstes im Wohnbereich der Botschaft. Nach einiger Papierarbeit würde er sich auf die Spur nach dem Täter machen, eine Arbeit, bei der sein Herz höher schlug. Einen Verdächtigen aufzuspüren war tausendmal besser als langweilige Büroarbeit.

Erst recht, wenn die Suche zu einer Verhaftung und einem Prozess mit absolut sicherer Beweislage führte.

* * *

Die betriebsärztliche Untersuchung stand bevor, egal, wie viel Arbeit sie hatten.

Clint schnürte seine Tennisschuhe und machte Dehnübungen. Die Sporthalle im Hauptquartier roch auch an einem Freitagmorgen nach Schweiß und Rasierwasser. Er schaute durch die Glastüren, ob irgendeine Spur von seinem Partner zu sehen wäre.

Viertel vor sieben kam Steven durch die Tür gepoltert und warf seine Sporttasche auf die erste Bank. Clint trat zu ihm.

„Nett von dir, dass du doch noch auftauchst. Immerhin sind nächste Woche unsere Fitnesstests, und ich brauche das Training."

Steven knurrte. „Nach dem Reinfall von gestern muss ich mich körperlich abreagieren. Ob mit oder ohne den Fitnesstest."

„Es war nicht deine Schuld, Steven. Wir sind der Spur gefolgt und haben die Haftbefehle so schnell wie irgend möglich bekommen."

„Zu spät, um noch viel zu erreichen. Charlotte und Gordon sind verschwunden. Keine Spur."

Michael kam aus der Garderobe. „Ich glaube, sie ist noch auf amerikanischem Boden. Außerdem ist ihr Sohn hier. Sie kann nicht weit sein. Und nicht lang wegbleiben."

Genau solche Fälle hatte Clint schon viel zu oft erlebt. In zehn Jahren wüsste der Grünschnabel auch mehr.

„Du mit deinen Verschwörungstheorien! Ich habe heute nicht den Kopf, um mir das anzuhören." Steven ging durch die Sporthalle die Treppe hinauf.

„Was ist sein Problem?"

Clint schüttelte den Kopf. „Er ist der Koordinator. Er muss seinen Kopf hinhalten, wenn eine Spur einen Tag oder auch nur eine Minute zu spät auftaucht."

„Steven hat doch alles erstklassig gemacht. Früher oder später finden wir Olivias Mörder." Michael deutete mit dem Kinn zur Treppe. „Er sollte lockerer werden, sonst bekommt er noch einen Herzinfarkt."

Davon war auch Clint überzeugt. Für das Herz seines Partners hatten er und Sara gestern Abend sehr lange gebetet. Gott musste am Werk sein, sonst würde Steven nicht so verbissen an jeder nur denkbaren Front gegen die Wahrheit kämpfen. Beruf. James. Sein Dad. Angela. Sogar Gracie. Von ihr hatte Clint schon viel zu lange nichts mehr gehört. Er würde schauen, was er tun könnte, um das zu ändern.

Steven konnte vor seinen Fragen nicht ewig davonlaufen.

Clint nahm immer zwei Stufen auf einmal und baute sich dann neben Steven auf der Laufbahn auf. Sie warteten auf Michaels Startsignal.

Der Grünschnabel bewegte die Hände nach unten und rief: „Los!"

Clint fühlte, wie vor Anstrengung jeder Muskel in seinem Körper brannte. Mit Stevens unrealistischem Tempo mithalten zu wollen würde ihm am Ende nicht helfen. Er blieb während der ersten Meile hinter seinem Partner, dann erhöhte er sein Tempo und machte mehr Druck.

Sara wäre stolz auf ihn. Und er würde sich gern von ihr massieren lassen, wenn er heute Abend nach Hause käme. Bei der dritten Runde lief ihm und Steven der Schweiß in Strömen.

Auf der letzten Geraden holte er seinen jüngeren Partner ein. Aber dann gab Steven noch einmal Gas und ging zwei Schritte vor ihm über die Ziellinie.

Sie liefen noch eine Weile weiter, um sich zu dehnen und Muskelkrämpfen vorzubeugen, und atmeten schweigend tief ein.

Michael kam zu ihnen. „Wenn es stimmt, was sich alle erzählen, habt ihr beide gerade eure letzte Zeit um zwanzig Echozeichen übertroffen."

„Könntest du so sprechen, dass alte Leute dich auch verstehen?" Steven dehnte seinen Nacken.

Clint schüttelte den Kopf. Mit seinen fünfunddreißig Jahren hatte Steven noch keine Ahnung, was alt bedeutete. Er sollte nur warten, bis die große Vier ihm drohend bevorstand. Clint kannte diese Erfahrung nur zu gut. „Michael hat gesagt, dass wir unseren Quantico-Rekord gebrochen haben."

„Gut." Steven nahm sein Handtuch. „Wenn wir das jetzt auch auf dem Hartplatz schaffen, ist alles paletti."

„Paletti? Sprechen so alte Leute?"

Steven schaute ihn mit einem schiefen Grinsen an. „Das war für dich, Kleiner."

Die Dusche und die Aussicht auf ein gutes Ergebnis auf dem Hartplatz machten diesen Freitag angenehmer. Aber bevor sie heute Abend gingen, musste noch jede Menge Büroarbeit erledigt werden. Clint zwängte seine ein Meter fünfundneunzig in das silbergraue Ding, das das FBI als einen ergonomischen Stuhl bezeichnete. Foltergerät wäre passender.

Er hatte Sehnsucht nach seinen Cowboystiefeln und Saras echtem, süßem Südstaaten-Tee.

Das Tippen auf der Tastatur seines Partners hinter der Trennwand verstummte. „Clint? Erinnerst du dich noch an unseren Studienabschluss? Das waren Zeiten, was? Damals brauchten wir nach dem Fitnesstest kein Heizkissen."

„Wenn ich es nicht besser wüsste, würde ich meinen, du hast bald Geburtstag oder so etwas. Denkst du an deine knackenden Glieder, alter Mann?" Clint stand auf und lehnte sich an die Trennwand. „Hey, warte. Du hast bald Geburtstag, oder?"

„Ich überlasse es dir, dir Termine wie Geburtstage zu merken. Ich versuche, sie zu vergessen.“ Steven fing wieder an zu tippen.

„Komm schon. Du weißt, dass Sara und ich das nie vergessen würden. James freut sich auch auf die Feier. Werd jetzt nicht bockig und verdirb uns die Freude nicht.“

„Also gut. Also gut.“ Steven hielt die Hände hoch. „Aber mir wäre es lieber, wenn ihr eine Überraschungsparty geplant hättet. Dann wäre mir diese ständige Fragerei von deiner ganzen Familie erspart geblieben. Übrigens, die E-Card von deinen Kindern mit dem Spruch, ‚Die besten Jahre sind vorbei‘ war wirklich witzig.“

Clint lachte.

Mit einem Kopfschütteln zeigte ihm Steven die tanzenden Teddybären in Rüschenröckchen in Kentucky-Blau. „Ich hätte sofort auf Löschen klicken und sie nicht einmal anschauen sollen.“

„Ja, aber du hattest schon immer ein weiches Herz, habe ich recht?“

„Wie du meinst.“ Steven zog eine andere Akte aus der obersten Schublade und legte sie auf den Stapel mit den abgeschlossenen Fällen. „Vergiss nicht, dass ich heute deine genialen Leistungen übertroffen habe. Auf dem Hartplatz und beim Laufen.“

„Alte Männer leben in der Vergangenheit, Partner.“

Steven drehte sich ihm zu. „Willst du es morgen noch einmal probieren?“

Clint schmunzelte. „Ich werde dir doch dein Siegesgefühl nicht kaputt machen. Sara und die Kinder gehen mit mir morgen ganz viele schwarze Sachen kaufen. Alles, was man braucht, um deinen großen Geburtstag zu feiern.“

„Du hast vielleicht Nerven. Ich habe ein wenig mehr Respekt erwartet. Warte nur, bis ich Sara erzähle, welche Zeiten wir heute gelaufen sind.“

„Hey, bevor ich es vergesse: Wann willst du Gracie anrufen und sie zur Party einladen?“

Steven verzog das Gesicht. „Gar nicht. Die Sache mit Angela am letzten Samstag im Park hat Gracies Interesse an mir stark abkühlen lassen.“

Clints Lächeln verschwand. „Wie meinst du das?“

„Sie wollte meine Erklärung nicht hören und schlug vor, dass wir uns auf James konzentrieren sollten.“ Steven lehnte sich auf seinem Stuhl zurück. „Im Klartext heißt das: ‚Vergiss es, Kumpel.' Ich bettle nicht um eine weitere Chance."

Der Blick in Stevens Augen, der in die Ferne wanderte, erzählte aber eine ganz andere Geschichte. „Du kannst sie einfach nicht aus dem Kopf bekommen, nicht wahr? Du hast das schon einmal durchgemacht, hast es hinter dir und hast den Ring als Beweis."

Steven zuckte die Achseln. „Das spielt keine Rolle, oder? Nicht, wenn sie mich von ihrer Liste gestrichen hat."

Clint nickte zu dem Foto von Sara, Steven und ihm, das vor zehn Jahren bei ihrer Abschlussfeier aufgenommen worden war, und atmete langsam und tief aus. Sara hatte zwischen ihm und Steven gestrahlt, aber Angela hatte kein Interesse gehabt, an der Feier teilzunehmen. Clint hatte versucht, sie für ihre Freundschaft zu erwärmen. Aber sie war nie mit ihnen warm geworden. Das tat Steven jetzt noch weh.

Noch schlimmer war, dass Angela wieder auf der Bildfläche aufgetaucht war. Wenn Clint nicht schnell eingriff und etwas unternahm, würde Gracie wegen Angela wieder verschwinden.

„Gib nicht auf, Partner. Du weißt, wie Sara das erste Mal auf mich reagiert hat." Dr. Sara O'Tooles faszinierende grüne Augen und ihre feuerroten Haare hatten sogar den Schmerz in seinem gebrochenen Handgelenk verschwinden lassen.

„Warte. Schauen wir, ob ich mich an diese Geschichte noch erinnern kann." Steven räusperte sich.

Michael Parker trat zu ihnen. Clint wünschte, er hätte den Mund gehalten.

„Es war so: Du hast Doktor Sara sofort beeindruckt, weil du so tapfer mit dieser alten Sportverletzung umgegangen bist, und sie hat sich auf den ersten Blick unsterblich in dich verliebt. Richtig?" Steven lachte über seine eigene Parodie der Geschichte.

Sie wussten beide, dass es so nicht gewesen war. Clint hatte Sara nach ihrer ersten Begegnung in der Notaufnahme von Anderson monatelang verfolgt. Anrufe, Karten und Blumen. Schließlich hatte sie nachgegeben und war mit ihm ausgegangen.

Der Rest und ihre zwei Kinder waren eine wunderbare Erfolgsgeschichte. Eine Geschichte, die Steven auch brauchte.

„Was ich sagen will, weiser alter Mann: Du solltest Gracie noch einmal einladen. Zu deiner Geburtstagsfeier. Lass nicht zu, dass dieses

Funkeln, das ich in deinen Augen sehe, so schnell wieder erlischt." Clint lehnte sich an Stevens Schreibtisch. „Gracie ist eine Frau fürs Leben. Genau wie Sara. Rufst du sie an?"

„Ja, Clint. Wenn du mich dann in Ruhe lässt."

„Ich kümmere mich nur darum, dass du keinen Unsinn machst. Das ist meine Aufgabe, weißt du?"

„Ich dachte, es sei Gottes Aufgabe."

Clint grinste. Das Gespräch über den Glauben vor drei Wochen hatte wenigstens ein paar Spuren hinterlassen. „Hey, ruf sie bald an. Sonst lade ich Gracie selbst ein."

Er setzte sich wieder an seinen Schreibtisch und schaute, ob es bei der Telefonüberwachung von Mrs Brown, für die er gestern die Erlaubnis bekommen hatte, etwas Neues gab. In diesem Fall und im Privatleben seines Partners brauchten sie eine gute Wende. Und zwar bald.

Clint setzte seine Hoffnung auf Gott und Gracie. Wenigstens bröckelte Stevens Mauer, mit der er sich vor Gott abschirmte, ein wenig ab.

Kapitel 24

Stevens Telefon summte.

„Kessler." Er lenkte seinen Wagen für die kurze Strecke zur Russell Road von der I-395 in Richtung Pentagon City.

„Ich habe beim britischen Geheimdienst etwas erreicht", sagte Michael. „Ein geschwätziger Angestellter namens Thomason erinnert sich an Harry und auch an Gordon Landridge. Er hat sich auch ausführlicher über das ausgelassen, was Sir Peter sich nur sehr widerwillig aus der Nase ziehen ließ."

„Soll das heißen, dass sie jetzt kooperativ sind?"

„Ja, und sie wollen so schnell keine weiteren Videokonferenzen mehr haben." Michael schmunzelte. „Thomason sagte, der Tipp, der den Schwarzmarktfall neu geöffnet hat, bestand aus Handymitschnitten von Harrys letztem Gespräch mit Gordon."

„Sag mir, dass du diese Handynummer bereits suchst."

„Natürlich."

„Und trotzdem immer noch nichts von der Überwachung des Brownhauses?"

„Nein. Es ist eine Woche her. Charlotte wird bald nach ihrem Sohn schauen. Warte nur ab."

Steven hoffte es. Charlotte oder Gordon, einer müsste bald einen Fehler machen, sonst würde sich dieser Fall ewig hinziehen. Alles, was er brauchte, war eine gute Spur, und er konnte endlich zuschlagen und den Fall an den Staatsanwalt übergeben. „Hast du mit Sir Walter schon über die Familie Landridge gesprochen?"

„Nein. Ich dachte, das wolltest du übernehmen."

Steven bog auf den Parkplatz vor der Hope Ridge Academy. „Ich glaube eher, dass ihr alle gern einen weiten Bogen um diesen reizbaren Botschafter macht."

„Damit kannst du natürlich recht haben."

Michael war ehrlich. Das gefiel Steven. Aber ihm gefiel nicht, dass es wieder an ihm hängen blieb, mit Sir Walter zu sprechen. Aber wenigstens hatten sie jetzt einen Plan. Finde Beweise für das Motiv. Und verhafte die Bösen.

Nicht bombensicher, aber möglich. Endlich ein Hoffnungsfunke in diesem Fall. „Danke, Michael. Ich kümmere mich um Sir Walter."

Der sonnige Nachmittagshimmel entlockte ihm ein Lächeln, während er sich ein paar Notizen machte, bevor er in die Schule ging, um James abzuholen und Gracie zu sehen. Sie hatte mit einer gewissen Zurückhaltung eingewilligt, nächste Woche zu seiner Geburtstagsfeier zu kommen.

Vielleicht war es doch nicht so schlimm, sechsunddreißig zu werden.

„Hallo, Stevie." Angela tauchte plötzlich an der Tür auf. „Ich habe ein frühes Geburtstagsgeschenk für dich." Sie stand in ihrem zweitausend Dollar teuren Hosenanzug neben seinem Wagen.

Steven biss die Zähne zusammen. „Was?"

„Vorübergehendes Besuchsrecht." Sie reichte ihm mit ihren perfekt manikürten Fingernägeln ein offizielles Dokument durch sein offenes Fenster. „Lies und weine."

Er nahm die Papiere und las sie durch. Er hätte wissen müssen, dass Gracies „Ja" und seine bevorstehende Geburtstagsfeier die grausamen Fakten in seinem Leben nicht auslöschen konnten. Entführte und ermordete Kinder und Sorgerechtsprozesse. Daraus bestand seine Realität.

Das war sein Alptraum.

„Jetzt musst du mich meinem Sohn anständig vorstellen." Angela deutete zur Tür von Hope Ridge. „Wir fangen damit an, dass du mich in seine Schulakte eintragen lässt und mit mir einen Plan erstellst, wann ich ihn von der Schule abhole."

„Warum ziehst du mit deinem tollen Mann nicht einfach los, und ihr genehmigt euch ein paar Drinks, um das zu feiern? Ich lasse dich mit meinem Sohn nicht allein. Nicht, solange das Gericht nicht ausdrücklich sagt, dass ich das muss."

„Das hat es schon getan."

Steven stieg aus seinem Wagen und drückte Angela die Papiere wieder in die Hand. „Nein. Hier steht, dass du das Recht hast, James zu sehen, aber nicht, dass du unbeaufsichtigt mit ihm zusammen sein darfst. Das ist ein großer Unterschied."

Sie erstarrte. Ihre dummen Absätze machten sie so groß, dass sie fast auf Augenhöhe mit ihm war. „Marcus ist bei uns. Er möchte seinen Stiefsohn auch gern kennenlernen. Und er wird ein großartiger Vater sein. Ganz anders als du."

Steven schloss die Augen und versuchte, sich daran zu erinnern, dass Angela irgendwo in sich ein Herz vergraben haben musste. Dass er seine Frau vernachlässigt hatte und ihr nichts von der Hölle erzählt hatte, die es bedeutete, Drogendealer zu jagen und mit dem Sonderkommando Geiseln zu befreien, hatte Angela so tief verletzt, dass sie Rache wollte. Rache bis aufs Blut.

Sein Blut.

Und das Blut seines Sohnes.

Wenigstens war das Clints Einschätzung der Situation. Und sein Partner dachte, ihr zu vergeben wäre die Lösung für alles und würde eine schöne, kleine Schleife um die Sache wickeln. Niemals.

Männer in schwarzen Anzügen und Kinder in Schuluniformen gingen an Stevens Wagen vorbei. Er nahm sie nur verschwommen wahr. Hin und wieder war auch eine Mutter in Tenniskleidung darunter. Viele, die vorbeigingen, waren seine Kollegen. Nicht der richtige Ort für eine Szene.

„Es tut mir leid, dass ich in unserer Ehe so viel falsch gemacht habe. Ich wünschte, ich könnte das ändern. Aber das kann ich nicht." Er trat näher auf sie zu und spürte, wie sie zurückwich, auch wenn ihre Füße sich nicht von der Stelle rührten. „Bestrafe nicht James, um es mir heimzuzahlen."

„Es geht hier nicht um dich, Steven. Die Welt dreht sich nicht nur um dich und darum, dass du Superman spielst." Ihre Stimme wurde leiser. „Ich will einfach meinen Sohn kennenlernen."

Er schaute in ihre dunkelbraunen Augen. Die Augen, in die er sich verliebt hatte und von denen er sich nie erholt hatte. In diesem Moment wusste er, dass Clint recht hatte, und ein neues Gefühl verdrängte die Schuldgefühle, die in seinem Inneren tobten.

Traurigkeit.

* * *

Gracies zweite Schulwoche neigte sich dem Ende zu.

Es war ein guter Freitag gewesen. Ihre Schüler gewöhnten sich allmählich an den Tagesablauf, und sie waren sogar am verrücktesten Tag der Woche ruhig geblieben.

„Mrs Lang?" Akemi zupfte an ihrem korallenfarbenen Kleid. „Spielen Sie mit James und mir Mikado?"

Gracie ging in die Hocke und umarmte Akemi. Nach nicht einmal zwei Wochen hatte das scheue, kleine Mädchen angefangen andere – und sogar ihre Lehrerin – zu ihrem Spiel einzuladen. Diese Erfahrung gab Gracie auch jetzt das Gefühl, gewollt zu sein. Etwas Besonderes zu sein.

Sie setzte sich zu den letzten zwei Schülern, die auf ihre Eltern warteten, auf einen Kinderstuhl. James warf die bunten Holzstäbe auf den Tisch in der Mitte. Akemi war als Erste dran und schaffte es, drei Stäbe zu ergattern, bevor etwas wackelte.

James nahm als Erstes das schwerste Stäbchen in Angriff. Einige Sachen mussten vererbt sein. Gracie lächelte, als der kleine Junge zwei schwierige rote Stäbe aus dem Haufen herauszog.

Sie berührte gerade ein gelbes Stäbchen, als ein Klopfen an der Tür sie zusammenzucken ließ und ihr den Spielzug verdarb. „Ach ja." Sie zerzauste James' Haare und stand auf. „Du bist dran, Akemi. Ich versuche es in einer Minute wieder."

Gracie öffnete die Tür und widerstand nur mit großer Mühe dem Drang, die Tür gleich wieder zuzuknallen. Stattdessen setzte sie ein freundliches Lächeln auf. „Hallo, Steven. Angela."

„Hallo, Gracie." Stevens Lächeln sah unecht aus. Genauso wie vieles an dem Model mit den rabenschwarzen Haaren, das neben ihm stand. „Ich weiß, dass ihr zwei euch schon kennengelernt habt. Aber ich muss dir mitteilen, dass Angela in James' Akte eingetragen wird und dass es leicht sein kann, dass sie ihn demnächst von der Schule abholt."

Stevens Exfrau trat näher. „Soso. Sie sind also die Lehrerin meines Sohnes. Wie reizend."

„Angela." Stevens Stimme war ein leises Knurren.

Gracie wurde von der starken Elektrizität, die sich vor ihren Augen entlud, ganz schwindlig. „Ich packe die Sachen Ihres Sohnes ein und sage ihm, dass Sie hier sind." Sie schloss die Tür und holte ein paar Mal tief Luft. „James, es ist Zeit zu gehen."

„Kann ich das Spiel noch fertig spielen?" Seine flehenden blauen Augen hatten keine Ahnung, dass seine Welt bald auf den Kopf gestellt würde.

Sie kam sich vor wie eine Verräterin. Aber auch ihr Beschützerinstinkt konnte James jetzt nicht abschirmen. „Vielleicht am Montag. Jetzt musst du nach Hause gehen."

Akemi wartete mit den Händen auf ihrem Schoß und lächelte James an.

Gracie hielt ihm die Hand hin und ging mit ihm zur Tür. Als sie auf den Gang hinaustraten, bewegte er sich zurück und drückte sich an ihr Bein. „Hallo, Dad." Er schaute Angela an. „Warum sind Sie hier?"

Die Anspannung und Angelas kaum verschleierte Aggressivität raubten Gracie die Luft zum Atmen. Sie erwiderte James' festen Griff um ihre Hand.

Steven hockte sich hin und breitete die Arme aus, ohne den Blick von Gracie abzuwenden.

James flüchtete sich in die offenen Arme seines Vaters. „Ich will mein Spiel mit Mrs Lang fertig spielen."

„Das ist vielleicht nicht der beste Zeitpunkt und der beste Ort, aber das …" Steven deutete auf Angela. „Das ist deine Mutter, James."

Die Augen des kleinen Jungen wurden groß, aber er sagte nichts.

Angela ging auch in die Hocke und kuschelte sich an Stevens Seite und breitete die Arme aus. „Ich habe so lange darauf gewartet, dich kennenzulernen. Darf ich dich umarmen?"

Wenigstens hatte sie gefragt im Gegensatz zu anderen gefühllosen Menschen, die von Lehrern und Kindern gleichermaßen die ihnen zustehende Aufmerksamkeit einforderten. Gracie wollte vor der Szene, die sich vor ihr abspielte, fliehen – Angelas starkes Parfüm, ihre perfekten Proportionen, besonders die Nähe, die sie zu Steven einnahm, während sie mit ihrem gemeinsamen Sohn sprach.

Der nie Gracies Sohn sein würde.

„… wir gehen heute Abend mit Angela, ich meine, mit deiner Mutter, essen." Steven stand auf und nahm James auf den Arm. Seine Exfrau bewegte sich genau im Rhythmus zu jeder seiner Bewegungen.

„Kann Mrs Lang auch mitkommen?" James' traurige Augen schauten sie flehend an. „Ich will wirklich, dass sie auch dabei ist."

Gracies Mund fühlte sich an wie Watte, und ihr Gesicht glühte bei den feurigen Pfeilen aus Angela Carters Augen. *Gott, ein wenig Hilfe hier wäre gut.* Ihr fielen keine Worte ein.

Steven räusperte sich. „Gracie kommt bestimmt ein anderes Mal mit."

Sie nickte. „Wir sehen uns am Montag, James." Sie wandte sich an Angela. „Es war nett, Sie wiederzusehen." Sie drehte sich zur Tür herum, trat in ihr Klassenzimmer und ließ die perfekte kleine Familienszene auf dem Gang schnell hinter sich.

Sie wollte nur noch nach Hause laufen und sich in Marks Arme retten. Aber das würde nicht geschehen. Nie wieder.

Wie in aller Welt sollte sie den riesigen Schmerz, der in ihrem Herzen immer mehr Raum einnahm, überleben?

Kapitel 25

Eine ganze Woche hatte sie die Angst, die wie ein harter Kloß in ihrem Magen saß, nicht vertreiben können.

Gracie hatte es geschafft, früh am Morgen mit ihrem Hund im Gefolge im Park zu laufen, ein paar Ladungen Wäsche zu waschen und das Badezimmer zu putzen, das überhaupt nicht schmutzig gewesen war. Die üblichen Samstagsarbeiten. Aber sonst war heute nichts normal.

In ein paar Stunden müsste sie Steven wieder gegenübertreten. Allein.

Sie schaute auf die Uhr über der makellos sauberen Spüle und seufzte. Als perfekt hatte man ihre Küche nie beschreiben können, als noch zwei Paar kleiner Hände und Füße dafür sorgten, dass ihr Haus bewohnt aussah. Diese Spuren wären ihr jeden Tag lieber als ihre saubere Küche.

Während sie sich an die Arbeitsplatte lehnte, rang sie mit sich, ob sie Beth oder Leah anrufen sollte. Beth würde ihre Cheerleaderstimme aufsetzen und versuchen, Gracie auf einen romantischen Abend mit Steven einzustimmen. Etwas, das sie vermeiden wollte.

Sie rief lieber Leah an.

„Ich glaube, mir wird schlecht." Gracie öffnete eine Schranktür nach der anderen und suchte alle möglichen Zutaten zusammen.

„Was für eine nette Begrüßung. Auch hallo", lachte Leah ins Telefon. „Bist du aufgeregt wegen deiner großen Einladung zur Geburtstagsfeier heute Abend?"

„Es ist eher so, dass ich das Ganze am liebsten absagen würde."

Um sich abzulenken und ihre Hände zu beschäftigen, machte sich Gracie in der Küche zu schaffen und hatte das Telefon zwischen ihrer Schulter und Wange eingeklemmt, während sie eine Pfirsichpastete zubereitete. Ein Geschenk für die Familie Rollins. Südliche Gastfreundschaft war ihr immer noch wichtig, auch wenn sie in der Nähe von Washington DC wohnte.

„Wage das ja nicht. Ich finde, du musst herausfinden, was zwischen Angela und Steven läuft, und dann siehst du, wie es weitergeht", sagte Leah. „Gib ihm das Geschenk, über das du dir so lange den Kopf zerbrochen hast, und wehr dich nicht dagegen, dass bei seinem entzückenden Lächeln deine Zehen kribbeln."

Gracie stöhnte. An Stevens Lächeln und seine blauen Augen zu denken trug nicht dazu bei, ihre innere Unruhe zu vertreiben. „Was ist, wenn er immer noch in seine Exfrau verliebt ist? Sie sieht aus wie eine dunkelhaarige Barbiepuppe mit abgeschlossenem Jurastudium. Da kann ich nicht mithalten."

„Das brauchst du auch nicht."

„Ich habe aber das Gefühl, dass ich das müsste." Gracie schnitt die Pfirsiche klein. Der Obstgeruch beruhigte ihre Nerven ein bisschen und erinnerte sie an Mom und ihr Zuhause. „Ich habe das Gefühl, ich werde in eine Beziehung hineingezogen, die mich eher aufwühlt als für einen Ausgleich sorgt."

„Kein Mann, auch kein gut aussehender FBI-Agent, kann je an Mark herankommen. Ihr zwei wart seit dem Studium ineinander verliebt. Ihr habt einen Raum mit Harmonie erfüllt, wenn ihr euch nur angeschaut habt."

Gracies Brustkorb zog sich zusammen und Tränen traten ihr in die Augen. „Leah, mach das nicht."

„Du weißt, dass ich dich mag, aber du musst das hören. Diese Zeit ist vorbei. Und du kannst das Jetzt nicht mit dem Damals vergleichen. Oder dich mit einer anderen Frau." Die Worte ihrer besten Freundin waren einfühlsam und schmerzhaft zugleich.

„Könntest du mir noch einmal erklären, was Gott getan hat? Warum er mir meine Familie weggenommen und mich in diesem verwirrenden Chaos sitzen gelassen hat? James ist eine Freude und er erinnert mich an meinen Sohn. Steven hat etwas an sich, das … das …" Sie suchte nach dem richtigen Wort. „Das unwiderstehlich ist. Tiefe Melancholie und etwas ungemein Prickelndes gleichzeitig. Aber ich kann nicht … ich weiß nicht, was ich tun soll."

Im Hintergrund waren jetzt bei Leah nicht mehr die Stimmen aus einem Zeichentrickfilm, sondern Vogelgezwitscher aus dem Garten zu hören. „Ich habe keine Antwort auf die Frage nach dem Warum. Es wäre falsch, wenn ich dir sagen würde, dass Gott deine Familie sterben ließ, damit du in Stevens Familie kommen und ihnen helfen kannst. Gott ist viel zu komplex für solche menschlichen Argumentationen." Leahs Stimme wurde leiser. „Aber so denkst du, nicht wahr?

Du versuchst, alles zu erklären und logisch auf die Reihe zu bekommen."

„Manchmal gefällt es mir gar nicht, dass du mich so gut kennst." Gracie vermischte mit zittrigen Händen den Zucker und das Mehl. Diese Gedanken brachten sie jedes Mal wieder aus der Fassung. Aber auch mit noch so vielen Bibelversen konnte sie keinen Sinn darin erkennen. Vielleicht war das der Punkt: Gott zu vertrauen, wenn nichts zusammenpasste und Schmerz und Freude so deutlich die zwei Seiten derselben Medaille darstellten.

Ich fühle mich einfach so hilflos …

„Ich bete für dich, Gracie. Gott ist gut und er hat einen guten Plan, auch wenn wir diesen Plan vielleicht nicht verstehen. Daran halten wir uns fest. Im Moment gehört dazu ein Klassenzimmer voller Kinder, die dich bewundern, genauso wie mein William es nächstes Jahr auch tun wird, und wie es ein FBI-Agent tut, der irgendetwas sucht."

„Und wenn ich ihm nicht helfen kann?"

„Wir sind jetzt so viele Jahre miteinander befreundet, dass ich dir eines sagen kann …"

Gracie nahm einen großen Schluck Wasser, um den Kloß in ihrer Kehle hinunterzuschlucken, und mischte dann die flüssigen und trockenen Zutaten in einer Schüssel zusammen.

„Sei ganz du selbst, und sei dort, wo du bist, Gracie. Du bist frei, wenn du nahe bei Gott bleibst. Lebendig. Liebevoll. Wenn Gott aus dir und Steven etwas werden lässt, dann entspanne dich und wehre dich nicht dagegen. Es geschieht zu Gottes Zeitpunkt. Genieße diesen Weg."

„Genießen." Gracie gab die Pfirsiche in die Teigmischung und schob dann die gläserne Form in den Backofen. „Das war mein Wort für dieses Jahr, mein Ziel. Zu lernen, mich wieder an Gott zu freuen, das Leben zu genießen."

„Das machst du auch. Jedes Mal, wenn ich dich über die Schule sprechen höre. Wenn du mit deinen Wasserfarben malst, wie den Sonnenuntergang, den du an deinem ersten Abend mit Steven gesehen hast. Und wenn du mit deiner Bibel auf die Veranda hinter dem Haus gehst und Gott zuhörst." Leahs Stimme traf direkt in Gracies Herz. „Du erwachst immer mehr wieder zum Leben, und das ist ein schöner Anblick."

„Du bist gut für mein Ego, weißt du das?"
„Ich hoffe, auch für dein Herz."
„Ja, vielleicht."
Jake rieb seinen Kopf an ihren Beinen. Zeit für einen Imbiss, bevor sie kurz duschte und wieder einmal alles Mögliche aus ihrem Kleiderschrank durchprobierte, um das Richtige für heute Abend zu finden.
„Ich muss jetzt aufhören und Jake etwas zu fressen geben und mich dann fertig machen." Gracie streichelte sein weiches, warmes Fell. „Noch irgendwelche weisen Abschiedsworte, die meinen Magen beruhigen?"
„Wie wäre es mit meinem Lieblingszitat von C. S. Lewis?"
Leah war wirklich eine wunderbare Mutter. Sie las ihrem Sohn aus Narnia vor und verabreichte ihm in kindgerechten Happen eine gute Theologie. Die Happen waren genau in der Größe, die Gracie auch brauchte.
„Ist Aslan sicher? Nein, er ist nicht sicher … aber er ist gut."

* * *

„Dad, kommst du mit uns?", rief James' aufgeregt vom Flur.
Steven wischte über die Arbeitsplatte in der Küche und beförderte die Spuren ihres Backversuchs in den Mülleimer. „Nein. Deine Oma und dein Opa fahren mit dir schon früher hin, damit ihr helfen könnt, alles schön zu schmücken. Ich komme mit Mrs Lang später nach."
Der Schlafmangel der vergangenen Woche und das emotionale Chaos nach dem Essen am letzten Freitag mit Angela lasteten immer noch schwer auf ihm. Aber mit James zusammen zu sein hatte den Tag zu einem guten Tag gemacht. Immerhin war es Stevens Geburtstag. Er verdiente einen Tag, an dem er die Sorgen der Welt vergessen durfte.
„Alles Gute zum Geburtstag, Daddy!", rief James zum ungefähr zehnten Mal an diesem Tag. „Ich hab dich lieb!" Er kam hereingelaufen und breitete die Arme weit aus.
Steven nahm seinen Sohn hoch und hielt ihn ein wenig länger fest als gewöhnlich. Der süße Kindergeruch und James' weiche Haare und seine starken, kleinen Arme, die er um ihn gelegt hatte, weckten viele Erinnerungen. Sein kleiner Junge entwickelte sich schnell zu einem

Minimann, aber sein Herz war noch weich, vom Leben noch unbeschädigt … bis jetzt.

Angelas Gesicht tauchte vor ihm auf am Tag ihrer Hochzeit, dicht gefolgt von dem Tag, an dem sie ihn verlassen hatte, gemischt mit ihrem neuerlichen Auftritt in seinem Leben. Ihre Forderung, Zeit mit James zu verbringen. Alleiniges Sorgerecht. Dieser Drohung konnte er sich nicht entziehen, auch nicht an seinem Geburtstag.

James zog den Kopf zurück und schaute ihm in die Augen. „Daddy, geht es dir gut?"

„Ja." Steven wurde erneut kräftig umarmt. „Danke, dass du diesen Tag zu meinem schönsten Geburtstag gemacht hast, den ich je hatte."

„Ich finde es prima, dass du heute nicht arbeitest." James hatte keine Ahnung, wie tief ihn diese Bemerkung traf. „Glaubst du wirklich, Mrs Lang kommt morgen zu uns und isst mit uns unseren Kuchen?" Kein Wort über Angela, als hätte es die Begegnung mit seiner Mutter nie gegeben.

Steven schossen Zitate durch den Kopf, dass Kinder mit Stress ganz anders umgingen als Erwachsene. Vielleicht war die Begegnung mit Angela gar nicht so problematisch gewesen, wie er befürchtet hatte. Andererseits hatte James so viel Ähnlichkeit mit ihm, dass es wehtat. Er vergrub seinen Schmerz tief in sich und setzte ein Lächeln auf.

Steven blickte auf, als er ein Räuspern hörte. Dad und Sue grinsten die beiden von der Küchentür aus an, genauso wie sie vorher gegrinst hatten, als James darauf bestanden hatte, Gracie nach dem Gottesdienst einzuladen. Die Motive seines Sohnes waren offensichtlich. Und auch die Motive von Dad und Sue.

„Ich werde sie fragen, James. Ich weiß, dass sie gern mit dir zusammen ist." Steven warf einen Blick auf ihren schiefen Schokoladenkuchen und lächelte. „Und ich denke, ihr wird auch dieser Kuchen schmecken."

„Wir sollten jetzt lieber fahren, wenn wir noch irgendwie helfen wollen." Sue hielt James die Hand hin.

„Ich hab dich lieb, James." Steven sagte seinem Vater und seiner Stiefmutter ein stummes, aber herzliches *Danke*.

„Ich hab dich auch lieb!"

Steven schaute ihnen nach und schaute dann lange in den Spiegel und betrachtete sich. Clint und Sara mussten diese Woche kräftig gebetet haben, denn Stevens Gedanken kehrten immer wieder zu Gott zurück und zu dem Wunsch, diesen gequälten Blick in seinen Augen loszuwerden. Und dem Wunsch, seinen Sohn davor zu bewahren, in den Einflussbereich seiner Exfrau zu geraten, besonders wenn Angela immer wieder in der Schule auftauchte und ihn mit ihrer Forderung verfolgte, Zeit allein mit James zu verbringen. Eine Zeit, die Steven ihr nicht zugestehen wollte.

Die Standuhr im Wohnzimmer schlug fünfmal. Wenn er vor der Party die Dinge mit Gracie ins Reine bringen wollte, wie er es schon die ganze Woche an der Schule vergeblich versucht hatte, sollte er sich lieber beeilen.

Er ging nach oben, um sich fertig zu machen, und nahm seine übliche fünfminütige Dusche und schlüpfte dann in eine Jeans und ein weißes Hemd. Er nahm seinen Schlüsselbund, der neben der Hintertür lag, und brach dann zu der dreißigminütigen Fahrt zu Gracies kleinem Ziegelhaus auf. Das Haus mit den Bildern, auf denen Bibelverse standen. Um sich abzulenken, schaltete er das Radio ein und suchte etwas, das seine Stimmung hob.

Er kurbelte die Fenster runter, drehte die Lautstärke auf und sang laut Dobie Grays Hit aus den siebziger Jahren *Drift Away* mit. Das gab ihm das Gefühl, die Herbstluft wäre ein endloser Sommerabend.

Als er mit einem Strauß aus Margeriten und roten und gelben Nelken auf Gracies Veranda stand, fühlte er sich wieder wie ein Mensch. Dass er zum ersten Mal seit Jahren eine schöne Frau mit zu seiner Geburtstagsfeier nahm, erinnerte ihn an die Footballspiele aus seiner Schulzeit – mit den Hormonen eines Teenagers von ewiger Liebe träumen.

Er war lange genug verheiratet gewesen, um zu wissen, was er als Teenager nicht gewusst hatte, aber er war noch nicht so alt, dass er es schon vergessen hätte. Absolut nicht.

Gracie öffnete die Tür. Sie trug eine weiße Bluse über einem rot-schwarz-karierten Rock. Sein Mund verzog sich zu einem breiten Grinsen. Sie hatte sich seine Collegefarben gemerkt. Oder Sara hatte ihr einen Tipp gegeben. Vielleicht deutete er mehr hinein, als er sollte, aber im Moment war ihm das egal.

„Du siehst umwerfend aus. Ich bin sehr froh, dass du meine Einladung angenommen hast." Er drückte ihr die Blumen in die Hand, bevor er etwas Dummes sagte oder sich wie ein Schuljunge benahm.

Gracie errötete.

Er schmunzelte und schaute ihren Golden Retriever an, der langsam aus der Haustür kam. „Hey, Jake. Du wirfst mich heute nicht um?" Steven streichelte dem Hund das Fell.

„Danke für die Blumen. Sie sind wunderschön." Gracie trat zurück und hielt die Tür weit auf.

Er folgte mit den Augen ihrem anmutigen Gang durch den Flur und zwang dann seine Füße, sich ebenfalls zu bewegen. „Ich weiß, dass ich ein wenig zu früh bin." Er schloss die Haustür und atmete tief ein. „Aber ich hatte gehofft, wir hätten ein paar Minuten Zeit, um über das zu sprechen, was letzte Woche mit Angela war, und um die Dinge zwischen uns zu klären."

Gracie, die die Blumen in einer Kristallvase arrangierte, nickte und deutete zu einem hohen weißen Stuhl in der Frühstücksecke. „Du bist mir wirklich keine Erklärung schuldig, Steven."

Er zog den Stuhl heraus und setzte sich. „Aber ich will es dir erklären. Mein Partner reißt mir den Kopf ab, wenn ich mich dir gegenüber weiterhin so dumm anstelle. Er und Sara finden, du bist das Beste, was mir je passiert ist." Er wand sich innerlich bei diesem Klischee. „Ich meine, sie finden, du bist eine wunderbare Lehrerin und … das finde ich auch. Ich würde gern auf der guten Zeit aufbauen, die wir an unserem ersten gemeinsamen Abend hatten."

„Warum sparen wir uns dann das schwerere Gespräch nicht bis nach der Party auf?" Gracie legte eine Hand auf ihren Bauch. „Ich bin auch so schon nervös genug, weil ich nicht weiß, wen ich dort treffe und was du von dem Geschenk hältst, das ich für dich habe."

Ein Geschenk? Er hatte vergessen ihr zu sagen, dass sie nichts kaufen solle, aber zwischen ihnen hatte es nicht viele Gespräche gegeben. „Ich bin sicher, dass mir das Geschenk gefällt, und du kennst die Rollins' und meine Eltern schon durch die Schule. Kein Grund, nervös zu sein. Sie mögen dich."

Sein Lächeln konnte ihre Ängste nicht vertreiben.

„Also gut." Sie lief ins Wohnzimmer, blieb beim Sofa stehen und hielt ihm eine große blauweiß-gestreifte Geschenktüte hin. „Möchtest du es jetzt auspacken?"

Er folgte ihr ins Wohnzimmer und setzte sich auf das beigefarbene Sofa. Dann fiel ihm ein, dass ein Gentleman im Beisein einer Dame stehen blieb. Zu spät.

Sie setzte sich ans andere Ende des Sofas und hielt leicht zitternd die Tüte in seine Richtung. Er kostete den Moment in vollen Zügen aus, nahm langsam die Tüte entgegen und zog vorsichtig an dem blauen Papier, mit dem sie das flache quadratförmige Geschenk eingepackt hatte.

„Pack es schon aus." Sie verdrehte die Augen.

Es war schwer, nicht zu lachen. Dieses kleine Spiel machte viel mehr Spaß, als er erwartet hatte. Er beugte sich zu ihr hinüber. „Wie du willst."

Sie kicherte.

Er riss an dem Geschenkpapier und hielt schließlich eine Schallplatte mit den größten Hits in den Händen. Das einfach gestaltete Cover mit einer Liste von Liedtiteln wie „Sweet Baby James" und „Something in the Way She Moves" berührte sein Herz zutiefst. „Du hast dir das gemerkt?"

„Auch wenn du zu jung bist, um ein James-Taylor-Fan zu sein, dachte ich, dir könnte dieses Album gefallen."

Bei ihrem Lächeln regte sich in seiner Brust mehr als nur Dankbarkeit. „Die Geschenke, die ein Mensch macht, sagen viel über ihn aus." Er hielt die Schallplatte hoch, schaute dabei aber Gracie an und betrachtete jede Kontur ihres schönen, ovalen Gesichts. „Dieses Geschenk sagt mir, dass du gut beobachtest, dir Gedanken machst und jemand bist, den ich besser kennenlernen möchte."

Sie senkte den Kopf und begann die Fetzen Geschenkpapier aufzusammeln.

Er stand auf, klemmte sich das Album unter den Arm und hielt ihr die andere Hand hin. „Wir sollten jetzt lieber zu Clint fahren. Sonst verpassen wir die Party."

Oder er würde sich von der quälenden Nostalgie mitreißen lassen, die von einer Sehnsucht getrieben wurde, die stärker war als ein Buschbrand.

* * *

Clint schaute zum vierten Mal auf seine Uhr. Sein Wohnzimmer war voll mit Luftballons und Kinderlachen.

Aber weit und breit kein Steven.

Stevens Eltern, Michael mit seiner neuen Freundin und ein paar andere Kollegen und ihre Frauen standen herum und aßen Saras leckere Hors d'oeuvres. Es war nicht Stevens Art, zu spät zu kommen. Und auch nicht Gracies Art.

Steven hatte vor einer halben Stunde angerufen und gesagt, er und Gracie wollten ein wenig spazieren fahren und sich sein Geburtstagsgeschenk anhören. Nicht die Schallplatte, sondern Stevens CD mit denselben Hits. Gracie hatte mit diesem Geschenk genau ins Schwarze getroffen.

Clint lächelte. Dann zog er die Vorhänge zurück und schaute in die Einfahrt hinaus.

Sara legte die Arme um ihn. „Sie sind erwachsen, Cowboy. Und es ist ja nicht so, dass es Mitternacht wäre und sie sich irgendwo auf einem einsamen Parkplatz vergnügen würden."

„Das bringt mich auf eine Idee für heute Nacht."

Sara stieß ihn in die Rippen und warf ihm einen strengen Blick zu.

Einige Minuten später fuhr Steven in seinem blitzblank polierten Wagen vor und ging zur Beifahrerseite, um Gracie die Tür aufzuhalten. Sie schauten sich lange in die Augen, bevor er ihre Hand auf seinen Arm legte.

„Wenn das nicht die Herbstluft zum Glühen bringt." Sara zog vielsagend die Brauen hoch.

Ihr Gebet musste mehr bewirkt haben, als er und Sara erwartet hatten.

Steven klopfte und trat dann ein.

Clint folgte seiner Frau in die Diele, um die beiden zu begrüßen. „Hey, ihr zwei. Schön, dass ihr es geschafft habt."

Sara stieß ihn mit dem Ellbogen. „Und wie geht es unserem Geburtstagskind?" Sie umarmte Steven und drehte sich dann zu Gracie um. „Herzlich willkommen. Ich freue mich sehr, dass du hier bist. Komm rein und misch dich unter das Chaos."

Gracie reichte ihr eine Kuchenform. „Ihr habt hoffentlich nichts dagegen, dass ich für eure Familie eine Pfirsichpastete für später gemacht habe."

Sara nahm die Nachspeise mit einem belustigten Lächeln entgegen. „Danke. Geht doch einfach alle mit Clint ins Wohnzimmer, und ich räume das weg, damit es niemand vor dem Essen vertilgt."

Clints Magen knurrte. Gracie hatte auch bei ihm einen Treffer gelandet.

Steven flüsterte Gracie ins Ohr: „Siehst du? Sie mögen dich."

Ihr Gesicht glühte, als sie sich an Stevens Arm lehnte. Ihr Blick wanderte durch das Zimmer und blieb an Saras Lieblingsbild von einem Sonnenuntergang über dem Kamin hängen. Nicht ganz sein Ding, aber Gracie schien es zu gefallen.

„Euer Haus ist schön, Clint." Ihre geröteten Wangen hatten wieder eine normale Farbe angenommen und ihre Schultern entspannten sich ein wenig. Ein gutes Zeichen.

„Danke." Bevor Clint sich nach ihrer kleinen Spritztour erkundigen konnte, nahm Steven James auf den Arm und ging durchs Zimmer, stellte Gracie vor und unterhielt sich mit den anderen Gästen. Die meiste Zeit hielt er sich bei Andrew und Sue auf. Das Augenzwinkern zwischen Vater und Sohn entging Clint nicht. Und Gracie auch nicht.

Nur Michaels Nervosität, als sie über den Kensingtonfall sprachen, deutete darauf hin, dass jemand in der kleinen Gruppe nicht ganz ruhig und ausgeglichen war. Der Grünschnabel konnte es wahrscheinlich nicht erwarten, zu seinen weiteren Plänen für den Abend überzugehen.

Clint schalt sich innerlich. Er musste aufhören, in Michaels Verhalten etwas hineinzudeuten. Steven hatte recht. Michael war dabei, sich zu verändern. Er sang noch nicht im Kirchenchor, aber er hatte das Playboyimage, auf das er so stolz gewesen war, als er beim FBI angefangen hatte, schon weitestgehend abgelegt.

Bald erfüllte der Geruch von Steaks und selbst gebackenen Brötchen das Haus. Als sich alle vor die Tischkarten setzten, die James und Susannah mit Blättern und braunem Bast geschmückt hatten, stand Clint an der Stirnseite des Tisches auf und sprach ein Tischgebet.

„Herr, wir danken dir für diesen Abend, an dem wir mit unseren Freunden feiern können. Wir legen dir die Kensingtons hin und bitten dich um Führung bei unserer Arbeit." Er warf einen Blick auf seine Kinder, um sicherzugehen, dass sie sich anständig benahmen. Susannah schaute ihn an und lächelte. Dann schloss sie die Augen und beugte den Kopf. Er betete weiter.

„Aber heute Abend machen wir eine kleine Pause von der Arbeit und danken dir für das wunderbare Essen, dafür, dass Steven sechsunddreißig geworden ist, und für alles Gute, was du für ihn noch bereithältst. Amen."

Saras würziges französisches Dressing und die Tonnen von Salat und Gemüse verschwanden genauso schnell, wie die beruflichen Themen verschwunden waren, als die Kinder sich alle auf ihre Plätze gesetzt hatten.

„Und wann kommen jetzt die spannenden Geschichten über meinen Sohn? Du hast mir einen interessanten Abend versprochen, Clint." Aus Andrew Kesslers blauen Augen sprach genauso viel Schabernack, wie manchmal in Stevens Augen lag.

Steven stöhnte. „Vielen Dank, Dad. Warte nur, bis du Geburtstag hast. Dann zahle ich es dir heim."

„Ein guter Anfang ist immer, wie Steven vor ein paar Jahren in diesen Fabrikkeller gestürmt ist, um achtjährige Zwillinge zu retten." Michael erzählte diese Geschichte gern, obwohl er sie nur vom Hörensagen kannte.

Wer sagte, dass nur Frauen Geschichten erzählten, hatte noch nicht im Aufenthaltsraum des FBI gesessen.

Clint mischte sich ein, bevor Michael eine Chance hatte, mehr Details zu erzählen, als junge Ohren hören sollten. „Das war ein Superman-Auftritt, wie er im Buche steht, was, Steven?"

Sein Partner schüttelte den Kopf. „Für alle Nichteingeweihten: Diese kleine Geschichte wurde im Laufe der Jahre stark aufgebläht. Ich habe nichts anderes getan als eine Kartenrunde gestört und mich gegen ein paar Schläge gewehrt, bevor ich zwei hübsche, kleine Mädchen fand, die sich in einem Hinterzimmer versteckten."

„Du hast eine Pokerrunde des organisierten Verbrechens hochgehen lassen. Diese Beschreibung kommt der Sache näher."

Clint schaute Michael an und nickte den Kindern am anderen Ende des großen Esszimmers zu. „Wie ich schon sagte, es war einer von Stevens heldenhafteren Momenten."

„Ganz anders als seine Tage in Quantico." Michael hatte es sich selbst zuzuschreiben, wenn er nächste Woche im Fitnessraum verprügelt würde. Er forderte es richtiggehend heraus.

Gracies verwirrter Blick, als die anderen Agenten alle lachten, erinnerte Clint an seine Manieren. „Ich will nur so viel sagen, dass Steven versuchte, während des Unterrichts ungestört zu schlafen, während unsere ehrenwerten Ausbilder dachten, er solle lieber aufpassen." Clint bemerkte, dass Steven auf seinen Teller stierte. „Einmal mussten wir alle mehrere Runden drehen, weil Steven so laut schnarchte, dass unser Ausbilder an die Decke ging. Einer aus unserer Klasse hatte keine Lust, so viel zu laufen, und ging mit großer Empörung auf Steven los."

„Das ging so weit, dass er versuchte, jedes Mal, wenn wir an Agent Lechter vorbeikamen, mein Gesicht in den Dreck zu drücken", lachte Steven böse. „Einmal hat er mich erwischt. Da habe ich Clints geniale texanische Ausweichschritte angewandt, und der arme Kerl hatte mehr Schlamm im Gesicht als der Amazonas in der Regenzeit."

Gracie hielt sich die Serviette an den Mund. „Das hast du nicht gemacht, oder?"

„Natürlich habe ich das gemacht." Steven stieß sie verspielt mit der Schulter an und legte dann schützend einen Arm um ihre Stuhllehne.

Interessant. Kurze Zeit später flüchtete Clint vor den großen Geschichten über ihre Anfängerjahre in die Küche. Bald danach tauchte er wieder auf, gefolgt von drei Kindern, die einen Kuchen trugen mit brennenden Kerzen.

Im Raum wurde lautstark „Happy Birthday" gesungen. Dieser Gesang machte einer Zirkusparade alle Ehre.

Clint und Sara verteilten Kuchen und Eis, während Andrew Geschichten aus Stevens Kindheit und der seiner Schwester zum Besten gab. Es war wirklich schade, dass Hanna aus beruflichen Gründen in Kentucky hatte bleiben müssen. Sie hätte auch manche Anekdote beitragen können. Aber an ihrer Stelle erzählte James seine eigenen lustigen Geschichten über seinen Dad, und das Lachen der Kinder vermischte sich mit dem Gelächter der Erwachsenen.

Niemand erwähnte Angela. FBI-Geheimhaltung in ihrer besten Form. Es war, als hätte es diese Phase im Leben seines Partners nie gegeben. Aber es hatte sie gegeben. Und sie hatte immer noch Auswirkungen auf sein Leben. Mehr, als Steven sich eingestehen wollte.

Jetzt war weder der richtige Zeitpunkt noch der richtige Ort, aber Clint wollte gern mehr über Stevens aufkeimende Liebesgeschichte wissen und wie er vorhatte, sie mit dem bevorstehenden Sorgerechtsstreit unter einen Hut zu bringen, den Angela angekündigt hatte.

Dass Steven und Gracie während des ganzen Abends so eng beieinander saßen, machte Clint einerseits froh. Andererseits könnte eine neue Liebe Steven von seiner Arbeit ablenken, wo doch der Kensingtonfall so kurz vor dem Durchbruch stand.

Sie könnte ihn sogar verleiten, weiter vor Gott davonzulaufen.

Clints Magen zog sich zusammen. Seine Frau hatte vielleicht die Intuition eines alttestamentlichen Propheten, aber er selbst hatte oft ein untrügliches Bauchgefühl. Und eine Ahnung ließ ihm keine Ruhe.

Vor ihnen lagen gefährliche Zeiten.

Kapitel 26

„Ich will meinen Sohn sehen, Gordon."

In den letzten zweieinhalb Wochen war Charlotte unerträglicher geworden als Sir Kensingtons Rotzlöffel. Gordon zog den kleinen Küchenvorhang zu und sperrte den grauen Montaghimmel aus. Die Mietswohnung achtzig Kilometer außerhalb von Alexandria bot ihnen ein Versteck und ein Dach über dem Kopf. Aber nicht viel mehr.

„Ich werde nicht ins Gefängnis gehen, weil du einen Urlaub von Stewart nicht aushalten kannst."

Sie trat näher. „Wie lange noch, Gordon? Wir haben neue Pässe, Flugtickets und …" Charlotte fuhr mit der Hand durch ihre jetzt kurz geschnittenen roten Haare. „Mit diesem Aussehen wird Stew mich gar nicht erkennen. Ich kann das nicht länger ertragen, und warum sollte ich auch? Nur damit du den Botschafter noch länger quälen kannst? Du hast genug angerichtet. Fahren wir endlich nach Hause. Heute."

„Nein." Er schaute seine Schwester mit eiserner Entschlossenheit finster an. „Ich werde das zu Ende führen, was dieser Idiot angefangen hat. Er hat noch andere Kinder. Ich werde nie einen anderen Bruder haben."

Als er Harry erwähnte, brach Charlotte erneut in einen Weinanfall aus.

Gordon ließ sie ungehindert ins winzige Schlafzimmer der Wohnung laufen und wieder einmal weinen. Er kippte einen letzten Schluck Bitter hinunter. Was gäbe er nicht dafür, zu Hause in seinem englischen Pub zu sitzen.

Er konnte es genauso wenig wie seine Schwester erwarten, zum Piccadilly Circus zurückzukehren, aber es war noch nicht so weit.

Bald. Morgen in drei Wochen. Am siebzehnten Oktober.

Als er hörte, wie eine Tür ins Schloss fiel, wurde er hellhörig. Charlotte wusste, dass sie bei Tageslicht das Haus nicht verlassen sollte, aber es war ihm wichtiger, ein weiteres Bitter aufzumachen, als seiner gefühlsduseligen Schwester draußen im Park hinterherzulaufen. Er würde sie in ein paar Minuten zurückholen.

Dass sie keine zwei Tage mehr warten konnte, nervte ihn. Am Mittwochabend würden sie Stew entführen, und Gordon würde die beiden in ein Flugzeug nach Heathrow setzen. Ihr amerikanischer Mann konnte verrotten.

Dieser Kerl und seine Computerfreundinnen waren nicht Gordons Sorge. Außer dass Jimmy der Polizei helfen könnte, wenn er seine dummen Ohren offen hielte. Aber das hatte er nicht. Er wusste nicht einmal, dass sie in der Nähe seines Hauses waren. Die FBI-Leute waren in den frühen Morgenstunden sehr unauffällig.

Gordon packte die Schlüssel seines Mietwagens und fuhr zu dem kleinen Park, in den Charlotte in den letzten Tagen öfter geflüchtet war. Wahrscheinlich saß sie auf einer Schaukel und sang irgendein albernes Kinderlied.

Der Park tauchte vor ihm auf. Aber keine Charlotte.

„Wo bist du, Schwesterherz?"

Er erinnerte sich an ihre tränenreichen Worte, dass sie heute gehen wollte. Das würde sie doch sicher nicht wirklich tun. Er lenkte seinen Wagen in Richtung Alexandria.

Wenn er sie erst einmal zur Schnecke gemacht hätte, weil sie alles aufs Spiel setzte, nur um so schnell wie möglich aus den USA fortzukommen, würde er sie ermutigen, ihr Geld gut zu verstecken und ein neues Leben anzufangen. Solange sie nicht erwischt wurde.

Der Mittag war die schlechteste Zeit, um dem FBI zu entkommen.

Sie konnte nicht mehr als eine Viertelstunde Vorsprung vor ihm haben, und das auch nur, wenn sie sofort, als sie die Wohnung verlassen hatte, ein Taxi gefunden hätte. Aber vielleicht hatte sie eines bestellt, bevor sie die Tür zugeknallt hatte. Seine kleine Schwester war nicht dumm. Eine echte Landridge.

Harry wäre stolz.

Gordon fuhr um die zwei FBI-Wagen vor Charlottes kleiner Wohnung herum und fluchte auf dem ganzen Weg zu ihrem kleinen Park, von dem Stewart immer brabbelte. Ihr Mann musste die Polizei benachrichtigt haben, als Charlotte den Fuß über die Schwelle gesetzt hatte.

Er parkte am Rand des kleinen Parks und verschwand unter den hohen Bäumen, wo er einen guten Blick auf ihr Haus hatte. Als er vorher daran vorbeigefahren war, hatte alles gespenstisch still ausgesehen, aber er konnte es nicht riskieren, jetzt noch einmal in diese Straße zu fahren.

Er brauchte seinen Mietwagen noch ein paar Tage. Andererseits würde er ihn heute vielleicht gegen einen anderen austauschen für den Fall, dass irgendein FBI-Typ sich seine Nummer gemerkt hatte.

Charlottes roter Bubikopf tauchte an der Haustür auf. Sie war begleitet von zwei Männern in Anzügen. Gordon vermutete, dass der fast zwei Meter große Kerl der Texaner war, von dem Charlotte so freundlich gesprochen hatte. Der Mann, der nett zu ihr gewesen war, nachdem die Kensingtons von Olivias Tod erfahren hatten.

Was seine Schwester jetzt wohl von ihm dachte?

Gordon widerstand dem Drang, seine Pistole zu ziehen und seine Schwester und seinen Neffen in Sicherheit zu bringen. Er war zu weit weg, um jetzt etwas tun zu können. Der Plan musste abgeschlossen werden. Dann würde er sich um Charlotte und Stewart kümmern, egal, ob dabei einige FBI-Agenten auf der Strecke blieben.

Er packte seine Sachen zusammen und verließ den kleinen Park in Richtung Westen. Er würde diesen Mietwagen in der Nähe des Dulles Airport an einer Stelle abstellen, die ihm das letzte Mal aufgefallen war, als er dort gewesen war.

„Sei loyal zu mir, Charlotte." Wenn sie seine Oktoberpläne vereitelte, müsste er verschwinden, ohne seine Sache abgeschlossen zu haben. Dieser Gedanke machte ihn wütend.

Keine halben Sachen. Dieses Mal nicht.

Er tauschte seinen Wagen gegen ein anderes unauffälliges Mietauto. Die Aussicht auf eine bessere Wohnung und auf ein oder zwei Bier, um sich heute Abend zu entspannen, zähmte seinen Ärger.

Wenn seine Schwester ihren Verstand einsetzte, würde sie den Mund halten und sich taub stellen. Sie hatte zweifellos seine wenigen Geheimnisse, die sie vielleicht mitbekommen hatte, vergessen. Sie wusste nichts Konkretes über seine Absichten mit Sir Kensingtons anderem Kind. Und wahrscheinlich weniger, als das FBI sowieso schon über ihn herausgefunden hatte. Was, dank einiger loyaler Leute beim britischen Geheimdienst, herzlich wenig war. Seine Schwester dachte sowieso an nichts anderes als an Stewart.

Auf der Rückfahrt nach Alexandria versuchte Gordon, einen Weg zu finden, wie er verfolgen könnte, was das amerikanische Rechtssystem mit ihr machte. Zweifellos wäre sie bald auf Kaution frei. Nur um sicherzugehen, würde er ihre gemeinsame Wohnung sauber machen und dann diesem Amerikaner einen Besuch abstatten, der für die Million, die er schon bekommen hatte, auch etwas Brauchbares tun könnte.

Ein Yankee, der garantieren würde, dass seine letzte Aktion in den USA wie geplant laufen würde.

* * *

Der Sturm am späten Abend gefiel Tom.

Das war besser als „Monday Night Football“. Er schaltete den Fernseher aus. Mit seinem Brandy toastete er Caesar zu. Der Kater versteckte sich unter dem Bett vor dem Sturm. Vielleicht sollte er das auch tun. Denn bei jedem Blitz vermischten sich Ängste aus seiner Kindheit mit überängstlichen Gedanken an Gefängnisgitter und Banknotenziffern von drei Millionen Dollar.

Ihm blieb nichts anderes übrig, als zu verschwinden. Dank Gracie.

Ein Klopfen an der Tür ließ ihn erschreckt auffahren.

Wer war das? Bilder von seiner Mutter kamen ihm in den Sinn. „Entschuldige, Mutter. Ich komme gleich.“

„Hier ist nicht Ihre Mama.“

Tom wand sich innerlich, als er den gut gebauten Briten mit der tiefen Stimme vor sich sah, der auf seiner Veranda stand. „Nein, aber ich erkenne die Stimme.“

„Eine Million Dollar bewirkt bei unseren Sinnen Wunder, was?“ Der Mann schritt in Toms Haus, als würde es ihm gehören.

Tom schloss die Tür und deutete zum Sofa. „Möchten Sie auch einen Brandy? Oder wollen Sie lieber ein, wie sagen Sie dazu? Ein Bitter?“

„Aber nicht eiskalt, wenn möglich.“ Der Mann setzte sich an den kleinen Esstisch und lehnte sich auf dem teuren Chippendale-Stuhl zurück.

Die gebräunte Hautfarbe und die muskulösen Arme des Mannes machten Tom vorsichtig. Das war ein Mann, der ihm mit bloßen Händen den Hals brechen könnte, falls ihm gerade danach wäre. Tom schluckte die bissigen Bemerkungen hinunter, die ihm auf der Zunge lagen. „Tut mir leid. Wir Amerikaner trinken unser Bier immer kalt.“

„Okay.“

Tom schenkte sich einen Schuss eines dunklen Gebräus ein und kippte ihn in der Küche hinunter, bevor er seinem Gast ein großes

Glas und das Bier brachte. „Nennen Sie mir einen Namen, oder ist er ein großes Geheimnis?“

„Sie können mich Joe nennen. Das ist ein Name, den ich noch nie benutzt habe.“ Joe trank sein Bitter aus der Flasche. „Aufgrund unvorhergesehener Umstände müssen wir unser Zieldatum vorverlegen. Schicken Sie mir die neuen Codes und Sicherheitspläne für den zehnten Oktober. Ich mache am elften meinen Besuch, und wenn alles gut läuft, liegt Ihr restliches Geld am vierzehnten auf dem Schweizer Bankkonto.“

Zweieinhalb Wochen. Tom nickte. Genug Zeit, um seine Umzugspläne zu treffen und Tickets für den Flug über den Altantik zu buchen. Er hatte schon immer von einem Urlaub in Europa geträumt. Vielleicht sogar plastische Chirurgie. Dabei ging es ihm nicht um eine Schönheitsoperation, sondern lediglich um seine Sicherheit. Er konnte sich nicht so gut verstecken wie dieser mysteriöse Mann an seinem Esszimmertisch. Aber wenn er sich in diesem einen Punkt zu helfen wusste, würde vielleicht alles andere sich auch fügen.

„Eine Frage: Wie gut können Sie schießen?“

Joe betrachtete ihn eine ganze Minute, bevor er antwortete. „Scharfschütze. Warum? Wollen Sie mir eine Million Dollar zahlen, damit ich das Haustier einer Lehrerin erschieße?“

„Nein. Nur die Lehrerin.“

Joe pfiff leise. „Ihr Amerikaner und euer seltsames Liebesleben. Wie in einer Seifenoper. Können Sie das Mädchen nicht einfach vergessen und sich eine neue suchen? Oder müssen Sie Unterhalt zahlen?“

„Damit hat es nichts zu tun.“ Tom trank seinen letzten Schluck und stand auf. Er hielt sich an der Stuhllehne fest, um sich abzustützen. Ihm war schneller schwindelig als sonst.

„Ah, jetzt verstehe ich. Ihr Gracie-Problem. Hübscher Vogel. Zu schade für ihren FBI-Freund, wenn ich in dieses Geschäft einwillige.“

„Wie machen Sie das? Ich meine, dass Sie meine Vergangenheit zusammengepuzzelt haben, war schon schwer genug. Aber woher wissen Sie, was zwischen Gracie und Kessler läuft?“

„Wenn ich sage, mein Leben ist jetzt sehr mit dem Leben der beiden verknüpft, wäre das eine starke Untertreibung.“

Tom wollte die Bemerkungen dieses Briten nicht entschlüsseln. Je weniger er wusste, umso weniger wahrscheinlich war es, dass dieser

Mann sich später noch an ihn erinnern würde. Er wollte lieber vorpreschen und das ganze Chaos schnell hinter sich lassen. Freiheit. Griechische Strände. Paris. Träume, die endlich Wirklichkeit würden. Ohne die Drohung, dass Gracie die Wahrheit herausfände und alles kaputt machte. Tote konnten nichts mehr erzählen.

Wenn alles nach Plan lief, würde dieser Brite auch nichts erzählen. Besonders da er keinen anderen Beweis hatte als Gracies dumme Skizze. Die Skizze, die schnell im Müll landen würde, wenn ihr großartiger Privatdetektiv kein Honorar mehr bekam, weil seine Klientin überraschend gestorben war.

Tom umklammerte die Rückenlehne seines Stuhls und schaute den Briten direkt an. „Ich wäre gern bereit zu sagen, dass wir finanziell quitt sind, wenn Sie zwei Kugeln abschießen und mir aus meiner Situation heraushelfen."

„Die Freiheit ist Ihnen zwei Millionen wert, sagen Sie?" Joes Gesicht verzog sich zu einem breiten Grinsen.

Tom schluckte schwer. „Ja."

Joe nickte und trank sein Bier aus. „Prosit. Wir sind quitt, wenn am elften Oktober alles erledigt ist." Der Mann stand auf, ging ohne ein Wort und schloss die Tür hinter sich.

Oh, Mann. Tom warf seine leere Flasche in den Müll und stellte die Gläser in die Spülmaschine. Es war Zeit, zu packen und eine Liste mit den Dingen zu erstellen, die er erledigen musste, bevor er sich von den Vereinigten Staaten verabschiedete. Für immer.

Nicht einmal mehr drei Wochen. Die Freiheit hatte noch nie so gut geschmeckt.

Kapitel 27

Steven brutzelte Schinkenstreifen in der Pfanne, während Gracie an seinem Frühstückstisch saß, Karottenstreifen mit Dipp knabberte und von der Schule erzählte.

Seine Gedanken wanderten immer wieder zu seinem Fall zurück. Fast zwei Wochen waren seit dem erstaunlichen Durchbruch bei den Kensingtonermittlungen vergangen, und jetzt ging nichts mehr weiter. Charlotte Browns doppelte Staatsbürgerschaft warf frustrierende Fragen auf, die sie klären mussten, und ihr Hausarrest bedeutete für Stevens Team noch mehr Arbeit, da ihnen dadurch weniger Agenten blieben, die den spärlichen Informationen, die sie ihnen gegeben hatte, nachgehen konnten.

Er bezweifelte, dass sie die Wahrheit sagte. Sie war eine unnachgiebige und höfliche Britin, und er hatte noch nie so viel Loyalität gesehen. Nicht einmal er oder Clint hatte ihr mehr Informationen entlocken können. Sie hatte ihren Sohn, das war das Wichtigste für sie.

Für sie zählte nicht Olivias Tod. Nicht Sir Walters Zukunft, schon gar nicht, nachdem der Botschafter sich nicht einmal an den Namen Landridge erinnerte. Und ganz gewiss nicht Stevens Ermittlungen und seine Versuche, ihren einzigen noch lebenden Verwandten lebenslänglich hinter Gitter zu bringen.

Steven fügte grünen und gelben Paprika zu den brutzelnden Schinkenstreifen und versuchte, die Arbeit zu verdrängen und seinen freien Freitagabend zu Hause zu genießen. James übernachtete heute bei seinen Großeltern.

Als er Gracies belustigten Blick sah, musste er laut lachen. „Was hast du denn gedacht, was ich zum Essen machen wollte? Erdnussbutterbrot?" Er stellte saure Sahne, Käse und Salsa auf den Tisch und gab dann die Tortillas in eine Auflaufform, um sie warm zu halten.

„Kann ich nicht wenigstens ein bisschen helfen?"

„Nein. Bleib einfach sitzen. Das Essen wird jeden Augenblick serviert." Er schob die Schinkenstreifen in eine andere Auflaufform und deckte den Tisch.

Einige Minuten später hielt er für Gracie einen Esszimmerstuhl bereit und wartete, bis sie sich gesetzt hatte. Er schüttelte die Stoffserviette auf und legte sie mit einer würdevollen Verbeugung auf ihren Schoß.

Sie verbarg ein Grinsen hinter ihrer Hand.

Steven ließ seinen Blick über ihren cremefarbenen Pullover und ihren langen Baumwollrock gleiten. „So wie ich es sehe, steht dir das eindeutig zu."

Sie errötete.

Sie waren sich in den zwei Wochen seit seinem Geburtstag näher gekommen. E-Mails, in denen sie sich besser kennenlernten, angenehme Gespräche in der Schule und dass seine Exfrau nicht unvermutet aufgetaucht war, waren dabei sehr hilfreich gewesen.

Nachdem er sich vergewissert hatte, dass die Jazzmusik nicht zu laut war, servierte Steven die Salate. Es tat gut, sich zu entspannen. Für einen Abend die Welt zu vergessen und die Gesellschaft einer schönen Frau zu genießen, die sein Sohn und seine Eltern liebten.

„Das schmeckt wunderbar." Sie tupfte sich die Mundwinkel ab. „Ist das Saras Rezept, oder haben sie und Clint das alles fertig in deinen Kühlschrank geschmuggelt?"

„Ich glaube, ich bin gerade beleidigt worden."

„Niemals."

Er war dankbar, dass sie den Kopf nur kurz zum Gebet gebeugt hatte, bevor sie mit ihrem Salat angefangen hatte. Er fragte sich immer noch, ob er um ihretwillen ein Tischgebet hätte sprechen sollen. Aber stattdessen schob er ihr die Schüssel mit dem Essen näher.

„Wie schaffst du es, das, was mit deiner Familie passiert ist, loszulassen?" Die Traurigkeit, die jetzt über ihr Gesicht zog, hatte er nicht erwartet. Er wünschte, er könnte seine abrupte Frage zurücknehmen. „Entschuldige. Ich wollte dich nicht verletzen. Ich hätte das nicht fragen sollen."

„Nein. Du hast mich nicht verletzt. Es ist nur so, dass ich mich das auch frage. Ob ich je erfahren werde, wer meine Familie getötet hat? Justin hat so große Hoffnungen auf die Skizze gesetzt, die ich im August gemacht habe. Aber er wurde aufgehalten und hat von den Colleges, zu denen er in Atlanta Kontakt aufgenommen hat, nicht viel Rückmeldung bekommen."

Steven häufte Fleisch, Gemüse, Salsa und saure Sahne auf seine Tortilla. „Will er nicht in ein paar Wochen selbst hinunterfahren?"

„Ja. Ich fahre zu Thanksgiving nach Hause, aber Justin glaubt, dass er schon vorher einige Informationen für mich hat. Er sagt, persönliche Gespräche könnten der Schlüssel in dem Fall sein."

Steven bezweifelte das, behielt diesen Gedanken aber für sich. Sein Freund tat alles, was er konnte. Vielleicht würde Steven seinen Dad und Clint bitten, konkreter für Gracies Ermittlungen zu beten. Was konnte das schon schaden?

Sie tat eine kleinere Menge Essen auf den Teller und fügte ein wenig geriebenen Käse dazu. „Seit meinem letzten Gespräch mit Justin habe ich meine Tagebucheinträge noch einmal gelesen. Ich habe gebetet, ob ich weitersuchen soll oder ob ich es einfach aufgeben soll. Aber ich kann jetzt nicht aufhören." Sie spielte nervös mit dem Medaillon, das um ihren Hals hing.

„Bilder von deinen Kindern?"

Sie schaute auf das Medaillon. Ihre Augen wurden feucht. Vielleicht sollte er bei oberflächlichen Themen über ihre und seine Arbeit bleiben und die tiefgehenden Fragen anderen überlassen. Leuten wie Clint.

„Ja, das sind Bilder von Elizabeth und Joshua direkt nach ihrer Geburt." Sie öffnete das zierliche Medaillon und hielt es ihm hin.

Er beugte sich vor, um die Fotos besser sehen zu können. Die winzigen Bilder erinnerten ihn an James' Geburt. Einige Wochen später war Angela verschwunden und hatte ihm nur eine kurze Nachricht hinterlassen, in der sie ihm von ihrem Professor erzählte und Steven ein schönes Leben wünschte.

„Ich tue mich schwer zu akzeptieren, dass es so vieles auf dieser Erde gibt, das ich vielleicht nie verstehen werde", sagte sie. „Ich stelle die Fragen trotzdem und lade in regelmäßigen Abständen meinen ganzen Frust bei Gott ab. Er verkraftet das. Ich will glauben, dass ich die Antworten nicht brauche, dass Gott genug ist. Dass er etwas Gutes vorhat, wie meine beste Freundin mir immer wieder sagt."

„Funktioniert es?" Bilder von vermissten Kindern und Kindern, die nie wieder nach Hause kommen würden, tauchten gnadenlos in seinem Kopf auf.

Dieses Gespräch kam seinen eigenen Kämpfen, seinen Lebensfragen viel zu nahe.

Am Montag würde er mit seinem Partner darüber sprechen. Clint und Sara mussten zu Hause kräftig beten.

Im Moment konnte Steven sich nur über sein Essen hermachen.

Gracie holte tief Luft. „Trotz der Dinge, die ich manchmal fühle, glaube ich. Jesus kam, damit wir Leben haben. Er hat uns nie ein langes oder leichtes Leben versprochen, aber er hat uns sich selbst und die Ewigkeit an einem perfekten Ort ohne Tränen und ohne Traurigkeit versprochen."

Ihr Kinn zitterte, aber ihre Augen funkelten. „Ich verstehe nicht, warum Mark und unsere Kinder gestorben sind. Ich verstehe nicht, warum Gott mich nicht auch sterben ließ. Aber ich will glauben, dass Gott eine Absicht hat. Ich weiß, dass meine Familie jetzt bei ihm ist. Das ist für mich ein großer Trost."

Steven biss die Zähne zusammen. Gracie sprach von der Familie, die sie geliebt und verloren hatte, und genauso natürlich wie sie atmete, erzählte sie ihm von Jesus. Wie könnte er es damit je aufnehmen?

Wenigstens hatte sie ihm keine einfachen Sonntagsschulantworten aufgetischt. Sie lebte das, was sie sagte. Mitgefühl sprach aus ihren Augen und lag in ihrer Berührung, als sie die Hand auf seinen Arm legte.

„Frieden findet man, wenn man Gott kennt, nicht wenn man auf alle Fragen eine Antwort hat. Die Antwort ist Glauben. Gott vertrauen."

„Mein Partner glaubt, Vergebung wäre die Lösung, die das Leben rosarot macht."

„Dazu kann ich nichts sagen. Ehrlich gesagt, ist das mein wunder Punkt. Ich kann mir nicht vorstellen, dass ich dem Mann vergeben könnte, der mir meine Familie genommen hat. Nicht, solange er nicht im Gefängnis sitzt. Wenn überhaupt."

„Glaubst du, du kannst die Sache irgendwann loslassen, auch wenn du den Kerl nicht findest?" Er schätzte es, dass sie zugegeben hatte, in ihrem Leben mit Gott nicht vollkommen zu sein. Vielleicht bestand für ihn trotzdem noch Hoffnung.

„Dazu bin ich jetzt noch nicht bereit. Nicht, solange ich nicht alle Möglichkeiten ausgeschöpft habe." Sie schaute ihn direkt an. „Im Moment arbeite ich daran, Gott zu vertrauen, dass er mich durch den heutigen Tag bringt. Der Rest muss warten."

Sie beugte sich vor und schaute ihn mit einem durchdringenden Blick an. „Was ist mit dir? Wenn ich Clint richtig verstanden habe, hört es sich so an, als hättest du dich vor ungefähr sechs Jahren von Gott verabschiedet. Gleich nachdem Angela dich verlassen hat."

Steven nahm einen großen Schluck Tee. Süßes Zeug, das Sue extra für ihn gemacht hatte. Und für Gracie. „Richtig. Ich habe irgendwie gedacht, dass du mehr über Angela wissen willst, als du bis jetzt verraten hast."

Er dachte an Angela und ihre ganzen Auseinandersetzungen über den Glauben. Nicht zu vergleichen mit diesem Abend mit Gracie. In keiner Hinsicht. Das meiste, was er über Gott gesagt hatte, war auf Streitlust gestoßen, da Angela unter Alkoholeinfluss eine lose Zunge hatte.

„Angela und ich haben über alles gestritten. Aber vor allem über Gott."

Gracies Miene veränderte sich nicht, während sie darauf wartete, dass er weitersprach. Wusste sie schon, dass er früher genauso christlich gewesen war wie sie? Er hatte viel darüber gesprochen, aber er war zu sehr verletzt worden, um weiter diesen Weg zu gehen.

„Bist du noch in sie verliebt?"

Au. Gracie redete genauso wie Clint nicht um den heißen Brei herum. Und sie wich auch unerfreulichen Themen nicht aus.

„Ich habe Angela geliebt. Ich kämpfe immer noch damit, dass ich mich manchmal zu ihr hingezogen fühle. Das hast du wahrscheinlich schon herausgefunden."

„Auf die Menschen, die uns einmal sehr nahe standen, reagieren wir mit starken Gefühlen."

Gute Antwort. Wahr. Aber nicht das Ende der Geschichte. „Ich will keine Zukunft mit Angela. Sobald mir das alleinige Sorgerecht zugesprochen wird, hat sie in meinem Leben nichts mehr verloren."

Gracie legte den Kopf auf die Seite. „Vielleicht hat Clint recht mit der Vergebung. Es klingt so, als wärst du von deiner Exfrau nie vollkommen frei, solange du ihr nicht vergibst. Deine Körpersprache verrät das sehr deutlich."

Steven schaute auf seine geballten Fäuste und seine verschränkten Arme. Es war nicht das Thema Vergebung, was ihn in Rage brachte. Es war der Gedanke an den bevorstehenden Sorgerechtsprozess und was passieren würde, wenn er nicht so ausginge, wie er das für sich und James hoffte.

Was war, wenn sie nie wirklich aufgehört hatte zu trinken? Dann würde es nie zu einem gemeinsamen Sorgerecht kommen oder dazu, dass er seinen Sohn in einer möglicherweise gefährlichen Umgebung lassen müsste. Aber was war, wenn sie wirklich trocken war? Sie hatte das Recht, ihren Sohn zu kennen. Sie hatte gesagt, dass James das einzige Kind war, das sie je haben würde.

Stevens Herz fühlte sich an wie in einem Schraubstock. Er verstand die sonderbaren Gefühle nicht, die sich in ihm regten.

Satzfetzen in Clints donnernder Stimme hallten in seinen Ohren wider. Schmerzliche Worte über Stolz und dass Steven ohne Vergebung von der Vergangenheit nicht frei werden konnte.

„Steven?" Gracie bewegte ihre Hand vor seinem Gesicht. „Ich glaube, da ist jemand an der Haustür."

Er schüttelte den Kopf. „Entschuldigung. Ich war in Gedanken weit weg."

Sie lächelte. „Ich fange an, den Tisch abzuräumen, und du kannst schauen, ob du das neueste Zeitungsabo brauchst, das irgendein armer Schüler dir verkaufen will."

Steven ging zur Haustür. Ein Vertreter am Freitagabend? Er öffnete die schwere Holztür. Schlimmer als ein Vertreter. „Angela. Was führt dich heute Abend hierher?"

Sie hielt ihm einen Teller hin und lächelte. „Ein Friedensangebot. Schokoladenkuchen. Ich hoffe, das ist immer noch dein Lieblingskuchen." Sie trat vor und zog eine Braue in die Höhe, als er ihr den Weg versperrte.

„Wo ist dein Mann?"

Sie holte tief Luft. „Nach unserem Abendessen vor ein paar Wochen fuhr ich nach Hause und hatte ein langes Gespräch mit Marcus. Er findet auch, dass du und ich versuchen sollten, unsere Meinungsverschiedenheiten beizulegen. Er würde sogar gern das nächste Mal mitkommen, wenn an der Arbeit weniger los ist und ich zu Besuch komme. Er möchte dich und James kennenlernen."

Deshalb war sie also nach ihren Bombenabwürfen verschwunden. Ihr Beruf verlangte genauso viel Zeit von ihr wie seiner von ihm. Diese Information würde ihm vor Gericht zugute kommen. Steven schluckte die nächsten Worte hinunter, die ihm in den Sinn kamen. Wollte er wirklich den Mann kennenlernen, mit dem Angela während ihrer Ehe mit ihm geschlafen hatte?

Nur ein Vaterschaftstest und ein Neugeborenes hatten Steven davon abgehalten, dem guten alten Marcus vor sechs Jahren den Kopf abzureißen, als er von der Affäre seiner Frau erfahren hatte. Dieses Gefühl war seit damals nicht viel besser geworden. Diesen Ehebrecher zu sehen würde ihm auch nicht helfen.

Gracie legte ihm eine Hand auf die Schulter und zog sie schnell zurück, als sie Angela in der Tür sah.

Angela wurde steif und setzte ein „Wenn-Blicke-töten-könnten"-Lächeln auf. „Ach so. Die Lieblingslehrerin meines Sohnes entwickelt sich anscheinend auch schnell zur Lieblingsfreundin meines Mannes."

„Das geht dich nichts an. Wir sind nicht mehr miteinander verheiratet, Angela."

„Aber das waren wir einmal." Ihre langen Finger krallten sich um den Kuchenteller in ihrer Hand, während sich ihr Blick in Gracie bohrte. „Passen Sie gut auf sich auf, Mrs Lang. Er sieht jetzt aus wie ein perfekter Romeo und gibt sich ganz nett, bis er Sie ins Bett kriegt. Aber seine Geliebte wird immer das FBI sein." Sie musterte Gracie abfällig. „Und wenn ich ihn nicht halten konnte, dann können Sie das bestimmt nicht."

Gracie senkte den Kopf und kniff die Lippen zusammen.

Steven wollte Angela erwürgen. Er hatte vielleicht vieles falsch gemacht und ihr das Herz gebrochen, aber Gracie verdiente diese bissigen Bemerkungen nicht.

„Angela, es wird höchste Zeit, dass du gehst. Behalte deinen Kuchen." Er berührte Gracies Arm, wandte aber den Blick nicht von Angelas Gesicht ab. „Du bist damals nicht lange genug geblieben, um die Dinge zu klären. Ich bezweifle, dass du dieses Mal lange genug bleibst. Aber falls du Gracie wiedersehen solltest, erwarte ich, dass du dich wie eine Erwachsene benimmst. Mit ein wenig Anstand und Höflichkeit."

„Oh, ihr werdet mich beide wiedersehen." Angela warf ihre schwarzen Haare über ihre Schulter. „Am achten November. Vor Gericht. Vielleicht auch schon früher. Mir ist es ernst damit, dass ich das Sorgerecht für meinen Sohn will. Bevor ich ihn an irgendeine *Grundschullehrerin* verliere." Sie drehte sich um und stolzierte zu ihrem Mercedes zurück.

Steven schloss die Tür und zog Gracie in seine Arme. So hatte er sich die erste Umarmung nicht vorgestellt. „Es tut mir so leid."

Sie legte eine Hand auf seine Brust und zog sich zurück. „Du konntest nichts dafür. Sie hat offensichtlich Angst, dass James lieber mit mir zusammen sein möchte als mit ihr, und sie geht mit dieser Angst auf die einzige Weise um, die sie kennt." Gracies zitternde Hände straften ihre ruhigen Worte Lügen.

„Sie hatte nicht das Recht, dich anzugreifen. Du bist hübsch, du hast einen starken Charakter und bist eine wunderbare Lehrerin, die im Leben ihrer Schüler viel Gutes bewirkt. Das ist wichtig." Er führte sie ins Wohnzimmer, um sich mit ihr aufs Sofa zu setzen. „Ich hoffe, das schreckt dich nicht von mir ab."

„Nein. Aber vielleicht sollten wir es ein wenig langsamer angehen und bis nach dem Sorgerechtsprozess warten, bevor ich wieder zu dir komme."

Er hatte jahrelang auf eine Frau gewartet, in deren Nähe er sich so wohl fühlte, und er war nicht bereit, das, was sie heute Abend erreicht hatten, wieder zu verlieren. „Und wenn wir mit Clint und Sara gemeinsam ausgehen? Oder mit deiner Freundin Leah und ihrem Mann?"

„Ich bete darüber und melde mich wieder, einverstanden?" Sie lächelte, aber aus ihren hübschen braunen Augen sprach ein Funken Angst.

Steven nickte. Wenn er verhindern könnte, dass der frustrierende Kensingtonfall ihn immer wieder ablenkte, und wenn er diesen dummen Sorgerechtsprozess hinter sich hätte, würde Gracie sicher erkennen, dass sie es riskieren könnte, Zeit mit ihm zu verbringen.

Andererseits war es vielleicht besser, wenn er allein blieb. Aber das hatte er in den letzten fünf Jahren versucht, und es hatte nicht funktioniert.

Vielleicht hatten Clint und Gracie recht. Es war höchste Zeit für eine echte Veränderung. Er wusste nur nicht, wo er anfangen sollte. Oder wie.

Kapitel 28

Die kühle Luft an diesem Oktobermorgen half Gracies müden Augen, wach zu werden, während sie ihre üblichen drei Meilen joggte.

Aber nicht einmal Jakes gleichmäßiges Schnaufen neben ihr oder die Aussicht auf den Unterricht an diesem Mittwoch konnten verhindern, dass ihre Gedanken immer wieder zu ihrem letzten Gespräch mit Steven zurückwanderten. Es war ein weiteres angespanntes Telefongespräch gewesen, in dem er ihr gesagt hatte, dass es an seiner Arbeit rundginge und dass er James deshalb diese Woche nicht abholen könne. Entweder steuerte Stevens Fall auf eine Lösung zu, oder sie waren am letzten Freitag zu ehrlich gewesen und jetzt ruderte er wieder zurück.

Das Handy in ihrer Jackentasche klingelte. *Wer ruft denn jetzt an?*

„Gracie, ist mit dir alles in Ordnung?", drang Beths panische Stimme durch das Telefon an ihr Ohr.

Sie verlangsamte ihre Schritte und schaute sich in ihrer noch schlafenden Wohngegend um, in der es immer noch fast dunkel war und lange, unheimliche Schatten über allem hingen. Bei Beths Frage lief ihr eine Gänsehaut über den Rücken.

Sie tat sie mit einem Lachen ab. „Ich bin beim Joggen. Keine gebrochenen Knochen und keine zwielichtigen Typen, die mir auflauern würden. Ich würde also sagen, dass mit mir alles in Ordnung ist." Sie schaute auf ihre Sportuhr. „Aber du bist um einige Stunden zu früh auf. Jetzt fahren noch nicht einmal die Workaholics ins Büro. In Kalifornien ist es zwei Uhr morgens. Was ist mit dir los?"

Schweigen.

„Beth?"

Dann ein Schniefen. „Ich konnte einfach nicht wieder einschlafen. Ich habe dich immer wieder in meinen Träumen gesehen."

„Und das ist so furchtbar?" Gracie schloss ihre Haustür auf und nahm Jake die Leine ab. Sie brauchte eine kurze Dusche, oder sie würde es nicht rechtzeitig zur Schule schaffen. Das würde ihrem stellvertretenden Rektor reichlich Munition für bissige Bemerkungen geben, die in letzter Zeit immer öfter kamen.

„Ich meine es ernst. Ich mache mir Sorgen um dich. Zu sehen, wie du in dem Jeep, den ich dir gekauft habe, einen Hang hinunterstürzt, trägt nicht zu einer guten Nacht bei."

„Entschuldige, Beth."

„Bleibst du heute zu Hause?"

Sie ging in die Küche, trank einen großen Schluck Wasser und dachte über die Bitte ihrer Schwester nach. Sie waren sich wieder nahe gekommen, aber Beth und Tränen gehörten für sie immer noch zu den paradoxen Seiten des Lebens. „Das kann ich nicht. Es ist zu spät, um anzurufen und eine Vertretung anzufordern, und ich habe Besuch vom Geheimdienst."

„Rufst du Steven an und bittest ihn, dich abzuholen, wenn er James zur Schule fährt?"

„Nein."

Beth schnäuzte sich. „Sag mir nicht, dass du ihn fallen lässt, nur weil er nicht der perfekte Christ ist wie Mark."

„Mark war nicht perfekt, und ich bin auch nicht perfekt, Beth. Darüber haben wir doch schon gesprochen. Können wir es nicht dabei bewenden lassen?" Obwohl Beth inzwischen dreißig war, benahm sie sich manchmal wie ein kleines Kind auf dem Spielplatz, wenn nicht alles nach ihrem Willen lief.

„Warum rufst du ihn dann nicht an?"

Gracie dachte an Steven in seinen maßgeschneiderten Anzügen, mit dem Schuljungengrinsen, bei dem sie Schmetterlinge im Bauch hatte. Seine Liebe zu James. Die ganzen FBI-Geschichten, die sie an seinem Geburtstag und danach gehört hatte, machten ihn zu einem lebenden Superhelden. Warum wollte sie ihn nicht anrufen?

Sie legte eine Hand auf ihren Mund. „Angst."

„Wovor? Dass er zu gut ist, um wahr zu sein?"

Gute Frage. „Ich bin mir nicht sicher. Angst vor der Zukunft? Weil ich mir nicht das Herz brechen lassen will, weil ein gut aussehender Mann sich manchmal so benimmt, als würde er mich mögen, und dann wieder ganz anders?" Gracie ging nach oben. „Ich bin zu alt für solche Spielchen. Außerdem gibt es andere Dinge, auf die ich mich konzentrieren muss. Die Schule zum Beispiel."

„Und deine Suche nach diesem Typen."

„Ja."

„Ich fliege heute zu dir, wenn du dich krank meldest und mich vom Flughafen abholst."

„Beth, leg dich wieder schlafen. Mir geht es gut. Und du kannst dir dein Flugticket für Thanksgiving aufheben. Ich freue mich, dich und deine Familie dann zu sehen."

Ihre kleine Schwester stieß ein langes und lautes Seufzen aus. Ihre Mutter hätte über Beths schauspielerischen Auftritt gelacht.

Eine Stunde später lehnte sich Gracie ans Fenster in ihrem Klassenzimmer und bewunderte das Rot und Gelb der Herbstblätter, die im kühlen Oktoberwind tanzten. Im herbstlichen Sonnenlicht sahen Hope Ridges elegante Ziegelgebäude und die weißen Säulen eindrucksvoll aus.

Einen perfekteren Tag hätte sie nicht bestellen können. Abgesehen von Beths Sorgen am Telefon. Und der ganzen Situation mit Steven. Gracie rieb sich die Arme, da ihr trotz ihres roten Pullovers und des langen Wollrocks kalt war.

Thomas Perkins öffnete die Klassenzimmertür und blieb erstaunt stehen, als er sie sah. „Sie sind schon so früh im Unterricht, Mrs Lang?"

Er trug nicht seinen üblichen schwarzen Anzug. Seine Jeans und sein grünes Hemd waren genauso fehl am Platz wie sein sorgloser Blick, bevor er sie bemerkt hatte.

„Ich muss noch ein paar Dinge vorbereiten, bevor der Unterricht beginnt." Sie steckte ihr Notizbuch in die Ledertasche. „Und Sie? Sie sehen heute aus wie ein Tourist."

Die Muskeln um sein Kinn wurden hart. Er schaute auf seine Uhr, eine neue Rolex, wenn Gracie richtig vermutete. „Ich mache mich jetzt lieber für die Schule fertig. Genauso wie Sie. Guten Tag."

Er schloss die Tür und brachte durch den Luftzug, der dabei entstand, die Poster an der Wand zum Zittern.

„Komisch." Gracie schaltete ihre überaktive Fantasie aus und richtete ihre Aufmerksamkeit auf ihre Unterlagen.

Eine Stunde später trudelten die Kinder nach und nach ein, und bald waren alle mit Kleber und Farbe beschäftigt und baten kichernd um ihre Hilfe.

Sie hatten ein Gemeinschaftsprojekt über bekannte Kinderbücher begonnen. *Die Geschichte der kleinen Ente Ping.* Mathematische Rechnungen mit Ententhemen, Lernwörter, die auf Eier aus Bastelpapier geschrieben wurden, und schöne Bilder mit Vogelzeichnungen füllten ihre Fächer.

„Lesen Sie uns die Geschichte bitte noch einmal vor?“ Akemi nahm Gracie an der Hand und zog sie in die Mitte des Klassenzimmers, wo in der Bücherecke Bohnensäcke zum Sitzen verteilt waren. Die anderen Kinder waren in verschiedenen anderen Bereichen oder am Maltisch beschäftigt.

James stellte einen Bohnensackstuhl zwischen sich und Victoria. „Der ist für Sie, Mrs Lang.“ Sein Lächeln hatte viel Ähnlichkeit mit dem Lächeln seines gut aussehenden Vaters.

Akemi saß auf Gracies Schoß und reichte ihr das Geschichtenbuch.

„Wo lebt dieser Ping?“, fragte Tori.

„In China.“ Akemi hob stolz den Kopf. „Dort, wo ich geboren wurde.“

„Sehr gut, Akemi. Wer möchte den Globus holen, damit wir China suchen können?“

Tori sprang hoch und ging auf die andere Seite des Raumes, um die Kugel zu holen.

Maria verfolgte mit wachsamen Augen jede von Victorias Bewegungen. Alle hatten sich daran gewöhnt, die zwei Agenten im Raum zu haben. Aber hin und wieder war Gracie aufgefallen, dass die beiden ihr auch zuhörten, wenn sie eine Geschichte vorlas, und dass sie über ihren Umgang mit den Kindern lächelten.

Das Wissen, dass sie ihren Respekt erworben hatte, tat ihr gut.

„Ich kann so laufen wie die kleine Ente in der Geschichte.“ James klemmte die Hände unter die Arme und watschelte durchs Klassenzimmer, während er darauf wartete, dass Tori und Akemi auf dem Globus China fanden. Gracie lachte. Sobald die Mädchen das Land gefunden hatten, setzten sich alle wieder, um die Geschichte zu Ende zu hören.

„Hättet ihr drei Lust, eine Entenmarionette zu basteln? Wir können sie zusammen machen, und dann helft ihr mir, den anderen zu zeigen, wie es geht.“ Die drei Kinder eilten zum Zeichentisch und begannen, Scheren, Stifte und den Korb mit Garn, Federn und anderen Bastelsachen wegzuräumen.

Gracie stand auf und streckte sich, bevor sie zu den Kindern trat.

Plötzlich erschütterte ein ohrenbetäubender Lärm den Raum. Die Fenster zerbarsten und Glasscherben flogen durch die Luft. Akemi schrie.

James versuchte, Victoria nach unten zu drücken. Agent Reynolds rannte los und versperrte Gracie die Sicht. Als sie versuchte, alle ihre Schüler zur Tür zu schicken, war Victoria verschwunden.

Gracie lief auf Akemi und James zu, die wie Statuen mitten im Zimmer standen.

Eine zweite Explosion.

Vor Gracies Augen wurde alles weiß.

Und dann schwarz.

* * *

„Zwei Schüsse. Lehrerin getroffen. Zwei Schüler verletzt“, schrie Maria in das Funkgerät, während sie durch die leeren Gänge rannte.

Agent Reynolds knurrte hinter ihr abgehackte Silben in sein Mikrofon. „Keine Sichtbestätigung, bewegen uns auf südwestlichen Fluchtweg zu.“

Marias Herz fühlte sich an, als würde es gleich aus ihrem Brustkorb springen.

Victorias Fingernägel gruben sich in ihren Nacken.

Neugierige Lehrer steckten die Köpfe aus den Klassenzimmertüren.

„Alle Türen zuschließen!“, schrie Maria. Schwarze Anzüge rasten an ihr vorbei, während sie hörte, wie die Schlüssel in den Schlössern der Klassenzimmer umgedreht wurden.

Über dem Gewirr an Geheimdienstbefehlen und verängstigten Kindern konzentrierte Maria sich auf ihr Ziel. Sie strengte ihren Körper noch mehr an und sprintete schneller auf den geplanten Fluchtweg zu.

Sie stieß die schwere Metalltür auf und blinzelte gegen das blendende Sonnenlicht.

Sie raste an der Sporthalle vorbei zum seitlichen Parkplatz und blieb bei dem wartenden Auto stehen.

Agent Reynolds ließ den Wagen an, während sie die weinende Victoria neben sich auf dem Rücksitz anschnallte. Ein Rauschen wegen der schlechten Funkverbindung erfüllte das Auto, während sie in rasender Geschwindigkeit das Gelände von Hope Ridge verließen.

„Meine Freunde.“ Victoria rang nach Luft. „Akemi hat geblutet.“

Maria zog die zittrigen Schultern des kleinen Mädchens an ihre Brust. Ihr Herzschlag und Atem hämmerten genauso laut wie das Rauschen der Funkgeräte und die abgehackten Sätze ihres Partners.

„Was ist mit Mrs Lang?“ Victorias Brustkorb bewegte sich mühsam. Die Augen des kleinen Mädchens waren vor Angst ganz groß, und ihre Hände zitterten, während sie das silberne Kettchen an ihrem Handgelenk umklammerte. „Olivia hat mir das geschenkt. Ich will meine Livvie!“

„Pschh, Schatz. Du bist in Sicherheit.“ Sie wischte Victorias Tränen ab und schluckte ihre eigenen hinunter.

Das alles musste bald vorbei sein.

Kapitel 29

„Wo ist mein Sohn?"

Steven hörte nicht auf sein Gewissen. Es interessierte ihn nicht, dass die junge Frau in der Notaufnahme verängstigt aussah. Er hatte Angst um seinen Sohn. „Mein Sohn, James Kessler, ist hier. Ich will ihn sehen. *Jetzt.*" Seine Worte waren scharf und abgehackt, während er die große weiße Theke umklammerte, die die Frau teilweise vor ihm abschirmte. „Hope Ridge. Eine Schießerei im Klassenzimmer. Man hat mir gesagt, dass er hier ist."

Die Frau blätterte in irgendwelchen Akten und musste einige Male telefonieren, bis sie seine Frage beantworten konnte. Mit dem Telefon in der Hand deutete sie zu der Tür hinter sich. „Er ist in Untersuchungszimmer drei, aber …"

Sollte sie doch den Sicherheitsdienst rufen! Ihm war das egal. Er riss die Tür auf und stürmte durch den Gang. Niemand hielt ihn auf. Niemand wagte es.

„James." Steven stockte der Atem. Das Blut seines Sohnes leuchtete rot auf dem Bettlaken.

Ein untersetzter Mann in einem weißen Arztkittel drehte sich zu ihm herum. „Wer sind Sie?"

Steven zog seinen Ausweis und zeigte ihn. Sein Blick war dabei unablässig auf die kleine Gestalt im Bett gerichtet. Die Blutspur auf James' Wange warf ihn fast um. „Das ist mein Sohn. Was machen Sie mit ihm?"

Das leise Stöhnen ging ihm durch Mark und Bein. Er trat neben James.

„Daddy?"

„Ich bin da, James." Er streichelte den schwachen Arm.

„Ihr Sohn hat einige kleinere Verletzungen erlitten – Abschürfungen und Blutergüsse, er musste am Haaransatz mit sieben Stichen genäht werden."

„Scherben, Daddy. Überall waren Glasscherben." James versuchte, sich aufzusetzen, aber Steven drückte ihn sanft nach unten. „Akemi hat nicht mehr aufgehört zu schreien, und in ihrem ganzen Gesicht war Blut …" Vor Tränen konnte er nicht weitersprechen.

Steven streichelte James' glattes braunes Haar und achtete darauf, die

Naht nicht zu berühren. „Ich erkundige mich, ob es Akemi gut geht, wenn du versorgt bist. Es wird alles wieder gut."

„Tori ist verschwunden."

Diese Worte versetzten ihm einen unerwarteten Schlag. Charlottes Bruder hatte versucht, Victoria zu töten, und stattdessen James verletzt? Ein Zorn, wie er ihn noch nie gekannt hatte, schoss durch Stevens Adern.

„Geht es Mrs Lang gut?"

Steven blinzelte. Was war mit Gracie?

Der Arzt schrieb einige Notizen auf sein Klemmbrett und überprüfte noch einmal James' Brustkorb und Arme. „Ihr Sohn braucht viel Ruhe. Sorgen Sie dafür, dass die Naht sauber gehalten wird und verbunden bleibt." Er wischte das übrige Blut weg und klebte ein Pflaster auf die Stelle. Dann deutete er hinter Steven. „Die Schwester wird sich darum kümmern, dass Sie in den Entlassungspapieren genaue Anweisungen bekommen. Sie müsste bald hier sein." Er verließ den Raum und schloss die Tür hinter sich.

Steven fühlte sich hin und her gerissen zwischen dem Wunsch, James zu trösten, und dem Drang, herauszufinden, was mit Gracie passiert war. Und Susannah. Er war sich sicher, dass Maria ihre Arbeit gut gemacht und Victoria in Sicherheit gebracht hatte, aber er musste wissen, ob die Sicherheitskräfte von Hope Ridge den Schützen erwischt hatten.

„Daddy. Ich habe sie nach dem Lärm beten gehört. Es hat zweimal laut gekracht. Wie bei einem Gewitter." Sein Körper begann zu zittern, und seine Augen wurden feucht.

Steven streichelte seinem Sohn über das Haar und atmete langsam aus, während immer noch viel Adrenalin durch seinen Körper strömte. „Du bist jetzt in Sicherheit, James. Ruh dich aus. Ich finde heraus, wie es allen anderen geht." Er zog sein Handy heraus und wählte die Nummer von Hope Ridge. „Ich erkundige mich nach Gracie und Susannah." Und nach Gordon.

In der Leitung hörte er nur ein Besetzt-Zeichen. Er legte auf und versuchte es erneut. Dreimal. Schließlich kam er zur Schulleiterin durch. „Mrs Hall, ich weiß, dass Sie nur Familienangehörigen medizinische Auskünfte geben dürfen; ich will nur wissen, ob Gracie noch lebt." Steven ging neben James' Bett auf und ab. „Ja. Okay. Ihre Eltern. Danke."

Stevens Telefon piepte, als er die Verbindung mit der Rektorin getrennt hatte. Seine FBI-Marke hatte ihn bei der Frau nicht weitergebracht. „Kessler?"

„Geht es James gut?" Die Stimme seines Partners erkannte er, auch ohne dass dieser seinen Namen nannte.

„Er wurde genäht. Blutergüsse. Und wir brauchen einen Termin bei einem Therapeuten, um diesen Schock zu verarbeiten." Steven fuhr mit der Hand durch seine schweißnassen Haare. „Susannah?"

„Viele Tränen, aber sonst nichts. Sie und die meisten aus der Klasse wurden vom Schularzt untersucht und nach Hause geschickt. Sara ist jetzt bei ihr zu Hause." Ein lautes Hupen war durch das Telefon zu hören. „Ich fahre zum Büro zurück. Du bleibst bei James. Die Spurensicherung untersucht die ganze Schule. Sie haben eine Waffe. Patronenhülsen. Keinen Schützen."

Steven trat gegen die Wand.

„Daddy?"

„Entschuldige, James." Er drehte sich vom Bett seines Sohnes weg. „Was ist mit Gracie? Niemand verrät mir etwas. Nur den nächsten Angehörigen. Ich nehme an, sie lebt, sonst hätte mir das jemand sofort verraten."

„Ja. Nach dem, was ich in der Schule gehört habe, macht sie den Krankenhausärzten das Leben schwer. Sie hat sich auch gegen die Sanitäter gewehrt. Sie wollte nur ihre Kinder in Sicherheit bringen."

Gracie lebte, aber sie war verletzt. Er müsste bald mehr herausfinden.

„Es gibt doch nichts Besseres, als vor Ort zu sein, wenn man das Neueste erfahren will." Steven drehte sich wieder zu seinem Sohn. „Was ist mit Akemi? James sagt, sie wurde verletzt."

„Ich erkundige mich bei den Eltern und melde mich bei dir."

„Ich komme ins Büro, sobald Dad hier ist."

„Erkundige dich vorher nach Gracie. Sie ist im Alexandria Community Hospital. Ich halte hier die Stellung, bis du kommst."

Das musste warten, bis James auf dem Heimweg war. Steven wählte die Nummer seines Vaters.

„Ihr seid also beide gesund, ja?" Sein Vater atmete tief aus und murmelte etwas zu Sue. „Wir sind schon fast beim Krankenhaus. Höchstens noch fünf Minuten. Wir bringen James nach Hause und bleiben bei ihm, damit du dir diesen Kerl schnappen kannst."

„Danke."

„Du erwischst ihn, Steven. Das weiß ich."

Steven war sich da nicht so sicher. Zu oft in den letzten Monaten war er zu spät gekommen, um noch viel ausrichten zu können. Einen Verbrecher hatte er schon getötet. Er würde auch vor dem nächsten nicht zurückschrecken, besonders wenn er Gracie so schlimm verletzt hatte, wie Steven befürchtete. Aber er hatte nicht verhindern können, dass der Mann ein Blutbad angerichtet und James verletzt hatte.

„Hast du vor, Angela anzurufen?", erkundigte sich sein Dad.

Diese Frage schnürte ihm die Luft ab. „Darüber habe ich noch nicht nachgedacht." Steven wollte sich ihre Schimpftirade nicht anhören. Sie würde ihm die Schuld daran geben, dass James verletzt worden war. Was interessierte sie der Kerl, der den Abzug gedrückt hatte?

„Soll ich sie anrufen, wenn wir zu Hause sind? Dann kann sie kommen und James besuchen."

„Das müsste gehen. Danke, Dad." Steven klappte das Handy zu und schaute auf seine Uhr. Er musste herausfinden, wie es Gracie ging, und dann schleunigst an seinen Schreibtisch zurück. Mit der Spurensicherung sprechen und dafür sorgen, dass dieser Brite gefasst wurde, bevor er aus dem Land fliehen konnte.

Es sei denn, er wollte gar nicht fort. Er würde Agent David Adams auf dem Rückweg zur Zentrale anrufen. „Geht es dir gut, James?"

„Mein Kopf tut weh. Der Doktor hat gesagt, bis die Schmerzen aufhören, dauert es noch eine ganze Weile."

Steven setzte sich zu ihm ans Bett. „Es tut mir leid, dass ich nicht schneller hier war."

„Eine Schwester ist bei mir geblieben, und ich war sehr tapfer."

„Ich bin stolz auf dich. Wirklich stolz."

„Mr Kessler, ich habe hier die Entlassungspapiere Ihres Sohnes." Die ältere Krankenschwester betrat das Zimmer und schloss die Tür, ohne ihn anzuschauen. Dann blickte sie auf. „Oh. Meine Güte. Sie sind der, über den …" Sie machte schnell den Mund zu.

„Wer bin ich?" Steven überragte sie um Haupteslänge, während er das Klemmbrett nahm und überall unterschrieb. Er gab ihr die Papiere zurück.

„Der, über den sie da draußen geredet haben." Sie deutete mit dem Daumen zur Tür.

„Wo kann ich erfahren, wie es der Lehrerin meines Sohnes geht? Sie wurde mit James eingeliefert.“ Er drückte James’ Schulter. „Sie ist eine gute Bekannte der Familie.“

„Ihre Freundin?“ Die Schwester drückte sich das Klemmbrett an die Brust.

„Ja.“

James lächelte.

„Ich weiß nur, dass sie operiert wurde. Ihre Eltern kommen heute.“

Endlich einige Antworten. Es ging doch nichts über persönliche Kontakte, um an die Informationen zu kommen, die er brauchte.

Die Schwester reichte Steven einen Stapel Papiere. „Hier sind die Entlassungspapiere. Die verordneten Schmerzmedikamente. Es kommt gleich jemand von der Versicherung, und danach können Sie gehen. Haben Sie noch irgendwelche Fragen?“

„Nein. Danke.“

Die Schwester kontrollierte James’ Verband und ließ die beiden dann allein.

Einige Minuten später ging die Tür wieder auf. „James. Steven. Gott sei Dank, geht es euch beiden gut.“ Sue umarmte Steven und ergriff James’ Arm. Dann beugte sie sich über ihn und küsste ihn auf die Wange.

Dad schüttelte den Kopf. „Bei meinen Jungen wird es nie langweilig, was?“

Dad und Sue bauten sich neben James auf, der sich im Bett aufsetzte und ihnen erzählte, wie er genäht worden war und wie tapfer er gewesen war.

„Hey, kleiner Mann.“ Steven strich James’ Haare wieder von seiner Naht weg. „Ich erkundige mich noch, wie es Gracie geht, bevor ich zur Arbeit zurückmuss.“ Er wollte nicht gehen, aber seine Eltern konnten zu Hause auf James genauso gut aufpassen wie er. Steven musste einen Heckenschützen fangen. „Heb mir noch eine Geschichte für heute Abend auf, ja?“

„Ich hab dich lieb, Daddy.“

Steven küsste seinen Sohn auf die Stirn. „Ich hab dich auch lieb, James. Ich bin so froh, dass dir nichts Schlimmeres passiert ist.“ Tränen traten ihm in die Augen. Er musste gehen.

Es war Zeit, die Gefühle abzuschalten und wieder an seine Arbeit zurückzukehren. Ein Mörder war auf freiem Fuß. Ein Mann, der gerade diesen Fall sehr persönlich hatte werden lassen.

***

Gracie blinzelte gegen das grelle Licht.

„Wo bin ich?“ Ihre Stimme klang wie Sandpapier und fühlte sich auch so ähnlich an.

Sie erkannte Beths zierliche Gestalt, die neben ihrem Bett stand. „Im Krankenhaus, große Schwester. Wenn du etwas machst, dann machst du es gründlich.“

„Schatz.“ Moms bleiches Gesicht beugte sich über eine Infusionsflasche.

Infusion? Krankenhaus? „Was ist passiert?“

Mom und Dad wechselten einen Blick und schauten sie dann an. „Gestern gab es Schüsse in der Hope Ridge Academy.“

Gracie biss sich auf die Lippe und versuchte, sich auf die Worte ihres Vaters zu konzentrieren und sie mit den Schmerzen in Zusammenhang zu bringen, die sie allmählich an ihrem ganzen Körper spürte. „Ich wurde angeschossen.“

„Ja. Und dieser FBI-Freund färbt anscheinend auf dich ab, denn die Schwestern sagten, dass du dich sogar gegen die Sanitäter gewehrt hast, die dich hierherbringen wollten.“ Beth kicherte.

Dad räusperte sich.

„Geht es meinen Kindern gut? Bitte sagt es mir. Ich habe Akemi mit Blut im Gesicht gesehen, James war neben ihr. Bitte, Daddy, was ist mit ihnen passiert?“

Er drückte ihre Schulter liebevoll wieder aufs Bett zurück. „Beruhige dich, Prinzessin. Deine Rektorin war gestern Abend hier und hat uns versichert, dass es allen gut geht.“

„James?“

„Steven hat gesagt, sein Sohn musste mit sieben Stichen genäht werden, aber er ist schon wieder zu Hause.“ Mom lächelte und streichelte ihren Arm.

„Du hast mit Steven gesprochen?“

Beth seufzte. „Er ist ja noch knackiger, als du ihn beschrieben hast. Ganz in dich verknallt. Die Schwestern haben erzählt, dass er sich nach dir erkundigt und immer wieder angerufen hat, um nach dir zu fragen, bis er gestern Abend endlich mit Mom sprechen konnte.“

„Beth.“ In Dads strenger Stimme lag ein Anflug von Belustigung.

Gracie versuchte, die Gedanken, die alle durcheinanderpurzelten, zu verarbeiten. Steven war hier gewesen. Sie war angeschossen worden. James ging es gut.

Ein großer, schlanker Arzt in weißem Kittel klopfte an die Tür und trat ein. „Guten Morgen." Er gab allen die Hand. „Ich habe in Ihrer Kartei eine Notiz stehen, dass ich Ihnen sagen soll, Ihren Schülern geht es gut. Auch Akemi. Sie musste genäht werden und hat einen gebrochenen Arm, aber sie ist wieder zu Hause. Ihre Eltern haben gesagt, ich soll Ihnen ausrichten, wie dankbar sie Ihnen sind."

„Warum bedanken sie sich bei mir? Ihre Tochter wurde in meinem Klassenzimmer verletzt." Gracies Seite begann zu brennen, als sie versuchte, sich aufzusetzen.

Der braunhaarige Arzt schaute sich um. „Ich müsste die Patientin kurz untersuchen. Wären Sie bitte so freundlich und würden ein paar Minuten auf dem Gang warten?"

Als die Tür zuging, löste der Mann die Verbände an Stellen, von denen Gracie nicht gewusst hatte, dass sie so viele empfindliche Nervenenden hatten. Sie schaute sein Gesicht an und schätzte ihn auf Anfang dreißig. Ungefähr in ihrem Alter. „Können Sie mir sagen, was genau passiert ist? Und auch, warum mir alles so wehtut?"

„Ich lasse Ihnen noch mehr Schmerzmedikamente geben." Er machte eine Notiz in ihrer Patientenkartei.

Er legte die Verbände an ihrer Seite und an ihrem Bein wieder an. „Sie sind eine Heldin, denn als Sie gefunden wurden, nachdem Sie einen Schuss in die Seite bekommen hatten, haben Sie Akemi festgehalten und versucht, sie zu trösten. Offenbar haben Sie das Mädchen vor dem Schuss abgeschirmt und dafür gesorgt, dass ihren anderen Schülern nichts passiert ist. Tapfere Frau."

„Ich kann mich an nichts von alledem erinnern."

Dr. McGregor kniff die Augen zusammen und blätterte in ihrer Akte. „Die neurologischen Untersuchungen haben ergeben, dass alles in Ordnung ist. Eine leichte Gehirnerschütterung, aber keine Hirnblutung. Können Sie mir sagen, woran Sie sich erinnern?"

„Dass Glas zerbarst und Akemi Blut im Gesicht hatte. Maria und Victoria rasten aus dem Raum. Dann ein paar gemurmelte Gespräche gestern Abend. Aber ich könnte Ihnen nicht sagen, wer das war und was gesagt wurde." Gracie blinzelte, um die Bilder von Blut und entsetzten Gesichtern zu vertreiben. Diese Bilder würden sie noch lange im Schlaf verfolgen.

Er atmete aus. „Das war zu erwarten. Sie waren nach der Operation noch lange ziemlich benommen. In Ihrer Kartei steht, dass Sie gestern Nacht mehrmals Schmerzmittel verlangt haben."

„Operation?"

Dr. McGregor schmunzelte. „Sie sind nicht nur tapfer, sondern Sie hatten auch Glück. Es war ein sauberer Schuss. Der Eintritts- und Austrittskanal der Kugel lagen so, dass keine Organe getroffen wurden. Ich habe ein paar Sachen geflickt, die zusammengenäht werden mussten, und habe ein paar Rippen gerichtet." Er deutete auf ihr Bein. „Sie haben auch einige Schnitte am rechten Bein, aber abgesehen davon, ist alles ganz geblieben."

Wie auf Kommando pochte jeder Knochen in ihrem Brustkorb. Sie verzog das Gesicht. Ein Zeugnis für die Macht der Einbildung. „Wann kann ich also heimgehen?"

„In ein paar Tagen." Er klemmte sich die Kartei unter den Arm. „Wir wollen Ihnen erst wieder ein wenig auf die Beine helfen. Sicherstellen, dass Ihr Verdauungssystem funktioniert. Dann sprechen wir über Nachsorge."

„Wie lange dauert es, bis ich wieder in die Schule kann?"

„Ich würde von sechs Wochen ausgehen. Sie haben eine der saubersten Schusswunden, die ich je gesehen habe, aber das Infektionsrisiko ist trotzdem sehr hoch. Eine Schussverletzung ist für den Körper ein großer Schock. Sie brauchen viel Ruhe, um wieder gesund zu werden."

Sie würde mit Mrs Hall sprechen, um sicherzustellen, dass ihre Klasse in den nächsten Wochen gut versorgt würde. Sie wollte lieber mit dem Schlimmsten rechnen und für das Beste beten. „Danke."

„Noch irgendwelche Fragen?"

„Im Moment nicht, aber vielleicht später."

Dr. McGregor lächelte. „Davon bin ich überzeugt. Ich komme morgen wieder. Versuchen Sie, bis dahin etwas Schlaf zu bekommen, und schreien Sie die Krankenschwestern nicht zu sehr an, wenn sie wollen, dass Sie aufstehen."

Gracie starrte dem Arzt nach, als er ihr Zimmer verließ. Aufstehen? Sie wollte sechs Wochen nur im Bett liegen, sich langweilen und schlafen. Bei ihrem Kaiserschnitt mit Joshua hatte sie einiges gelernt. Habe immer ein Kissen griffbereit, falls du lachen musst. Gehen ist gut. Man holt dich nur aus dem Bett, um Thrombosen vorzubeugen, und nicht, weil sie dich foltern wollen. Auch das wird vergehen.

Aber das war alles andere als ein Kaiserschnitt. Ihr Herz, ihre Rippen, ihre Beine, ihr Kopf und jeder Zentimeter Haut pochten in einem lästigen Rhythmus. Sie brauchte mehr Schmerzmittel. Und wenn sie nach Hause kam, ginge sie mit leeren Händen. Ohne ein Baby auf dem Arm, das zeigte, dass der Schmerz sich gelohnt hatte.

Ein leises Klopfen an der Tür riss sie aus ihren Gedanken.

Steven lehnte an dem kleinen Waschbecken vor ihrem Badezimmer. Seine Muskeln waren durch sein eng anliegenden Hemd gut zu sehen, seine Basketballkrawatte hing ein wenig schief. „Kann ich dir irgendwie helfen?“ Faszinierende blaue Augen schauten sie fragend an.

„Steven.“ Sie winkte ihn herein. „Es tut so gut, dich zu sehen. James geht es gut?“

Er ging mit einem Lächeln an die Seite ihres Bettes und umarmte sie zärtlich, achtete aber darauf, die Verbände und Infusionsschläuche nicht zu berühren. „Er hat darauf bestanden, dass ich dir das hier geben soll.“ Steven hielt eine riesige gelbe Karte mit einem schönen Blumenstrauß und lächelnden Gesichtern hoch.

„Ich vermisse ihn und die anderen jetzt schon.“ Eine Träne lief ihr über die Wange. „Ich muss ein paar Wochen zu Hause bleiben und mich ausruhen.“

„Ich weiß. Du schaffst das. Ich werde dir helfen.“ Steven streichelte den Handrücken ihrer unverletzten Hand.

„Ich fahre nach Georgia zurück, wenn es mir so gut geht, dass ich fliegen kann.“

Stevens Stirn zog sich in Falten, und seine Augen stellten die Frage, auf die sie noch keine Antwort wusste.

„Ich nehme an, du traust mir nicht zu, dass ich Verbände wechseln oder dich gut pflegen kann?“ Sein Lächeln verschwand, als sie nicht antwortete.

Gracie rührte sich in ihrem Krankenbett. Der Geruch nach Blut und Desinfektionsmitteln drehte ihr der Magen um. „Ich bin sicher, dass du das kannst. Und ich bin dir dankbar, dass du es machen willst. Aber ich brauche Zeit, Steven. Zeit ohne das … das … Chaos, das dich umgibt. Anrufe am späten Abend, dass du zur Arbeit musst. Kurzfristige

Absagen. Angela. Das ist mir im Moment einfach alles ein wenig zu viel."

Er schaute auf die weißen Fliesen auf dem Fußboden. „Das verstehe ich. Aber es gefällt mir nicht."

Alles in ihr wollte festgehalten werden. Wollte, dass Steven ihr versprach, dass die Schmerzen und Sorgen weggingen. Sie wünschte sich so viel mehr und doch ... war es nicht der richtige Zeitpunkt. Vielleicht wäre nie der richtige Zeitpunkt.

Es klopfte wieder an der Tür.

Gracies Augen wurden schwer. Sie wusste nicht, wie viel emotionalen Stress sie noch verkraften konnte. Wo waren Mom und Dad? Wahrscheinlich wollten sie ihr und ihrem FBI-Freund Zeit lassen, um sich zu küssen und ungestört zu sein.

Freund? Nicht ganz.

James eilte an ihr Bett und drückte sich in die Arme seines Dads. „Ihnen geht es gut! Ich habe für Sie gebetet. Ich habe Angela so lange gelöchert, bis sie mich hierhergebracht hat. Es tut mir leid, dass Sie verletzt wurden. Haben Sie meine Karte gesehen?"

Steven lächelte, umarmte James und legte seinen Kopf mit geschlossenen Augen auf die braunen Haare seines Sohnes.

Gracie streckte ihm die Hand hin und drückte die weichen Finger des Jungen. „Danke, dass du für mich gebetet hast, James. Ich weiß, dass Gott uns hört und dass er uns beiden helfen wird, wieder ganz gesund zu werden." Sie betrachtete die Verbände an seiner Stirn und die Blutergüsse in seinem Gesicht. Er musste gestürzt sein. Sehr schwer.

„Es tut mir leid, dass Sie verletzt wurden, Mrs Lang." Angelas Stimme ließ sie zusammenfahren. Sie sah ohne ihr Make-up blass aus und schien sich nicht wohl in ihrer Haut zu fühlen, während sie mit beiden Händen über ihren glatten Ledermantel strich. „Danke, dass Sie sich darum gekümmert haben, dass James nichts Schlimmeres passiert ist. Er spricht ununterbrochen davon."

Gracie nickte.

Steven bewegte die Kiefer vor und zurück.

Nicht schon wieder. Sie konnte jetzt keine verbalen Attacken verkraften. Die emotionale Spannung. Georgia erschien ihr mit jeder Sekunde reizvoller.

„Ich habe James nur hierhergebracht, weil er sich solche Sorgen um

Sie gemacht hat." Angela schaute Steven an. „Andrew hat mir gesagt, dass du hier bist. Ich hoffe, es war okay, dass ich deinen Vater gefragt habe, ob ich ein wenig mit James zusammen sein und ihn hierherbringen kann."

Steven atmete lange und laut aus. Es klang, als hätten die Sorgen der Welt ihm alle Kampfeslust gestohlen. Gracie hoffte, das hatte nichts mit ihrer Bitte um Freiraum und Zeit zu tun.

Angela richtete ihren Blick auf Gracie und starrte auf James' Hand, die Gracies Hand festhielt. „Ich möchte mich auch wegen neulich abends entschuldigen. Ich war unhöflich und gemein."

Gracies Augen wurden groß, als sie sich höher aufsetzte, was aber einen bohrenden Schmerz durch ihren ganzen Körper jagte. „Danke, Angela."

Die zwei Kesslermänner schauten die zwei Frauen an, als spiele sich vor ihren Augen eine Seifenoper ab. Sie und Angela würden zwar nie Freundinnen werden, aber vielleicht könnten sie mit der Zeit nicht nur höflich, sondern sogar freundlich miteinander umgehen.

Falls Gracie einwilligte, Steven wiederzusehen.

Ein großes Fragezeichen.

„Ich muss jetzt wirklich schlafen." Gracie drückte James' Hand. „Noch einmal danke für die Karte, Schatz. Bete bitte weiter für mich, ja?"

Er nickte mit traurigen Augen. „Sind Sie nächste Woche wieder in der Schule?"

Gracie rang mit den Tränen. „Nein. Erst nach Thanksgiving." James sah aus, als würde er gleich weinen. „Aber vielleicht kannst du und dein Dad mich bei meinen Eltern in Georgia anrufen. Willst du das tun?"

„Ja", nickte James eifrig. „Und vielleicht können wir Sie auch besuchen kommen. Wenn Dad sich ein paar Tage frei nehmen kann."

Angela wurde steif, aber sie sagte nichts. *Danke, Herr.*

„Das werden wir sehen." Steven richtete sich zu seiner vollen Größe auf. „Gracie braucht Ruhe." Er berührte mit den Lippen ihre Stirn und ging dann mit James zur Tür.

Beth hatte recht. Steven war umwerfend. *„Völlig in dich verknallt"*, hatte ihre Schwester gesagt. Vielleicht. Die Sorge und das Mitgefühl in seinen Augen hatten Gracies Schmerzen ein wenig gelindert.

Sie hoffte, faszinierende blaue Augen und die Wärme eines Kusses auf ihrer Stirn würden sie nicht lange vom Schlaf abhalten.

Oder sie etwas sagen lassen, wozu sie noch nicht bereit war.

Kapitel 30

Freitag, der dreizehnte. Wie passend.

Tom stürmte durch sein Haus, packte die letzten Sachen ein und warf Kleidungsstücke in seinen Koffer. Neue Toilettenartikel würde er auf dem Weg aus der Stadt kaufen. Wen interessierte es schon, wenn seine überstürzte Flucht das FBI darauf brachte, dass er der Mann war, der die Sicherheitsmaßnahmen an der Schule verraten hatte? Sie würden es sowieso bald herausfinden, wenn dieser Superagent Kessler die Sache in die Hand nahm.

Ein Kind. Joe hatte versucht, ein Kind zu erschießen.

Noch ein Grund mehr, nicht mehr in den Spiegel zu schauen.

Er blieb vor seinem Lieblingsbild mit dem Leuchtturm stehen. Bei dem Gedanken, was er durch seine Flucht alles verlieren würde, beschleunigte sich sein Atem. Er würde seine einzigartigen Kunstwerke nie wiedersehen. Und er konnte es sich nicht leisten, sie zu ersetzen, da er Geld für Operationen und gefälschte Papiere brauchte, um ein neues Leben anzufangen.

Auch mit einem neuen Aussehen und mit einem neuen Namen wäre er immer ein gejagter Mann. Jemand wie Joe, der sich direkt vor der Nase des FBI verstecken konnte, würde ihn auch am Ende der Welt aufspüren.

Joe hatte klargemacht, dass seine Arbeit erst erledigt war, wenn Särge aus Hope Ridge hinausgetragen wurden. Am Mittwoch war das nicht der Fall gewesen.

Und wenn es nach Tom ging, würde es auch nie so weit kommen. Er hatte nie geplant, dass es so weit ging. Nicht so weit, dass ein Kind getötet würde.

Das Klingeln an seiner Tür ließ seinen Blutdruck in gigantische Höhen schießen. Er schaute auf den Koffer, der vor ihm stand. Er sollte ihn lieber verstecken.

„Wer ist da?“ Er lehnte sich von innen an die Tür und hoffte, sein Besucher würde verschwinden. Vielleicht konnte er durch die Terrassentür hinausschlüpfen und unbemerkt an dem Mann, der an seine Haustür hämmerte, vorbeihuschen. Aber er wusste, dass das unrealistisch war. Er öffnete die Tür.

Joe stolzierte herein, als hätte er nicht die geringste Sorge der Welt. „Wollten Sie irgendwohin, mein Freund?“ Seine durchdringenden grünen Augen bohrten ein Loch in Toms Schädel.

„Ja. Ich habe das getan, wofür Sie mich bezahlt haben, und ich verschwinde, bevor das FBI die letzten Puzzleteile zusammenfügt.“

„Nicht so schnell. Die Arbeit ist noch nicht erledigt.“

Toms Angst löste seine Zunge. „Das ist nicht meine Schuld. Sie haben danebengeschossen. Das ist jetzt Ihr Problem.“

Joes kräftige Finger fuhren an seine Kehle und schnitten ihm die Luft ab. Vielleicht käme der Tod schnell und seine Mutter würde nie die unerfreulichen Details erfahren, wie ihr Sohn immer weiter abgerutscht war. Schmerz war sein einziger Gedanke, schwarzes Vergessen sein einziges Ziel.

„Sie haben keine Ahnung, mit wem Sie es zu tun haben.“ Joe lockerte seinen Griff.

Tom sackte keuchend zu Boden. Er hatte in den letzten paar Sekunden mehr erfahren, als er wissen wollte. „Was wollen Sie von mir? Die Sicherheitsmaßnahmen werden jetzt so verschärft, dass ich Ihnen nicht mehr helfen kann.“

„Ich muss sicherstellen, dass Sie kein Wort verraten. Oder Sie schwimmen mit dem Bauch nach oben auf dem Potomac.“

Tom ging in die Küche und schenkte sich einen Whiskey ein. Ein oder zwei Gläser konnten nicht schaden. Er würde nüchtern genug bleiben, um sich einen Ausweg aus diesem Alptraum zu überlegen. „Ich weiß nichts, was ich verraten könnte.“

„Ach, aber dass Sie wie ein verängstigter Vogel davonflattern wollen, verrät, dass Sie nicht genug investiert haben, um ruhig zu bleiben, wenn das FBI Sie ins Verhör nimmt.“ Joe lehnte sich auf einem Esszimmerstuhl zurück.

Tom stand im Türrahmen zur Küche. „Dann lassen Sie mich doch einfach verschwinden.“

„Es ist nicht meine Art, etwas zu verpfuschen. Ich mache keine halben Sachen. Und außerdem sind Sie hier lebendig mehr wert als tot. Im Moment.“

„Was wollen Sie?“ Tom hatte so wenig Verhandlungsspielraum.

„Sie müssen mich über die Ermittlungen des FBI auf dem Laufenden halten. Und ich brauche Informationen über Victoria Kensington.“ Joe deutete zur Küche. „Haben Sie noch ein Bitter für einen alten Freund?“

Freund? Richtig. Tom flüchtete in die Küche und schenkte sich noch einen Whiskey ein. Dann holte er sein letztes Bier. Wenn Joe es beim ersten Mal richtig gemacht hätte, würde Tom morgen wie geplant auf die griechischen Inseln fliegen. Wenn. Mit ein wenig Mut in flüssiger Form bewaffnet, merkte er, wie ein neuer Plan in seinem benebelten Denken Fuß fasste.

„Übrigens, Kumpel.“ Joes laute Stimme warf ihn fast um. „Sie haben keine Ahnung, wie man untertaucht. Ein Anruf von mir, und Sie sind der Gnade Ihrer Majestät ausgeliefert.“

Tom klammerte sich an der grauen Tischplatte fest. Gefängnis. Für den Rest seines Lebens wäre, solange Joe atmete, das Gefängnis nur einen Anruf weit entfernt. Und solange Gracie atmete. Dass sie nach Georgia zurückgefahren war, wo sie den ganzen Tag Zeit hatte, über ihre Familie nachzudenken, brachte ihn seiner Verhaftung gefährlich nahe.

Nein. Er war zu weit gekommen, er roch den Duft der Freiheit schon. Wenn er seine Karten richtig ausspielte, war sein Umzug nach Europa immer noch in greifbarer Nähe.

Nur einen winzigen, einfachen Plan entfernt.

* * *

Steven kämpfte sich am Freitagnachmittag durch den Verkehr nach Alexandria hinein. Seine Gedanken bewegten sich immer wieder in eine Richtung. Gracie. Ihre Mutter hielt ihn auf dem Laufenden.

Und auch wenn Gracie ihn vielleicht lieber im Unklaren lassen wollte, sorgten die Informationen, die Marianne Thompson ihm verriet, dafür, dass er nicht den Verstand verlor. Er musste einfach wissen, wie es ihr ging.

Es konnte auch nicht schaden, mit Gracies Mom auf gutem Fuß zu stehen. Und ein weiterer Krankenbesuch mit James wäre auch nicht schlecht.

Er trommelte mit den Fingern im Rhythmus zu einer CD mit irischer Instrumentalmusik. Zu viele Teile seines Lebens passten nicht zu seinen Hoffnungen und Träumen. Der Wunsch, seinen Sohn zu behalten, dominierte mehr als alles andere seine Gedanken und ließ ihm keine Ruhe. Angela war freundlich geworden. Zu freundlich. Keine Friedensangebote mehr.

Jetzt erstickte sie ihn fast mit Freundlichkeit. Und versuchte, über seinen Sohn und ihre früheren Schwiegereltern Pluspunkte beim Familienrichter zu sammeln, der über die Sorgerechtsklage entscheiden würde. Steven brauchte eine weitere Runde mit seinem Sandsack. Wenn seine Ex bis zum achten November dieses Spiel aufrechterhalten wollte, würde er Angela in den nächsten Wochen öfter sehen als während seiner kurzen Ehe.

Ohne die Vorzüge der Ehe.

Nicht dass er das wollte. Jedenfalls nicht mit Angela. Als er Gracie in den Armen gehalten hatte, hatte ihm das zwei Dinge bewiesen, die er so bald nicht vergessen würde. Erstens: Er konnte nicht so leicht in sein Junggesellendasein zurückkehren wie damals, als Angela ihn verlassen hatte und der Hass jede sexuelle Lust in ihm erstickt hatte. Zweitens: Als Gracie sich in seine Arme geschmiegt und so perfekt hineingepasst hatte wie das letzte Puzzleteil in ein Bild, hatte das bei ihm die Illusion zerstört, Gott hätte ihn vergessen.

Clint hatte ihm das immer wieder erklärt. Kurze Bemerkungen darüber, dass James überlebt hatte, als Kugeln durch sein Klassenzimmer geflogen waren. Erinnerungen an frühere Erfolge. Fälle, die er mit einer einzigen guten Idee gelöst hatte. Alles wies darauf hin, dass Gott einem Mann, der vor ihm davonlief, wirklich nachging.

James und seine Gebete für Gracie vor dem Einschlafen bewirkten das Gleiche.

Und Gracies Worte über Glauben und Vergebung verfolgten Steven in seinen wachen Stunden genauso, wie ihr lächelndes Gesicht seine Träume versüßte.

Als er seinen Wagen vor Charlotte Browns Haus parkte, schüttelte Steven den Kopf, um alle anderen Gedanken in den Hintergrund zu drängen und sich auf seine Arbeit zu konzentrieren. Jetzt musste er der Chefermittler sein. Ein einziger Mann – auch wenn er früher zur britischen Spezialeinheit gehört hatte – konnte sich nicht ewig verstecken.

Steven hatte alle technischen Mittel, die Männer und die Leidenschaft seines Teams, um Gewaltverbrecher aufzuspüren und sie vor Gericht zu bringen. Die meisten seiner Kollegen waren der Meinung, dass es in der Hölle einen besonderen Platz für Kindermörder gab.

Er wusste nicht, was die Bibel dazu sagte, aber er wusste ganz genau, dass es im Gefängnis besondere Plätze für Männer gab, die Kindern etwas angetan hatten. Die Gerechtigkeit kam in verschiedenen Formen.

Steven klopfte an die Haustür. Charlotte öffnete einen Spaltbreit. Sie schaute ihn mit großen Augen an und schaute dann zu Boden. „Ich nehme an, ich muss mit Ihnen sprechen?"

„Ja." In den letzten drei Wochen hatte sie ihre elegante Verkleidung abgelegt und sich immer mehr in eine gestresste Hausfrau verwandelt. Ohne Ehemann allerdings. Der hatte seine Sachen gepackt und war über alle Berge. „Nette Fußkette. Passt sehr gut zu Ihrem Bademantel."

Charlotte schnaubte: „Um sicherzustellen, dass ich nicht von der Zugbrücke dieses Märchenschlosses springe."

Steven ging ins Wohnzimmer und setzte sich auf ihr fleckiges Sofa. „Ich mache es kurz und nett. Ich will den Decknamen Ihres Bruders, den er bei seiner letzten Fahrt durch Alexandria wahrscheinlich benutzt hat."

„Ich erwidere Ihre Höflichkeit und fasse mich kurz: Sie wissen, wo die Tür ist." Charlotte stand vor dem Wohnzimmerfenster und hatte ihm den Rücken zugekehrt.

Vielleicht war sein Scherz über das elektronische Überwachungsgerät an ihrem Knöchel nicht der beste Einstieg in dieses Gespräch gewesen. „Ich habe bereits das Motiv und genug Beweise gegen Ihren Bruder, um Gordon lebenslänglich hinter Gitter zu bringen. Und Sie auch, sobald der Staatsanwalt eingreift." Er zwang sich, sitzen zu bleiben. „Wenn Sie uns helfen, arbeiten wir eine Lösung aus, wie Sie Stewart aufwachsen sehen können."

Charlottes Schultern sackten nach unten. „Ich werde meinen Bruder nicht an Sie verraten."

„Gordon hat danebengeschossen. Wussten Sie das?"

Sie fuhr herum und schaute ihn an. „Sie lügen."

„Man sagt, allen Verbrechern unterlaufen tödliche Fehler, wenn sie Angst bekommen."

„Mama!", weinte Stewart aus einem anderen Zimmer.

Charlotte rührte sich nicht. „Gordon hat keine Angst. Aber Sie. Warum sind Sie sonst hier und belästigen mich?" Sie deutete mit einem

Finger auf seine Brust. „Sie haben nichts. Und bald werden wir alle ungehindert dieses Land verlassen."

Steven kniff die Augen zusammen. „Fasern von Ihrer Kleidung wurden an Olivias Leiche gefunden. Sie waren zum Zeitpunkt ihres Todes bei ihr. Kein Richter lässt Sie dafür ungeschoren davonkommen." Er beugte sich vor. „Wir haben viel mehr als nur allgemeine Beweise, Mrs Brown."

„Ich bin eine Landridge, egal, ob ich verheiratet bin oder nicht."

„Meinetwegen. Ihr Sohn wird ohne Mutter aufwachsen, wenn Sie mir sonst nichts zu sagen haben." Steven stand auf. „Sie haben Ihre Freiheit riskiert, um Stewart zu sehen. Warum werfen Sie ihn jetzt weg?"

Sie vergrub das Gesicht in ihren Händen und brach auf einem Sessel zusammen. „Gordon hat mir nichts verraten. Sie wissen schon alles, was ich weiß."

Stewart rief wieder.

„Nur ein Name, Charlotte. Das ist alles, was ich brauche. Dann können Sie sich damit trösten, dass Sie für den Mord an nur einem Kind mitverantwortlich sind."

Sie schüttelte ihre strähnigen roten Haare.

„Sie könnten helfen, einer kleinen Sechsjährigen das Leben zu retten. Sie ist nur ein kleines Mädchen." Er wartete. Sie war so kurz davor zusammenzubrechen.

Charlotte verschwand in Stewarts Zimmer und blieb ein paar Minuten. Als sie zurückkam, verrieten ihre roten Augen und ihr tränennasses Gesicht ihre entsetzliche Angst.

„Ich habe an dem Tag, an dem ich nach Hause kam, einen Pass gesehen." Mit zittrigen Händen hielt sie ihren Bademantel fest.

Er blieb still sitzen. Wartete. So nahe …

„Danny. Danny Johnson." Das Feuer in Charlottes Augen erlosch. „Wenn Sie mich jetzt bitte entschuldigen. Ich habe vor, die wenigen Tage, die mir mit meinem Sohn noch bleiben, zu genießen."

Sie hatte ihm Gordon gerade auf einem silbernen Tablett serviert.

Steven verließ die Wohnung und sprach mit den Agenten, die vor der Tür Dienst taten: „Stellt sie unter Beobachtung. Sie ist selbstmordgefährdet." Er rutschte in seinen Wagen und wählte Michaels Nummer. Mit Hilfe der Computerkenntnisse des Grünschnabels würden sie Gordon Landridge finden, noch bevor das Wochenende vorbei war.

Olivias erschütternder Autopsiebericht ließ Steven nicht los. Es gab Tage, an denen er diesem Beruf keine Träne nachweinte.

Aber erst, wenn er einem weiteren Mörder die Handschellen angelegt hätte.

Wenn vorher nicht wieder etwas schieflief.

Kapitel 31

Gracie tat der ganze Körper weh.

Zwei Wochen und die endlosen Verbandswechsel waren vorbei. Aber die Erinnerung an das Metall, das sich durch ihr Fleisch bohrte, oder der Geruch nach Blut, der ihr ganzes Klassenzimmer erfüllte, ließ sie nicht los. Sie schaute aus dem Flugzeugfenster. Die kleinen Spielzeughäuser und ameisenähnlichen Autos wurden größer, als sie zum Landeflug auf dem Hartsfield International Airport von Atlanta ansetzten.

Zu Hause.

In wenigen Minuten würde sie wieder den Boden von Georgia betreten. Der Ansturm von Gefühlen, von denen sie viele nicht richtig einordnen konnte, erschütterte sie.

„Geht es dir gut, Schwesterherz?" Aus Beths schokoladenbraunen Augen sprach große Sorge. Ihre liebevolle Pflege in den letzten paar Wochen hatte die Kluft, die zwischen ihnen noch geherrscht hatte, endgültig überbrückt. Wenigstens etwas Gutes, das die Kugeln bewirkt hatten, die Gracies stilles Leben erschüttert hatten.

„Ich komme klar." Sie holte tief Luft und legte die Hand auf die heilenden Wunden in ihrer Seite. Gott hatte sie beschützt, genau wie James gesagt hatte. Aber die Frage, warum überhaupt alles hatte passieren müssen, verwirrte sie immer noch. Sie kam zu allen anderen *Warum*-Fragen hinzu, die ihr bei dieser Heimreise keine Ruhe ließen.

Sie schaute wieder in das Buch auf ihrem Schoß und las die Zeilen: „Auch wenn unser Leben noch so verworren aussieht, auch wenn wir angesichts unserer Situation noch so hin und her gerissen sind, können wir damit fertig werden, und wir können wieder ganz werden."

Ganz? Wie? Vater, ich brauche dich. Ich fühle mich so hilflos. Wie soll ich alle Teile wieder zusammensetzen?

Sie schloss die Augen und dachte an ihre Gespräche mit Maria und Victoria, James und Steven in den letzten Wochen. Sogar Mrs Hall hatte oft angerufen. Jeder versicherte Gracie, dass ihre Schüler gut versorgt waren, von Traumatherapeuten betreut wurden und wieder zum Unterricht in ein aufgeräumtes und fröhliches, einladendes Klassenzimmer mit einer freundlichen Vertretungslehrerin gingen.

Marias Bemerkungen trafen Gracie am meisten: *„Victoria vermisst* *dich, aber sie ist froh, dass sie wieder zur Schule geht. Sie stellt sich jetzt ihren Ängsten. Die Schießerei hat sie dazu gebracht, über Olivia zu sprechen. Das ist gut.*"

Gut. Sie konnte nur hoffen, dass sie es eines Tages auch so sehen würde wie Victoria.

„Hey, Tagträumerin. Mom und Dad haben gesagt, dass sie Peter und Rob mit zum Flughafen bringen, weil Dennis an die Arbeit zurückmusste." Beth seufzte. „Ich freue mich so darauf, die beiden wieder in die Arme zu schließen."

Gracie biss sich auf die Lippe. Ihre Schwester zum ersten Mal als Mutter zu sehen, ihre Freude, wenn sie ihre Kinder wiedersah, wäre schwer für sie. Aber vielleicht würde es ihr mehr Heilung als Schmerz bereiten, wenn sie ihre Neffen in den Arm nehmen konnte.

Sie vermisste Jake. Aber bei dieser Reise konnte sie sich nicht an seiner weichen Schulter ausweinen, da er bei Steven und James geblieben war.

Beth verzog das Gesicht. „Es tut mir so leid. Ich habe nicht daran gedacht, wie du dich vielleicht fühlst, wenn du … na ja … wenn du mich mit meinen Jungen siehst."

Sie legte eine Hand auf Beths Arm. „Es wird mir guttun, dich mit Peter und Rob zu sehen und die beiden endlich kennenzulernen. Du warst mir eine große Hilfe, weil du bei mir geblieben bist, als Mom und Dad nach Hause mussten. Ich bin dir für alles, was du getan hast, sehr dankbar. Du hast deine Familie allein gelassen und deinen Urlaub damit verbracht, mich zu pflegen. Danke."

Beth nickte grinsend und mit Tränen in den Augen.

Es war höchste Zeit, auf andere Gedanken zu kommen. Sie wollte Mom und Dad nicht mit einem verheulten Gesicht gegenübertreten. Gracie reichte Beth ihr Buch, damit sie es verstaute. In zwei Wochen hatte Gracie jeden Handgriff und jede Bewegung, bei der man sich strecken oder beugen musste, ihrer Schwester überlassen.

Nach der Landung warteten sie, bis die anderen Fluggäste ausgestiegen waren. So bestand weniger die Gefahr, dass sie gestoßen wurde, und sie konnte sich genug Zeit lassen, um vom Flugzeug zum Rollstuhl zu gehen, den Beth hatte bereitstellen lassen. Hartsfield war auch bei bester Gesundheit ein riesiger Flughafen.

Innerhalb weniger Minuten schob Beth sie durch die vielen Leute und fuhr mit ihr in Richtung Ausgang. Bei dem Lärm und dem Gedränge der Menschen um sie herum konnten sie nicht sprechen. Deshalb schloss Gracie die Augen und ließ ihre Gedanken zum Traum der letzten Nacht zurückkehren. Sie hatte sich in einer dunklen Höhle verirrt und fühlte nichts als Spinnweben und kalten Wind. Sie hatte nichts tun können, um die Augenbinde loszuwerden, so sehr sie sich auch angestrengt hatte. Angst hatte sie gelähmt.

Auch jetzt, inmitten der Reisenden, hielt die Angst ihr Herz fest im Griff.

Aber der Traum war damit noch nicht zu Ende gewesen. Nachdem sie lange mit der Augenbinde gekämpft hatte, wurde ihr von oben eine Hand gereicht, die sie durch ein Labyrinth aus Steinen über schmale Wege und steile Hänge führte. Sie wehrte sich auch gegen die Hand, aber bald wurde ihr klar, dass die Hand sie aus der Höhle heraus in die warme Sonne führte. Sie war aufgewacht, bevor sie das Licht richtig hatte fühlen können, das außerhalb ihrer Reichweite blieb.

Sie konnte den Traum nicht vergessen. Vielmehr wuchs ihre Sehnsucht, aus der Höhle herauszukommen und ganz ins Licht zu treten. Vielleicht würden Mom und Dad ihr helfen herauszufinden, was das alles bedeutete. Auch wenn ihr dieser Traum sicher nicht helfen würde, sich dem Teil ihrer Reise zu stellen, vor dem ihr am meisten graute.

Einem Besuch auf dem Friedhof.

* * *

Gracie stand auf der Treppe ihrer Eltern und betrachtete die Fotos, die die Wände säumten. Sie war täglich an ihnen vorbeigegangen, aber heute musste sie stehen bleiben. Sie musste sie anschauen, alle schönen Erinnerungen speichern, um die Fahrt an diesem Nachmittag zu überstehen.

Die Hochzeitsbilder ihrer Eltern. Beth und sie selbst als Kinder. Ihre großen silbernen Spangen und Zöpfe entlockten ihr ein Lächeln. Bei den Bildern von Mark, Elizabeth und Joshua stockte Gracie immer noch der Atem und sie bekam fast keine Luft. Sie spielte mit ihrem goldenen Medaillon.

„Was sagst du zu meinem Familienbild da oben?“ Beth stand unter ihr auf der Treppe. „Ich bin immer noch schockiert, dass sie es aufgehängt haben, obwohl wir nicht verheiratet sind.“

Gracie nahm ihre Schwester an der Hand. „Ich hab dich lieb, Beth. Und Mom und Dad auch. Ohne Vorbedingungen.“

Beth schaute auf den Boden. „Ich bin froh, dass ich dich als Schwester habe.“

„Ich bin auch froh, dass ich dich habe.“ Gracie legte die Arme um Beth und drückte sie sanft.

Ruhige Schritte auf dem Gang über ihnen verhinderten weitere Sentimentalitäten. In seinem maßgeschneiderten Anzug sah Robert Thompson genauso gut aus wie auf den Hochzeitsfotos, die an der Wand hingen.

„Hey, meine zwei Prinzessinnen. Wie fühlt ihr euch an diesem schönen Morgen?“

„Hundemüde“, antwortete Beth. „Die Jungen waren die ganze Nacht wach. Ich hätte auch länger schlafen sollen.“

Gracie folgte Beth die Treppe hinunter, klammerte sich am Geländer fest und setzte langsam und ruhig einen Fuß vor den anderen. Je weniger abrupt ihre Bewegungen waren, umso besser.

Dad legte jeder seiner Töchter eine Hand auf die Schulter, während sie in die Küche gingen. „Ich habe gehört, dass kleine Jungen einfach so sind.“ Sein Lächeln machte die schmerzliche Erinnerung an gut zwei Jahre ohne die glückliche Erschöpfung, die ein Tag mit zwei kleinen Kindern brachte, erträglicher.

Gracie hatte wieder Mühe, die Tränen zurückzuhalten. Zu Hause zu sein wühlte sie völlig auf. Sie konnte nicht viel länger bleiben, aber sie war auch noch nicht bereit, nach Alexandria zurückzufahren.

Mom schaute von ihrem Andachtsbuch am Küchentisch auf und strich ihren schwarzrosa Jogginganzug glatt. „Wenn ich mich richtig erinnere, rauben kleine Mädchen ihren Eltern auch ganz schön viel Kraft.“ Alle schmunzelten.

Vor Gracie tauchte die Erinnerung an einen schwierigen Tag auf, an dem Elizabeth in einem sehr anstrengenden Alter gewesen war. Sie hatte mit Elizabeth gekämpft, weil sie nicht aufs Töpfchen wollte und immer wieder geschimpft, als sie mit ihren leuchtenden Wachsmalkreiden die Wände bemalt hatte. Lange bevor es Zeit war, sie zum Mittagsschlaf hinzulegen, war Gracie aufs Sofa gesackt und hatte nur noch weinen wollen. Elizabeth hatte sie nachgeahmt und sich hingesetzt, dann aber eine winzige Hand auf ihr Bein gelegt und gesagt: „Ich glaube, wir müssen mit Jesus reden."

Was würde sie jetzt für Wachsmalkreide an den Wänden und winzige Hände geben!

Bevor sie erneut in Tränen ausbrach, atmete sie einige Male durch die Nase ein und aus. Ein kräftiger, schokoladenhaltiger Geruch, der nach Zuhause roch, ließ den Tränenstrom versiegen und holte sie in die Gegenwart zurück.

Beth lehnte sich an den großen Eichentisch, der mit hellen Kürbissen und Maiskolben geschmückt war. Platzdeckchen aus Herbstblättern umgaben das Mittelstück, zu dem auch ein paar handgedruckte Truthähne gehörten, die die Schwestern in der Grundschule gebastelt hatten. Mom warf nichts weg.

„Esst ein wenig Obst, Mädchen." Mom schob einen Holzteller mit Trauben, Bananen und frisch gepflückten Feigen über den Tisch. „Und im Ofen habe ich Schokowaffeln warm gestellt."

Gracie lehnte sich an die Arbeitsplatte und atmete den Frieden ein, der das Zuhause ihrer Eltern so sehr charakterisierte. Herzenswärme. Das verschenkten ihre Eltern, ohne sich anstrengen zu müssen. Einen sicheren Ort. Freundliche Worte. Liebevolle Umarmungen. Glückliche Erinnerungen. Hoffnung.

Dad holte einen frischen Donut aus dem Kühlschrank und wickelte ihn in ein Papier. „Ich muss jetzt los. Sonst bin ich heute Nachmittag zu unserem Ausflug nicht rechtzeitig zurück." Er küsste Mom auf die Wange und wandte sich an Gracie. „Wir können unterwegs Blumen kaufen."

„Danke, Daddy."

Seine starken Arme, die sich um sie legten, vermittelten ihr so viel Sicherheit. „Bis bald, Prinzessin. Ich hab dich lieb."

Beth trat mit einem zufriedenen Seufzen in ihren kleinen Kreis.

Er lächelte. „Es tut gut, Vater von zwei Prinzessinnen zu sein. Ich hab euch beide lieb." Er küsste sie auf die Köpfe und ging dann zur Garage hinaus.

„Ich versuche, ein wenig zu schlafen, bevor die Jungen durchs Haus rasen." Beth dehnte ihren Nacken. „Wir sehen uns, bevor du fährst."

Gracie nickte, konnte aber nichts sagen. Sie wollte nicht über diesen Nachmittag nachdenken.

Beth verschwand aus der Küche, während Gracies Magen wie ein Vulkan rumorte. „Ich glaube, ich sollte mir ein paar Waffeln holen, bevor mein Magenknurren Peter und Rob aufweckt." Gracie wollte zum Ofen gehen, aber Mom hielt sie am Tisch zurück.

„Du setzt dich hin." Mom holte die Teller von der Arbeitsplatte und belud einen mit knusprigen, goldenen Quadraten. „Selbst wenn du genauso stark bist wie dein Dad, bist du hier, um dich bedienen zu lassen."

Gracie setzte sich auf einen gepolsterten Eichenstuhl. „Mom, ich weiß, dass du und Dad gesagt habt, Gott würde mir zeigen, was mein Traum von der Höhle zu bedeuten hat, aber ich verstehe ihn einfach nicht. Ich habe das Gefühl, als stünde ich ganz nahe vor etwas, aber ich habe Angst, dass es nur wieder ein weiterer Abgrund ist."

Mom gab ihr ein Glas Milch und einen warmen Teller mit süßen Schokoladenwaffeln mit Ahornsirup. „Iss bitte. Ich muss dir etwas sagen. Ich bete für eine solche Gelegenheit, seit du mir von deinem Traum erzählt hast."

Gracie fühlte sich wie eine Fünfzehnjährige, die sich zu spät ins Haus geschlichen hatte. Alles andere als bereit für ein „Gespräch". Sie beugte den Kopf und betete um eine schnelle und schmerzlose Lektion.

„Schau mich nicht so an, Gracie Ann. Ich weiß, dass du eine erwachsene Frau bist." Mom zog die Brauen in die Höhe und lächelte sie an. „Ich will dir nur etwas sagen, was Gott mir gezeigt hat. Ich denke, nach allem, was du in letzter Zeit durchgemacht hast, könnte dir das helfen."

„Okay." Die warme Schokolade zerging auf ihrer Zunge und sie entspannte sich. Ein wenig.

„Du hast gesagt, das, was du nach diesem Traum gefühlt hast, war Angst. Richtig?"

Gracie nickte und aß weiter.

„Angst wovor?"

Gute Frage. „Angst, dass ich nie aus der Höhle heraus und ins Sonnenlicht komme?"

„Und wie hast du dich mit der Augenbinde gefühlt, als die Hand dich führte?"

„Hilflos." Ihr gefiel die Richtung nicht, die ihre Mutter einschlug. Sie hatte vor einem Jahr mit ihrer Therapeutin über ihre Wut gesprochen. Jemand hatte ihre Familie getötet. Sie hatte es mit angesehen, hatte es aber nicht verhindern können. Jetzt konnte sie den Mann nicht finden, der ihr die Familie gestohlen hatte.

Hilflos. Dieses Wort beschrieb auch, was sie in Bezug auf Steven und seinen Sorgerechtsprozess und Angelas ständiges Auftauchen empfand.

„Das klingt sinnvoll." Mom beugte sich vor. „Aber es ist eine Lüge. Du bist nicht hilflos. Diese Lüge ist es, die dich wie die Augenbinde in deinem Traum lähmt."

„Und ich dachte, du würdest sagen, mangelnde Vergebungsbereitschaft halte mich zurück." Gracie hasste den Ärger, der in ihr aufstieg. Ihr Leben wurde doch nicht von einer Lüge bestimmt. Diese Hilflosigkeit war nur ein Gefühl. Sonst nichts.

„Das ist auch ein Problem, aber zuerst musst du dich der Tatsache stellen, dass du eine Lüge lebst. Dein Ehrgeiz, den Mann in dem schwarzen Truck zu finden, ist dein Versuch zu beweisen, dass du nicht hilflos bist. Und auch, dass du alles in deinem Leben perfekt in Ordnung hältst. Dein Haus. Deine Unterrichtspläne."

Gracie wurde steif. Das Knallen von Schüssen und das Zersplittern von Glas klangen ihr im Kopf. Perfekte Unterrichtspläne hatten ihr an jenem Tag nicht geholfen.

Sie verdrängte diese Gedanken. Schob sie weit weg. „Nein, wenn man die Dinge in Ordnung hält, nennt man das Verantwortungsgefühl. Niemand sonst hält mich für eine pingelige Idiotin."

Mom schaute sie strafend an. Schimpfworte gab es in ihrem Haus nicht.

„Entschuldige." Gracie trank einen großen Schluck kalte Milch.

„Von außen sieht es sicher gut aus, aber nicht innerlich. Du willst immer alles verstehen und in Ordnung bringen. Aber wenn das nicht geht, führt das nur zu Ärger gegenüber Gott und das bringt dich weiter von dem einzigen Weg fort, durch den dein Herz Heilung finden kann."

Etwas regte sich tief in ihr bei der Wahrheit der Worte, die ihre Mutter sprach. Aber Gracie konnte sich dem nicht stellen. Die Vorstellung, dass die Heilung, der Schritt heraus aus der Bindung an ihre Vergangenheit in ihrer Macht lag, machte ihr Angst.

„Der Gott, der dich heilt, ist nicht darauf angewiesen, dass du alles in Ordnung bringen kannst." Aus Moms braunen Augen leuchtete die Liebe, mit der nur eine Mutter bittere Medizin verteilen konnte.

„Es ist nicht so, als würde ich nicht beten und in der Bibel lesen. Ich habe Gott nicht den Rücken zugewandt."

Ein trauriges Lächeln spielte sich um Moms Lippen. „Aber erlebst du ihn wirklich? Hörst du seine Stimme? Es liegt ein himmelweiter Unterschied zwischen der Angst, die ich in deinen Augen sehe, und dem Frieden, den ich sehe, wenn ich auf Gott schaue."

Gracie schob ihren Teller weg. Sie hatte keinen Hunger mehr. „Ich bin nicht Gott. Also habe ich keinen perfekten Frieden. Aber wenn ich in der Bibel lese, fühle ich Gott. Ich habe Freude, wenn ich unterrichte. Ich habe gelernt, den Ärger loszulassen."

Mom streckte die Hand über den Tisch und legte sie auf ihre Hand. „Mütter sehen Dinge, Schatz. Ich sehe Schatten in deinen Augen, die vielleicht sonst niemand bemerkt. Ich höre die Angst und die Aufregung in deiner Stimme, wenn du am Telefon mit James und Steven sprichst. Aber diese Lüge, die dir einredet, du wärst ein hilfloses Opfer, macht dich blind und hält dich davon zurück, vollständig aus der dunklen Höhle herauszukommen und in die Sonne zu treten."

„Ich laufe also einfach zu Gott und sage ihm, dass ich mich hilflos fühle? Und er macht dann was? Flüstert er mir irgendeinen Bibelvers zu, der alles besser machen soll?" Gracie zog die Hand zurück und stand auf. „Ich habe es versucht, Mom. Ich habe es wirklich versucht. Ich kann diese Gefühle nicht immer und immer wieder durchkauen. Das tut zu weh."

Ihre Mutter nickte. „Sie zu vergraben oder vor ihnen davonzulaufen tut noch mehr weh." Sie stand auf und legte einen Arm um Gracie. „Probier es. Wirf dich in Gottes Arme und sag ihm, wie du dich fühlst: dass du hilflos bist, vielleicht nicht gut genug, verlassen. Und gib dann zu, dass du versuchst zu beweisen, dass diese Lügen nicht wahr sind, statt zu empfangen, was Gott über dich sagt.

Erlaube dir, seine Vergebung zu fühlen, und hör dann die Wahrheit, die er dir sagt. Ich glaube, er will dir etwas Unglaubliches sagen." Mom wischte Gracies Tränen mit ihren sanften Daumen weg.

„Aber ich kann meinem Privatdetektiv nicht sagen, dass er die Sache einfach vergessen soll."

„Ich habe nicht gesagt, dass du das tun musst. Ich habe nur gesagt, dass du zu Gott gehen und sehen sollst, was er sagt."

Gracie schniefte. Sie würde ihre Suche nicht aufgeben. Und sie würde heute auch nicht zum Grab ihrer Familie fahren. Zu viele Gefühle. Zu viele Gedanken, die ihr durch den Kopf wirbelten.

Vielleicht sollte sie es auf Moms Weise probieren. Angesichts der ganzen Erinnerungen brannte bittere Galle in ihrer Kehle.

Der schwarze Truck.

Das Blut ihrer Kinder auf den Krankenwagentragen.

Drei weiße Laken.

Selbst wenn Mom recht hatte und Vergebung ein natürlicher Schritt wäre, wenn sie sich den Lügen in ihrem Herzen stellte, hielt eine Sache sie zurück: Sie musste den Mörder loslassen. Und dann hatte sie nichts mehr, an das sie sich halten konnte.

Ihr Wunsch, dafür zu sorgen, dass er für seine Schuld zahlen musste, der Ärger, der immer noch unter der Oberfläche brodelte, gab ihr Kraft, nicht in ihrer Traurigkeit zu versinken. Ihn im Gefängnis zu sehen gab ihr vielleicht nicht Frieden und machte sie vielleicht nicht frei von den Lügen, die sie der Meinung ihrer Mutter nach glaubte, aber es würde diesen Mann von den Straßen und aus ihrem Kopf vertreiben.

Sie war noch nicht bereit, das aufzugeben.

Nicht jetzt. Vielleicht nie.

Um dem Mann zu vergeben, müsste sie einen viel zu hohen Preis zahlen.

Kapitel 32

Joe wusste, wie man dem FBI entkommt.

Dieser Umstand bewahrte Tom vor dem Gefängnis. Mit dieser Erkenntnis bewaffnet, ging er in seinem Büro auf und ab und baute ein wenig Adrenalin ab.

Er hatte die Befragung durch das FBI wegen der Schüsse auf Gracie vor einigen Wochen gut überstanden. Er konnte ehrlich antworten, dass er nichts von einem Gordon Landridge wusste. Oder einem Danny Johnson – offensichtlich ein anderer Deckname von Joe. Das war leicht. Die Wiederholung der Fragen heute Morgen hatte er mit gleicher Bravour gemeistert. Er bestand seinen letzten Monat in Alexandria perfekt.

Nach Thanksgiving würde er in Australien am Strand liegen. Das war viel besser als Griechenland. Seine Reisepläne hatten ihm geholfen, sein Ziel nicht aus den Augen zu verlieren. Seine Pflichten in Hope Ridge nicht zu vernachlässigen. Und sich von der ständigen Belästigung durch das FBI nicht beirren zu lassen. Er war fest entschlossen, seinen Plan auszuführen.

Der November in Australien und die Aussicht auf einen Sommer in Freiheit gaben ihm Kraft.

Das FBI hatte ihm einige Informationen über Joe oder Gordon oder wie der Mann auch hieß, gegeben. Nicht dass Tom irgendetwas damit anfangen konnte. Trotzdem. Informationen könnten ein wertvoller Schatz sein, mit dem er sich seine Freiheit erkaufen wollte. Falls sein sorgfältig ausgearbeiteter Plan fehlschlagen sollte.

Sein Telefon klingelte. „Ja."

„Ein Justin Moore möchte Sie sprechen, Mr Perkins."

Das Adrenalin schoss erneut durch seine Adern. „Bitte führen Sie ihn herein, Alice." Er setzte sich hinter seinen eindrucksvollen Kirschbaumschreibtisch und wartete.

Alice trat ein und führte Gracies Privatdetektiv ins Zimmer. Dann ging sie ohne ein Wort wieder und schloss die Tür hinter sich.

„Willkommen in Hope Ridge, Mr Moore. Bitte setzen Sie sich." Tom deutete zu den Lederstühlen vor seinem Schreibtisch.

„Danke." Beide Männer setzten sich.

Mr Moores breite Schultern, die in ein braunes Sportjackett gezwängt waren, waren nicht halb so bedrohlich wie Joes muskulöser Körperbau. Aber der Grund für seinen unangemeldeten Besuch könnte noch zerstörerischer sein.

Tom wartete.

Mr Moore reichte ihm ein Phantombild. „Dieses Bild entstand nach Gracie Langs Beschreibung von dem Mann, der ihre Familie vor über zwei Jahren von der Straße drängte, wodurch ihr Mann und ihre zwei Kinder starben."

„Ich kenne die Geschichte. Furchtbar tragisch." Tom gab ihm das Bild ohne das geringste Zittern in den Händen zurück. „Aber ich verstehe nicht, was das mit Ihrem Besuch bei mir zu tun hat."

„Alles."

Die Knoten in seinen Schultern und in seinem Nacken spannten sich an, aber das durfte er sich nicht anmerken lassen. Er musste dieses Gespräch genauso kühl durchspielen wie seine Begegnung mit Gracie oder den FBI-Agenten, die ständig durch seine Schule schlichen. „Es tut mir leid, aber ich kann Ihnen nicht folgen."

Justin kniff die Augen zusammen. „Ich habe an der Georgia State mit einigen Leuten gesprochen, die sich an den Mann auf dieser Zeichnung erinnern."

Tom beugte sich vor. „Ich kann mir vorstellen, dass Mrs Lang von Ihrer detektivischen Arbeit begeistert sein wird. Wollen Sie das, was Sie herausgefunden haben, der örtlichen Polizei übergeben?"

„Sobald ich mit ihr gesprochen habe."

Tom lehnte sich auf seinem Stuhl zurück und lächelte. „Das ist eine wunderbare Nachricht, aber ich verstehe immer noch nicht ganz, warum Sie mir das alles erzählen."

Justin betrachtete seine Hände. Dann wanderte sein Blick über Toms Schreibtisch. „Leute an der Georgia State haben Sie als diesen Mann identifiziert, Mr Perkins."

Toms Herzschlag setzte für einen kurzen Moment aus, während sein Verstand auf Hochtouren die Namen aus seiner Studentenzeit durchging. Niemand von ihnen hätte Gracies Skizze mit ihm in Verbindung gebracht. Sie alle waren in ihrer Studentenzeit zu betrunken gewesen, um sich an ihn zu erinnern.

Mit einer Ausnahme.

Aber wenn dieser Privatdetektiv dachte, er könnte bluffen und ihn zu einem nervösen Geständnis bewegen, hatte er sich getäuscht. Keine Chance.

Tom legte die Arme auf die Lehnen seines Ledersessels. Er brauchte mehr Informationen.

„Ist das Ihre einzige Spur, Mr Moore? Ich will nicht glauben, dass Sie einen unschuldigen Mann anklagen, nur weil eine junge Frau versucht, sich an ihm zu rächen."

Justins Blick wich nicht von seinem Gesicht. „Ich habe nicht gesagt, mit wem ich gesprochen habe."

„Aber die Tatsache, dass ich trotzdem weiß, wer es war, muss für meine Unschuld sprechen. Haben Sie irgendwelche anderen Spuren zu dem wirklichen Mörder, bevor Sie Mrs Lang und die Polizei unnötig belästigen?"

Mr Moore wurde steif. „Ich habe noch einiges zu tun, aber ich bin zuversichtlich, dass die Information, die ich in Georgia bekommen habe, zuverlässig ist." Der Mann legte die Skizze auf Toms Schreibtisch. „Macht es Ihnen etwas aus, mir zu verraten, wo Sie vor zwei Jahren an Silvester waren?"

„Das ist leicht. Ich war zu Hause in meiner Wohnung." Tom zwang sich, ruhig und gleichmäßig zu atmen. „Ich wollte einer Frau einen Heiratsantrag machen, bis ich herausfand, dass sie schwanger war. Wenn Sie mit ihr sprechen, kann sie mein Alibi sicher bestätigen. Ich bezweifle, dass sie diesen Abend vergessen hat." Bis auf die Zeit, in der sie bewusstlos gewesen war und er in die nächste Bar gefahren war.

Mit diesen Fragen käme der Detektiv nicht weiter. Falls Moores an den Haaren herbeigezogener Beweis bei der Polizei überhaupt mehr ernten würde als spöttisches Gelächter. Tom hatte ein wasserfestes Alibi. Ein Alibi, das Kimberly nur bestätigen könnte. Welche Ironie des Schicksals, dass ihr Versuch, sich an ihm zu rächen, seine Behauptungen nur untermauern würde.

Diese Nachricht bedeutete jedoch, dass er schnell handeln musste. Ihm blieb keine Zeit, um seinen Plan so sauber auszuführen, wie er gehofft hatte.

Joe wusste inzwischen bestimmt, dass Botschafter Kensington irgendwann in dieser Woche des Landes verwiesen würde. Sein britischer „Freund" wollte anrufen und genaue Informationen bekommen, und

Tom hatte als stellvertretender Rektor leichten Zugang zu diesen Informationen. Joes wahnsinnige Fixierung darauf, keine halben Sachen machen zu wollen, war Toms Glück.

Bald.

Er beendete das Gespräch mit dem frustrierten Mr Moore, der keine neuen Informationen bekam, die ihm irgendwie weiterhelfen würden. Der arme Mann wäre nicht mehr lange Toms Problem.

Als er seine Bürotür schloss und die Stille genoss, konnte Tom schon fast die warme Luft der südlichen Halbkugel fühlen. Den gut gemixten Martini schmecken, mit dem er auf das FBI und den britischen Geheimdienst anstoßen würde, die ihn nie finden würden.

Nicht einmal Joe.

Tom hatte für den größten Tag seines Lebens viel geübt und sich bestens darauf vorbereitet. Er war bereit. Alles würde klappen. Und Justin Moore wäre trotz seiner Versuche, seine Beute aufzuschrecken, nicht schlauer.

Es hatte nicht funktioniert.

Nichts würde seine Pläne jetzt noch behindern.

* * *

Steven saß auf der Veranda hinter seinem Haus. Das Telefon lag trotz der kühlen Abendluft warm in seiner Hand.

Gracie erzählte ihm von ihrem Besuch in ihrem Lieblingsvollkostladen und von allem, was sie an diesem Tag probiert hatte. Er streichelte Jakes weiches Fell, während der Hund neben seinem Terrassenstuhl döste. Dank der Telefonate mit Gracie und durch den liebenswerten Golden Retriever, den sein Sohn ins Herz geschlossen hatte, war es in seinem Zuhause lebendiger geworden. Jakes Zuneigung zu James hatte seinem Sohn in so vielen Dingen geholfen. Und auch Steven.

„Du willst mir also ein Rinderfilet zum Essen braten, wenn ich zurückkomme?“ Gracies verspielte Stimme ließ seine Hoffnungen ins Unermessliche steigen. Sie flirteten in den letzten Wochen jeden zweiten Tag am Telefon miteinander und sie schien es kaum erwarten zu können, nach Alexandria zurückzukommen.

Er hoffte, der Grund dafür hatte auch mit ihm zu tun und nicht nur mit ihrem Wunsch, vor den Erinnerungen in Georgia zu fliehen.

„Wie Sie wünschen, meine Dame."

Gracie kicherte.

Er konnte ihre geröteten Wangen und ihre leuchtenden haselnussbraunen Augen vor sich sehen. Die Sehnsucht, sie in die Arme zu nehmen und sie zu küssen, war während ihres Aufenthalts in Georgia nur gewachsen. Jeden Abend half die Erinnerung an ihr Lächeln ihm, nicht den Verstand zu verlieren, weil im Kensingtonfall die nächste frustrierende Entwicklung auftauchte und ihn nicht weiterkommen ließ. Und sie half ihm, nicht verrückt zu werden, weil er sich beängstigende Szenarien darüber ausmalte, was der Richter am Mittwoch beim Sorgerechtsprozess sagen würde.

Steven verdrängte diese deprimierenden Gedanken. „Ich hoffe, ich kann dich immer dazu bringen, so zu erröten, und ich kann bei dir sein, um es zu sehen."

Als er Gracies leisen Atem hörte, fragte er sich, ob er mit dieser Bemerkung zu weit gegangen war. Er wartete, ob sie das Thema wechseln würde.

„Das wirst du wahrscheinlich immer schaffen, Steven."

Er fühlte sich, als hätte er einen Volltreffer gelandet. Warum seine Gedanken immer in seine Schulzeit zurückwanderten, wenn er und Gracie miteinander sprachen, konnte er sich nicht erklären. Vielleicht weil er sich daran erinnerte, dass er es damals zugelassen hatte, dass ungezügelte Hoffnungen ihn hatten glauben lassen, Träume könnten wahr werden.

Aber dieses Mal würde er sich im Griff haben. Gracie war es wert, auf sie zu warten.

Sein Telefon piepte. Er warf einen Blick auf die Anzeige. James' Handynummer. „Hey, Gracie. Kann ich dich später zurückrufen? James ist am Telefon."

„Klar. Ich bin noch ein wenig länger wach."

Er nahm den Anruf von James entgegen. „Hey, kleiner Mann. Was gibt's?"

Steven hatte gehofft, dass die erste Übernachtung bei Angela nicht zu lange dauern würde und dass es vielleicht Zeit sei, ihn nach Hause zu holen. Dieser kleine Probelauf war sein Versuch, Angelas Wunsch nach Frieden entgegenzukommen. Vielleicht wäre das gemeinsame Sorgerecht doch nicht so schlecht.

„Daddy, du musst mich abholen." Das Schniefen seines Sohnes wurde über das Telefon verstärkt.

Steven eilte ins Haus und holte seine Autoschlüssel. Jake folgte ihm. „Was ist los, James? Hast du dir wehgetan?" Er musste an die frisch genähte und noch empfindliche Wunde seines Sohnes denken.

„Angela, ich meine Mom, ist sehr laut, und ich kann nicht schlafen."

Steven erinnerte sich an Angelas lautes Schreien. Meistens hatte sie zu viel Whiskey getrunken, wenn sie laut geworden war. *Nicht schon wieder.*

„Ich habe versucht, mich aus dem Haus zu schleichen, aber ihr Mann hat mich angebrüllt, dass ich ins Bett gehen soll." James' zitternde Stimme war nicht viel lauter als ein Flüstern.

Er bohrte den Schlüssel in seine Handfläche, während er Jake in seinen Wagen lud und wartete, bis das Garagentor aufging. „Ich bin schon unterwegs. Bleib ruhig im Bett liegen. Ich bin in ein paar Minuten da."

Mit feuchten Händen umklammerte er das Lenkrad und hörte Jake auf dem Rücksitz keuchen.

Er war froh, dass er James das Handy in die Tasche gesteckt hatte. Steven raste zu Angelas Eigentumswohnung, die sie und der Professor gleich außerhalb der Altstadt von Alexandria gemietet hatten, um in der Nähe zu sein und James an den Wochenenden, an denen sie hier war, bei sich haben zu können.

Was nie wieder vorkommen würde, wenn Angela heute Abend betrunken war.

Bilder von zertrümmerten Gläsern, die an die Wand flogen, von giftigen Flüchen und bösen Worten, die Angela James an den Kopf geworfen haben könnte, ließen seinen Puls immer schneller werden, während er kräftig aufs Gaspedal trat. James hatte im letzten Monat genug durchgemacht, und Steven hatte seinen Sohn ohne Schutz in eine Löwengrube geworfen.

„Mom" hatte James sie genannt. Nur weil Angela ihn darum gebeten hatte. Allein schon das ärgerte Steven, aber er hatte mitgespielt.

Dumm.

Er hatte sich von seiner Exfrau wieder ausspielen lassen. Er hatte das Beste gehofft. Und war wie immer auf die Nase gefallen, wenn es um sie ging. Dieses Mal wäre es das letzte Mal. Er würde alles tun, um den Richter davon zu überzeugen, dass sein Sohn zu ihm gehörte und in Gefahr war, wenn Angela in seinem Leben irgendeine Rolle spielte.

Sobald Angela – wieder einmal – von der Bildfläche verschwunden wäre, würde alles ruhiger werden. Gracie wäre bald wieder zu Hause, und sie könnte im Leben seines Sohnes die weibliche Rolle übernehmen, auf der der Richter sicher bestehen würde.

Aber nur, wenn alles so käme, wie er es sich wünschte.

Steven bog auf den Parkplatz vor dem Wohnblock und schaltete den Motor aus. Er atmete einige Male tief durch, um sich zu beruhigen. Er wollte Angela keine Munition für den Prozess liefern.

Er streichelte Jake das Fell und ging zur Wohnungstür. Wenn Clint hier wäre, würde er Steven daran erinnern zu beten. Dafür war jetzt keine Zeit. Aber er würde morgen mit Clint sprechen. Und ihm sagen, dass sie am Mittwoch kräftig beten sollten.

Er klingelte an der Tür. Ein kleiner kahlköpfiger Mann öffnete ihm. „Steven. Was machen Sie hier?"

Marcus, wegen ihm hatte Angela ihn verlassen. Er betrachtete den älteren Mann und fragte sich zum tausendsten Mal nach dem Grund. Warum hatte Angela ihn wegen einer kleinen Maus von einem Mann verlassen? Das war der Mann, der den Nerv besaß, James anzubrüllen.

Steven entspannte seine geballten Fäuste. „Schreien Sie nie wieder meinen Sohn an."

Marcus' Gesicht verwandelte sich in ein helles Weiß. „Angie, Baby, du hast Besuch."

Die Maus war also kein Gentleman. Er versuchte nicht einmal, Angela zu beschützen. Wenn James' Zukunft nicht auf dem Spiel stünde, hätte Steven den Professor gern herausgezogen und ihn gewürgt, bis er wie eine Maus quietschte.

Angela torkelte zur Tür und betrachtete ihn mit großen Augen. „Was willst du, Stevie?" Ihr Atem roch nach abgestandenem Whiskey.

Steven verdrängte die Erinnerungen an diesen Geruch. Die leeren Versprechungen, mit dem Trinken aufzuhören. Die Lügen, dass sie einen Entzug gemacht hätte. Nichts hatte sich geändert. Nicht einmal seine eigene dumme Naivität.

„Ich will meinen Sohn." Steven trat zwischen seine betrunkenen Exfrau und den mausgrauen Professor.

Angela bohrte ihre Krallen in seinen Oberarm. „Du kannst nicht einfach so in mein Haus eindringen."

„Das kann ich, wenn mein Sohn in Gefahr ist." Er schüttelte ihre Hand weg. „Er hat mich angerufen und gesagt, dass er Angst hat. Er hat Angst vor deinem lauten Gekeife und was du sonst noch machst." Steven warf einen Blick auf Marcus. Der Mann sagte nichts.

Angelas tapfere Fassade bröckelte. „Er wollte nicht aufhören, von Gracie zu reden. Gracie hat dies gebetet und Gracie hat das getan. Ich musste ihn bitten, Mom zu mir zu sagen. Ich sollte meinen Sohn nicht bitten müssen, mich Mom zu nennen."

„Um eine Mutter zu sein, ist mehr nötig, als ein Kind zu entbinden; aber du warst nicht lange genug da, um das herauszufinden."

Sie holte mit der Hand aus und wollte ihn schlagen, aber Steven hielt sie am Handgelenk fest. „Nie wieder, Angela. Du hast dich vielleicht nicht geändert, aber ich. Dieses Mal verlierst du."

Er stürmte ungehindert ins Gästezimmer. James lag in seinem Bett und zitterte unter der Decke. Steven packte seinen Rucksack zusammen und nahm seinen Sohn „Ich bin da, James. Wir fahren nach Hause."

James vergrub sein Gesicht in Stevens Brust und klammerte sich an ihn.

Während Marcus und Angela immer noch wie angewurzelt dort standen, wo sie vorhin gestanden hatten, blieb Steven kurz an der Wohnungstür stehen. „Wir sehen uns vor Gericht. Natürlich nur, wenn du nüchtern genug bist, um stehen zu können." Er verließ die Wohnung. Hinter ihm flog die Tür ins Schloss.

Am Mittwoch wäre dieser Alptraum vorbei. Ein Problem weniger, das er lösen musste. Ein Schmerz weniger, dem er sich stellen musste.

Und er würde die Erinnerung an Angela Barrett für immer aus seinem Kopf verbannen.

Kapitel 33

Gracie saß mit Schmerzen in ihrer Seite in der Flughafenhalle B am äußersten Gate.

Seit Justin Moores Anruf gestern konnte sie nicht mehr normal atmen. Er behauptete, dass er ihr Informationen gemailt habe, die sie unbedingt lesen müsse, aber sie habe ihm nicht geantwortet. Deshalb hatte er angerufen.

„Ich glaube, Thomas Perkins ist der Mann, den Sie in der Nacht sahen, als Ihre Familie starb."

Aber Justin hatte keine Beweise. Und sie war sich sicher, dass ihr Privatdetektiv sich irrte. Sie konnte nicht zulassen, dass ein unschuldiger Mann wegen einer Zeichnung belästigt würde, die sie sich wahrscheinlich nur eingebildet hatte. Es musste eine vernünftige Erklärung dafür geben, warum der stellvertretende Rektor als der Mann auf der Skizze identifiziert worden war. Sie hätte die Zeichnung nie abgeben dürfen.

Vielleicht hatten seine ständigen Schikanen an der Schule und seine auffallende Hakennase ihre Erinnerungen beeinflusst. Sie hatte Justins Skizze eher nach einem Alptraum als nach einer echten Erinnerung angefertigt.

Ihr Handy klingelte. „Beth? Warum rufst du mich denn so früh am Morgen an?" Ihre Schwester war letzte Woche mit ihren wunderbaren Zwillingen nach Hause geflogen. Gracie vermisste sie schon jetzt sehr.

„Mom hat gesagt, dass du schon nach Virginia zurückfliegst. Ich dachte, der Arzt hätte gesagt, dass du bis nach Thanksgiving krank geschrieben bist." Beth gähnte.

„Morgen ist Stevens Sorgerechtsprozess. Ich habe ihm versprochen, dass ich vorher zurückkomme."

Das war nicht die ganze Wahrheit, aber es war ein Grund, den Beth sicher gern hörte.

„Du hast dich also entschieden, es mit einem Freund zu versuchen?" Beths Kaffeemaschine gurgelte im Hintergrund. „Dafür lohnt es sich aufzustehen, auch um sechs Uhr Westküstenzeit. Details bitte. Ich möchte ein paar romantische Details hören, bevor ich den ganzen Tag an meinem Schreibtisch Beihilfeanträge hin und her schiebe, während die Jungen in der Kinderbetreuung Duplotürme bauen. Was für ein Leben!"

„Es gibt nichts Neues. Wie ich dir schon sagte, bevor du geflogen bist, will ich es vorsichtig angehen lassen. Viel hängt davon ab, wie Steven mit dem Ausgang des Sorgerechtsprozesses umgeht."

„Aber du stehst an seiner Seite, bekämpfst die böse Exfrau, und dann reitet ihr zusammen in den Sonnenuntergang." Beth kicherte.

„Nicht ganz."

„Holt Steven dich vom Flughafen ab?"

Gracies Flugnummer wurde aufgerufen. „Leah setzt mich an der Schule ab. Vielleicht rufe ich Steven an und bitte ihn, mich von dort abzuholen."

„Schule? Bitte erzähl mir jetzt nicht, dass du zu deiner Klasse willst. Du hast Peters und Robs Umarmungen kaum überlebt. Deine Erstklässler werden dich vor Freude und Liebe erdrücken, wenn du dort auftauchst."

Das wäre eine angenehme Abwechslung. „Ich passe schon auf. Bis bald, Beth. Hab dich lieb."

Der Heimflug verlief ohne große Aufregung. Ihre Sitznachbarn waren in ihre Romane vertieft, während Gracie versuchte, ein wenig zu dösen. Sie bräuchte ihre ganze Kraft, um sich dem zu stellen, was sie in Alexandria erwartete.

Am Flughafen Dulles umarmte Leah sie vorsichtig und bestand darauf, dass sie auf dem Gehweg auf das Auto wartete. Vorher hatte Gracie versucht, ihren Koffer vom Gepäckband zu nehmen, aber Leah hatte sie vehement beiseitegeschoben.

Das war noch schlimmer, als zu Hause von ihrer Mutter wie ein Kind behandelt zu werden. Zum Glück konzentrierten sie sich während der Fahrt darauf, dass Leah über Thanksgiving zu ihren Eltern nach Colorado fuhr.

„Du fährst über die Feiertage auch nach Hause, oder?"

Leahs Wagen roch nach Salbei und Zitrone. Eine Mischung aus Strand und Zitronen und Sommerwind. Gracie hätte nichts gegen einen Spaziergang am Destin-Strand, wo sie und Mark oft ihren Familienurlaub verbracht hatten.

Sie fragte sich, ob Steven den Strand mochte.

„Komm wieder in die Realität zurück, Gracie! Träumst du gerade von deinem FBI-Freund?"

Auf frischer Tat ertappt. Wieder einmal mit knallrotem Gesicht. Sie musste die romantischen Fantasien vergessen und in die reale Welt zurückkehren. Und sie wollte sich von der Vorstellung, dass sie und Steven heiraten würden und dann glücklich bis an ihr Lebensende zusammen wären, nicht beeindrucken lassen.

„Bitte sei jetzt nicht so wie Beth. Ich brauche dich als Leah, die starke und kluge Staatsanwältin."

Leah lachte. „Wenn ich nach Hause komme, packe ich für dich meinen Superfrau-Umhang aus."

Sie bogen vor der Hope Ridge Academy auf den Parkplatz. „Was war noch einmal der Grund, warum ich dich hier absetzen sollte?"

Leahs bevorstehende Reise lenkte sie anscheinend ein wenig ab. Das war Gracie gerade recht. Dann musste sie nicht so viel erklären. Je weniger Leute von Justin Moores lächerlichen Behauptungen wussten, umso besser. Besonders wenn sie nach den Feiertagen noch einen Arbeitsplatz an dieser Schule haben wollte.

„Ich muss mit Mr Perkins sprechen, und dann werde ich schauen, ob Steven mich nach Hause fahren kann. Auf diese Weise müssen du und William nicht auf mich warten."

Leah warf ihr einen vielsagenden Blick zu. „Sehr großzügig von dir."

Gracie verdrehte die Augen. Sie würde mitspielen. Im Moment. Das war besser, als sich ihre Welt nach dem Sorgerechtsprozess ohne Steven vorzustellen. Wenn der Prozess schlecht lief, müsste sie einen Weg finden, wie sie sich aus Stevens und Angelas emotionalem Chaos befreien konnte, und warten, bis er bereit war, seine Vergangenheit hinter sich zu lassen.

Eine Herausforderung, der sich keiner von ihnen beiden im Moment stellen wollte.

* * *

Gracie spielte nervös mit ihrem blauweiß-karierten Pullover, während sie im Chefbüro wartete. Röcke und Kleider waren wegen der Narben immer noch bequemer als Hosen. Sie wollte sich lieber auf ihre Garderobe konzentrieren als auf ihren „eingeschobenen" Termin bei Mr Perkins.

Alle hatten sich so gefreut, sie zu sehen. Sie erzählten, wie gut sich ihre Schüler machten, aber auch wie sehr sie Gracie vermissten. Genauso sehr, wie sie ihre Kinder vermisste. Wieder in ihr Klassenzimmer zurückzukehren wäre bestimmt schwer, aber sie würde sich ihren Ängsten genauso stellen, wie Victoria das getan hatte.

Dieses kleine Mädchen war eine Inspiration. Nach allem, was sie in den letzten Monaten durchgemacht hatte, hatte das kleine blonde Mädchen trotzdem wieder angefangen zu lächeln, auch als sie nach den Schüssen wieder zur Schule zurückkam.

„Mrs Lang? Mr Perkins hat jetzt Zeit für Sie." Alice führte sie in sein Privatbüro.

Ihr Chef stand auf, als sie eintrat. „Hallo, Mrs Lang."

„Danke, dass Sie so kurzfristig für mich Zeit haben. Das ist sehr freundlich von Ihnen."

Er deutete auf einen Stuhl. „Ich freue mich, wenn ich helfen kann. Was kann ich für Sie tun?"

Sie wischte die Reisefalten aus ihrem Pullover. „Ich weiß, dass mein Privatdetektiv bei Ihnen war. Ich … ich wollte nur alle etwaigen Missverständnisse ausräumen und sichergehen, dass für meine Rückkehr nach Thanksgiving alles in Ordnung ist."

„Von unserer Seite gibt es keine Probleme."

Sie schaute aufmerksam in seine dunklen Augen. „Könnten Sie mir vielleicht erklären, warum jemand von der Georgia State Universität ausgerechnet Sie als die Person auf meiner Täterskizze genannt hat? Das ergibt überhaupt keinen Sinn, und es lässt mir keine Ruhe, solange ich dafür keine Erklärung habe."

Er lehnte sich auf seinem Stuhl zurück und legte die Fingerspitzen aneinander. „Ich habe eine Theorie. Es ist ein einfacher Fall von Rache, Mrs Lang. Die Frau, mit der Ihr Privatdetektiv anscheinend gesprochen hat, Kimberly Beam, ist eine ehemalige Freundin, mit der ich Schluss gemacht hatte. Sie muss die Skizze gesehen und gedacht haben, dass sie mir ein wenig ähnlich sieht, und wollte mir einfach Schwierigkeiten machen."

„Aber warum sollte eine alte Freundin Ihnen so etwas antun?" Sie hatte Mühe, alle Informationen, die Justin ihr in letzter Zeit genannt hatte, richtig einzuordnen.

„Wie ich Mr Moore schon erklärt habe, hatte ich die Absicht, Silvester Kimberly einen Heiratsantrag zu machen. Dabei erwähnte sie nebenbei, dass sie schwanger sei. Mit dem Kind eines anderen." Er holte tief Luft. „Sie können sicher verstehen, warum ich ihr den Antrag nicht gemacht habe, und warum sie meinen Namen bei jeder sich bietenden Gelegenheit in den Dreck ziehen möchte. Ich wäre ihre Fahrkarte gewesen, dass das Kind einen Vater gehabt hätte und sie nicht allein erziehende Mutter hätte sein müssen. Aber ich habe nicht mitgespielt."

Seine Geschichte klang sinnvoll. Gracies Bauchgefühl sagte, dass mehr dahintersteckte, aber sie war durch den Flug zu müde, um das Gespräch weiter zu vertiefen. Der Rest der Sache ging sie sowieso nichts an. Sie wollte nach Hause fahren, in ihr Bett fallen und tagelang schlafen.

„Ich bin froh, dass es eine so einfache Erklärung dafür gibt. Danke, dass Sie sich die Zeit genommen haben, um mit mir darüber zu sprechen, Mr Perkins. Entschuldigen Sie bitte, dass ich Sie damit belästigt habe."

„Kein Problem." Er stand auf und führte sie zur Tür. „Soll Alice Ihnen ein Taxi rufen, oder haben Sie eine andere Möglichkeit, nach Hause zu kommen? Sie sehen zu müde aus, um im Moment selbst zu fahren."

Das war sie auch. Und auch zu erschöpft, um mit Steven zu sprechen. „Das wäre sehr nett, da mich eine Freundin hier abgesetzt hat. Danke."

Während der Taxifahrt nach Hause kreisten ihre Gedanken um ihren einsamen Hund. Steven würde sie heute Abend anrufen und fragen, ob er ihr Jake bringen könnte.

Sie brauchte die friedliche Umgebung ihres Hauses und Jakes warme Nähe, damit ihre aus den Fugen geratene Welt sich wieder in gewohnten Bahnen bewegen konnte. Allem anderen würde sie sich später stellen, wenn sie Steven sah.

Nach einem langen Schlaf.

Wenn man gut geschlafen hatte, sah alles besser aus.

* * *

Gracie öffnete mit vom Schlaf zerzausten Haaren die Haustür.

Steven lächelte, als sie gleichzeitig gähnte und „Hallo" sagte. Aber Jake war schneller als er. Er rannte durch die Tür, sprang an seinem Frauchen hoch und drehte Kreise um ihre Beine. Sie hielt ihn von ihrer Seite weg und beugte sich vor, um seinen Nacken zu kraulen.

Glücklicher Hund.

„Woher wusstest du, dass ich zu Hause bin? Ich hatte vor, dich heute Abend anzurufen."

Er trat ein und schloss die Haustür hinter sich. „Deine Mutter hat angerufen und gesagt, dass Leah dich vom Flughafen abholt. Sie meinte aber, dass du dich bestimmt freuen würdest, wenn ich dir Jake zum Abendessen nach Hause bringe."

Sie stöhnte. „Abendessen?"

„Keine Sorge. Deine Mutter schlug vor, dass ich lieber etwas zu essen mitbringen sollte." Er hielt eine weiße Tüte von einem Delikatessengeschäft hoch und ging damit in die Küche.

„Diese Kupplerin! Sie denkt auch an alles." Sie setzte sich auf einen hohen Küchenstuhl.

Steven dachte daran, etwas aus seinem Lieblingsmusical vorzusingen, aber ein Blick in Gracies müde Augen genügte, und er entschied sich dagegen. Stattdessen suchte er in ihren Schränken nach Tellern.

„Steven, wurdest du schon einmal angeschossen?" Die Frage beunruhigte ihn.

„Vor Jahren." Er belud zwei rosa Teller mit Chips, Pickles und Brote mit Truthahnkeulen. „Clint riskierte sein Leben, um mich damals zu retten."

„Hattest du starke Schmerzen?"

Er dachte daran, ihr die Nummer des Therapeuten zu geben, bei dem er mit James gewesen war. Er würde die Karte noch heute Abend suchen und ihr vorschlagen, bald dorthin zu gehen.

„Ja, ich kann mich immer noch an die Schmerzen erinnern. Und auch an die Angst. Am Anfang hatte ich keine Ahnung, ob ich wieder arbeiten könnte, und es fiel mir auch sehr schwer." Er stellte die Teller auf den Küchentisch und wartete, während sie den Kopf beugte und betete.

„Was ist mit dir? Wie geht es dir damit?"

„Ich komme klar. Ich war in Georgia ein paarmal bei meinem Therapeuten." Sie kaute an ihrer Gurke. Jake saß wie eine Statue da und wartete auf einen Bissen. „Deine Arbeit ist dir sehr wichtig, nicht wahr?"

„Ja." Dieses neue Thema machte ihn vorsichtig. Angelas Worte, dass die Arbeit seine Geliebte sei, waren anscheinend nicht spurlos an Gracie vorübergegangen, und er wollte ihre Ängste beschwichtigen und nicht schüren.

„Wenn ein Auftrag abgeschlossen ist und ein Kind zu seinen Eltern zurückkommt, oder wenn ein Fall mit so eindeutigen Beweisen vor Gericht kommt, dass der Täter seiner gerechten Strafe nicht entgehen kann, löst das unglaubliche Gefühle aus. Ich empfinde es wirklich als Privileg, dass ich dazu beitragen kann, wenn Eltern und Kinder wieder glücklich vereint werden. Und wenn ich sehe, wie die Täter bestraft werden, damit sie keine Gelegenheit haben, so etwas noch einmal zu tun, habe ich das Gefühl, das ganze Risiko habe sich gelohnt."

„Ich will gar nicht so tun, als würde ich begreifen, wie umfangreich deine Arbeit ist. Aber es ist unübersehbar, dass du alles, was du tust, mit ganzer Hingabe machst. Das verstehe ich." Sie biss an ihrem Brot. „Was ist mit deiner Familie, Steven? Wie schaffst du es, Zeit für James zu haben und deine anspruchsvolle Arbeit nicht zu vernachlässigen?"

Fragte sie damit indirekt auch, ob er Zeit für sie haben würde? Er konnte es nur hoffen. „Du stellst schwere Fragen. Weißt du das?"

„Ich hatte viel Zeit, um nachzudenken. Morgen ist irgendwie eine Art Wendepunkt in deinem Leben, und ich wüsste einfach gern, wo ich dabei bleibe." Sie spielte mit ihrer Serviette. „Ich meine, Beth und meine Eltern hören schon die Hochzeitsglocken läuten, aber ich bin nicht sicher, wo das alles enden soll."

Das war er auch nicht. Aber Zeit mit Gracie zu verbringen stand ganz oben auf seiner Wunschliste. Hochzeit? Vielleicht. Das müsste allerdings warten, bis Angela verschwunden war.

Gracie kaute auf ihrer Lippe und schaute auf den Tisch.

„Du siehst so aus, als möchtest du unbedingt etwas loswerden. Was ist es?"

„Okay. Du hast gefragt, vergiss das nicht."

Er lächelte.

Sie holte tief Luft. „So wie ich es sehe, war Angela für ihre Entscheidungen selbst verantwortlich. Genauso wie du dafür verantwortlich bist, wie du dich jetzt entscheidest. Clint hat recht. Solange du ihr nicht vergibst, bist du nicht wirklich frei. Die Entscheidung liegt bei dir."

Er aß sein Sandwich auf und schaute ihr direkt in die Augen. „Willst du deinen Rat auch selbst befolgen?"

„Volltreffer." Sie schaute lange zum Fenster heraus, während der Hund den Blick nicht von ihr abwandte und sein Schwanz auf den Boden klopfte.

„Ich habe Angela geliebt. Ich war in dieser Hinsicht ehrlich zu dir. Sie hat mich in meinen Grundfesten erschüttert, als sie verschwand und mich mit einem Neugeborenen und meiner Arbeit allein ließ." Die Erinnerung an das, was Angela am Montagabend gemacht hatte, meldete sich. „Ich habe ihr die Schuld für alles gegeben. Ich habe sie gehasst. Das hat mir lange geholfen. Es hat verhindert, dass ich den Schmerz fühlte und mich mit der Vergangenheit auseinandersetzte. Aber in letzter Zeit ist mir klar geworden, dass auch ich an ihr schuldig geworden bin." Steven beugte sich vor und fuhr sich mit der Hand durch die Haare. „Ich arbeite immer noch daran."

„Damit kann ich leben. Bei mir gibt es auch einiges, an dem ich noch arbeiten muss. Viel sogar, wenn meine Mutter recht hat."

Marianne hatte ihn zwar seit ihrer ersten Begegnung in das Leben ihrer Familie eingeladen, aber sie nach Gracies Problemen zu fragen war nicht seine Art. Er würde warten, bis sie bereit wäre, mit ihm darüber zu sprechen.

Er hielt ihre Hand und rieb mit dem Daumen über ihre Knöchel. „Ich muss dir sagen, dass es morgen hässlich werden könnte. Angela war am Montagabend betrunken, als James anrief. Sehr betrunken."

Gracie schluckte. „Das tut mir so leid."

„Mir auch."

„Du weißt, dass es nicht deine Schuld ist, dass Angela trinkt, nicht wahr?" Sie drückte seine Hand, während er seinen Küchenstuhl näher heranrückte. „Jeder von uns entscheidet selbst, was er tut."

Ihre Worte sagten in wenigen Sätzen das, was Clint ihm seit fünf Jahren einzuhämmern versuchte. Oder vielleicht hatte er nur den Boden für Gracies Worte bereitet. Wie dem auch sei, die Schuldgefühle, denen Steven so viel Macht eingeräumt hatte, schrumpften ein wenig zusammen. Aber nur ein wenig. Und er müsste immer noch die Sache bis zum Ende durchdenken und sich tausend Fehler eingestehen, sooft er in den Spiegel schaute.

Aber erst müsste er den Sorgerechtsprozess überstehen.

„Ich bete für dich, Steven."

Er half ihr auf die Beine und zog sie an sich heran. Dann hob er ihr Kinn nach oben und senkte den Kopf, um ihre Lippen zu berühren. Gracies Kuss war alles auf einmal. Sanft. Leidenschaftlich. Unschuldig. Elektrifizierend. Es kostete ihn einige Beherrschung, die Leidenschaft, die sich in ihm regte, zu zügeln, und er zog sich leicht zurück und lehnte seine Stirn an ihre.

Gracie hatte die Augen immer noch zu. Sie atmete tief und abgehackt ein und langsam wieder aus.

„Danke, dass du zurückgekommen bist. Dass du hier bist und dass du für mich betest, tut mir so gut." Er fuhr mit dem Daumen ihr Kinn nach.

Egal, was morgen käme, mit Gracie an seiner Seite fühlte er sich stark. Hoffnungsvoll.

Wie seit Jahren nicht mehr.

Kapitel 34

„Hallo, mein Freund. Ich höre, Sie haben Neuigkeiten."

Tom umklammerte mit schwitzenden Händen sein neues Handy und hoffte, er hatte Joe diese Nummer gegeben. Wenn nicht, dann hatte Joe recht. Tom hatte keine Ahnung, wie man untertauchte oder einen Decknamen benutzte.

Der Mittwoch hatte nicht gut begonnen.

Er ging um seinen Büroschreibtisch herum und betrachtete den Kandinsky, den er auf dem Höhepunkt seiner finanziellen Einnahmen gekauft hatte. Dann waren seine Aktien gefallen und er musste so leben wie die übrige Mittelklasse. Mit der Ausnahme, dass er jetzt eine Million auf einem Konto im Ausland hatte.

„Es muss schnell gehen, Joe. Das FBI wird ab sechs alles umstellen." Die friedliche Dunkelheit draußen bildete einen krassen Gegensatz zu seinem chaotischen Leben. Wenigstens hatte das FBI sein Büro nicht verwanzt. Hatten sie die Telefone angezapft? Wahrscheinlich. Aber er bezweifelte, dass sie irgendeinen Grund hatten, ihn zu verdächtigen.

„Schießen Sie los."

Joes Wortwahl jagte Tom eine Gänsehaut über den Rücken. „Sie verlässt das Land in zwei Tagen, mit Ziel Heathrow. Soweit ich aus Gesprächsfetzen und den Papieren verstanden habe, wird sie bis elf Uhr morgens in Hope Ridge sein. Dann starten die Kensingtons gemeinsam von der Botschaft aus zu einem Nachmittagsflug."

„Meine beste Chance ist also mittags vor der Botschaft? High Noon, was? So typisch amerikanisch."

„Das liegt bei Ihnen. Für mich ist die Sache damit erledigt." Tom ging im Geiste seine To-do-Liste durch, während Joe noch einige Details wegen Freitag nannte. Der Brite musste gestern Abend ein Fass aufgemacht haben. Ob aus Langeweile oder aus Angst wusste Tom nicht. Es interessierte ihn auch nicht. Aber die Informationen, die Joe herunterratterte, halfen Tom weiter. Wie nützlich ein betrunkener Brite doch sein konnte.

„... und Bob ist dein Onkel, Mann."

Tom, der auf seinem dicken, cremefarbenen Teppich auf und ab gegangen war, blieb abrupt stehen. „Was?"

Joe atmete laut hörbar ins Telefon aus. „Das heißt: Das war's. Wir sind fertig, ja?"

„Ja. Fertig. Ich wünsche Ihnen ein schönes Leben, Joe."

„Ich nehme an, das ist Ihre amerikanische Art, mir zu sagen, dass ich verschwinden soll. Aber ich muss Sie noch an ein paar Dinge erinnern: Ich habe immer noch die Kontrolle über dieses Konto mit der Million Dollar, und ich tanze dem FBI schon seit Monaten auf der Nase herum. Sie haben keine Ahnung, wie man das anstellt. Seien Sie also vorsichtig."

Tom hatte genug. Mit einem betrunkenen Briten Nettigkeiten auszutauschen passte heute nicht in seinen Terminplan. „Ich lege jetzt auf. Machen Sie's gut, Joe."

„Cheerio, mein Freund."

Er rückte seine dunkelblaue Krawatte und den einen teuren Anzug, den er einpacken wollte, gerade. Wer brauchte Anzüge, um in Australien am Strand zu liegen?

Irgendwie wünschte er, seine Mutter würde sehen, wie genial er sich aus dem Chaos, in das er hineingeschlittert war, wieder herausmanövrierte. Dann hätte sie Respekt vor ihm. Auch wenn er sie nach Freitag nie wiedersehen würde.

* * *

Das ruhige und würdevolle Äußere des Ziegelgebäudes im Federalstil des 18. Gerichtsbezirks bildete einen krassen Gegensatz zu den Menschenleben, über deren Schicksal in diesem Gebäude entschieden wurde.

Eines dieser Schicksale könnte Stevens sein. Und das seines Sohnes.

Er versuchte, sich auf das kunstvolle weiße Innere zu konzentrieren und Angelas nervöses Auf- und Abgehen im Wartebereich vor dem Gerichtssaal zu ignorieren. Sie hatte sich so gekleidet, dass sie in ihrem teuren schieferfarbenen Kostüm Eindruck schinden würde, genauso wie ihr Mann in seinem Valentino. Die beiden sprachen kein Wort miteinander und auch nicht mit ihm.

Stevens Anwalt saß völlig ruhig neben ihm und musterte die Konkurrenz. Was die Anzüge anging, konnten sie es miteinander aufnehmen. Dieser Umstand tröstete Steven aber keineswegs.

Angela war nicht böse, und sie versuchte auch nicht, ihn zu zerstören. Vielleicht war das nie ihre Absicht gewesen. Nicht einmal, als sie ihn verließ. Sein Gewissen rief ihm zu, dass es in seiner Ehe auch gute Zeiten gegeben hatte. Aber die Szene am Montagabend und unzählige andere machten ihm klar, dass der Kampf um das alleinige Sorgerecht seines Sohnes kein persönlicher Rachefeldzug war. James' Sicherheit stand auf dem Spiel.

Gracies Hand auf seinem Arm gab ihm ein bisschen Trost. Ihre Nähe und zweifellos ihre Gebete gaben ihm einen Grund zu hoffen. Clint und Sara und seine Familie beteten jetzt bestimmt auch. James auch. Die hellbraunen Haare und blauen Augen seines Sohnes beherrschten Stevens Gedanken.

Erste Schritte.

Fußball und Frisbee im Park.

Umarmungen vor dem Einschlafen und Geschichten, die er ihm immer wieder vorgelesen hatte.

„Ich hab dich lieb, Daddy! Du bist der Beste." Bei der Erinnerung an James' Worte musste er fast weinen. Worte, die Angela nie hören würde.

Warum er immer wieder Mitleid mit ihr empfand, verstand er nicht. Es war, als würden zwei gegnerische Kräfte um seine Aufmerksamkeit kämpfen und ihn beide mit Erinnerungen und geflüsterten Stimmen bombardieren, die er nicht verstand.

Er hoffte, Gott würde ihn jetzt nicht im Stich lassen. Um James' willen. Er würde James doch bestimmt nicht bestrafen, weil Steven falsche Entscheidungen getroffen hatte. Trotzdem ließen ihm Clints verwirrende Vorträge keine Ruhe. Clint sagte, er müsse sich den Lügen stellen, die ihn antrieben, ihn beherrschten. *„Lügen wie, dass du nicht gut genug wärst, Steven. Das ist eine der größten Lügen."*

Die tiefen und mitfühlenden Augen seines Partners hatten ihn bei diesen Worten herausgefordert. Seine Absicht war es zweifellos gewesen, Steven näher zu Gott zu bringen. Aber er hatte damit nur noch mehr Verwirrung bei ihm angerichtet.

„Willst du ein wenig rausgehen und reden?" Gracies leise Einladung war von ihrem liebevollen Lächeln begleitet.

Steven schaute auf die Uhr. Halb zwei. Ihr Fall stand in dreißig Minuten auf dem Gerichtsplan. Die kühle Novemberluft würde ihm guttun. Sie würde die quälenden Gedanken wenigstens für eine Weile vertreiben.

„Gern."

Angela wurde steif, als er aufstand. „Wenn du gehst, bevor unser Fall aufgerufen wird, ist das ein kriminelles Vergehen." Sie verschränkte die Arme und trommelte mit ihren pfirsichfarbenen Fingernägeln auf ihre Kostümjacke. Im offenen Foyer hallten trotz der vielen Leute, die hier unterwegs waren, ihre Worte wider.

Er rückte die handbedruckte Krawatte gerade, die James gestern Abend für ihn ausgesucht hatte. Diese Krawatte hatte ihm sein Sohn mit roten und gelben Fingerfarben dieses Jahr selbst gemacht. „Ich bin nicht hier, um dir etwas heimzuzahlen, Angela. Du hast mit diesem Prozess angefangen. Ich ziehe ihn bis zum Ende durch. Für James."

Sie murmelte etwas vor sich hin. In den letzten Monaten hatte sie eine Mission verfolgt und dafür perfekte Manieren an den Tag gelegt. Das war vorbei. Wie nicht anders bei ihr zu erwarten war.

Steven schüttelte den Kopf und nahm Gracies Hand. Er schaute noch einmal auf seine Armbanduhr. Es war noch Zeit zu einer kurzen Flucht nach draußen.

Die helle Sonne und der wolkenlose Himmel konnten seine Laune nicht aufheitern. „Entschuldige bitte. Ich weiß, dass es dir unangenehm ist, das mitzuerleben."

„Es tut mir deinetwegen weh, Steven, und um James' willen." Sie drehte sich zu ihm um und rieb in langsamen Bewegungen mit der Hand über seinen Oberarm. „Denk an James. Denk daran, dass du Angela einmal geliebt hast und dass du ihr vergeben kannst."

Er schaute Gracie in die Augen. Sie war genauso hartnäckig und ein überzeugter Christ wie Clint. Aber ausnahmsweise störte ihn das dieses Mal nicht. Dieses Mal empfand er es als lieb. Ehrlich.

Während sie um das Gerichtsgebäude herumschlenderten, gingen ihm ihre Worte über seine Arbeit durch den Kopf. *„Gott hat dich nicht hierhergestellt, damit du die Welt rettest. Das hat er schon getan."*

Gut, denn Steven machte sich als Retter nicht so gut.

„Du weißt, dass du für die Entscheidungen, die du jetzt triffst, verantwortlich bist. Da drinnen." Gracie deutete mit dem Daumen zum Gerichtsgebäude. „Du wirst es erst verstehen, wenn du dich entschieden hast, Gott zu vertrauen. Die Wahl liegt bei dir."

Sie ließ wirklich nicht locker. Er blieb stehen. „Ich weiß, dass ich Angela vergeben muss. Ich arbeite daran."

Sie schaute ihn mit hoffnungsvollen Augen an. „Gott hört dich, egal, wie lange es her ist, seit du das letzte Mal gebetet hast."

Er nahm ihr Kinn in die Hände. „Ich weiß, dass du dir Sorgen um mich machst. Dafür bin ich dir auch dankbar." Mit leiserer Stimme sprach er weiter. „Aber ich glaube, ich habe es kapiert."

Sie errötete.

„Und wenn du nicht aufhörst, hole ich einen Kassettenrekorder und spiele dir deine eigenen Worte vor. Immer und immer wieder."

Sie hielt die Hände hoch und schaute ihn mit einem verspielten Funkeln in den Augen an. „Ich arbeite auch daran. Außerdem ist es doch gesetzlich verboten, einen amerikanischen Staatsbürger ohne seine Einwilligung aufzunehmen, oder?"

Steven grinste. Dann fiel sein Blick auf Angela, die auf den Stufen vor dem Gericht stand und finster in seine Richtung schaute.

Sein Magen zog sich zusammen. Es war keine weise Entscheidung gewesen, Frühstück und Mittagessen ausfallen zu lassen. Er schaute wieder auf seine Uhr. „Wir müssen nun hineingehen."

Gracie ergriff seine Hand und passte, ohne ein Wort zu verlieren, ihre Schritte seinem schnellen Tempo an.

Sie war eindeutig eine Erinnerung daran, dass Gott ihn nicht vergessen hatte.

Als ihr Fall aufgerufen wurde, folgten Steven, Gracie und sein Anwalt Angela und Marcus in den Gerichtssaal. Niemand sprach ein Wort. Aber die Stimmen der anderen, die immer noch darauf warteten, vor Gericht an die Reihe zu kommen, waren um sie herum zu hören und füllten das Schweigen.

Punkt zwei Uhr. Steven versuchte, nicht auf das zu hören, was Angela und ihr aalglatter Anwaltsehemann aussagten. Sie riefen jedoch keine Zeugen auf und legten dem Gericht keine Papiere vor. Nicht einmal eine Bescheinigung ihrer vornehmen Entzugsklinik.

Sie hatte Angst. Irgendwann in den letzten Tagen musste sie die ganzen Faktoren betrachtet haben, aufgrund derer der Richter sein Urteil fällen würde. Wenn Steven die Körpersprache des Richters richtig deutete, war er nicht der mitfühlende, persönliche Freund, den Angela sich für ihren Prozess gewünscht hatte.

Steven machte seine Aussage und blieb sachlich und bei den Fakten. Keine Gefühlsausbrüche. Keine Schuldzuweisungen. Sein Anwalt ergänzte die Information, dass Angela trinke, und Steven bestätigte nur, was er in den sechs Ehejahren gesehen hatte. Was am Montagabend geschehen war, war schlimmer gewesen.

Gracie saß neben ihm. Er konnte ihre Nähe fühlen, während er seine Augen auf den Richter in der schwarzen Robe richtete. Steven wünschte, er würde bald sein Urteil verkünden.

Angela warf ihm einen Blick von der Seite zu und lächelte. Ihrem Alkoholproblem stand die Aussage gegenüber, dass sie finanziell gut abgesichert war, dass Steven zurzeit nicht verheiratet war und mit James allein lebte, dazu kamen die beunruhigenden Details über seine beruflichen Anforderungen und ihr leidenschaftlicher Wunsch, eine zweite Chance bei ihrem einzigen Kind zu bekommen. Sie sah so beherrscht und sicher aus, während er spürte, wie die Angst in seinem Herzen immer mehr zunahm.

Gnädigerweise war der Richter bereit, das Urteil noch am selben Nachmittag zu verkünden.

Die Anwälte und er und Angela erhoben sich.

Richter Larry Bensons Stimme donnerte durch den Saal. „Im Anbetracht des Auftretens und Verhaltens der Zeugen vor Gericht und ihrer Glaubwürdigkeit sieht mein Urteil in diesem Fall unter der Berücksichtigung aller Faktoren …"

Steven hielt den Atem an. *Bitte, Gott.* Wenn Gott ihn wirklich hörte, musste er Gedanken lesen, denn Steven konnte keine anderen vernünftigen Worte formulieren.

„… vor, das alleinige Sorgerecht in vollem Umfang dem Vater zuzuteilen."

Angela umklammerte den Tisch vor sich. Marcus trat an ihre Seite und stützte sie.

Die tiefe Erleichterung war deutlich zu spüren, aber obwohl Steven erwartet hatte, dass ihn das mit großer Freude erfüllen würde, quälte ihn nur erneut sein Gewissen. Die zitternden Hände seiner Exfrau und ihre Tränen machten den Sieg bittersüß.

Richter Benson rückte seine schwarze Robe zurecht. „Aufgrund von zwei wichtigen Faktoren – erstens, die Mutter lebt in einem anderen Bundesstaat, und zweitens, es liegt ein klarer Alkoholmissbrauch auf

Seiten der Mutter vor – werden die Besuchsrechte allein der Entscheidung des Vaters überlassen. Meiner Meinung nach sollten Besuche über Nacht vermieden werden, bis Beweise für einen erfolgreichen Entzug vorgelegt werden."

Angela zuckte bei jedem Hammerschlag zusammen.

Die Gerechtigkeit hatte gesiegt. James war in Sicherheit. Aber als Steven seiner Exfrau nachschaute, wie sie den Gerichtssaal mit hängenden Schultern und einem leisen Schniefen verließ, brach etwas in ihm zusammen.

Handle gerecht, sei barmherzig.

Die ständigen Ermahnungen seines Vaters aus dem Alten Testament saßen tief. Aber was bedeutete in diesem Fall Barmherzigkeit?

Kapitel 35

Tom warf seine Koffer in den Kofferraum seines Mietwagens. An diesem frühen Nachmittag konnte die Sonne die Luft nicht erwärmen, und eine Gänsehaut lief über seinen Rücken.

Heute war der große Tag.

Er würde es seiner Mutter überlassen auszusortieren, welche Erinnerungsstücke sie behalten oder weggeben wollte, einschließlich seines Wagens. Er würde in Australien ein neues Auto finden. Ein Kabrio, da das Wetter dort angenehmer war als die frostigen Winter in DC.

Zum Glück hatten alle Werktätigen die Vorstadtsiedlungen heute schon im Morgengrauen verlassen. Die ganzen kleinen Ameisen und ihre gut bezahlten Jobs. Aber nicht er. Nicht mehr.

Niemand hatte etwas gesehen. Selbst wenn irgendein neugieriger Nachbar aufgepasst hätte, wäre er längst fort, bevor die Polizei einen Hinweis bekäme. Aber er musste noch einiges erledigen, bevor sein sorgenfreies Leben beginnen konnte. Ohne die Schatten der Vergangenheit.

Er bahnte sich seinen Weg durch den Verkehr. Erster Halt: Massachusetts Avenue 3100.

Tom hatte von Joe einiges gelernt, aber noch mehr hatte er aus dem Internet gelernt, und er hatte seine Spareinlagen und Bankkonten mit einem Kauf hier und einem anderen Kauf dort langsam, aber sicher geleert. Keine verdächtigen Aktivitäten. Nur ein paar tausend Dollar in bar.

Er parkte in einiger Entfernung zum Botschaftsgelände und fand ein nettes Versteck gegenüber der Hauptstraße mit gutem Blick auf die britische Botschaft. Die Häuser in der Nähe waren um diese Tageszeit größtenteils unbewohnt.

Er hatte dieses Gelände zu drei verschiedenen Tageszeiten auskundschaftet und herausgefunden, dass der Nachmittag optimal war, um seinen Plan mit der geringsten Störung durchzuführen.

Und jetzt wartete er.

Schweißperlen liefen ihm den Rücken entlang, obwohl die Temperaturen an diesem Nachmittag sehr niedrig waren. Ein leichter Wind. Tief hängende Wolken. Gute Sicht. Er hatte alles genau berechnet, und durch sein Fernglas hatte er einen perfekten Blick auf die letzten Reisevorbereitungen der Kensingtons.

Zweifellos beobachtete Joe sie auch ganz genau. Aber es gab so vieles, das Joe nicht wusste.

Und bei einer einzigen Bewegung des britischen Mörders, beziehungsweise dieses früheren Mitglieds der britischen Spezialeinheit hätte Tom eine Chance, seinen Plan zu verwirklichen und zum nächsten Schritt überzugehen. Der mit einem Abflug am späten Abend aus seiner Wahlheimat Atlanta enden würde.

Nicht dass er die Stadt in den Südstaaten mochte, in der alles viel zu schnell ging. Aber es wäre passend, seine kriminelle Laufbahn in derselben Stadt zu beenden, in der sie begonnen hatte.

Wenn nur Kimberly ihm treu geblieben wäre, hätte er ihr wie geplant einen Heiratsantrag gemacht. Aber das hatte er nicht. Stattdessen hatte er viel zu viel getrunken für diese elenden, ländlichen Kurven. Er hätte das letzte Glas nicht mehr trinken sollen. Dann hätte er diesen blauen Van vielleicht nicht erwischt.

Ein leichtes Funkeln von Metall, und Tom visierte sein Ziel an. Wie passend, dass Tom sich mit Joes Geld viele neue Spielsachen hatte leisten können und wochenlangen Privatunterricht, um sie richtig einzusetzen. Tom visierte sein Ziel an und legte das Scharfschützengewehr an seine Schulter.

* * *

Steven hörte, wie die dürren Zweige nur wenige Meter vor ihm knackten.

Das steil ansteigende Gelände der britischen Botschaft war ein Vorteil für ihn. Clint rechts von ihm und ein anderes Team aus zwei Männern, die sich von links näherten, erinnerten ihn ständig daran, wie wichtig es war, einen gezielten Schuss zu landen.

Eine einzige Chance.

Michaels Team respektierte Stevens Befehl, dass er den ersten Schuss abgeben würde. Er ging in Position und wartete.

Monatelanges Suchen. Endlose Papierarbeit. Eine Sackgasse nach der anderen. Jedes Mitglied seiner Abteilung hatte ein berechtigtes Interesse daran, diesen Fall zu Ende zu bringen. Heute.

Gordon Landridge zielte auf die Gefolgschaft der Kensingtons.

Steven holte tief Luft und zielte auf Gordons Brust.

Ein Schuss krachte.

Gordon schützte sein Gesicht vor den fliegenden Rindenstückchen.

Jemand hatte danebengeschossen. Bevor sein Ziel verschwand, gab Steven einen übereilten Schuss ab und sah, wie noch mehr Rinde spritzte.

* * *

Gordon bückte sich nach dem zweiten Schuss. Sie hatten ihr Ziel verfehlt. Zweimal.

Er ließ seine Barrett, ein Scharfschützengewehr, liegen und suchte Deckung unter den Bäumen. Er zog seine Glock 17 heraus und ging weiter den Hang runter auf die Botschaft zu. Eine Chance hatte er noch. Er würde dieses Mal sein Zeichen setzen und dann die Vereinigten Staaten weit hinter sich lassen.

Mehr Schüsse fielen um ihn herum. Er bewegte sich weiter auf das Ziel zu und eröffnete das Feuer. Sir Walter Kensington verschwand unter einem Schutzschild aus schwarzen Anzügen.

Gordon feuerte auf die Botschaftstür und zwang dadurch die Leibwächter, bei ihren Autos zu bleiben. Er hatte diese Szene immer noch unter Kontrolle.

Er rannte gegen einen großen Baum und hatte Mühe, das Gleichgewicht zu behalten, und zielte wieder. Blonde Haare erregten seine Aufmerksamkeit. Er schwang seine Waffe nach links und feuerte. Victorias Bodyguard schob das Mädchen in einen schwarzen Wagen. Er zielte auf die Windschutzscheibe. Er war noch lange nicht fertig.

Aber bevor er erneut schießen konnte, schoss eine unerträgliche Hitze durch sein Bein und seinen Brustkorb.

* * *

„Einkreisen. Langsam!“, befahl Steven über sein Funkgerät. Er und Clint blieben tief gebeugt, während sie den steilen, mit Blättern bedeckten Hang hinabstiegen.

Zweige knackten, als sein FBI-Team den Hang hinunterging. Wagen des Geheimdienstes brachten den Botschafter und seine Familie eilig weg, noch bevor er den Mann erreichte. Michael ging langsam auf die schwarz gekleidete Gestalt zu, die mit dem Gesicht nach unten auf der Erde lag, und schob Gordons Glock mit dem Fuß von ihm weg. Blut lief aus den großen Wunden in seinem Bein und seiner Brust.

Clint drehte ihn um und tastete nach dem Puls, aber Steven, Michael und Lee hielten ihre Waffen auf Gordons Kopf gerichtet.

Der Geruch des Todes hing in dem feuchten Wald.

„Er hat einen Puls, aber nicht mehr lange." Clint riss Landridges Kleidung auf und versuchte, die Blutung mit einem provisorischen Druckverband zu stoppen. Lee kniete nieder, um ihm zu helfen.

Steven sicherte seine Waffe und rief einen Krankenwagen.

Michael behielt Gordon im Auge. „Ein Schuss in die Brust oder einen in den Kopf. Wir lassen sie leben, aber lieber wäre uns, wenn sie tot wären."

„Du warst es also, der es nicht erwarten konnte und den ersten Schuss abgab." Steven schaute ihn finster an. „Ich konnte nicht mehr richtig zielen, als du statt Landridge die Bäume aufgeschlitzt hast."

Michael schaute ihn mit einem verwirrten Blick an. „Ich habe nicht geschossen."

„Du hast nicht …" Steven schaute die anderen zwei Männer an. „Clint?"

„Nein."

„Lee?"

Der dreiunddreißigjährige Agent schüttelte seinen dunklen Kopf. „Ich war's nicht, Boss."

Stevens Puls begann wieder zu rasen. „Wenn keiner von euch den ersten Schuss abgegeben hat, woher kam er dann?"

In dem Wald hinter der Botschaft hatte es keine anderen menschlichen Geräusche gegeben. Er wählte Agent Adams' Nummer. Eine Minute später kam der Bericht negativ zurück. Kein Agent des Geheimdienstes hatte vor ihm abgedrückt.

Steven schossen die verschiedensten Möglichkeiten durch den Kopf. Er zog Handschuhe an, nahm Gordons Rucksack und wühlte darin und bemühte sich, so wenige Beweise wie möglich durcheinanderzubringen, damit das Team von der Spurensicherung keinen Anfall bekäme. „Hier ist eine Schlüsselkarte. Kein Logo an der Kette."

Michael senkte seine Waffe und bückte sich, um Gordons Vitalwerte zu kontrollieren. „Kein Puls. Unser Täter ist gestorben.“

Clint achtete nicht auf ihn und begann mit Herzdruckmassage, während Lee weiterhin beide Wunden zudrückte.

„Okay, Michael.“ Steven reichte ihm die Hotelkarte. „Folge dieser Spur und schau, ob sie dich zu unserem ersten Schützen führt. Du kannst dazu in die Botschaft gehen.“ Er kniff die Augen zusammen und betrachtete das relativ ruhige Gebäude unter ihnen. „Ich schaue, ob ich in seinem Rucksack noch irgendetwas anderes finde.“

Clint und Lee arbeiteten weiter, ohne darauf zu achten, dass Landriges Rachsucht den Mann das Leben gekostet hatte.

Stevens Magen zog sich zusammen. Zwei Schüsse und ein geheimnisvoller Schütze auf freiem Fuß. Auch wenn Gordon tot war, war dieser Fall immer noch nicht abgeschlossen.

Noch lange nicht.

Kapitel 36

Für Teil zwei seines Planes musste Tom seine Kreativität entfalten.

Zu schade, dass nicht er den Briten ausgeschaltet hatte. Aber er war sich sicher, dass das FBI das für ihn erledigt hatte. Trotzdem hatte er nur wenig Zeit, um seinen Plan durchzuziehen, bevor er verschwinden musste.

Tom fuhr mit seinem Mietwagen in Gracies Einfahrt und stellte den Motor ab. Er rückte seinen schwarzen Anzug und seine blaue Krawatte gerade und beabsichtigte, bei seinem „offiziellen Besuch" ganz der stellvertretende Rektor zu sein.

Er stieg aus dem Wagen und erschauderte. Mehr wegen der Erwartung, was die nächsten zwölf Stunden bringen würden, als wegen der kalten Luft. Aber er musste beenden, was er angefangen hatte. Die Freiheit war jetzt zu nahe, um sie aufzugeben. Bevor er an die Tür klopfte, huschte er zum hinteren Zaun. Er kannte dieses Gelände sehr gut und wollte mit Gracies Hund nichts zu tun haben.

Der Hund lag auf der Veranda hinter dem Haus und hatte keine Ahnung von Tom und seinen Plänen. Gut. Dieses Tier konnte Gracie verteidigen und einem Mann die Arme zerbeißen, wenn er sich nicht zu schützen wusste.

Zwei Dinge, die Tom nicht zulassen würde.

Er stieg die vordere Veranda hinauf. Gracie öffnete ihm in einer weißen Jogginghose und einem blauroten Sweatshirt die Tür. „Mr Perkins? Was machen Sie denn hier?"

„Guten Tag, Mrs Lang." Er brach ab und runzelte besorgt die Stirn. „An der Schule hat sich eine Situation ergeben … mit Akemi … bei der wir Ihre Hilfe bräuchten."

„Warum haben Sie nicht angerufen?"

Er räusperte sich. „Ich war mir nicht sicher, ob Sie schon in der Lage sind, Auto zu fahren. Und Sie wohnen so nahe, dass ich dachte, es wäre leichter, wenn ich Sie einfach abhole." Tom schaute auf die Uhr. „Aber ich habe nicht viel Zeit. Die Schule ist in Kürze aus, und ich hätte es gern, wenn Ihre Schüler sich beruhigt hätten, bevor ihre Eltern kommen."

Sie verkrampfte die Hände um die Haustür und legte dann einen Arm auf ihre Seite.

Hatte sie Schmerzen? Das könnte sich als günstig erweisen.

Wenn sie nicht freiwillig mitkam, wäre er gezwungen, auf die Handschellen und die Pistole zurückzugreifen, die er vor ein paar Monaten gekauft hatte. Aber er wollte es lieber langsam angehen und ruhig bleiben. Sie hatten eine lange Fahrt vor sich.

„Was ist mit Akemi?"

Er schaute wieder auf die Uhr. „Es wäre besser, wenn ich Ihnen das im Auto erkläre. Damit sparen wir Zeit. Sie war hysterisch, als ich ging, und ich nehme an, dass es schlimmer geworden ist."

„Ich muss nur kurz meine Sachen holen." Sie ließ die Tür offen und holte ihre braune Tasche, die wie ein Rucksack aussah, und einen langen Wollmantel.

Als Tom ihr in den Mantel half, zuckte Gracie zusammen, als sie ihren linken Arm hineinsteckte. Gutes Zeichen. Immer noch schwach von der Schussverletzung. Somit würde sie sich weniger wehren, wenn sie begriff, was er mit ihr vorhatte.

Er führte sie zu seinem Wagen und hielt ihr die Tür auf, damit sie hineinrutschen konnte. Als er die Tür schloss, ging sein Atem ein wenig leichter. Schritt eins war ohne ein Problem geschafft.

„Würden Sie mir bitte die Situation mit Akemi genauer erklären?"

Während er auf den Fahrersitz rutschte, zwang er seinen Atem, ruhig zu bleiben. Als er losfuhr, betrachtete er die Häuser auf beiden Seiten von Gracies Haus. Keine neugierigen Nachbarn spähten hinter ihren Vorhängen auf die Straße. Gut.

„Mr Perkins?"

„Entschuldigung." Er bog rechts aus ihrer Straße und lockerte den eisernen Griff um das Lenkrad. „Akemi ist wie die meisten in Ihrer Klasse seit der unglücklichen Situation im letzten Monat sehr unruhig." Er lenkte den Wagen auf die Interstate zu und hoffte, mit einem zwanglosen Gespräch könnte er sie ablenken. Wenigstens eine Weile. „Sie hat nach Ihnen gefragt und wurde hysterisch, als die Vertretungslehrerin sagte, dass Sie nicht wiederkommen."

Sie richtete sich steif auf. „Ich komme aber doch wieder. Nach Thanksgiving." Gracie schaute ihm ins Gesicht und dann wieder aus dem Fenster. „Ich hoffe, mein Besuch heute wird für Akemi nicht alles nur noch schlimmer machen.“

Er bog auf die I-395 und fuhr anstatt zur Hope Ridge Academy in die entgegengesetzte Richtung.

Sie wandte den Blick von der Straße ab und runzelte die Stirn. „Das ist nicht der Weg zur Schule. Wohin fahren wir?“

„Zu einer Art Exkursion.“ Tom sah, dass ihr Gesicht bleich wurde, und lächelte. Er schob sein Jackett zurück, um ihr seine geladene Waffe zu zeigen. „Wir wollen die Party doch nicht vor dem letzten großen Auftritt verlassen, nicht wahr?“

Sie stöhnte. „Was soll das? Ich … ich verstehe kein Wort.“ Angst trat in ihre braunen Augen.

„Lassen Sie sich etwas Zeit. Ich bin sicher, Sie werden von selbst darauf kommen.“

Schweigen herrschte in den zehn Minuten, die er brauchte, um den Autobahnring hinter sich zu lassen. Als er auf der I-95 war, stellte Tom den Tempomat bei fünfundsiebzig Meilen ein und nahm den Fuß vom Gaspedal. Um halb zwei mittags konnte er es sich nicht leisten, neunzig zu fahren und damit unnötig Aufmerksamkeit auf sich zu ziehen, auch wenn er das gern gemacht hätte.

Je früher er diese Sache erledigte, umso besser. Ihm gefiel es nicht, Blut an den Händen zu haben. Oder Gracies durchdringenden Blick auf sich zu spüren. Besonders, wenn er keinen Drink hatte, um das bisschen Gewissen, das er noch hatte, zu betäuben.

Die junge Witwe sagte lange kein einziges Wort. Sie betrachtete nur sein Gesicht und dann ihre Tennisschuhe. Also verriet er ihr ein paar Details, um das unangenehme Schweigen zu brechen. „Ihr Privatdetektiv war so dicht dran, Gracie. Zu dicht. Mit dem Blick auf mein Gesicht, den Sie damals an Silvester hatten, und Ihrer Skizze, die Sie vor kurzem angefertigt haben, wurden Sie zu einem lästigen Problem.“

Sie starrte ihn mit großen Augen an. „Sie? Sie waren der Mann, der meine Familie getötet hat?“ Ihre Hände begannen zu zittern.

Zu schade, dass sie das letzte Puzzleteil zu spät bekam, um noch etwas damit anfangen zu können.

Die Meilen flogen schweigend dahin. Es war ein gutes Gefühl, dieses Mal auf Joes Seite des Spiels zu stehen. Die Kontrolle zu haben. Über alles.

„Warum haben Sie meine Familie von der Straße gedrängt?"

„Es war ein Unfall." Er umklammerte das Lenkrad. „Aber Sie mussten ja in den Medien ein solches Theater darum machen! Als ob ich die ganze Zeit geplant hätte, Ihre Familie in den Graben zu drängen. Das hatte ich aber nicht."

„Aber Sie haben nicht einmal angehalten, um ihnen zu helfen." Sie vergrub ihr Gesicht in den Händen. Ihre Schultern zitterten, als sie immer mehr schniefte.

„Um im Gefängnis zu landen? Nein. Ich hatte noch so viel Verstand, um zu begreifen, dass ich nichts tun konnte. Der Van tauchte aus dem Nichts auf und verschwand genauso schnell wieder. Es ging alles so schnell."

„Sie haben meinen Mann und meine zwei Kinder umgebracht." Sie nahm die Hände von ihrem Gesicht. Sie weinte nicht mehr. An die Stelle der Tränen war ein kaltes Feuer getreten. „Dafür werden Sie zahlen."

Er holte tief Luft. „Das habe ich mir schon gedacht. Deshalb werden wir uns in den Bergen von South Carolina trennen, wo es wahrscheinlich Jahre dauern wird, bis jemand Sie findet. Und ich habe bis dahin dem guten alten Amerika lange den Rücken gekehrt."

Gracie kramte in ihrer Handtasche und holte ein Handy heraus.

Tom zog seine Waffe und richtete seinen neuen Revolver auf ihre Schläfe.

Sie erstarrte, noch bevor sie das Handy aufklappen konnte. Typisch Frau.

Da nur wenige andere Autos in ihrer Nähe waren, wechselte er auf die äußerste rechte Spur und verlangsamte das Tempo ein bisschen. „Werfen Sie das Handy aus dem Fenster, Gracie. Ihre Tasche auch." Er gab ihr einen Stoß mit der Waffe.

Sie gehorchte mit steifen, roboterartigen Bewegungen. Die Tasche und das Handy landeten hinter ihr auf dem Teer. Ein Beweismittel weniger.

Er steckte die Waffe wieder ein. „Gutes Mädchen. Machen Sie so weiter, und der Rest unserer Fahrt läuft gut."

„Nur dass ich am Ende trotzdem sterbe."

Tom konnte ihren eisigen Blick spüren, ohne den Kopf von der Straße abzuwenden. Egal. An diesen Blick von Frauen hatte er sich schon gewöhnt.

„Traurig, aber wahr. Wenn Sie nur Ihren kleinen Kreuzzug aufgegeben und sich mit Ihrem FBI-Freund um etwas anderes gekümmert hätten. Das Leben hätte ein viel glücklicheres Ende genommen."

Sie beugte den Kopf und weigerte sich, noch länger mit ihm zu sprechen.

Sollte sie doch zu ihrem Gott beten.

Das würde ihr nicht viel helfen.

* * *

Gracies Hände fühlten sich an wie Eis.

Genauso wie ihr Herz.

Warum, Gott? Warum jetzt?

Sie dachte an die letzten paar Tage zurück. Stevens Küsse. James' Freude, als er hörte, dass er bei seinem Dad bleiben würde. Die Hoffnung, wieder zur Schule zu gehen. Die Schmerzen nach der Schussverletzung, die allmählich weniger wurden.

Alexandria hatte endlich angefangen, ihr Zuhause zu werden. Ein sicherer Ort mit einer Zukunft.

Aber jetzt? Jetzt war sie wieder hilflos. Und wäre bald tot, getötet von demselben Mann, der ihre Familie auf dem Gewissen hatte. Wenn Gott Gebete auf diese Weise erhörte, was hatte es dann für einen Sinn, wieder zu beten?

Gracies letztes Gespräch mit ihrer Mutter ließ ihr keine Ruhe.

„Setz dich mit deinen Lügen auseinander, Schatz. Und höre auf die Wahrheit, die Gott dir sagt. Lass dich von seiner Wahrheit und Vergebung befreien. Damit du wirklich frei bist."

Sie wäre nie wieder frei.

Während sie zuschaute, wie die I-95 außerhalb von Richmond in die I-85 überging, zog sich das stundenlange Schweigen so lange hin, dass sie meinte, sie müsste gleich schreien. Sie wollte nicht über Belangloses reden. Und sie konnte die Gefühle, die ihre Nerven unter Hochspannung setzten, nicht entladen. Das würde auch nicht weiterhelfen. Wenn sie schrie, würde er sie wahrscheinlich mit der Pistole schlagen. Also starrte sie auf die grauschwarze Straße. Die Straße, die sie nicht bis nach Atlanta bringen würde. Nein, sie wäre lange vorher tot.

Während sie ihren Blick auf die zahlreichen Pinien und Hügel richtete, versuchte sie zu beten. Aber ihr fehlten die Worte. Wie konnte Gott zulassen, dass ihre Suche nach Antworten so endete? Dass sie den Mann fand, von dem sie wusste, dass sie ihm vergeben musste, nur um trotzdem von ihm getötet zu werden?

Vielleicht könnte sie fliehen. Ein für alle Mal beweisen, dass sie nicht hilflos war.

Sie richtete sich auf. „Ich muss dringend zur Toilette. Können wir bald irgendwo an einer Raststätte anhalten?"

„Keine Chance, solange es hell ist." Tom wandte seine kalten Augen nicht von der Straße ab.

Wie auf Kommando begann ihr Magen zu knurren. „Dann wenigstens ein Drive-in?" Sie hatte es zu eilig gehabt, als sie mit Tom losgefahren war, um ihre Armbanduhr mitzunehmen. Aber sie schätzte, dass es ungefähr vier Uhr war. Vielleicht fünf.

Sie betete für eine kurze Pause und zählte die Raststätten-Schilder, die an ihr vorbeiflogen, und hielt den Atem an, als Tom langsam zu einer Ausfahrt fuhr. Ihre einzige Chance.

Mit schwitzenden Handflächen und pochendem Herzen stieg sie aus dem Wagen. Toms Nägel gruben sich in ihren rechten Arm.

„Zwingen Sie mich nicht, das später zu bereuen", knurrte er ihr ins Ohr.

Gracie ging dicht neben ihm und versuchte, zu den wenigen Leuten, die den fast leeren Rastplatz verließen, Augenkontakt herzustellen. Niemand schaute in ihre Richtung. Kein gutes Zeichen. Mit Schreien würde sie nichts anderes erreichen, als die Leute wieder in ihre Autos zu treiben. Aber jemand würde vielleicht die Polizei benachrichtigen. Aber das würde ihr nicht helfen, wenn Tom sie tötete, bevor die Polizei kam.

Sie musste sich etwas Besseres einfallen lassen.

Vor der Damentoilette ließ Tom ihren Arm los. „Beeilen Sie sich. Wenn Sie länger als zwei Minuten brauchen, komme ich rein." Sein Blick wanderte über ihren Oberkörper. „Und irgendwelche schlauen Ideen kommen Sie teuer zu stehen."

Gracie wollte sich nicht vorstellen, was ein gescheiterter Fluchtplan sie kosten würde. Er durfte nicht scheitern.

Sie drückte den kalten Türgriff zur Toilette und schickte ein schnelles Gebet zum Himmel. Sie würde die Toilette benutzen und durch eine andere Tür verschwinden. Die Bäume um die Raststätte würden sie nicht lange verstecken, aber vielleicht könnte sie es bis zur Straße schaffen, bevor Tom merkte, dass sie fort war.

Gracie hatte noch nicht wieder mit dem Joggen angefangen, aber sie ging jeden Tag mit Jake spazieren. Wie sehr sie sich wünschte, er wäre hier. Wenn er im Haus gewesen wäre, hätte Jake diesen Mann unschädlich gemacht und sie hätte die Polizei rufen können. Oder Steven.

Beim Gedanken an Steven traten ihr Tränen in die Augen. Sie würde ihn nie wiedersehen. Er wollte in ein paar Stunden zu ihr kommen und einen schönen Abend mit ihr verbringen, und sie wäre ... wo? Tot irgendwo in South Carolina.

Nein!

Sie würde es Thomas Perkins zeigen. Sie ging um die Ecke herum zur anderen Seite der Toilette und bemerkte eine Tür. *Danke, Gott.* Doch als sie näher kam, sah es aus wie ein Tresorraum. Fest verschlossen. Aber keine Alarmanlage war zu sehen.

Eine Putzfrau stellte ihr gelbes Schild „Vorsicht, Rutschgefahr" auf und begann, den Boden zu putzen, ohne Gracie an der Tür zu bemerken. Der gebeugte Rücken und die ledrigen Falten der Frau waren für sie wie ein Hoffnungsfunke. Vielleicht würde sie die Festung auf der Toilette aufsperren.

Gracies zwei Minuten vergingen viel zu schnell.

„Bitte, könnten Sie diese Tür aufsperren?" Gracie versuchte, ruhig zu klingen. „Oder ein Telefon. Haben Sie ein Telefon, das ich benutzen könnte? Bitte!"

„No entiendo." Die schwarzen Augen der Frau schauten sie kurz an und richteten sich dann wieder auf den Fußboden.

Gracies Inneres fühlte sich an, als würde es gleich explodieren. Sie hatte weniger als eine Minute.

Ihr Blick fiel auf einen großen Schlüsselring am Putzwagen. Sie machte einen Satz darauf zu und lief an der älteren Frau vorbei zu der verschlossenen Tür.

Die Putzfrau kreischte.

Gracies Hände zitterten, als sie die Schlüssel nacheinander probierte. *Bitte, Gott.*

Die Frau schlurfte auf sie zu.

Dann klickte ein Schlüssel und die Tür ging auf.

Gracie fiel fast auf den Beton, aber sie hielt sich an der Tür fest. Alle

Instinkte waren in Alarmbereitschaft, als sie aus der Toilette raste. Ihre Beinmuskeln protestierten, noch bevor sie zwei Schritte aus der Tür hinaus war.

Sie blieb mit ihrem Laufschuh an einer Baumwurzel hängen und stolperte. Weil sie nicht rechtzeitig wieder das Gleichgewicht fand, fiel sie auf die trockene Erde. Ein stechender Schmerz schoss durch ihre linke Seite. Sie konnte die Putzfrau hinter sich etwas auf Spanisch schreien hören.

Die losen Steinchen bohrten sich in ihre schwitzenden Handflächen. Sie achtete nicht auf den Schmerz und richtete sich wieder auf. Nach Luft keuchend, wendete sie ihren Blick auf die Straße und wollte weiter.

Aber wie ein Schraubstock legte sich eine Hand um ihren Arm. „Bestimmt nicht, Gracie." Tom zog sie zurück. Seine zusammengekniffenen Augen bohrten sich in ihr Gesicht und brannten sich in ihre Seele. „Wir hatten doch eine Abmachung."

Sie bekam kaum Luft, als Tom sie zur vorderen Seite der Raststätte zerrte. Das metallene Klirren der Toilettentür hallte in ihren Ohren wider.

„Hilfe! Hört mich …"

Tom zerrte sie vor sich her und schüttelte sie. Kräftig. „Das hilft nichts." Er deutete auf das einzige Auto, das schon auf halbem Weg zur Auffahrt war. „Es ist niemand mehr da, der Sie retten könnte."

Ihr ganzer Körper schrie vor Schmerzen, als sie sich Toms Auto näherten. Sie hätte schreien sollen, als sie eine Chance dazu gehabt hatte. Dumm. So dumm. Eine solche Gelegenheit bekäme sie nie wieder.

Und sie hatte sie nicht genutzt.

Was sie das kosten würde, wollte sie sich nicht vorstellen, während Tom sie unsanft in den Wagen schob und wieder auf die Autobahn zurückfuhr. Während sie zuschaute, wie Bäume und Autos verschwommen an ihrem Fenster vorbeiflogen, hatte sie keine Tränen mehr.

Sie wäre bald tot.

Und was noch schlimmer war, es war ihr egal.

Kapitel 37

Stevens gesamtes Team arbeitete auf Hochtouren an Gordons Computer und seinem Gepäck, das in seinem Mietwagen verstaut war, der sich jetzt in ihrem Besitz befand, um diesen Fall endlich abschließen zu können. Es lief alles auf eine saubere und eindeutige Beweislage hinaus.

Steven drückte das Gaspedal durch und fuhr auf Alexandria zu.

Aus Gordons E-Mails an Thomas Perkins kannten sie die Bankdaten zu einem Auslandskonto, das die zwei Männer mit dem Mordversuch an Victoria in Verbindung brachte. Und sie hatten Stofffasern, die mit Landridge übereinstimmten.

Jetzt bräuchte er nur noch den stellvertretenden Rektor der Hope Ridge Academy zu verhaften und ins Gefängnis zu bringen. Einige Tage hinter Gittern würden genügen, um aus dem Mann auch die letzten Kleinigkeiten herauszuholen.

„Du glaubst wirklich, der ruhige stellvertretende Rektor von Hope Ridge hat auf Gordon geschossen?" Clint schüttelte den Kopf.

„Bei diesem aufgeblasenen Kerl hat schon eine ganze Weile unter der Oberfläche etwas gebrodelt."

Zum hundertsten Mal an diesem Nachmittag wählte er Gracies Handynummer. Es klingelte nicht. Sie meldete sich nicht. Er konnte nicht bis zu ihrer Verabredung heute Abend warten, um sicherzugehen, dass es ihr gut ging. Er wählte wieder.

Nichts. Sein Magen zog sich zusammen.

„Justin hat dir die ganzen Infos geschickt, die er über Tom herausgefunden hat?"

„Deshalb greifen wir ja jetzt ein."

Die Informationen auf Gordons und Toms Computer und Justins Ermittlungen würden Thomas Perkins eine lange Haftstrafe bescheren. Und das auch nur, wenn er Gracie kein Haar gekrümmt hatte.

Falls doch … würde der Mann Bekanntschaft mit Stevens Waffe machen.

Clint tippte etwas in seinen Laptop. „Gordon hat nie damit gerechnet, dass er erwischt werden könnte."

„Nein. Aber Tom."

Clint schaute ihn an. „Michael überprüft alles, was Tom in letzter

Zeit gekauft hat, und alle Decknamen, die er benutzt haben könnte. Wir geben eine Suchmeldung heraus, sobald wir aus Toms Computer mehr Infos herausholen können."

„Das könnte zu spät sein." Steven schaute auf die Straße. Die Straße, auf der er erst vor ein paar Tagen gefahren war, als er Gracie nach dem Gerichtstermin am Mittwoch zu Hause abgesetzt hatte.

„Sie schläft vielleicht."

„Um drei Uhr am Nachmittag? Während Thomas Perkins von Hope Ridge verschwunden ist, seit er auf Gordon geschossen hat?"

„Du kannst nicht das Team hinter ihr herschicken, wenn sie vermisst wird. Das weißt du, ja?"

Steven parkte den Wagen in Gracies Einfahrt und schaute seinen Partner an. „Clint, ich werde sie suchen. Tom ist immer noch der Hauptverdächtige in meinem Fall." Er schaute auf seine Armbanduhr. „Ich habe am Mittwoch meinen Sohn nicht verloren, und ich werde sicher nicht tatenlos zusehen, wie ich heute Gracie verliere."

Er stürmte den Gehweg hinauf. Instinktiv zog er seine Waffe und versuchte, Gracies Haustür zu öffnen. Unverschlossen.

Nicht gut.

Er ging ins Haus. Clint folgte ihm. Bei jedem Schritt raste Stevens Herz schneller. Es war wie im Alptraum.

Sie bewegten sich durch jedes Zimmer im Erdgeschoss, dann gingen sie die Treppe hoch.

Nichts bewegte sich.

Steven wusste, dass oben auch alles leer war, aber die Hoffnung trieb ihn an.

„Alles sauber, Steven." Clint steckte seinen Revolver ein und zog sein Handy heraus. „Ein Team von der Spurensicherung ist unterwegs."

Ein hohes Jaulen holte ihn zur Hintertür. Jake.

Steven trat auf die hintere Veranda und fiel fast um, als der zitternde Hund an seine Brust sprang. „Ruhig, Junge. Komm schon, Jake. Komm herein." Dem Hund war kalt, und er hatte großen Hunger. Das war überhaupt kein gutes Zeichen.

Der Hund stürmte in die Küche und verschlang sein Futter und sein Wasser und bettelte um mehr. „Komm jetzt, Junge. Wir müssen los." Er nahm Jake am Halsband und ging zu Gracies Nachbarin.

Clint konnte mit den Leuten von der Spurensicherung sprechen und mit dem Agenten, der die Suche nach Gracie einleiten würde. Nach allem, was er wusste, kamen sie sowieso zu spät.

Schwere Hoffnungslosigkeit drückte ihn nieder. Aber das würde ihn nicht davon abhalten, es zu versuchen. Sobald er konnte, würde er sich der FBI-Bürokratie entziehen und losfahren. Egal, was Clint über die Einmischung in eine offene Untersuchung eines Vermisstenfalls sagte, war es zuerst sein Fall gewesen.

Lange bevor er gewusst hatte, dass Gracie in Gefahr war.

Er durfte sie nicht verlieren. Nicht jetzt.

Steven klopfte an die Tür der netten, älteren Nachbarin. Gracie hatte sie als das Auge und Ohr der ganzen Straße bezeichnet. „Mrs Davidson, haben Sie heute Morgen mit Gracie gesprochen?"

„Nein, Steven, heute hat sie mir noch nicht von Ihnen vorgeschwärmt." Die Frau lächelte. „Ich komme nicht mehr so aus dem Haus wie früher. Heute Morgen bin ich länger im Bett geblieben. Aber ich habe trotzdem zufällig gesehen, wie ein schlanker, junger Mann vor ein paar Stunden mit ihr weggefahren ist."

Sein Puls beschleunigte sich rasant. „Wie sah er aus, und wann war das genau?"

Ein großer Lieferwagen bog in Gracies Einfahrt und die Leute von der Spurensicherung stiegen aus.

Sie trat auf die Veranda. „Was ist denn passiert? Muss Gracie wieder ins Krankenhaus? Oh, meine Güte, geht es ihr gut?"

„Machen Sie sich keine Sorgen, Mrs Davidson. Gracie geht es gut." *Bitte, mach, dass das keine Lüge ist.* „Diese Leute verschwinden bald wieder."

Die alte Frau betrachtete argwöhnisch die Leute nebenan.

Jake knurrte.

Steven führte sie mit Jake wieder ins Haus. „Der Mann, mit dem Gracie wegfuhr … können Sie ihn mir genauer beschreiben?"

„Er trug einen schwarzen Anzug. Dickes, gelocktes Haar." Sie schaute an ihre Decke. „Ich glaube, es war gegen ein Uhr. Kurz nachdem ich mein Abführmittel genommen hatte …"

„Danke, Mrs Davidson." Sein Magen zog sich zusammen, als er auf seine Armbanduhr schaute. „Ich wäre Ihnen dankbar, wenn Sie auf Jake aufpassen könnten." Steven lief von der Veranda und eilte über den Garten zu Clint.

„Agent Kessler." Der Agent, der das Team von der Spurensicherung leitete, trat auf ihn zu. „Ich muss Ihnen ein paar Fragen stellen."

„Ich habe es wirklich eilig. Können wir es schnell machen?" Steven zwang sich, äußerlich ruhig zu bleiben. Wenn er zu unruhig wirkte, würde er damit nur Verdacht erregen.

Clint zog die Braue in die Höhe.

„Wissen Sie, ob Mrs Lang irgendwelche Feinde hat, jemanden, der für ihr Verschwinden verantwortlich sein könnte?"

„Ja. Thomas Perkins. Sie bekommen die Details von Agent Parker."

Der junge Agent machte sich umständlich Notizen. „Wissen Sie, wohin er mit ihr unterwegs sein könnte?"

„Georgia."

Der Agent hörte auf zu schreiben. „Woher wollen Sie das so sicher wissen?"

„Ein Gefühl." Steven zog die Schlüssel aus seiner Hosentasche. „Ich muss los. Rufen Sie mich an, wenn Sie etwas wissen." Er reichte dem Mann seine Visitenkarte.

Er schaute wieder auf seine Uhr. Jede Minute, die er länger in Alexandria war …

Steven verdrängte diese Gedanken.

Er musste den Blick auf das Ziel richten: Gracie finden.

Heute.

Lebendig.

* * *

„Gib mir die Schlüssel, Steven. Ich fahre." Clint wich nicht von der Fahrertür. „Du bist nicht in der Verfassung zu fahren. Auch wenn du nicht im Dienst bist."

Steven reichte ihm die Autoschlüssel und schnallte sich auf dem Beifahrersitz an. „Tom hat mehr als zwei Stunden Vorsprung."

„Ich habe Agent Maxwell angerufen und ihm gesagt, dass wir unseren Verdächtigen verfolgen." Clint lenkte den Wagen zur I-95. „Wir sind aus dem Schneider, und ich gebe Vollgas, Partner. Wir erwischen ihn."

„Das müssen wir auch. Bevor er Gracie etwas antut."

Clint hätte gern ein paar Stunden mit Steven vernünftig gesprochen, aber er wusste nicht, wo er anfangen sollte. Deshalb betete er.

Und wartete.

Steven wandte den Blick nicht vom Asphalt vor ihnen, er hatte die Zähne zusammengebissen und das Kinn vorgeschoben. „Wie willst du einen Zwei-Stunden-Vorsprung einholen?“

„Ich verkürze ihn gleich hier auf weniger als eine Stunde.“ Er beschleunigte auf weit über neunzig Meilen. „Und vielleicht hat Gracie ihre Fantasie spielen lassen und irgendwo ein wenig Zeit herausgeschunden.“

Schweigen.

„Erzähl mir von Mittwoch, Steven. Damit vergeht die Zeit schneller.“ Clint brauchte eine Ablenkung. Etwas, um die Horrorvorstellung aus seinem Kopf zu verbannen, dass Gracie schon tot sein könnte.

Steven lehnte sich erschöpft auf seinem Sitz zurück. „Ich habe es dir doch schon gesagt. Ich habe den Prozess gewonnen. Angela ist verschwunden. Es ist vorbei.“

„Noch lange nicht.“

Sein Partner schaute aus dem Fenster. „Sie war so niedergeschlagen. Es tat richtig weh, Clint. Ich hatte nicht die Absicht, sie zu zerstören. Ich wollte nur, dass James nichts passiert.“

„Was willst du jetzt tun?“

Steven wandte den Blick nicht vom Fenster ab. „Gracie suchen. Meinen Sohn großziehen.“

Clint hielt das Lenkrad mit beiden Händen. Seine Knöchel traten weiß vor. Adrenalin wurde durch seine Adern gepumpt. Kein gutes Gefühl. Er wurde zu alt für diese Verfolgungsjagden. Und er war es allmählich müde, darauf zu warten, dass Steven seine Vergangenheit verarbeitete.

Clint begann zu husten und bemühte sich, das Tempo beizubehalten. Er schaltete den Tempomat ein.

„Geht es dir nicht gut?“ Steven schaute ihn mit besorgter Miene an.

„Doch. Wechsle nicht das Thema.“ Clint verdrängte die ganzen Fragen, die Sara ihm stellen würde, wenn sie von seinem Husten und seinen nächtlichen Schweißausbrüchen wüsste. Er trank schnell einen Schluck Wasser und zwang sich, sich zu konzentrieren. „Ich habe gehört, was Gracie dir gesagt hat. Sie hat genau das Gleiche gesagt, was ich dir schon seit Jahren erzähle. Sag mir, dass du sie nicht auch ignorierst.“

„Das ist ein tiefer Schlag.“

„Sag mir, dass ich mich irre. Sie mag dich, Steven. Aber du bist nicht frei von der Vergangenheit, und du bist nicht frei, etwas Neues mit Gracie anzufangen, solange du Angela nicht vergibst. Vergib dir auch selbst. Das kannst du aber nicht, solange du dich nicht der Lüge stellst, die du deiner Exfrau vorwirfst."

Steven zog eine Bibel aus seiner Jackentasche und hielt sie hoch. „Siehst du das? Ich habe sie jetzt immer bei mir. James muss Gracie erzählt haben, dass mein Vater immer eine Bibel bei sich hat. Aber da ich keine Bibel bei mir habe, hat James beschlossen, dass er seine auch nicht mehr in die Schule mitzunehmen braucht."

Clint verzog das Gesicht. Nichts konnte einen Mann besser wieder auf den richtigen Weg bringen als ein Kind.

Falls der Mann bereit war zuzuhören.

„Ich arbeite auch am Rest, okay?" Steven steckte seine Bibel ein und schaute wieder aus dem Fenster. „Konzentrieren wir uns jetzt bitte darauf, Gracie zu finden. Meine Seele kann warten."

„Wir haben ein paar Stunden Zeit. Ich finde, wir sollten bei diesem Thema bleiben, bis wir fertig sind."

Steven schnaubte. „Ich weiß, dass du das findest. Du und Gracie, aber ich will mich jetzt nicht damit auseinandersetzen. Und schon gar nicht, wenn sie vielleicht schon tot ist. Wie Olivia."

Clint umklammerte das Lenkrad fester und fuhr, so schnell er konnte, auf der Überholspur. „Gott hat alles in der Hand, Steven. Ich verstehe die grausamen Seiten unseres Berufes nicht, aber ich will mich an das klammern, was ich weiß. Ich weiß, dass Gott gut ist."

Clints Handy klingelte.

Steven nahm es. „Es ist der Chef."

Clint hörte nur die eine Hälfte des Gesprächs und versuchte, die Puzzleteile zusammenzufügen, während er den Wagen in den immer langsamer und dichter werdenden Verkehr lenkte.

„Die Polizei hält das FBI auf dem Laufenden." Steven legte das Handy auf die Konsole zwischen ihnen. „Vor ungefähr dreißig Minuten wurden sie bei South Hill gesehen. Wir sind dicht hinter ihm."

„Siehst du? Gott ist am Werk."

Wieder Schweigen.

Dreißig lange, schweigende Minuten später klingelte Clints Handy wieder.

Steven nahm es, hörte zu und holte eine Straßenkarte aus dem Handschuhfach. „Verstanden. Voraussichtlich in zwanzig Minuten."

„Was gibt's?"

Sein Partner klappte das Handy zu. „Die Polizei hat gerade eine Meldung von einer Störung auf dieser Seite von Greensboro bekommen, an einer kleinen Tankstelle. Beschreibung passt zu unserer Suchmeldung." Steven saß wie gelähmt in seinem Sitz und schaute auf seine Armbanduhr.

„Jetzt wäre ein guter Zeitpunkt zu beten, Partner." Clint drückte das Gaspedal durch. Er würde schnell fahren und noch schneller beten.

Keiner konnte sagen, was Thomas Perkins im Falle einer Geiselsituation tun würde. Auch die örtliche Polizei konnte ein Unsicherheitsfaktor sein. Clint fragte sich, wie Gracie das durchhielt.

So viele Gedanken schossen ihm durch den Kopf, aber er sagte nichts, da keiner dieser Gedanken viel Hoffnung versprach. Er hatte schon zu viele ausweglose Situationen miterlebt, in denen es mehrere Tote gegeben hatte. Verrückte, die in die Ecke gedrängt wurden, ließen sich lieber erschießen, als ins Gefängnis zu gehen.

Was bedeutete, dass Gracie …

Clint verdrängte diesen Gedanken.

Dieses Mal würden sie *nicht* zu spät kommen.

Kapitel 38

Gracie kauerte sich an die Beifahrertür. Tom hatte an einer kleinen Tankstelle irgendwo in Podunk, South Carolina, angehalten.

„Wenn Sie auch nur einen falschen Ton von sich geben, erschieße ich Sie und die zwei alten Leute in dem kleinen Laden. Verstanden?"

Sie nickte und blieb ruhig. Aber als der Ladenbesitzer und seine Frau heraustraten, um zu winken, während Tom tankte, reagierte sie instinktiv.

Sie winkte zurück. „Oh, Tom, Schatz", rief sie mit einem übertriebenen Südstaatenakzent, während sie aus dem Auto stieg. „Ich muss unbedingt zur Toilette. Ich bin gleich wieder da."

Tom blieb kaum eine Wahl. Entweder er erschoss alle, die zu sehen waren, oder er ließ sie allein zur Toilette gehen.

Er packte sie am Arm und fuhr über die Wunde in ihrem Gesicht. „Zwingen Sie mich nicht, den Leuten etwas anzutun, nur weil Sie Ihren Mund nicht halten konnten."

Die kleine grauhaarige Frau führte sie schweigend zu der kleinen Toilette. Gracie blieb unter Toms wachsamem Auge ruhig, drehte der Frau aber bewusst ihre gerötete Wange hin und hoffte, ein langer Blick darauf würde sie motivieren, die Polizei zu rufen.

Gracie floh in die kleine Toilette, versperrte die Tür und lehnte sich dagegen. Hier gab es keine Chance davonzulaufen. Ein paar Bäume. Eine einzige Straße. Nirgends, wo es in der zunehmenden Dunkelheit sicher war. Mit ihrer schmerzenden Seite und ihrer brennenden Wange würde sie es sowieso nicht weit schaffen.

Sie erblickte einen Vorratsschrank und eilte los, um ihn zu öffnen. Statt Putzmitteln verbarg sich dahinter ein kleiner Lagerraum, der voll war mit Kisten, und eine weitere Tür, die scheinbar in den Laden hinausführen. So schnell sie konnte, ohne Lärm zu machen, verbarrikadierte sie beide Türen mit ein paar schweren Kisten.

Draußen quietschten Autoreifen.

Sie zuckte zusammen und der Stapel leerer Kisten neben ihr fiel zu Boden. Ihr Herz schlug bei dem Lärm, den sie gemacht hatte, vor Angst schneller. Gracie hielt den Atem an und wartete und betete, dass die Polizei käme, bevor Tom sie finden würde.

Die Ladenglocke klingelte und die Außentür wurde zugeknallt. „Wo ist meine Frau?"

Toms Stimme klang so nahe, als könnte er durch die Wand greifen und sie aus ihrem Versteck herausziehen. Die Sorge in seiner Stimme war gut gespielt. Natürlich hatte er im letzten Jahr sein schauspielerisches Talent deutlich unter Beweis gestellt. So vieles ergab jetzt einen Sinn. Die ganzen zusätzlichen Aufgaben, die er ihr während des Schuljahrs immer wieder aufgetragen hatte. Dass er regelmäßig um ihr Klassenzimmer geschlichen war und herumgeschnüffelt hatte.

Besonders als auf sie geschossen worden war.

Arme Victoria.

Einer nach dem anderen kamen ihr ihre Schüler in den Sinn. An James blieben ihre Gedanken am längsten hängen. Sie sehnte sich danach, sie alle wiederzusehen. Und einen Vater ganz besonders.

Toms Stimme holte sie unsanft in die Gegenwart zurück. „Meine Frau ist krank und braucht ihre Medikamente. Es könnte sein, dass sie auf der Toilette ohnmächtig geworden ist. Lassen Sie mich hinein, damit ich nach ihr schauen kann."

Gracie erschauderte bei der tränenrührigen Geschichte. Sie betete für die netten Ladenbesitzer und hoffte, sie würden ihm nicht glauben. Und dass Tom, falls sie ihr helfen wollten, nicht mit seiner Waffe vor ihren Gesichtern herumfuchtelte. Oder noch Schlimmeres tat.

Sie würde nicht durch die Hand dieses Feiglings sterben. Sie würde kämpfen. Und dafür beten, dass niemand verletzt wurde.

Ein Geräusch vor der Tür ließ Gracie den Atem anhalten.

Jemand huschte in die Toilette, und das Türschloss wurde herumgedreht. Gracie zwang sich, nicht den geringsten Ton von sich zu geben.

„Liebes", flüsterte die Frau in den Vorratsschrank. „Geht es Ihnen gut da drinnen?"

Gracie wollte antworten, wusste aber nicht, ob Tom bei ihr war. Sie hielt den Mund.

„Ich habe die Polizei gerufen. Sie müsste jeden Augenblick hier sein."

Ein tiefes Seufzen kam über ihre Lippen. Es wäre bald vorbei. Gracie flüsterte: „Danke."

Die Tür ging auf und wurde wieder geschlossen.

Die Minuten zogen sich dahin, und Gracies Augen gewöhnten sich an die Dunkelheit. Große Pappkartons und Kisten säumten die vier

Wände. Nichts als Spinnweben und der abgestandene Geruch, der den kleinen Raum wie einen verlassenen Keller durchdrang.

Verlassen. Wie passend.

Die Männerstimmen waren verstummt, aber niemand öffnete die Tür zum Vorratsschrank. Dann hörte sie Sirenen. Viele Sirenen.

„Komm hierher, Alter." Toms Stimme näherte sich ihrem Versteck. „Du bist meine einzige Fahrkarte heraus aus diesem elenden Laden."

„Bitte tun Sie ihm nichts." Bei der zittrigen Stimme rührte sich Gracies Gewissen. „Er hat ein schwaches Herz. Sie bringen ihn um, wenn Sie ihm so die Kehle zudrücken."

Gracie wischte ihre schwitzenden Hände an ihrer Jogginghose ab und betete um Weisheit, was sie jetzt tun sollte. Sie überlegte, ob sie aus der Toilettentür treten sollte. Vielleicht könnte sie sich um die Seite des Ladens herumschleichen und der Polizei alles erklären und ihnen den Weg von hinten in den Laden zeigen. Aber die verschlossene Lagerraumtür wäre ein Problem. Genauso wie es ein Problem war, dieses nette, ältere Ehepaar Tom Perkins auszuliefern. Der Mann würde nicht aufhören zu töten, bis er frei war.

Oder tot.

Sie betete, dass Steven unterwegs wäre. Er hatte inzwischen sicher all die Verbrechen herausgefunden, mit denen Tom während der Fahrt geprahlt hatte.

Wie hatte sie Tom je für unschuldig halten können? Warum hatte sie nicht auf Justin gehört und sich von ihrem stellvertretenden Rektor ferngehalten, als er sie gewarnt hatte? Sie hätte Steven alles anvertrauen sollen, was der Privatdetektiv ihr gesagt hatte.

Aber Stevens Kuss hatte sie damals wie betäubt. Und der Sorgerechtsprozess hatte nicht viele andere Gedanken zugelassen als James' Sicherheit.

Gracie schüttelte den Kopf. Jetzt war nicht der richtige Zeitpunkt, über ihre Dummheit nachzudenken. Dafür hätte sie später noch genug Zeit.

Wenn sie überlebte.

Aber sie konnte nicht in ihrem Versteck bleiben und zulassen, dass noch zwei unschuldige Menschen starben. Sie klopfte an die Lagerraumtür. „Tom! Ich bin hier drinnen. Lassen Sie die beiden gehen."

Mit zittrigen Beinen stand sie an der Tür und schob die Kisten aus dem Weg. Dann wartete sie und betete.

„Öffnen Sie diese Tür. Sofort."

Schlüssel klirrten. Jemand schniefte. Die nette, alte Frau?

Als die Tür aufgerissen wurde, trat Gracie hinaus und blinzelte gegen das helle Licht im Laden. Draußen ging gerade die Sonne unter. Die Dunkelheit würde Tom zugutekommen.

„Es tut mir so leid, Liebes", jammerte die grauhaarige Frau. „Aber unsere Polizisten werden Sie bald befreien."

„Hinaus. Alle beide." Tom drückte dem alten Mann die Waffe zwischen die Schulterblätter und schob ihn vor sich her. „Langsam weitergehen."

Als sie aus der Ladentür traten, legte Tom den Arm um Gracies Nacken und zerrte sie zum Hinterausgang. „Was für eine Heldin Sie doch sind, dass Sie Ihre Freiheit aufgeben, um diesen zwei alten Vögeln noch ein paar Jahre zu schenken! Das hilft Ihnen aber auch nicht weiter."

Er ging rückwärts weiter. Einen langsamen Schritt nach dem anderen. „Sie werden heute Nacht trotzdem sterben. Und ich werde weit wegfliegen." Tom drückte sich mit dem Rücken an die Wand und näherte sich der Hintertür.

Blaulicht blinkte vor der Glasfront des Ladens. Drei Polizeiwagen. Mehrere Waffen waren auf Toms Kopf gerichtet. Aber sie würden nicht schießen. Sie würden es nicht riskieren, sie zu treffen.

Und so zerrte Tom sie zum Auto zurück, und sie würde bei irgendeiner verrückten Verfolgungsjagd sterben.

Gracies Herz schlug ihr bis zum Hals. Sie würde genauso sterben wie ihre Familie.

Durch die Hand desselben Mannes.

Tom öffnete die Hintertür, und sie zitterte in der kühlen Nachtluft.

Auf dem hinteren Parkplatz war keine Polizei zu sehen. Keine hellen Lichter. Keine Retter in glänzender Rüstung.

Gott, wo bist du?

Genau wie sie vermutet hatte, hatte Tom seinen Wagen an die Rückseite des kleinen Ladens gefahren. Das graue Gebäude würde sie abschirmen, bis sie wieder auf der Autobahn wären.

Tom stieß sie unsanft auf den Beifahrersitz, richtete aber den Blick weiter nach vorne. Sie zog den Kopf ein und rutschte auf den Sitz, als er einstieg und den Schlüssel in die Zündung steckte.

Ein leises Klicken ließ ihn erstarren.

Was geschah hier gerade?

„Keine Bewegung, Perkins!", befahl Steven vom Rücksitz. „Gracie, nimm die Schlüssel und seine Waffe und steig auf deiner Seite aus dem Wagen. Clint und die anderen sind gleich um die Ecke."

Sie nickte in der Dunkelheit, blieb aber wie erstarrt sitzen.

„Gracie. Du musst dich bewegen. Jetzt."

Mit zittrigen Händen legte sie die Finger um das silberne Metall von Toms abscheulicher Waffe.

Tom ließ sie nicht los.

„Steven?" Sie schaute nach hinten und versuchte, ihre zittrigen Hände erneut um die Waffe zu legen.

Steven hielt den Blick geradeaus gerichtet und schob den Revolverlauf kräftiger in Toms Nacken.

Tom ließ seine Waffe los.

Sie legte eine Hand darum. Mit der anderen Hand zog sie die Schlüssel aus der Zündung. Sie glitt aus dem Wagen und hoffte, Steven würde aufblicken, aber er starrte nur Toms Hinterkopf an und rührte sich nicht.

Benommen ging sie zum Rand des Gebäudes und warf dann einen letzten Blick zurück. Steven hatte sich immer noch nicht gerührt.

„Ich komme um die Seite." Sie hielt die Hände hoch in die Luft und trat vor. „Nicht schießen."

Ein paar Polizisten lachten.

Sie konnte nicht verstehen, wie man in so einem Augenblick lachen konnte, aber sie hatte gehört, dass Polizisten in angespannten Situationen entweder lachten oder durchdrehten.

Clint trat ihr in den Weg. „Gracie, Gott sei Dank, dir geht es gut."

Sie sank in seine Arme und ließ den Tränen freien Lauf. Tränen um die Familie, die sie verloren hatte. Tränen für die Menschen, die sie liebte und von denen sie sich innerlich schon verabschiedet hatte. Beth. Mom und Dad. Leah. James. Steven.

Ein gespenstisches Schweigen traf sie, als ihr Weinen allmählich verstummte. Sie schaute in Clints Gesicht. Nach den harten Linien seines Kinns zu urteilen, stimmte etwas nicht. Irgendetwas stimmte überhaupt nicht.

„Gracie. Du musst hier beim Sheriff warten." Clint deutete zu dem Auto mit dem Blaulicht. „Ich bin gleich wieder da."

Clint zog seine Waffe und verschwand um die Seite des Gebäudes.

War Tom entkommen?

„Steck deine Waffe ein, Steven. Wir haben ihn", donnerte Clints Stimme hinter dem Laden.

Schweigen.

Handschellen klickten und alle Polizisten atmeten tief durch.

Clint führte Tom zum nächsten Streifenwagen. Der teure Anzug des Mannes sah jetzt aus, als wäre darauf herumgetrampelt worden.

Tom blieb vor ihr stehen. Unter seinem eiskalten Blick erstarrte ihr Herz. „Es ist nicht vorbei."

Clint schob Tom weiter, drückte ihn in den Streifenwagen und knallte die Tür zu.

Steven folgte ihm mit gebeugtem Kopf und hängenden Schultern. Er fuhr sich mit den Händen durch sein dichtes braunes Haar und blieb vor der Tankstelle stehen.

Gracie lief zu ihm und legte zittrig die Arme um ihn. „Steven, ich kann es kaum glauben, dass du ihn erwischt hast. Er kommt ins Gefängnis und kann nicht mehr entkommen, richtig?"

Steven schaute nicht auf. Er bewegte sich nicht.

Deshalb trat sie zurück und legte ihre Hände um sein Gesicht und brachte ihn dazu, sie anzuschauen.

„Ich wollte ihn töten, Gracie. Kaltblütig. Ich hätte es beinahe getan."

Sie rieb sich die Arme und betete um die richtigen Worte. „Aber du hast es nicht getan, Steven. Und du hast mich gerettet." Sie versuchte zu lächeln.

Er legte die Hände auf ihre Schultern. „Geht es dir gut?" Er berührte vorsichtig den Bluterguss an ihrer Wange.

Sie zuckte zusammen.

„Wir müssen dich im Krankenhaus untersuchen lassen, bevor wir nach Hause fahren." Steven legte einen Arm um ihre Schultern und führte sie zu einem der Polizeiautos.

„Wo ist das nächste Krankenhaus?"

Ein untersetzter, stämmiger Polizist deutete zu seinem Streifenwagen hinüber. „Ich fahre Sie hin." Er schaute Gracie an. „Wir kümmern uns darum, dass Sie dort gut versorgt werden, Madam."

„Die Tankstellenbesitzer? Geht es ihnen gut?" Gracies Blick wanderte über den Parkplatz.

„Der Hilfssheriff hat sie vorsichtshalber auch ins Krankenhaus gefahren. Ihnen geht es bestimmt gut. Aber sie sind wahrscheinlich schon zu Hause, wenn wir zur Notaufnahme kommen."

„Wir folgen Ihnen." Stevens Stimme war leer, leblos.

Niemand sprach während der ganzen Fahrt ein Wort. Als sie in dem kleinen Krankenhaus ankamen, hatte Gracie zweierlei entschieden:

Sobald sie allein war, hatte sie Gott einiges zu sagen.

Und sie würde wieder nach Atlanta fahren. Vielleicht für immer.

Weit weg von gequälten Gesichtern.

Weit weg von dem Geruch nach Blut.

Und weit weg von allem, das irgendwie mit Waffen zu tun hatte.

Kapitel 39

Thanksgiving war wie in einem Nebel gekommen und vergangen. Steven hatte den Kensingtonfall abgeschlossen und alle Unterlagen dem Staatsanwalt übergeben. Er musste als Zeuge aussagen, aber das würde eine Weile dauern. Heute hatte er Urlaub.

Und nichts anderes zu tun, als für seinen Sohn Schokoladenpfannkuchen zu backen und sich zu fragen, warum Gracie nicht ans Telefon ging.

Etwas arbeitete immer noch in seinem Herzen.

Während er den Pfannkuchenteig rührte, warf er einen Blick auf die Uhr. James würde bald aufstehen.

Beim Essen an Thanksgiving hatte sein Vater für Steven, James und Gracie gebetet. Und auch für Angela. Dann hatte seine Schwester Hanna ihn umarmt und ihm gesagt, dass sie ihn vermisst habe.

Steven war bewusst geworden, wie sehr er sich selbst auch vermisst hatte. Den jungen Mann, der mit Gott gesprochen und ihm zugehört hatte. Den Mann, der seinen weinenden, neugeborenen Sohn auf den Armen gehalten hatte und erkannt hatte, dass alles Leben letztendlich in Gottes liebenden Händen lag.

Nicht in Stevens Händen.

Wann hatte er das vergessen? Und wann war er der Mann geworden, der tatsächlich dazu bereit gewesen wäre, einen anderen kaltblütig zu töten?

„So bist du nicht, Steven." Clint hatte diese Worte in den letzten Wochen immer wieder zu ihm gesagt. Er hatte auch gesagt, dass Gefühle nicht die Wahrheit waren. Vielleicht begriff er es langsam.

Steven goss Teig in die heiße Pfanne und drückte dann bei dem tragbaren CD-Spieler seiner Schwester die Play-Taste. Sie hatte darauf bestanden, dass er sich ihre Lieblings-CD, *Casting Crowns*, auslieh. Er verstand ihren Grund, als ihm das dritte Lied die Augen öffnete. Die Worte fassten alles zusammen, was Clint und Gracie versucht hatten, ihm zu sagen. Der ruhige Text sprach von den ganzen Stimmen, die ihn anschrien und ihm sagten, dass er nie gewinnen würde.

Steven konnte das gut nachempfinden. Er fühlte sich wie die Krieger, die in ihrer Rüstung zitterten und sich die Kraft wünschten, stehen zu bleiben. Aber die Worte, die am deutlichsten bei ihm hängen blieben, erinnerten ihn an einen Berggipfel und an einen Adler, der direkt in die Gewitterwolken hineinflog und über ihm schwebte.

„Hör auf die Wahrheit, Steven." Gottes Stimme drang mit dem deutlichen texanischen Akzent seines besten Freundes an sein Ohr. Hör zu. Hör auf die Stimme der Wahrheit.

Wie um ein Ausrufezeichen hinter die Geschichte zu setzen, die in ihm neu geschrieben wurde, lautete der Titel des nächsten Liedes: „Wer bin ich?"

Die Antwort kam direkt aus dem Alten Testament, aus den Büchern der Propheten Jeremia und Jesaja: „Ich habe dich je und je geliebt. Ich habe dich bei deinem Namen gerufen; du bist mein."

Egal, wie lange Steven gebraucht hatte, um hinzuhören.

Kinderfüße hüpften die Treppe runter und rissen ihn aus seinen Gedanken. Steven schenkte Milch ein und stellte den Ahornsirup auf den Tisch.

„Hallo, Dad!" James blieb mit großen Augen am Tisch stehen. „Wow, Pfannkuchen. Genauso wie Opa sie macht."

Steven lächelte. Es tat gut, wieder mit seinem Vater verglichen zu werden. Sie setzten sich an den Tisch und Steven hielt ihm die Hand hin. „Beten wir."

James blinzelte ein paarmal, bevor er den Kopf beugte.

„Herr, du bist gut und du hast alles in deiner Hand. Führe du uns heute beim Reden und Tun. Und danke für die guten Gaben. Amen."

Sein Sohn verdrückte den ersten Teller mit süßen Schokoladenpfannkuchen und bat um mehr.

Steven schob James zwei weitere Pfannkuchen auf den Teller und setzte sich. „Kauen, James." Er raufte die vom Schlaf noch zerzausten Haare seines Sohnes. „Was hältst du davon, wenn wir heute einen Weihnachtsbaum fällen?"

„Juhu!" James streckte seine klebrige Faust in die Luft.

„Und wir bringen ihn deiner Mom in ihre Wohnung."

„Aber sie ist vor ein paar Wochen weggegangen." James zog seine Unterlippe ein. „Und sie hat kein einziges Mal angerufen."

„Sie ist in der Wohnung und packt." Steven kniete neben dem Stuhl seines Sohnes nieder. „Ich finde, wir sollten ihr einen Baum bringen und ihr sagen, dass wir uns freuen würden, wenn sie hierbleibt. Sie ist immerhin deine Mom."

James umarmte ihn kräftig. „Ich hab dich lieb, Daddy." Seine großen blauen Augen schauten ihn fragend an. „Heißt das, dass es okay ist, wenn ich sie mag? Ich meine, wenn sie aufhört zu trinken, kann sie dann meine Mami sein?"

„Ich bete dafür, dass sie die Hilfe bekommt, die sie braucht, James." Er hob James auf die Arme. „Und ich denke, das wird sie machen. Sie liebt dich. Und sie geht zu ein paar guten Therapeuten, die ihr helfen können."

James befreite sich aus seinen Armen und rannte zur Tür, blieb dort aber noch einmal stehen. „Ich ziehe mich schnell an. Dann können wir den Baumschmuck mitnehmen, den ich gebastelt habe, als ich noch klein war. Der wird Mom gefallen, oder?"

„Ja."

Steven machte die Küche sauber und dachte an die vielen Weihnachtsfeste ohne Angela zurück, ohne eine Mutter, mit der James Plätzchen hätte backen können oder die ihm vor dem Schlafengehen Weihnachtslieder vorgesungen hätte. Steven hatte es versucht, aber es gab Dinge, die Mütter am besten konnten. Dieses Umarmen und Drücken, eingepackt in warmen, süßen Vanilleduft.

Er war noch nicht bereit, Angela James über Nacht oder in den Schulferien zu überlassen; vorher müsste sie eine Therapie machen. Aber es war endlich Zeit, die Vergangenheit loszulassen und in die Zukunft zu schauen. In einer herausfordernden Situation den Frieden zu wagen.

Angela hatte ihn wegen eines anderen Mannes verlassen, und er hatte den größten Teil ihrer Ehe und die fünf Jahre seitdem damit verbracht, beweisen zu wollen, dass er gut genug war. Ein Mann. Aber heute hatte er die Wahrheit der Worte erfahren, die er als kleiner Junge von seinem Vater gehört hatte.

Gott war der Einzige, vor dem er stand oder fiel. Und Gott hatte bereits dafür bezahlt, dass seine Kinder fielen. Er konnte also stehen. Mit Gott. Egal, was kam.

„Daddy! Komm, holen wir einen Baum!"

In warme Jacken und Wollmützen eingepackt, verließen sie das Haus, um, wie Steven hoffte, die perfekte Brücke zu schlagen. Das Holz eines Baumes hatte schon vor zweitausend Jahren diesem Zweck gedient.

Vielleicht könnte es heute wieder gelingen.

* * *

„Hallo, Mom! Wir haben dir ein Weihnachtsgeschenk gebracht." James sprang herum und bemerkte überhaupt nicht, dass seine Mutter ihn mit offenem Mund anstarrte, während sie vor ihrer exklusiven Wohnung standen.

Steven hielt schweigend den großen, stacheligen Baum fest.

„Wir wollen, dass du deine Wohnung hier behältst, damit ich dich besuchen kommen kann." James schaute ihn an. „Daddy hat gesagt, wir werden eine Lösung finden."

Angela ging in die Hocke und berührte den Ärmel von James' Jacke.

„Bitte, bleibst du?" James deutete zu dem Baum, den Steven festhielt. „Ich habe sogar meinen selbstgebastelten Schmuck mitgebracht, um ihn zu behängen."

Angela strich ihren teuren schwarzen Jogginganzug glatt und schaute über dem Kopf ihres Sohnes Steven an. Fragen lagen in ihrem schweigenden Blick.

„Du bist seine Mom, Angela. Wir wollen beide, dass du an seinem Leben teilnimmst." Er versuchte gar nicht, die Unbekannten dieses neuen Weges zu begreifen. Das konnte warten.

Heute ging es darum, einen neuen Weg einzuschlagen.

Sie erhob sich und öffnete weit die Tür. „Kommt herein. Ich glaube, ich habe den perfekten Platz für diesen schönen Baum."

James lief zu dem großen Stapel Umzugskartons und zog seine Winterjacke aus. Handschuhe und Schal flogen durchs Zimmer. Wenigstens standen keine zerbrechlichen Gegenstände herum, die hätten kaputt gehen können.

Angela berührte seinen Arm. „Danke. Das ... das bedeutet mir mehr, als du ahnst."

Er nickte. „Also, wo willst du deinen Baum haben?"

Sie deutete zu einer leeren Stelle neben den Glasschiebetüren und hielt den Baum, während er seinen Mantel auszog. James half ihm, den Baum in seiner Halterung zu befestigen.

„Wo ist Gracie?", fragte Angela.

Er suchte nach den richtigen Worten. Vor den Ohren seines Sohnes musste er besonders darauf achten, was er sagte. „Sie hat zwei anstrengende Monate hinter sich und ist in Atlanta, um sich ein wenig zu erholen."

Er erzählte lieber nichts von ihrer Entführung und dass er nicht wusste, wann und ob sie zurückkäme. Er wollte sie wieder in den Armen halten. Er sehnte sich so sehr danach, dass es richtig wehtat.

Aber dieses Mal würde er beten.

Etwas, das er nicht getan hatte, als er sich in Angela verliebt hatte. In seinem Beruf hatte er auch nie lange gewartet. Er hatte gedrängt, Fälle gelöst, sich auf seine eigenen Fähigkeiten gestützt ... er war losgeprescht, ohne viel an Gott zu denken.

Das änderte sich jetzt.

Und deshalb würde er warten.

Weil es sich immer lohnte, auf das Beste zu warten.

Kapitel 40

In Georgia schneite es nicht. Nicht im Dezember.

Es hatte während Gracies Kindheit nicht geschneit. Außer vor drei Jahren. Damals hatte sie sich auf ihren siebten Hochzeitstag gefreut und gedacht, der Schnee wäre ein Zeichen dafür, dass Gutes bevorstünde. Alles war weiß und schön gewesen.

Jetzt erinnerte die Farbe Weiß sie an Krankenhauslaken. Nicht Schönheit. Oder Hoffnung.

Sie ging unter dem düsteren grauen Himmel über den Rasen des Friedhofs. Der Wetterbericht meldete mögliche Schneefälle, aber sie zweifelte daran.

Ihr Vater ergriff ihre Hand und blieb neben einem kahlen Ahorn stehen, der im Wind schaukelte. „Schatz, du weißt, dass wir dich lieben und dass wir es genossen haben, dass du zu Thanksgiving zu Hause warst. Und auch Beth und die Zwillinge."

Gracie versuchte zu lächeln. Es hatte gutgetan, am Feiertag Kinder um sich zu haben. Andererseits hatte das auch die Sehnsucht in ihrem Herzen verstärkt, das zu haben, was ihre kleine Schwester hatte: Kinder. Ein starkes Familiengefühl. Lachen. Hoffnung und eine Zukunft.

Beths Freund hatte sogar von einem Ring zu Weihnachten gesprochen.

Etwas, das Gracie nie wieder haben würde.

Wenn sie ehrlich war, war es nicht die Vergangenheit, die am meisten wehtat. Auch wenn die Erinnerungen an den Mann, der ihre Familie getötet hatte, sie immer noch quälten. Was sie zutiefst beunruhigte, war die Angst vor der Zukunft. Angst, dass sie mit dem Leben, das Steven verkörperte, nicht fertig werden könnte. Waffen und Gefahr. Dass er bei einem Einsatz sterben könnte. Trotzdem vermisste sie ihn so sehr, dass es ihr den Atem verschlug.

„Denk an die weisen Worte deiner Mutter: ‚Stelle dich der Vergangenheit, und du wirst deine Träume für die Zukunft finden.'" Mit einem Kuss auf die Stirn überließ ihr Vater sie ihren Gedanken und ging auf die andere Seite des Friedhofs zum Grab seiner Mutter.

Gracie setzte sich zwischen die Grabsteine, die die letzte Ruhestätte ihres Mannes und ihrer Kinder markierten. Der Wind wehte ihr die Haare ums Gesicht, und sie zog ihren Ledermantel enger um sich.

Sie berührte die samtenen Blütenblätter der weißen und roten Rosen, die sie für heute ausgesucht hatte. Ähnliche Blumen hatten jeden Monat, den sie in Atlanta gelebt hatte, auf den Gräbern ihrer Familie gelegen. Mark hatte bei besonderen Gelegenheiten immer rote und weiße Rosen mitgebracht. Rot für die tiefe Liebe, die er für sie empfand, und Weiß für die Reinheit, die er sah, wenn er Elizabeth und Joshua anschaute.

„Ich vermisse euch so sehr." Tränen brannten in ihren Augen, als sie die Buchstaben ihrer Namen nachfuhr.

Elizabeth Anne Lang. Geliebte Tochter von Mark und Gracie Lang. Sie ruht in Jesu Armen. Kleine Rosen schmückten die Worte, die sie in den dunkelsten Stunden ihres Lebens sorgfältig ausgesucht hatte.

Joshua Allen Lang. Geliebter Sohn von Mark und Gracie Lang. Er ruht in Jesu Armen. Ein einfaches Metallband schmückte die Worte.

Es war fast mehr, als ihr Herz ertragen konnte. Aber sie legte die kleinen Rosensträuße auf die Grabplatte.

„Mama hat euch lieb." Sie berührte das goldene Medaillon, das winzig und kalt in ihrer Manteltasche lag. Dann ging sie zum nächsten Grabstein.

Mark Richard Lang. Geliebter Ehemann von Gracie Lang. Er ruht in Jesu Armen. Ein einfaches Kreuz und eine Bibel waren neben den Worten zu sehen.

Gracie steckte den letzten und größten Blumenstrauß in die schwere Vase unter Marks Grabstein. Den schweren Behälter umzudrehen und die Spinnweben daraus zu entfernen half ihr, sich ein wenig abzulenken und wieder ein wenig die Fassung zu gewinnen.

Sie stand auf und wischte sich die Hände ab. Die Rosen leuchteten vor dem trüben Himmel. Sie holte tief Luft und kehrte zu den Grabsteinen ihrer Kinder zurück. „So viel ist seit letztem Jahr passiert. Trotz … allem ist meine Arbeit herrlich. Die Kinder erinnern mich an die Freude, die ich hatte, als ich eure Mami war. Ich vermisse euch. Ich vermisse es, eure süßen Stimmen zu hören."

Gracie strengte sich an, um die schwachen Worte in ihrer Erinnerung zu hören. Die zwei kleinen Stimmen, die im Kinderchor und auf langen Autofahrten sangen, wurden deutlicher: *‚Jesus liebt mich, das weiß ich gewiss.'* Ein leichtes Lächeln spielte um ihre Lippen. Sie hatte so gern mit ihren Kindern gesungen. Die Tränen liefen ihr bei der Erinnerung an die vielen Lieder, die sie nie mehr würde singen können.

„Ich habe immer noch das Medaillon, das ihr mir zu Weihnachten geschenkt habt." Sie rieb über das zierliche goldene Oval, das jetzt in ihrer Hand lag. Sie küsste ihre Fingerspitzen und berührte Elizabeths und Joshuas Namen noch einmal.

Es war Zeit, sich zu verabschieden, aber sie würde sie immer in ihrem Herzen bewahren.

Sie trat zum Grabstein ihres Mannes. „Mark, ich vermisse dich mehr, als ich in Worte fassen kann."

Gracie stellte sich seine sanften Augen vor, die sie liebevoll anschauten. Sie konnte fast sein dichtes blondes Haar unter ihren Fingerspitzen fühlen. Im Geiste fuhr sie sein glattes Gesicht und seine muskulösen Arme nach. Sie hatte nie in ihrem Leben einen Menschen so geliebt und war nie so sehr geliebt worden.

Sie wischte sich zum hundertsten Mal die Augen und legte die Arme um ihre Knie. So vieles war in den letzten fünf Monaten passiert. Sie hatte Steven kennengelernt. Sie war angeschossen worden. Dann war sie entführt worden. Sie hatte erfahren, wer der Mann war, der ihre Familie getötet hatte, der Mann, der auch versucht hatte, sie zu töten.

Sie schaute zum Himmel und erinnerte sich an die Worte ihrer Mutter, dass man sich der Vergangenheit stellen und seine Träume finden soll. Das waren Worte, vor denen sie davongelaufen war. Bis jetzt. Heute hatten diese Worte sie eingeholt. Und sie war zu müde, um das grausame Tempo weiter beizubehalten und vor ihnen und ihrer Angst davonzulaufen.

„Leg dich in Gottes Arme und sag ihm, dass du dich hilflos und verlassen gefühlt hast. Dass du dich Gottes Führung für dein Leben verweigert hast. Dass du an seiner Liebe zu dir gezweifelt hast. Nimm seine Vergebung in Anspruch. Und hör dann auf seine Wahrheit."

War es wirklich so einfach?

Sie hatte Gottes tröstende Arme oft erlebt. Aber dieses Mal war es ein komisches Gefühl, ihm zu sagen, was er bereits wusste und was sie nicht zugeben wollte. Wie ein Teenager bei seiner ersten Verabredung.

„Mom hat recht. Das weißt du, Vater." Würde Mom sich nicht freuen, wenn sie das jetzt hören würde? „Ich habe mich lange von dir verlassen gefühlt. Und auch von meiner Familie, auch wenn es nicht ihre Schuld war. Und ich fühle mich immer noch total hilflos."

Sie legte die Stirn auf ihr Knie. „Ich konnte meiner Familie nicht Gerechtigkeit schaffen und den Mann finden, der sie getötet hat. Dafür hat er mich gefunden und versucht, mich zu töten. Er hätte es auch fast geschafft. Denn obwohl ich zwei Chancen bekam, wusste ich nicht, wie ich vor ihm fliehen sollte."

Ärger brachte ihr Gesicht zum Glühen und floss durch ihre Glieder.

„Ich hasse es, mich hilflos zu fühlen. Nutzlos. Ich weiß nicht, warum du immer noch willst, dass ich mit dir spreche. Ich kann nichts richtig machen. Ich kann nicht einmal die Wahrheit hören, die du zu mir sagst, wie Mom mir immer wieder erklärt."

Heiße Tränen brannten in ihren Augen, und sie wischte sie weg.

Ein Bild von Elizabeth, als sie als neugeborenes Baby in ihrem Bettchen weinte, tauchte vor Gracies Augen auf. So hilflos wie ein Neugeborenes. Sie hatte das Gefühl, als würde ihr in diesem Moment jemand diese Worte zuflüstern.

Sie kniete nieder und schaute sich um. Aber niemand sonst war an diesem kalten Dezembersamstag auf dem Friedhof unterwegs. Sie zog ihren Mantel enger um sich und betrachtete Elizabeths Grabstein.

Sie hatte ihre Kinder nie als hilflos betrachtet. Wenigstens nicht im negativen Sinn. Sie brauchten sie einfach und sie kümmerte sich um sie. Liebte sie. Freute sich daran, sie auf den Armen zu halten.

So liebe ich dich.

Eine leichte Gänsehaut lief ihr über die Arme.

Wie eine Mutter ihr Kind tröstet, wenn sie sich liebevoll um ihre Kinder kümmert, so kümmere ich mich um dich.

Wahrheit. Das hatte ihre Mutter gemeint, als sie davon gesprochen hatte, dass sie auf Gottes Wahrheit hören solle. Sie schaute zum Himmel. Dieses Mal breitete sich eine Freude in ihr aus und schlug in ihrem Herzen Wurzeln.

Ein kühler Wind raschelte in den Bäumen. Und der Himmel verteilte ein paar kleine Regentropfen. Sie stand auf und ließ das Blut wieder in ihren steifen Beinen zirkulieren.

Die Worte ihrer Mutter, dass sie sich der Vergangenheit stellen und ihre Träume finden müsse, ergaben endlich einen Sinn.

Die sanfte Liebe einer Mutter zu ihrem neugeborenen Baby – Gottes Liebe zu ihr – vertrieb die Angst und ließ an ihrer Stelle eine vorsichtige Vorfreude auf die Zukunft zurück.

Aber eines musste sie noch tun, bevor sie sich auf diese Zukunft einlassen konnte. Ein Teil ihres Herzens war immer noch zugeschlossen. Sie war sich nicht ganz sicher, wie sie den Schlüssel drehen und die Kraft aufbringen sollte.

Aber jetzt hatte sie den Schlüssel. Und Gottes liebevolle Arme umgaben sie, trösteten sie, liebten sie und forderten sie auf, den nächsten Schritt zu gehen und es seinen Händen zu überlassen, was dabei herauskäme.

Sie zog ihren Ledermantel um sich und ging zum Wagen ihres Vaters. Der Regen hatte aufgehört, aber als sie die nassen Tropfen von ihrem Ärmel wischte, bemerkte sie etwas, das ihr ein Lächeln entlockte.

Der Regen war mit ein paar winzigen Schneeflocken vermischt.

* * *

Gracie parkte den Wagen ihrer Eltern und starrte die riesige Flagge an, die vor einem großen, düsteren, grauen Gebäude flatterte. Der dicke Stacheldraht der Polizeiwache daneben trug nicht dazu bei, dass sie mit leichteren Schritten weitergegangen wäre.

Langsam überquerte sie den Parkplatz und ging durch die Doppeltüren in einen großen Raum mit ein paar künstlichen Topfblumen und einer Reihe Plastikstühle an den Wänden. Durch große Fenster fiel Sonnenlicht in den offenen Warteraum.

Das Knurren in ihrem Magen und ihre verkrampften Schultermuskeln ließen sie an der Richtigkeit dieses Besuches zweifeln. Aber sie stellte sich trotzdem hinter einer Gruppe Besucher in die Schlange. Die Männer in hellbraunen Uniformen nahmen ihren Mantel, ihre Handtasche und jedes kleine Metallteil an sich, das sie in das Gefängnis mitgebracht hatte.

„Bitte gehen Sie hier durch." Ein gelangweilter Wachmann schickte sie weiter. „Sie können eine Besuchermarke bekommen, sobald Sie durch diese Türen gegangen sind." Er deutete zu einer schweren, dunklen Tür am anderen Ende des Wartezimmers.

Gracie schluckte die Aufregung hinunter, die in ihr aufstieg. „Werde ich allein hineingehen?"

„Nein, jemand begleitet Sie." Der kräftige Sheriff schaute sie an und deutete mit dem Daumen über seine Schulter. „Eine Gruppe religiöser Leute wartet dort. Wahrscheinlich gehen Sie mit ihnen hinein."

Einige Minuten später legte sich ein erstickendes Gefühl auf sie, als die riesigen Glasschiebetüren hinter ihr zugingen, bevor die Tür vor ihr sich öffnete.

Gefangen. Das Wort schoss ihr durch den Kopf.

Die kleine Gruppe vor ihr ging schweigend hinein. Ihre Schuhe mit den weichen Sohlen waren auf dem weißen Linoleumboden kaum zu hören. Jedes Mal, wenn sie an ein paar Glasfenstern auf Schulterhöhe vorbeikamen, wollte sie sich bücken, um von den Insassen nicht gesehen zu werden, die in den kleinen Sporthallen verschiedene Sportarten betrieben.

Als sie den kleinen Besuchsraum erreichten, wollte sie erst dem Wachmann sagen, dass sie ihre Meinung geändert habe. Aber sie musste warten, bis die Gruppe vor ihr mit den Gefangenen gesprochen hatte.

Deshalb zog sie einen Plastikstuhl zu der Glasscheibe heran, die sie von dem Mann trennen würde, dem sie gegenübertreten müsste.

Und dann wartete sie.

Die kleinen grauen Trennwände zwischen den Besuchern ermöglichten nur wenig Privatsphäre, aber sie versuchte, nicht auf die Gespräche zu achten, die um sie herum geführt wurden.

Vielleicht hatte er sich geweigert, sie zu sehen.

Das würde ihr das Leben leichter machen. Sie hatte dieser leisen, ruhigen Stimme gehorcht, die vor ein paar Wochen auf dem Friedhof zu ihr gesprochen hatte. Sie war hierhergekommen. Der Rest lag bei Gott.

Bevor sie ihren Stuhl zurückschieben konnte, um an der Tür zu warten, betrat Thomas Perkins auf der anderen Seite der Glaswand den Raum. Seine kalten dunklen Augen hatten sich nicht verändert, seit sie ihn das letzte Mal gesehen hatte.

Er setzte sich auf einen Plastikstuhl, der genauso aussah wie ihrer, und starrte schweigend durch sie hindurch.

Sie biss sich auf die Lippe. Ihr fiel nichts von den Worten ein, die sie sich vorher zurechtgelegt hatte.

„Bringen wir es hinter uns, Gracie."

Sie zuckte bei seinen Worten zusammen und versuchte, langsam und ruhig zu atmen.

„Ich weiß, warum Sie hier sind. Als gute Christin sind Sie gekommen, um mir zu sagen, dass Sie mir vergeben haben." Sein Gesicht verzog sich zu einem kalten, harten Grinsen. „Oder um mir zu sagen, dass ich in der Hölle schmoren soll, weil Sie endlich Gerechtigkeit für Ihre Familie haben."

Bei seinen gefühllosen Worten regte sich großer Ärger in ihr.

Sie fühlte sich wie Corrie ten Boom, die ihre faltige, alte Hand dem SS-Mann hinhielt, der ihre Schwester gefoltert und getötet hatte. Aber Gracie wusste, mit welcher Absicht sie in dieses Gefängnis gekommen war. Im Gegensatz zu Corries Soldat hatte der Mann, der ihr gegenübersaß, sie nicht um Vergebung gebeten. Tom schaute sie nur böse und herausfordernd an.

Und doch war ihre Situation ähnlich. Nichts in Gracies zittrigem Körper konnte ihr die nötige Kraft geben, das zu tun, wozu sie gekommen war.

Das Bild von einem neugeborenen Baby, das in großen, zarten Händen lag, kam ihr in den Sinn.

Sie war nicht hilflos. Sie war in den Händen eines Gottes, der sie einfach aufforderte, seine Liebe anzunehmen. Seine Liebe würde die Tür in ihrem Herzen aufschließen. Und wenn sie seine Wahrheit glaubte, würde sie das frei machen.

Egal, wie der Mann, der ihr hier gegenübersaß, reagierte.

„Ja, Tom. Ich bin wirklich gekommen, um Ihnen zu sagen, dass ich Ihnen vergeben habe." Gracies Stimme zitterte. „Bevor ich wusste, dass Sie meine Familie getötet haben, hatte ich meine Hand um Ihren Hals gelegt und wollte Gerechtigkeit."

„Jetzt haben Sie Ihre Gerechtigkeit", fauchte er. „Glücklich?"

„Nein. Ich bin nicht glücklich, weil Sie im Gefängnis sind." Sie hielt das Kinn hoch. „Ich bin erleichtert, dass Sie niemandem mehr schaden können. Aber ich fühle die Freiheit, die Sie aufgaben, als Sie tranken und drei unschuldige Menschen töteten. Ich bin nicht mehr an Sie gebunden, weil ich Ihnen vergebe."

Tom beugte sich vor. „Danke. Jetzt fühle ich mich wirklich viel besser."

„Es geht hier nicht um Sie. Es geht um mich." Sie deutete zu dem Wachmann, der noch bei der Tür stand. „Ich habe Ihnen eine Bibel dagelassen, aber nur wenn Sie Interesse daran haben. Wenn nicht, bekommt sie jemand anders. Aber ich wollte Ihnen noch sagen, dass Sie auch die Freiheit finden können, die ich gefunden habe. Sie ist möglich, auch hinter Gefängnisgittern."

„Ich habe kein Interesse an Ihrem Gerede über Gott. Das hat mich schon als Kind gelangweilt. Und hier brauche ich es erst recht nicht." Er stand auf. „Nein, danke."

Tom ging zu dem Wachmann an der Tür und verließ den Raum, ohne sich noch einmal umzudrehen.

* * *

Vielleicht hätte sie das besser sagen oder eine der vielen Bibelstellen zitieren können, die sie gelesen hatte, bevor sie heute hierhergekommen war. Vielleicht war jetzt auch einfach nicht der richtige Zeitpunkt für Tom, die Wahrheit zu verstehen. Sie würde aber weiter für ihn beten.

Als sie endlich den Wunsch losgelassen hatte, dass Tom dafür zahlen sollte, was er ihr und ihrer Familie angetan hatte, war sie von dem Gebet, das in ihren Gedanken aufgestiegen war, überrascht gewesen. Ein kurzes Gebet. Eine einfache Bitte darum, dass Gott Tom mit seiner Wahrheit erreichen möge. Und ihn wie ein neugeborenes Baby in seinen Armen halten.

Wenige Minuten später ließ Gracie alle Glasschiebetüren hinter sich, holte ihre persönlichen Dinge am Eingang ab und trat in den klaren Wintertag hinaus. In eine Welt, in der die Luft kalt war und der Wind nach Freiheit schmeckte.

In ein paar Minuten würde sie vor dem Haus ihrer Eltern vorfahren und sich von ihnen in die Stadt bringen lassen. Dann würde sie durch die Türen des Flughafens treten und das Zuhause ihrer Kindheit hinter sich lassen.

Aber jetzt hatte sie den wichtigsten Schritt gemacht. Sie hatte sich der Vergangenheit gestellt und ihre Träume gefunden. Ihr goldenes Medaillon würde bald neben ihren geliebten Eheringen in der Truhe liegen. Denn auch wenn Mark, Elizabeth und Joshua immer einen besonderen Platz in ihrem Herzen einnehmen würden, war es Zeit, die Vergangenheit hinter sich zu lassen. Zeit, in die Zukunft zu gehen.

Eine Zukunft, die voller Verheißungen steckte.

Ihr Traum von der Zukunft hatte noch keine klaren Formen angenommen. Aber drei Dinge konnte sie mit deutlicher Klarheit sehen: ein paar faszinierende blaue Augen, ein Lächeln, bei dem ihre Zehen kribbelten.

Und das Bild von einem neugeborenen Baby, das in großen, sanften Händen lag.

Epilog

Als Steven auf der Veranda vor Gracies Haus an diesem kalten Weihnachtsnachmittag auf sie wartete, war er so nervös wie schon lange nicht mehr.

Er zog seinen Lederhandschuh aus und berührte das kleine Päckchen, das ein Loch in seine Tasche brannte. Gracie konnte nicht mehr lange fortbleiben. Sie hatten vereinbart, sich heute Nachmittag ihre Geschenke zu geben, vor der großen Weihnachtsfeier am Abend im Haus seines Vaters.

Als sie die Straße entlangkam, konnte er genau sagen, in welchem Moment sie ihn auf der Veranda bemerkte. Jake zerrte an seiner Leine und zog sie schneller zu den Stufen, als sie selbst hatte gehen wollen.

Bei dem Lächeln in ihrem Gesicht beschleunigte sich sein Herzschlag.

„Hey. Bist du nicht zu früh dran? Ich muss erst noch ein wenig auslaufen, bis mein Puls wieder normal schlägt." Sie beugte sich vor und stützte die Hände auf ihre perfekt sitzende Jeans.

Er trat näher und streichelte Jakes Kopf, während sie sich aufrichtete. „Soll ich das letzte Stück mitkommen?"

„Dann wird mein Puls aber nicht normal."

Steven grinste.

Gracies Hände schossen an ihren Mund, während ihr Gesicht knallrot glühte. „Habe ich das laut gesagt?"

„Klar hast du das."

„Dann kann ich dir auch sagen, dass es mir wie bei *Top Gun* den Atem verschlug, als ich dich auf meiner Veranda sitzen sah." Sie schmiegte sich in seine Arme.

Er sah die Filmszene vor sich, die wehenden weißen Vorhänge und die singenden Frauenstimmen im Hintergrund. Seit Gracie wieder hier war, kämpfte er in seinen Träumen zu oft mit ähnlichen Bildern.

Heute musste er sie noch schneller verdrängen. Er bewegte sich schon viel zu nahe an die Gefahrenzone heran.

Er küsste sie auf die Stirn und trat zurück. „Bereit für Geschenke?" Er rieb sich die Hände.

„Wie wäre es mit ‚Frohe Weihnachten' und vorher einer Tasse heißer

Schokolade?" Sie lachte und schloss ihre Haustür auf. Als sie im Haus waren, ließ sie Jake von der Leine.

Steven nahm ihre Mäntel und hängte sie in den Garderobenschrank, während Gracie in der Küche verschwand, um heiße Schokolade zu machen.

„Lass mich das machen." Er rührte die Mischung auf dem Herd, während sie zwei große Tassen holte und sich an den Frühstückstisch setzte.

„Ist James bei deinen Eltern?"

„Ja." Er gähnte. „Wir sind alle schon seit dem frühen Morgen auf. Ich glaube, sogar Hanna ist jetzt im Gästezimmer eingeschlafen."

„Was ist mit Angela und Marcus? Kommen sie heute Abend auch zu deinen Eltern?"

Er gab ein wenig mehr Milch und noch einen Löffel Zucker in den Topf und schüttelte den Kopf. „Nein. Heute Abend ist nur Familie angesagt."

„Für James ist sie ein Teil der Familie."

Sie hatten lange und ausführlich über seine Ehe und die Scheidung gesprochen und darüber, dass er Angela vergeben hatte. Eine Entwicklung, über die Gracie sich sehr gefreut hatte.

„Mein Sohn und ich wollen Weihnachten mit dir verbringen."

Sie legte den Kopf schief und lächelte.

„Angela wird ein Teil der Gleichung sein, die wir an den Feiertagen und in den Ferien lösen müssen. Aber erst wenn sie einen Entzug gemacht hat, und auch dann lassen wir es ganz langsam angehen." Er füllte ihre Tassen mit dem warmen Kakao. „James liebt seine Mutter. Ihre Beziehung wird immer besser. Aber wir möchten diesen besonderen Tag trotzdem lieber mit dir verbringen, Gracie."

Er hielt ihr den Arm hin, um sie ins Wohnzimmer zu führen.

Sie kicherte und legte die Hand um seinen Arm, wie sie es an dem ersten Abend gemacht hatte, an dem sie miteinander ausgegangen waren. Der gute alte Jake schnarchte schon in seinem Körbchen und interessierte sich nicht im Geringsten dafür, was um ihn herum passierte. Gracie legte eine Weihnachts-CD auf und setzte sich aufs Sofa und zog eine Decke um ihre Schultern.

„Soll ich ein Feuer anmachen?"

Sie nickte. „Das wäre nett."

Er ging daran, in Gracies Kamin ein prasselndes Feuer zu entfachen. Die weiße Weihnachtsbeleuchtung blinkte in einem langsamen, beruhigenden Rhythmus. Er setzte sich aufs Sofa und zog ihre Beine auf seinen Schoß. Sie betrachteten ein paar Minuten lang in einem angenehmen Schweigen die Lichter.

„Ich bin neugierig, Steven …"

„Das ist nichts Neues."

Sie setzte sich auf und stieß ihn gegen die Schulter. „Ich versuche ernst zu sein."

Er lächelte. „Zu viel Ernst ist nicht gut."

„Trotzdem." Sie bedachte ihn mit einem strengen Blick und beugte sich vor. „Ich habe über Silvester nachgedacht." Ihre Augen betrachteten die Wolldecke über ihren Beinen. „Du hast noch nicht gesagt, dass du da etwas vorhast."

„Ich habe mich noch nicht getraut, dich zu fragen, weil ich weiß, dass es für dich ein schwerer Tag sein wird. Eine große Party zu feiern halte ich für keine gute Idee."

„Wahrscheinlich nicht. Große Partys haben mir sowieso noch nie gefallen." Sie stieß ihn mit dem Fuß. „Sprich weiter."

„Ich habe überlegt, im kleineren Kreis zu feiern, vielleicht ein Abendessen mit ein paar guten Freunden. Sagen wir, bei Clint und Sara?"

„Warum habe ich nur das Gefühl, dass du doch schon etwas geplant hast?"

„Weil es stimmt." Er nahm einen Schluck Kakao. „Leah und Kevin kommen auch. Und Clint und Sara haben Michael und ihre Babysitterin, Erica, eingeladen."

„Er hat zugesagt? Dieser Frauenheld hatte noch keine Verabredung?"

Steven schüttelte den Kopf. „Nein. Michael hat sich viel mit Clint unterhalten, und ich sehe eine echte Veränderung an ihm. Der Grünschnabel hatte seit meinem Geburtstag im September keine Verabredung mehr."

Sie spitzte die Lippen. „Das ist eine lange Zeit." Sie setzte sich auf und trank ihre Schokolade aus. „Hast du auch mit Clint gesprochen? Sie nahm seine Hand und hielt sie fest. „Als wir das letzte Mal darüber sprachen, dass du Angela vergeben hast, hattest du den größten Brocken noch vor dir."

„Mir selbst zu vergeben."

Sie wartete.

Da er gewusst hatte, dass sie dieses Thema anschneiden würde, hätte er lieber ein Samtkissen als Geschenk für Gracie wählen sollen. Die kleine Schmuckschachtel bohrte immer noch ein Loch in sein Bein, aber jetzt war nicht der richtige Augenblick, um ihr sein Geschenk zu überreichen.

„Ich habe viel darüber nachgedacht, dass du dich entschieden hast, Tom zu vergeben." Er rieb mit dem Daumen über Gracies Fingerknöchel. „Und ich habe beschlossen, mir selbst auch zu vergeben. Nachdem ich Angela und Marcus vergeben hatte, war das doch mehr oder weniger logisch."

„Aber es war trotzdem nicht leicht."

„Nein. Ich habe schon zu lange an dem Haken gehängt, ich müsste perfekt sein. Ich habe mich selbst in diese Situation gebracht." Er lehnte den Kopf aufs Sofa und schaute einen langen Moment das Gemälde über Gracies Klavier an. Das Bild von einem kleinen Jungen in einem dunklen Wald, der von einem Engel beschützt wird. „Ich habe endlich begriffen, dass es auch eine Entscheidung ist, mir selbst zu vergeben. Eine Entscheidung, die ich treffe, nicht weil ich es verdiente, sondern weil Gott schon den Preis bezahlt hat. Ich brauche meine Schuld nicht mehr zu bezahlen, und ich könnte es auch nicht."

„Es dauert seine Zeit und kostet viel Übung, bis diese Entscheidung auch unsere Gefühle erreicht."

Weise Worte. Von einer Frau, die er sehr dringend küssen wollte.

Gracie musste seine Gedanken gelesen haben. Oder den Blick in seinen Augen. Sie sagte, seine Augen verrieten viel mehr als seine Worte. Sie kuschelte sich an seine Brust und stieß ein langes Seufzen aus.

„Ich weiß, dass du mich an diese weisen Worte erinnern wirst", flüsterte er in ihr Haar, das nach Erdbeeren roch. „Oft."

Sie stieß ihn mit dem Ellbogen. „Hey, was ist jetzt mit meinem Weihnachtsgeschenk? Haben wir nicht ausgemacht, uns unsere Geschenke zu geben, bevor wir zu deinen Eltern fahren?"

„Ja, das haben wir." Er berührte das Schmuckkästchen. „Aber ich finde, die Damen sollten heute anfangen."

Sie stand vom Sofa auf, ging durchs Wohnzimmer und holte ein großes, rechteckiges Päckchen, das in blaues und silbernes Papier eingewickelt war, unter dem Baum hervor.

„Du hast mir noch sechs James-Taylor-Alben gekauft und sie zusammengeklebt? Faszinierend."

Sie legte ihm das schwere Paket auf den Schoß.

„Kann ich es jetzt aufmachen?"

Sie stieß mit dem Fuß an sein Knie.

Er riss das Papier genauso stürmisch auf, wie James am Morgen jedes Geschenk ausgepackt hatte. Dann hielt er inne und betrachtete das große, kunstvoll gerahmte Bild, das viel Ähnlichkeit mit Gracies Bild über dem Klavier hatte. Nur dass auf seinem Bild ein erwachsener Mann zu sehen war, der seinen Sohn umarmte. Ein Spiegel zeigte einen jüngeren Mann, der ein Baby auf den Armen hielt. Darunter stand der Bibelvers: „Ich habe dich je und je geliebt … Jeremia 31,3."

Der kleine Junge sah genauso aus wie James. Und er.

Er blinzelte die Tränen zurück und schaute Gracie an. „Es ist wunderschön. Und perfekt."

„So wirst du geliebt, Steven." Sie legte eine Hand auf seinen Arm. „Stark und sanft zugleich. In Gottes starken Armen."

„Danke." Dieses Bild wäre ihm eine tägliche Erinnerung. „Jetzt bist du dran." Er legte das Bild auf den Wohnzimmertisch. „Aber du musst die Augen zumachen." Er drehte sich zu ihr um und steckte eine Hand in seine Hosentasche.

„Warum?"

„Vertraust du mir?"

Sie schloss die Augen und räusperte sich.

Er verstand das als Ja. Aber nur für alle Fälle wedelte er mit den Händen vor ihrem Gesicht.

„Ich mogle nicht. Jetzt mach es nicht so spannend."

Er legte das in Goldpapier gewickelte Kästchen mit der leuchtend roten Schleife in ihre Hände und rückte die obere Schleife ein wenig zurecht. „Jetzt kannst du die Augen aufmachen."

Sie saß mit großen Augen da, und ihre Hände zitterten ein wenig.

„Ich hoffe, die Größe passt."

Ihr Gesicht nahm ein dunkles Rot an.

„Glaubst du, ich werde dich immer dazu bringen können, rot zu werden?"

Sie schluckte und schaute ihm in die Augen. „Wahrscheinlich."

Ein breites Lächeln zog über sein Gesicht. „Schau nicht so entsetzt. Mach es einfach auf."

„Ich bin nicht entsetzt." Langsam band sie die Schleife auf. „Vielleicht überrascht."

Er rutschte dichter an sie heran und zog an der letzten roten Schleife. „Aber du weißt nicht, was darin ist."

„Deshalb mache ich es ja auf. Sei still." Mit vorsichtigen Händen schob sie das Goldpapier zur Seite und hob den kleinen Samtdeckel hoch. Ein Lachen kam über ihre Lippen.

„Gefällt es dir?"

Sie nickte, und zwei Tränen liefen über ihre immer noch geröteten Wangen. „Es ist wunderschön." Sie berührte das filigrane goldene Medaillon in Herzform. „Für neue Erinnerungen?"

„Ja." Er legte einen Arm um ihre Schulter. „Ich habe dich erwischt, nicht wahr?"

Sie stieß ihn mit dem Ellbogen. Dann drehte sie ihm den Rücken zu und hielt ihre Haare hoch. „Machst du es bitte zu?"

Er schloss den Verschluss und küsste sie in den Nacken.

Sie erschauderte.

Seit fast einem Monat hatte er auf diesen Moment gewartet. Und fast genauso lange hatte er dafür gebetet, dass er sich zurückhalten könnte. Sie gehörte zum Besten, was er in seinem ganzen Leben erlebt hatte. Und sie war es wert, auf sie zu warten, auch wenn das nicht leicht war.

Er wischte mit dem Daumen die kleinen, feuchten Strähnen aus ihrem Gesicht und drückte ihren Kopf an seine Brust. Das warme Feuer und das sanfte Licht, der Geruch nach Weihnachten und das Gefühl ihrer seidigen Haare, die über seinen Fingern lagen, ließen ihn fast seine Entschlossenheit vergessen.

Sie fuhr mit ihren sanften Händen über seinen Unterarm.

Ihm stockte der Atem.

Gracie lehnte sich zurück und legte die Hände um seinen Nacken und fuhr mit den Fingern durch sein Haar. Ihre Lippen berührten sich zuerst sanft, dann wurde ihr Kuss intensiver und steckte voller Leidenschaft und Versprechen. Er schloss die Augen, zog sich zurück und drückte sie fest an sich. Dann nahm er seine ganze Selbstbeherrschung zusammen und stand auf und zog sie auch vom Sofa hoch.

„Ich glaube, wir sollten jetzt lieber zu meinen Eltern fahren."

„Du bist ein schlauer Mann, Steven Kessler. Aber ich hoffe, du wartest nicht ewig, um deine kleine Überraschung mit dem Schmuckgeschenk zu wiederholen. Das nächste Mal aber wirklich."

Jake bellte zustimmend.

Steven lachte und streichelte dem Hund über das Fell. Als er aufschaute, lag ein umwerfendes Lächeln auf Gracies Gesicht. Er würde dieses Lächeln wiedersehen. Immer und immer wieder in seinen Träumen.

„Du willst also nächstes Jahr wieder ein Medaillon zu Weihnachten?"

Sie warf mit dem zerknüllten Geschenkpapier nach ihm.

„Okay. Vielleicht nicht. Wie wäre es mit einem Armband zu Ostern?"

„Ach, du."

Er zog sie an sich und küsste sie auf den Kopf. Er würde auf den richtigen Moment warten. Aber nicht bis nächstes Jahr Weihnachten.

Sie löschten das Feuer im Kamin und gingen zur Haustür. Es wäre lustig, seinen Eltern und James zu erzählen, wie dieser Nachmittag gelaufen war.

Und zuzuschauen, wie Gracie wieder errötete.

Sie damit aufzuziehen, was die Zukunft bereithielt.

Während er ihr in den Mantel half, fiel sein Blick auf die Taschenuhr, die James ihm an diesem Morgen geschenkt hatte und die jetzt aus seiner Jeans herausschaute. Ein schwebender Adler zierte den Deckel. Was für ein perfektes Bild für Weihnachten. Ein Tag, an dem man sich Träumen hingab, die Familie genoss und hoch über den Wolken schwebte.

Das Kind in der Krippe, im Schatten des Kreuzes, erinnerte ihn daran, dass er große Träume haben durfte. Dass er schweben durfte. Und die Wahrheit glauben durfte.

Und zuhören.

Steven ging mit Gracie in die Winterkälte des Spätnachmittags. Er würde zuhören. Dazu hatten Clint und Gracie ihn die ganze Zeit schon ermutigt. Der Stimme zuhören und vertrauen, die jeden guten Traum Wirklichkeit werden ließ. Der Stimme der Wahrheit.